Prolog

Der Raum war stockdunkel und unnatürlich still.

Lina hörte nichts.

Gar nichts.

Dann bemerkte sie, dass sie sehr wohl vieles wahrnahm: den eigenen Atem, das aufgeregt schlagende Herz und das rhythmisch zischende Geräusch des Blutes, das durch ihre Adern floss. Lina saß auf dem einzigen Stuhl im Raum und wartete – möglicherweise auf ihr Ende. Nicht etwa auf den Tod: Lina erwartete eine Existenz ohne Freude und ohne Angst, unfähig, etwas zu wünschen oder auch nur selbstständig zu trinken oder zu essen. Wenn man sie pflegte, würde ihr Körper weiterexistieren und stumpf ein halbes Jahrhundert lang auf sein natürliches Ableben warten.

Während sie ihrem pulsierenden Herzen lauschte, überdachte Lina ihr bisheriges Leben. Die Feier zu Angies zwanzigstem Geburtstag würde sie verpassen. Linas Mutter würde ihre Tochter kaum großartig vermissen, aber Bill und Granny wären sehr, sehr traurig. Außerdem … aber daran konnte sie jetzt nicht denken, das war zu schmerzhaft.

Sie hätte auf Bill hören und das Angebot annehmen sollen, bei seinen Verwandten in England zu studieren. Aber nein, sie wollte ja unbedingt nach Trier! Es hatte sie aus einer Art inneren Berufung heraus in die Moselstadt gezogen und niemand hatte es geschafft, ihren Entschluss ins Wanken zu bringen.

Lina atmete tief durch, um sich zu sammeln. Neben großer Angst spürte sie einen aufkeimenden Funken wütender Entschlossenheit. Sie würde nicht aufgeben! Sie musste einen Weg finden, um sich zu wappnen – für den Moment, wenn die Tür leise klickte und sich die Eiseskälte unbarmherzig in ihr Innerstes drängte.

Eins

Schon eine geschlagene Viertelstunde krochen sie hinter diesem schwer beladenen LKW her.

»Was für ein Pech, dass wir nicht überholen können!«, sagte Lina und stieß einen entnervten Seufzer aus.

»Tja«, erwiderte Bill, »mit dem Anhänger ist mein Audi am Berg nicht schnell genug. Und du willst doch, dass deine Möbel und Habseligkeiten heil ankommen, oder?« Er warf ihr einen kurzen Blick zu und lächelte.

»Ja, sicher, auf eine halbe Stunde mehr oder weniger kommt es nicht an«, versuchte Lina, ihre Ungeduld in den Griff zu bekommen. »Ich freue mich nur so darauf, Granny zu sehen.«

»Ich rufe Carolina an, sobald wir in deiner Studentenbude angekommen sind. Der Sohn ihres Nachbarn wird sie nach Trier bringen – zusammen mit einem großen Vesperpaket.«

»Ob sie wieder für zehn Leute Essen dabei hat?«, fragte Lina grinsend.

»Ja, sie meint es immer sehr gut«, gab Bill zu, »aber nach dem Einzug werden wir hungrig sein.«

»Ich bin so aufgeregt, ich hatte heute noch gar keinen Hunger!«, sagte Lina und sah aus dem Fenster. »Wald, Wald, noch mehr Wald – wann sind wir endlich auf der Autobahn?«

»Noch 15 Kilometer, dann haben wir es geschafft. Leider ist die Hunsrückhöhenstraße immer noch nicht vernünftig ausgebaut. Aber du wolltest ja unter allen Umständen …«

»Jaja, ich weiß«, schnitt sie ihrem Onkel das Wort ab. »Ich wollte unbedingt in Trier studieren, statt in England oder an einer der größeren oder renommierteren Universitäten. Ich habe das jetzt oft genug gehört und ich habe einen hohen Preis dafür bezahlt: Meine Mutter hat wochenlang mit mir gestritten und danach kein Wort mehr mit mir gewechselt. Sie hat mir heute Morgen nicht mal Tschüss gesagt!«

»Das tut mir leid, Darling«, murmelte Bill. »Aber wir alle haben nicht verstanden, warum es ausgerechnet Trier sein musste! Es gibt so viele erstklassige Studentenstädte und du wärest bei meinen Freunden in Leicester herzlich willkommen gewesen. Sie hätten dich unter ihre Fittiche genommen und dir die Gegend gezeigt. Du hättest dich in meinem geliebten England schnell heimisch gefühlt.«

»Trier verfügt über einen der besten Studiengänge in Deutschland. Und ich möchte in der Nähe von Granny und dir wohnen!« Lina beugte sich zur Fahrerseite und drückte ihrem 40-jährigen Onkel einen Kuss auf die Wange. »Ist das so schwer zu verstehen?«

Bill lächelte. »Nein, das kann ich nachvollziehen. Trotzdem sollte man die Entscheidung für eine Ausbildung nie leichtfertig treffen. Ich frage mich auch, warum es unbedingt Psychologie sein muss. Du warst in der Schule ein Ass in Biologie, weshalb keine Naturwissenschaften? Oder Wirtschaft?«

»Ab dem dritten Semester kann ich BWL im Nebenfach studieren und ich habe versprochen, es mir anzusehen. Aber mein Herz schlägt nun mal für die Psychologie – ich möchte verstehen, aus welchem Grund die Menschen so handeln, wie sie es tun. Ich will Antworten!«

»Und du möchtest an den Wochenenden für Granny einkaufen.«

»Hat sie dir das erzählt?«, fragte Lina und spürte, wie Hitze in ihre Wangen stieg. Sie liebte ihre Oma und hatte sich fest vorgenommen, ihr in Zukunft unter die Arme zu greifen.

»Ja, hat sie!« Bills Lachen stieg tief aus seinem leichten Bauchansatz herauf. »Und sie hat mir versichert, auf keinen Fall zuzulassen, dass du dein Helfersyndrom an ihr auslebst.«

»Helfersyndrom. Ts!«, beschwerte sich Lina. »Warum ist es verwerflich, wenn ich in der Nähe der Menschen leben möchte, die mich mögen? Ab morgen wohne ich mit meiner besten Freundin in einer WG, kann zu Fuß zu meinem Onkel laufen und bin in einer guten Stunde bei Granny. Was könnte ich mir mehr wünschen?«

»Eine gute Ausbildung?«, warf Bill ein. »Karriere, Erfolg?«

»Das eine schließt das andere doch nicht aus«, rief Lina. »Trier hat eine sehr gute Uni, am Informationstag habe ich mir alles genau angesehen. Und auch Angie hat wochenlang recherchiert und die verschiedenen Studiengänge auf Herz und Nieren geprüft. Wenn sie nur den geringsten Zweifel gehabt hätte, wäre sie in Frankfurt geblieben.«

»Jetzt ist es ohnehin zu spät«, lenkte Bill ein, »aber falls du nach einem oder zwei Semestern deine Meinung änderst, werden wir dich selbstverständlich unterstützen.«

Lina sah aus dem Fenster und überlegte. »Das einzige Problem ist, dass nicht viele Busse zu Grannys Wohnort fahren. Ein echtes Manko.« Sie atmete tief durch. »Innerhalb der Stadt funktioniert der öffentliche Nahverkehr prima, aber sobald man in den Wald muss, wird es umständlich.«

»Ich nehme dich gerne mit, wenn ich sie besuche«, bot Bill an.

»Ansonsten muss ich eben gut planen«, erklärte Lina. Sie wollte ihrem Onkel keine Umstände machen. »Ich kann den Besuch ja nach dem Fahrplan ausrichten. Außerdem werde ich mir Skripte oder Bücher mitnehmen und unterwegs lernen.«

»Das kann nie schaden.« Bill lächelte und Lina betrachtete ihn misstrauisch. Lachte er sie etwa aus? Sie hatte so ein Gefühl, als amüsiere er sich gerade köstlich.

Was für ein Unsinn! Diese ganzen Diskussionen um die Wahl ihres Studiums machten sie noch ganz paranoid.

Nachdenklich starrte sie auf den LKW, der sich jetzt mit Tempo 30 den Berg hinauf quälte. »Sag mal«, begann sie vorsichtig, »weshalb bist du nicht mit Melanie zurück nach England gegangen?«

Bill räusperte sich. »Meine Frau wird in ihrem Pflegeheim sehr gut versorgt. Ich hatte Bedenken, dass ein Umgebungswechsel ihr schaden könnte. Außerdem würde es deiner Oma das Herz brechen, wenn sie ihre Tochter nicht mehr besuchen könnte. Und dann habe ich einen erstklassigen Job in Luxemburg. Warum sollte ich den aufgeben? In London sind die Mieten teuer und der Druck, der auf den Managern lastet, ist hoch.«

Lina bemerkte, dass Bill das Thema wechseln wollte, denn seine Stimme war immer leiser geworden. Sie mochte ihren Onkel sehr. Manchmal glaubte sie, dass sie beinahe seine Gedanken lesen konnte. Ab und zu nannte sie den Engländer liebevoll Dad.

Linas eigener Vater war vor fünf Jahren an einem plötzlichen Herztod gestorben. Seitdem war ihre Mutter Ilse noch zynischer geworden. Sie ließ grundsätzlich kein gutes Haar an ihrer Tochter und kritisierte beinahe alles, was sie tat. Nichts an ihr war gut genug. Die Haare waren viel zu lang – und weshalb ließ sie sich keinen Pony schneiden, das stand der Nachbarin doch auch so gut? Ihr Zimmer war zu unordentlich, und wenn Lina kochte, stank die ganze Wohnung nach Essen. Dabei schaltete sie immer die Dunstabzugshaube ein und hatte Lebensmittel wie Knoblauch und Zwiebeln längst von ihrem Speiseplan verbannt. Häufig schmierte sie sich nach der Schule nur ein Brot und achtete penibel darauf, keine Krümel im Reich ihrer Mutter zu hinterlassen. Meistens aß sie in ihrem Zimmer, denn dort war sie vor Ärger halbwegs sicher.

Wie kaum eine junge Frau ihres Alters kannte Lina jede ihrer Schwächen – kein Wunder, wurden sie ihr doch täglich unter die Nase gerieben. Lediglich für ihren Bruder Markus fand die Mutter hin und wieder lobende Worte. Er war vor kurzem 25 geworden und hatte sein Mathematikstudium letztes Semester erfolgreich abgeschlossen. Seit er vor wenigen Monaten aus der Familienwohnung ausgezogen war, litt Lina noch stärker unter dem hartherzigen Verhalten ihrer Mutter. Sie sehnte sich danach, in die Nähe von Menschen zu ziehen, die sie liebten und unterstützten. War es zuviel verlangt, wenn man sich ein bisschen Anerkennung wünschte? Seit vielen Wochen hatte sie sich auf den heutigen Tag gefreut.

»In zwei Minuten sind wir wieder auf der Autobahn, Darling«, unterbrach Bill ihren Gedankengang, »dann können wir überholen.«

»Yeah«, rief Lina. »Dann kannst du endlich auf die Tube drücken!« Sie boxte ihrem Onkel spielerisch in die Schulter, um ihn anzutreiben.

»Au!«, beschwerte er sich, »lass das, ich muss mich konzentrieren.« Langsam fuhr er auf die Autobahn, trat dann aber das Gaspedal bis zum Anschlag durch, sodass der LKW schnell hinter ihnen verschwunden war. »Noch eine knappe halbe Stunde«, sagte er. »Gleich kannst du auf der rechten Seite das Moseltal und die Stadt bewundern. Wenn ich nach einer langen Fahrt diese Aussicht genieße, dann weiß ich, dass ich zu Hause bin.« Er lächelte versonnen in sich hinein.

»Ich bin bisher immer mit dem Zug gefahren«, sagte Lina, »über Koblenz. Da sieht man nur die Mosel, ein paar einsame Burgen und viele, viele Tunnel.«

»Pass auf, da vorne …« Bill fuhr eine weite Linkskurve. Die Autobahn schlängelte sich in weiten Bögen nach unten in das zwei Kilometer breite Flusstal. Kurz vor dem Horizont war die Stadt Trier im Dunst zu erahnen.

»Wow«, rief sie begeistert. »Die Aussicht ist wirklich grandios.«

»Trier ist ein Ort voller Geheimnisse, Mysterien und beeindruckender Baudenkmäler«, raunte ihr Onkel. Die feinen Linien rund um seine Augen verzogen sich zu einem Lächeln.

Lina fand, dass er mit seinen ergrauten Schläfen für einen Mann seines Alters sehr gut aussah. »Und das alles wolltest du mir vorenthalten?«, fragte sie mit gespielter Entrüstung.

»Viele Gründe sprachen für ein Studium in Leicester, das weißt du genau!«, belehrte Bill sie väterlich. »Aber wir akzeptieren deine Entscheidung.«

Das sah ihre Mutter anders, dachte Lina. Ilse Bell hatte mit allen Mitteln versucht, ihrer Tochter die Stadt Trier auszureden: Sie hatte geschimpft, getobt und argumentiert. Als das nichts half, drohte sie damit, ihr jegliche finanzielle Unterstützung zu verwehren. Seit die Zusage des Fachbereichs angekommen war, sprach sie kein Wort mehr mit ihrer Tochter.

Lina und ihre beste Freundin Angie hatten eine kleine Wohnung in unmittelbarer Nähe der Universität gefunden. Das Haus gehörte einer älteren Dame, die ihre Dachgeschosswohnung an die beiden Studentinnen vermietete. Lina hatte Bafög beantragt, würde aber für ihren monatlichen Lebensunterhalt zusätzlich jobben müssen. Glücklicherweise hatte ihr kinderloser Onkel versprochen, den Mietanteil an der Wohngemeinschaft zu übernehmen. Auch Granny wollte ihr regelmäßig ein kleines Taschengeld zukommen lassen, so würde Lina mit einem kleinen Nebenjob am Wochenende auskommen. Nicht nur deshalb hatte sie sich vorgenommen, ihre pflegebedürftige Tante häufig zu besuchen und alles zu tun, um sie aufzumuntern.

Mittlerweile lenkte Bill seinen Audi in Richtung Innenstadt. Nach einer kurzen Fahrt durch das Zentrum, vorbei an dem imposanten römischen Stadttor, zog der Wagen den Anhänger mit Linas Habseligkeiten wieder einen Berg hinauf.

»Wir sind gleich da!«, sagte sie und wippte vor Ungeduld mit den Füßen, während sie das gepflegte Wohngebiet genauer betrachtete. Bill bog im Kreisverkehr ab und fuhr bis ans Ende der Straße, wo er seinen Wagen so parkte, dass der Anhänger direkt vor der Haustür zum Stehen kam.

Die Vermieterin hatte das Auto offenbar gehört und öffnete bereits die Tür. »Guten Morgen!«, begrüßte sie die beiden. »Hatten Sie eine gute Fahrt?« Frau Paul hatte sich trotz ihrer grauen Haare eine jugendliche Erscheinung bewahrt. Sie war ein Mensch, den man ansah und sofort mochte. Schon bei der ersten Besichtigung hatte Lina sie direkt ins Herz geschlossen. »Die Dachgeschosswohnung ist gestern fertig renoviert worden. Es riecht noch ein wenig nach frischer Farbe, deshalb habe ich die Fenster geöffnet.«

»Ja, danke, Frau Paul!«, antwortete Bill, »wir sind gut durchgekommen. An einem Samstag herrscht ja nicht so viel Berufsverkehr.« Er gähnte herzhaft.

»Du bist bestimmt müde, schließlich musstest du wegen mir um vier Uhr aufstehen!«, sagte Lina besorgt. Sofort regte sich in ihr das schlechte Gewissen.

»Das dachte ich mir«, warf Frau Paul ein. »Ich habe Kaffee gekocht und Ihnen die Thermoskanne mit ein paar Tassen in die Küche gestellt.« Dann wendete sie sich an Lina. »Hier sind die Schlüssel, Frau Bell. Wann kommt Ihre Freundin?«

»Angie wird morgen einziehen. Ihre Eltern haben sich den Sonntag extra freigehalten«, antwortete Lina. Dann ging sie nach oben und schloss die Tür zu ihrer ersten eigenen Wohnung auf. »Wie gefällt sie dir?«, fragte sie ihren Onkel.

»Nicht schlecht«, erwiderte Bill und verschaffte sich rasch einen Überblick. »Ein großes Bad, das ist für Frauen ja wichtig.« Er lachte.

»Die Küche hat Platz genug für einen Tisch, da können wir gemeinsam essen!«, sagte Lina strahlend. »Unsere beiden Zimmer sind etwa gleich geschnitten, das ist perfekt.«

»Den Garten dürfen Sie gerne mit nutzen!«, bot Frau Paul an. »Draußen lernt es sich doch gleich viel besser.«

»Das ist sehr großzügig von Ihnen.« Bill war in die Küche getreten, öffnete den Kühlschrank und schaltete die Kühlung ein.

»Benji, nach draußen mit dir!«, rief Frau Paul. Ihr junger Dackel hatte die günstige Gelegenheit genutzt und war mühsam ins obere Stockwerk geklettert. Jetzt flitzte er begeistert um Linas Beine herum und verlangte nach Aufmerksamkeit.

»Lassen Sie doch, er ist so niedlich!« Lina beugte sich nach unten und kraulte den lebhaften Hund, der sichtlich erfreut mit dem Schwanz wedelte.

Bill war praktisch veranlagt. Er ging zum Autoanhänger und trug zuerst die Küchenstühle nach oben. »Hilfst du mir mit dem Tisch?«, fragte er seine Nichte.

»Sicher!« Schweren Herzens trennte sie sich von dem süßen Dackel und ging hinunter, um ihrem Onkel zu helfen.

Lina und Angela hatten die Küchenmöbel letzte Woche gemeinsam ausgesucht und Bill hatte versprochen, sie zusammen mit Linas Möbeln nach Trier zu bringen.

Als ihre Oma gemeinsam mit ihrem Fahrer ankam, war die Küche fertig und der Kaffeetisch gedeckt. »Granny!«, rief sie und empfing ihre Großmutter mit einer stürmischen Umarmung.

»Langsam, der Korb!« Carolina Mahler, von der Lina ihren Vornamen erhalten hatte, stellte den schweren Picknickkorb ab, um dann ihre Enkelin noch einmal herzlich an sich zu drücken. »Gut siehst du aus«, sagte sie zärtlich. »Jedes Mal, wenn ich dich zu Gesicht bekomme, denke ich, dass deine Augen noch eine Spur grüner geworden sind.«

»Guten Morgen!«, begrüßte Bill seine Schwiegermutter.

»Schön, dass du da bist! Wo ist Max?«

»Der ist fleißig, er hat gleich begonnen, den Hänger abzuladen«, antwortete Granny und lachte.

»Was? Ich dachte, wir trinken zuerst noch einen Kaffee?«, fragte Bill scherzhaft. »Dann werde ich deinem Chauffeur mal helfen!«

»Wie geht es dir, mein Herz?« Carolina Mahler musterte ihre Enkelin intensiv. Die beiden teilten nicht nur den Vornamen, sondern hatten exakt gleich geschnittene, grüne Augen.

»Gut, ich bin allerdings etwas aufgeregt«, antwortete sie und rührte in ihrer Tasse. »Aber ich freue mich sehr auf das Studium.«

»Deine Mutter hat es dir in den letzten Wochen nicht leicht gemacht«, sagte Granny leise.

»Woher weißt du das?«, fragte Lina. Sie hatte ihrer Oma nichts davon erzählt, da sie möglichst wenig Wind um diesen unerfreulichen Streit machen wollte.

»Ilse hat in letzter Zeit oft mit mir telefoniert; ich sollte dich davon abhalten, dich in Trier einzuschreiben – und dann auch noch ausgerechnet für Psychologie!« Granny sah Lina traurig in die Augen. »Man muss einen jungen Menschen eigene Entscheidungen treffen lassen, das habe ich ihr immer wieder erklärt, aber sie wollte deine Wahl einfach nicht akzeptieren.«

»Was habt ihr nur alle gegen Trier?« In Linas Stimme schwang Verärgerung mit. »Es ist eine Universität wie jede andere, sie hat einen guten Ruf und das Leben hier ist günstiger als in einer Großstadt.«

»Wir wollen alle nur das Beste für dich, mein Schatz«, murmelte die Großmutter besänftigend.

»Was bitte ist daran das Beste, endlos Psychoterror zu veranstalten, nur damit ich nachgebe und mich in Frankfurt einschreibe? Sogar ins teure München hätte Mutter mich ziehen lassen; nur Trier, das war offenbar falsch. Und sie hat es nicht einmal vernünftig erklärt. Nur gestritten und dann geschwiegen. Wochenlang.« Lina blickte ihrer Oma trotzig in die Augen. »Würdest du mir bitte erklären, was genau das Problem der Wahl meines Studienortes ist?«

»Vielleicht ist es Bestimmung«, antwortete Granny vage. »Es hat dich hierher gezogen; möglicherweise musste es einfach so kommen.«

»So kenne ich dich gar nicht!«, erwiderte Lina enttäuscht. »Du bist mir noch nie eine Antwort schuldig geblieben.«

»Jetzt bist du hier, und ich freue mich, dass ich dich regelmäßig sehen kann. Du machst das schon. Und wenn du ein Problem hast, mein Herz, dann meldest du dich sofort, ja? Es täte mir weh, dich unglücklich zu sehen.«

»Klar.« Lina wollte heute nicht streiten, nachdem sie sich doch so auf diesen Tag gefreut hatte.

»Dann geh und hilf Max und Bill beim Ausladen. Wir können uns später unterhalten.«

Den ganzen Nachmittag lang wurde geschleppt, geschraubt und eingeräumt. Zu Hause hatte Lina nur ein spärlich eingerichtetes Zimmer bewohnt und erwarb daher alle Möbel neu. Sie hatte sich ein Bett gekauft, das man mit den dazu passenden Kissen in eine Couch verwandeln konnte, sobald Besuch erwartet wurde. Als Studentin leistete sie sich natürlich einen großen Schreibtisch mit einer hellen Lampe und einen bequemen Stuhl. Außerdem mussten noch das hübsche, weiße Bücherregal und der dazu passende Kleiderschrank aufgebaut werden.

Als Max sich verabschiedete, machten Bill und Lina zusammen mit Granny eine Kaffeepause. Es gab belegte Brote und selbst gebackenen Marmorkuchen.

»Was ist los?«, fragte Granny unvermittelt.

Manchmal hatte Lina den Eindruck, dass ihre Oma Gedanken lesen konnte, denn sie wusste immer genau, was in ihrer Enkelin vorging. »Es wirkt noch ein wenig kahl und ungemütlich«, erklärte sie, »jetzt, nachdem sich das Chaos der Kisten und Verpackungen endlich gelichtet hat.«

Granny und Bill lächelten einander geheimnisvoll an.

»Was?«, fragte Lina neugierig. »Warum lacht ihr?«

»Wir haben noch eine Überraschung für dich«, sagte Bill. »Wir fahren jetzt shoppen und besorgen dir einen Teppich, ein paar Pflanzen, Bilder und Dekoration – was man eben so braucht, damit ein Zuhause wohnlich wird. Und ich habe ein Geschenk für dich, das liegt noch auf dem Anhänger.« Bill lächelte, erhob sich und verließ erneut die Wohnung. Lina folgte ihm interessiert und sah ihm dabei zu, wie er mit seinem Taschenmesser ein paar Schnüre durchtrennte. An der Seitenwand des Anhängers war ein fast zwei Meter langes Paket befestigt.

»Mach es auf!«, forderte er seine Nichte auf, als sie kurz darauf mit dem unförmigen Geschenk in der Wohnung standen.

Nachdem Lina das grobe Packpapier entfernt hatte, schossen Tränen in ihre Augen. »Das schenkst du mir?« Sie hielt ein Gemälde in der Hand, das sie seit ihrer Kindheit über alles liebte.

»Melanie hätte es auch gewollt, da bin ich mir sicher. Ich habe sie gefragt, aber sie kann ja nicht antworten«, murmelte er verlegen.

Als Lina noch ein Kind war, war ihre kleine Welt in Ordnung gewesen. Ihr Vater war ihr Ein und Alles, ihre Mutter war einigermaßen freundlich und ihr Bruder ein echter großer Bruder. An Ostern, Weihnachten und zu Grannys Geburtstag im Sommer fuhr die Familie damals immer nach Trier. Lina saß häufig im Wohnzimmer von Onkel Bill und Tante Mel und bewunderte ein ganz bestimmtes Bild, das Melanie gemalt hatte: Es war himbeerrosa und zeigte verschiedene weiße Spiralen und Schnörkel, die sich ineinander verschlangen, als würde man flüssige Sahne in eine Himbeersauce rühren. Zuneigung und Liebe drücke das Werk aus, hatte die Künstlerin ihrer kleinen Nichte erklärt.

Und genau dieses Bild hielt die glückliche und überaus gerührte Lina jetzt in der Hand.

»Wo möchtest du es aufhängen?«, fragte Bill geschäftig, während er nach einem passenden Nagel suchte.

Lina sah sich in dem Zimmer um und dachte nach. »Wir hängen es über das Bett, dann kann ich es immer sehen«, antwortete sie und wischte ihre Tränen mit dem Handrücken weg.

Routiniert schlug Bill den Nagel in die Wand. Das Gemälde passte perfekt an seinen Platz, denn es war fast so lang wie das Bett und relativ schmal.

Lina fiel auf, dass auch Granny feuchte Augen bekommen hatte. Sie wusste, wie sehr es ihre Oma schmerzte, dass ihre Tochter Melanie so krank war. Man tat alles für die 39-jährige Frau, aber sämtliche Medikamente und Therapien blieben wirkungslos. Lina nahm sich fest vor, ihre Tante gleich morgen zu besuchen und sich bei ihr zu bedanken – obwohl Mel sie möglicherweise nicht verstehen würde.

»Lasst uns jetzt fahren, damit wir noch genug Zeit zum Einkaufen haben!«, unterbrach Bill die rührselige Stimmung. »Heute zahle ich, daher solltest du die Zeit besser nutzen!«

Zu dritt fuhren sie hinunter in die Stadt. In einem Großmarkt kauften sie eine schlanke Zimmerpalme sowie drei Orchideen für die Fensterbank. In einem Möbelladen wählte Lina einen flauschigen Teppich sowie einige kleine Bilder für Küche und Flur aus.

Drei Stunden später wurde es allmählich dunkel, aber Linas neues Zuhause wirkte nicht mehr kahl, sondern äußerst behaglich. Nur Angies Zimmer war noch leer, aber das würde sich morgen ändern.

Beim Abschied drückte sie Bill und Granny ein letztes Mal herzlich. »Vielen, vielen Dank!«, murmelte sie gerührt. »Ihr wisst gar nicht, welche Freude ihr mir heute gemacht habt!«

Dann stand sie alleine in der Wohnung, atmete tief durch und sah sich um.

Ihr erstes, eigenes Heim!

Sie überlegte, ob sie ihre Mutter anrufen sollte, entschied sich dann aber für eine SMS, denn so konnte sie verhindern, dass Ilse Bell ihre gute Stimmung womöglich trübte. »Bin gut angekommen, Wohnung ist eingerichtet«, schrieb sie. »Melde mich morgen. Gruß, Lina«

Wenige Minuten später kam die Antwort: »Du hast es so gewollt, jetzt musst du mit den Konsequenzen leben.«

Lina hoffte inständig, dass das Psychologiestudium ihr das Mysterium der menschlichen Seele näher bringen würde. Da war so vieles, das sie nicht verstand. Warum gab es Gewalt in der Welt? Und weshalb verachtete ihre Mutter sie?

Schließlich wählte sie die Nummer ihrer Freundin.

»Hey, alles klar? Der Sprinter ist bis unter das Dach gefüllt. Ich kann es gar nicht erwarten!«, sprudelte Angie begeistert los, noch bevor Lina überhaupt Hallo sagen konnte.

Sie schluckte. »Das ist gut, ich fühle mich nämlich hier ein bisschen allein, so ohne dich.«

»Die Fernseher, die wir bestellt haben, sind auch angekommen.« Angie klang euphorisch und aufgekratzt.

»Sehr gut, dann können wir uns prima vom Studium ablenken«, erwiderte Lina trocken.

Angie lachte. »In den ersten vier Wochen wird nicht gelernt«, sagte sie energisch. »Zuerst muss man Freundschaften schließen, damit man sich später gegenseitig unterstützen kann.«

»Ich sehe schon, du wirst mich aus unseren gemütlichen vier Wänden zerren.«

»Natürlich, ich will das Studentenleben genießen, Linchen! Freiheit!«

Lina hörte, wie Angie durch ihr altes Kinderzimmer hüpfte. Manchmal wunderte sie sich, warum die extrovertierte und einnehmende Schülerin ausgerechnet sie zur besten Freundin gewählt hatte. Angie war blond, langbeinig und hatte einen so einnehmenden Charakter, dass niemand ihr einen Wunsch abschlug. Ihr sonniges Gemüt öffnete ihr sämtliche Türen: Sogar wenn sie allein auf eine Party ging, stand sie eine halbe Stunde später mitten im Geschehen.

Lina hingegen war introvertiert und weniger gesprächig. Mit ihren dunklen, langen Haaren, den leuchtend grünen Augen und der schlanken Figur könnte auch sie auf jeder Feier glänzen, wenn ihr ruhiges Naturell dies nicht verhindern würde. Die Jahre mit der schlechtgelaunten Mutter hatten sie vorsichtig werden lassen. Ständig hatte sie Angst, etwas falsch zu machen. Und in großen Menschenansammlungen fühlte sie sich fehl am Platz, da die vielen Leute sie erdrückten.

Trotz aller Unterschiede waren die Freundinnen ein Herz und eine Seele. Angie setzte ihren Charme ein, um Lina unter das feiernde Volk zu mischen. Aber obwohl Lina ihr zuliebe häufig mitkam, konnte sie Partys nicht gleichermaßen genießen.

Im letzten Jahr hatten sich die beiden nicht nur amüsiert, sondern auch fürs Abitur gepaukt und viel Zeit darin investiert, ihre Zukunftspläne zu diskutieren. Angie plädierte zunächst für eine Großstadt. Aber da sie auch praktisch veranlagt war, gaben die familiäre Atmosphäre und die geringeren Lebenshaltungskosten einer kleineren Stadt am Ende den Ausschlag. Und so schrieben sie sich an der Trierer Universität für den Studiengang Psychologie ein.

»Wir werden nicht nur feiern«, warnte Lina ihre Freundin vorsorglich, »denn wir müssen uns auf die Klausuren vorbereiten. Und Hausarbeiten schreiben!«

»Ach, sei doch nicht so vernünftig! Für die Schule haben wir auch gelernt und hatten trotzdem unseren Spaß.« Angie ließ sich ihre Freude nicht trüben. »Unter den Betriebswirten finden sich bestimmt ein paar hübsche Jungs!«

Lina musste lachen. Es war so typisch für Angie, die Welt durch rosarote Brillengläser zu betrachten. Ihr fiel das immer schwer, auch wenn sie sich Angie zuliebe bemühte. Manchmal stellte sie heimlich die Selbstdiagnose einer chronischen Depression. Oder war die Niedergeschlagenheit, die sie so oft empfand, normal? Am wohlsten fühlte sie sich, wenn sie allein sein konnte.

Aber war das ein Wunder? Wer jahrelang immer wieder unter die Nase gerieben bekam, wie schlecht er war, betrachtete die Welt zwangsläufig von ihrer dunkleren Seite.

»Morgen rücke ich mit dem Möbelwagen an und heitere dich auf!«, versprach Angie. Obwohl sie das Leben häufig als Spaßveranstaltung ansah, so kannte sie Linas Nöte und tat alles dafür, ihr zu helfen. Vielleicht war dies einer der Gründe, weshalb sie Psychologie studieren wollte.

»Fahrt rechtzeitig los«, bat Lina. »Hier in der Nähe ist eine Bäckerei, ich besorge frische Brötchen und koche Kaffee. Und ich habe von Bill entzückende Bilder für Flur und Küche geschenkt bekommen, die können wir gemeinsam aufhängen.«

»Das ist super«, freute Angie sich. »Bis morgen, Linchen!«

»Ciao!« Die Abschiedsworte schwebten im Raum, denn die Wohnung wirkte nach dem Telefonat merkwürdig still. Lina schaltete ihr Radio ein, setzte sich unter die neue Leselampe und las, bis ihr fast die Augen zufielen.

Zwei

Mit Angie und ihrer Familie wehte am nächsten Morgen ein frischer Wind durch die kleine Studentenwohnung.

Die Eltern hatten Lina ein Geschenk zum Einzug mitgebracht. »Vielen Dank!«, stammelte sie. Das Paket war so sperrig, dass es kaum durch die Tür passte. »Was ist das?«

»Mach es auf!« Angie strahlte vor Begeisterung. »Das habe ich für dich ausgesucht.«

Vorsichtig arbeitete Lina sich durch Unmengen von Folie und Packpapier. Zum Vorschein kam ein beerenfarbener Sessel, dessen Inneres dank der aus kleinen Styroporkügelchen bestehenden Füllung besonders leicht war. Er passte farblich perfekt zu Melanies Bild und zu dem neuen Teppich. »Wow, danke!« Sie blinzelte, um die Rührung zu verbergen, die sich in ihre Augen gestohlen hatte.

»Damit du nicht nur studierst, sondern auch mal chills!«, verkündete Angie glücklich. »Ich habe den Gleichen in lila.«

Lina umarmte ihre Freundin und danach deren Eltern. Den Sessel platzierte sie vor der hellen Fensterfront und ließ sich probeweise gleich mal hineinfallen. Hier würde sie sitzen und träumen! Ihr Raum war jetzt perfekt eingerichtet.

So viel Platz – ganz für sie allein! In Frankfurt hatte sie den kleinsten Raum bewohnt und durfte auch nicht umziehen, nachdem ihr Bruder sein wesentlich größeres Jugendzimmer aufgegeben hatte.

Natürlich half sie Angelas Familie beim Einzug. Während in Linas weiß möbliertem Zimmer die Farben Rosa, Pink und Beere in harmonischem Zusammenspiel dominierten, setzte Angie auf Lila und Schwarz als Akzente. Auch sie hatte helle Möbel gekauft und brachte überdies ein paar Topfpflanzen mit.

»Ob die überleben?«, fragte die Mutter zweifelnd.

»Na klar, Linchen hat einen grünen Daumen für uns beide«, erwiderte Angie lachend. »Sie wird mich nicht im Stich lassen.« Seit Jahren goss Lina die Blumen in ihrem Zimmer, wann immer sie ihre Freundin besuchte.

Am Abend schob Angie ihren lila Sessel zu Lina ins Zimmer, um gemeinsam zu chillen. Sie hätte sich einfach aufs Bett setzen können, wollte aber lieber das neue Sitzmöbel ausprobieren. Die Fernseher waren angeschlossen und Angie zappte testweise durch das Programm.

»Warum besitzen wir jetzt beide eine neue Glotze, wenn nichts Interessantes läuft?«, maulte sie. »Wir sollten ausgehen!«

»Ich bin müde«, antwortete Lina, obwohl sie wusste, dass diese Ausrede nutzlos war.

»Auf geht's, Linchen! Noch haben wir keine Verpflichtungen – so angenehm wird das Feiern nie wieder!«

Lina wand sich. Ihre Muskeln waren vom Möbelschleppen erschöpft; außerdem wollte sie das wenige Ersparte, das sie besaß, nicht gleich in Cocktails investieren.

»Komm schon!«, bettelte Angie. »Meine Eltern haben mir zum Abschied 100 Euro gegeben, damit wir den Einzug feiern! Es ist ein Geschenk für uns beide!«

»Sollte ich nicht in dem neuen Sessel chillen?«, fragte Lina herausfordernd, obwohl sie ihren Widerstand im Grunde längst aufgegeben hatte.

»Das haben wir ja jetzt gemacht!« Angie ließ keinen Widerspruch gelten. »Komm, wir bretzeln uns ein bisschen auf, gehen lecker essen, und trinken danach noch einen

Cocktail. Ich fahre! Du musst nichts tun, außer dich umzuziehen und chauffieren zu lassen.«

Angie hatte im Sommer ihr erstes Auto geschenkt bekommen, einen Jahreswagen. Sie war vom Leben immer reichlich bedacht worden; was sie aber nicht hochnäsig oder arrogant hatte werden lassen – im Gegenteil: Sie wusste zu schätzen, was man ihr bot und teilte ihre Gaben großzügig. Bei ihr konnte Lina auftanken und sich erholen.

In der Gegenwart ihrer eigenen Mutter ging es Lina hingegen meistens schlecht, auch wenn es gerade keinen Streit gab. Sie atmete immer auf, sobald Ilse Bell die gemeinsame Wohnung verließ. Zwar fühlte sie sich deshalb oft schuldig, aber was sollte man gegen ein Gefühl unternehmen?

»Worüber denkst du nach?«, fragte Angie.

»Ich bin froh, hier zu sein«, antwortete Lina vage. »Aber gleichzeitig bin ich total geschockt, dass es hier so … schön ist!«

»Und es wird noch viel besser, wenn du dich jetzt anziehst und mitkommst.« Angie sprang auf, packte ihren Sessel und drohte, ihre Freundin damit zu bewerfen.

Lina seufzte theatralisch, erhob sich stöhnend und inspizierte anschließend ihren frisch eingeräumten Kleiderschrank.

»Da!«, rief Angie. »Nimm das olivgrüne, enge Oberteil. Und dazu meinen graugrünen Rock. Moment!« Sie quetschte sich mit ihrem lila Möbelstück durch die Tür und verschwand in ihrem Zimmer. Kurze Zeit später kam sie mit dem Rock und einer passenden Strumpfhose wieder. »Der steht dir eh viel besser als mir, er passt perfekt zu deinen Augen!« Nachdem beide sich umgezogen hatten, nötigte sie Lina noch ein wenig Make-up auf.

Dann setzten sie sich in Angies Seat Ibiza und brausten von Tarforst den Berg hinunter ins Zentrum. Mit Hilfe von Smartphone und Google Maps navigierten sie sicher durch die Innenstadt.

Angie hatte das City-Parkhaus gewählt, da sie Lina zum Mexikaner am Nikolaus-Koch-Platz einladen wollte. Wie immer teilten sich die beiden eine Portion Fajitas und einen Salat.

Für Lina bestellte Angie eine Erdbeer-Margarita und für sich selbst eine Cola light. »Ich will an der Bar einen Cocktail trinken und muss ja noch fahren«, begründete sie ihre Wahl.

Das Coyote Café war am Sonntagabend gut gefüllt, was nicht zuletzt an der großen Gruppe Studenten lag, die einen langen Tisch besetzte.

Angie beäugte die jungen Männer genau. »Das sind bestimmt angehende Betriebswirte!«, flüsterte sie verschwörerisch, und ihre Augen blitzten. »Ich werde das für uns herausfinden!«

»Nein …«, bat Lina jammernd. »Warum können wir nicht einfach essen und den Tag ausklingen lassen?«

Angie seufzte. »Okay. Wir dinieren in aller Ruhe und finden dann heraus, was die gut aussehenden Jungs an diesem wunderschönen Sonntagabend in Trier vorhaben. Einverstanden?«

»Na gut«, antwortete Lina grinsend, »ich kann dich ohnehin nicht aufhalten, sobald du ein Opfer ausgemacht hast.«

»Opfer? Die dürfen sich glücklich schätzen!«, erwiderte Angie trocken.

Lina kicherte wie ein Teenager, denn die Erdbeer-Margarita hatte die innere Anspannung aufgelöst, unter der sie häufig litt. Als Reaktion erntete sie einen verächtlichen Blick aus wässrig-hellblauen Augen: Einer der jungen Männer, die Angie an diesem Abend noch erobern wollte, war durch ihr Gekicher in seiner geistreichen Unterhaltung gestört worden und bedachte sie mit einem genervten Augenaufschlag.

Es war erstaunlich, wie ein einziger Blick so viel Geringschätzung ausdrücken konnte. Lina blieb ihr Lachen buchstäblich im Halse stecken, denn sie verschluckte sich und musste husten.

»Was ist los?«, fragte Angie, der die Szene entgangen war.

»Der Blonde von den Jungs, er hat mich … sagen wir mal, nicht gerade freundlich angeguckt«, flüsterte Lina zwischen zwei Hustern. »Mir steckt der Schreck jetzt noch in den Knochen!«

»Welcher, zeig mal!«

»Pst!« Lina räusperte sich. »Der Typ, der direkt neben uns am Kopfende des Tisches sitzt. Warte einen Moment, bevor du hinübersiehst!«

»Du klingst so verzweifelt, eben warst du noch so fröhlich …« Angie schüttelte ihr blondes Haar, zückte einen kleinen Spiegel aus ihrer Handtasche und zog ihren Lippenstift nach. Anschließend blickte sie scheinbar zufällig in die Richtung, die Lina ihr beschrieben hatte. »Der sieht merkwürdig aus«, flüsterte sie. »Und er fixiert dich immer noch!«

»Mir wird schlecht, ich muss an die frische Luft!«, würgte Lina hervor. Innerhalb weniger Sekunden war Übelkeit in ihr aufgestiegen.

»Du bist blass geworden! Komm!« Angie begleitete ihre Freundin nach draußen und signalisierte der Kellnerin mit einem Blick, dass sie gleich wieder zurückkommen würden.

»Lass uns ein paar Meter laufen!«, bat Lina. Sie wollte sich unbedingt außer Sichtweite dieses merkwürdigen Studenten begeben.

Angestrengt starrte Angie durch die Fenster in das Café. »Das gibt es nicht, er starrt dich immer noch an!«, rief sie wütend. »Ich gehe jetzt da rein und kläre das!«

»Nein, lass das!«, keuchte Lina verzweifelt. Aus ihrer anfänglichen Übelkeit war große Panik geworden; sie schwitzte und hechelte flach. War etwas mit dem Essen nicht in Ordnung gewesen?

Aber es war schon zu spät, denn Angie stürmte die Bar

und ging zielstrebig zu dem blonden Studenten, der aufstand und sie mit gerunzelter Stirn empfing.

Lina konnte nicht verstehen, was sie sagte oder wahrscheinlich eher schrie, aber sobald der merkwürdige Typ seine Aufmerksamkeit nicht mehr auf sie richtete, fühlte sie sich schlagartig besser. Wärme strömte in ihre Hände, die vor Angst ganz klamm und feucht geworden waren.

Angie war in ihrem Element: Die Köpfe sämtlicher Gäste hatten sich ihr zugewandt, während sie wild gestikulierend auf den Blondschopf einredete. Schließlich sah Lina, wie ihre Freundin die beiden Jacken holte und anschließend, immer noch schimpfend, am Tresen die Rechnung beglich.

»So, jetzt habe ich meinen Auftritt gehabt!«, schnaufte sie zufrieden, als sie Lina ihren Mantel reichte.

»Danke, mir ist schon ganz kalt. Aber das mit der Kontaktaufnahme, das hattest du doch anders geplant, oder?«

»Ja«, lachte Angie, die nie lange sauer oder wütend sein konnte. »Weiß auch nicht … Ich hatte das Gefühl, dass der Typ dich … egal. Geht es dir besser?«

»Ja, seit er mich nicht mehr anstarrt.« Lina atmete tief durch und ging ein paar Meter von dem Restaurant weg.

»Komm, wir spazieren noch ein bisschen durch die Fußgängerzone und dann fahren wir heim«, schlug Angie vor.

»Jetzt habe ich dir den Abend verdorben«, seufzte Lina frustriert. »Das tut mir echt leid. Entschuldige!«

»Ach was, ich bin froh, dass es dir wieder besser geht.« Angie hakte ihre Freundin unter und zog sie in Richtung Innenstadt.

»Wohin geht ihr?«, fragte eine männliche Stimme hinter ihnen.

»Wohin wir wollen«, antwortete Angie schlagfertig, ohne ihren Schritt zu verlangsamen.

»Ich möchte mich bei euch für das Verhalten meines Cousins entschuldigen!«, rief der Mann den beiden hinterher. Er lief ein Stück, um zu ihnen aufzuschließen. »Geht es dir wieder besser?«, fragte er.

Als Lina in seine hellbraunen Augen sah, fühlte sie sich augenblicklich leicht und beinahe schwerelos. Instinktiv blieb sie stehen und versank in den kleinen, bernsteinfarbenen Sprenkeln seiner Iris. Dabei empfand sie eine tiefe Erleichterung. Die Schwere, die bis eben noch auf ihrem Brustkorb gelastet hatte, löste sich auf und flog im kalten Herbstwind davon.

»Das ist dein Cousin?«, fragte Angie sarkastisch. »Da hast du aber sympathische Verwandte.«

»Darko ist manchmal etwas … eigenartig«, gab er zu und kratzte sich verlegen am Kopf.

»Darko? Passender Name! Ts!«

»Er heißt eigentlich Marius Darko, möchte aber mit Zweitnamen angesprochen werden«, ergänzte er.

»Und du? Hast du auch einen Namen?«, fragte Angie und grinste. »Und vielleicht sogar einen Zweitnamen?«

Lina fühlte sich immer noch locker und gelöst und musste plötzlich lachen. Diese Typen waren auch zu merkwürdig!

»Entschuldigt. Ich bin Leo. Leonard Magnus, um genau zu sein.« Er hatte Angies Spitze elegant pariert.

So schnell, wie es gekommen war, verschwand Linas Kichern wieder. Sie schluckte und betrachtete ihn irritiert. Leo wirkte weniger furchteinflößend als sein Cousin. Aber sein Verhalten war ihr suspekt. Warum lief er fremden Frauen hinterher?

»Darf ich euch auf den Schreck zu einem Drink einladen?«, fragte er höflich.

Angie schwieg einen Moment lang. »Warum nicht«, begann sie vorsichtig, »aber wirklich nur kurz, wir müssen morgen früh aufstehen.«

»Wie heißt ihr eigentlich?«, fragte er.

»Ich bin Angela, werde aber Angie gerufen. Und das ist meine Freundin Lina.«

»Freut mich! Wie wäre es mit einem Glas Wein in der Kesselstadt?«

»Hm …« Lina sah ihre Freundin unschlüssig an.

»Es ist ganz in der Nähe«, antwortete Leo, der ihre Gedanken zu erraten schien. »Gleich gegenüber vom Dom.«

»Okay«, stimmte sie schließlich zu.

Da sich die Drei mittlerweile am Hauptmarkt befanden, war der Weg wirklich nicht mehr weit. Schweigend legten sie die letzten Meter zu ihrem Ziel zurück.

Leo betrat die Weinstube, nickte dem Bediensteten hinter der Theke freundlich zu und wählte einen Tisch. »Weißwein oder lieber einen Rotwein?«, fragte er.

»Für mich eine Weißweinschorle«, bat Angie, »ich muss noch fahren.«

»Und du?«, fragte Leo. Wieder sah er Lina in die Augen, die sich dieses Mal abrupt abwendete. Das warme Gefühl, das sie so plötzlich durchströmt hatte, war ihr unheimlich. Jeder Blickkontakt mit einem Mitglied dieser Familie hatte offenbar einen sofortigen Gefühlsumschwung zur Folge.

Schnell studierte sie die Karte, um Leos Frage zu beantworten. »Ich nehme einen Riesling«, entschied sie und blickte kurz auf seine Nase.

Leo ging zur Theke und gab seine Bestellung auf. Kurze Zeit später brachte er ein Tablett mit drei Gläsern, einem Teller Oliven und kleinen gefüllten Peperoni zum Tisch.

»Bitte sehr, die Damen!«, sagte er förmlich, während er sie bewirtete. Seine Augen zwinkerten lustig.

»Du kennst dich hier offensichtlich aus«, sagte Angie und zwirbelte eine blonde Haarsträhne zwischen ihren Fingern.

»Ich war in den letzten Jahren regelmäßig hier«, antwortete er, »aber ich wohne erst seit vorgestern in der Stadt. Erstes Semester Psychologie.«

»Was?«, schrie Angie verzückt, »Wir auch!«

Es gefiel Lina nicht, dass ihre Freundin gleich ausplauderte, wo sie in Zukunft an der Uni zu finden waren. Aber wenn er ein Kommilitone war, würden sie ihm ohnehin über den Weg laufen. »Und dieser … Darko?«, fragte sie. Wieder dachte sie an die schrecklichen Minuten auf dem Nikolaus-Koch-Platz zurück und hielt vor Spannung den Atem an.

»Er studiert im dritten Semester Betriebswirtschaft«, antwortete Leo. Er zwang sie mit seinem Blick, ihn anzuschauen. Sofort tanzten wieder die Hormone in ihrem Körper.

Leo wirkte wie eine Droge. Konnte man nach einem Menschen süchtig werden? Oder hatte sie sich verknallt? Das Gefühl war anders, als damals … als sie in Andreas verliebt gewesen war.

»Wo wohnst du?«, fragte Angie ihren neuen Bekannten. Unauffällig stupste sie Lina mit dem Ellbogen an.

»Am Petrisberg, in einer großen Wohngemeinschaft«, sagte er. »Alle Studenten meiner Familie leben dort.«

»Wir sind heute in Tarforst eingezogen, gegenüber der Uni«, berichtete Angie glücklich. Dabei setzte sie diesen unwiderstehlichen Blick auf, den sie immer für Neueroberungen parat hatte.

Lina grinste. Sie kannte ihre Freundin und wusste, was folgen würde.

Trotz des lustigen Schauspiels, das sie jetzt erwartete, zog es ihre Gedanken zurück zu dem unheimlichen Erlebnis von vorhin. Wieder fühlte sie ein Echo der Panik. Zum Glück studierte Darko nicht auch Psychologie … dieser Blick war so unheimlich gewesen!

»Hey!«, weckte Leo sie sanft lächelnd aus ihren dunklen Gedanken. »Kommst du auch zur Erstsemester-Party am Donnerstag?«

Wieder konnte sie nicht anders und musste ihn ansehen. Sofort verschwanden die unangenehmen Gefühle. »Äh …

wahrscheinlich … ja«, stammelte sie verwirrt.

»Klar kommen wir!« Angie stupste ihre Freundin erneut. »Die Feten sind doch das Beste am Studium!«

Lina wollte dringend nach Hause. Sie fühlte sich sehr wohl in Leos Gegenwart, aber genau das verunsicherte sie. Deshalb sehnte sie sich nach ihrem Zimmer, wo sie das eigenartige Erlebnis in Ruhe verarbeiten konnte.

Angie leerte ihr Glas. »Danke für die Einladung«, sagte sie und lächelte Leo freundlich an. »Wir müssen jetzt leider los.«

Lina erhob sich sofort und griff nach ihrer Handtasche. Sie war froh, diesen merkwürdigen Abend beenden zu können.

»Wo steht euer Auto?«, fragte er. »Ich begleite euch.«

»Das ist doch nicht nötig!«, wiegelte Angie ab.

»Müsst ihr zum City-Parkhaus? Das liegt auf meinem Weg.« Er lächelte und sah die beiden freundlich an.

Je eher sie dieses Treffen beendeten, desto besser, dachte Lina und beschleunigte ihre Schritte. Aber als sie sich dem Coyote Café näherten, wurde sie hektisch. Auf gar keinen Fall wollte sie Darko noch einmal begegnen!

Doch Leo schien eine Art sechsten Sinn zu besitzen. Er dirigierte die beiden Frauen auf die gegenüberliegende Seite des Platzes, sodass Lina nicht direkt am Café vorbeigehen musste.

Trotzdem schielte sie von weitem ängstlich durch die Fenster, konnte ihren neuen Feind aber zwischen den vielen dunklen Silhouetten nicht ausmachen.

»Wir sehen uns bestimmt bald an der Uni«, sagte Leo, als er sich von ihnen verabschiedete.

»Spätestens auf der Party.« Angie strahlte ihn an. »Es war sehr nett, dich kennenzulernen.«

»Bis dann«, murmelte Lina. Dabei vermied sie es, ihn noch einmal anzusehen. Sie hakte ihre Freundin unter und überquerte mit ihr die Straße.

Während sie das Parkticket bezahlten, schielte Lina nervös auf die andere Straßenseite. Aber Leo war bereits in dem Café verschwunden. Erst als sie im Auto saß, ließ die seltsame Anspannung nach. »Das war äußerst merkwürdig!«, sagte sie und seufzte.

»Dieser Darko ist ein komischer Kauz«, stimmte Angie zu, »aber sein Cousin ist sehr sympathisch. Wenn ich nicht gewusst hätte, wie schlecht es dir geht, hätte ich ihn mir vielleicht geangelt. Leonard Magnus, das klingt irgendwie nobel!« Angie sprach in einem so überspitzten Tonfall, dass Lina lachen musste.

»Jedenfalls hast du das Ziel des Abends erreicht; du hast zwei der Männer vom Tisch kennengelernt«, sagte sie. »Und es sind Studenten.«

»Dieser Darko hat mich kennengelernt!« Einen Moment lang presste Angie ihre Lippen fest aufeinander, eine Mimik, die man bei ihr nur äußerst selten beobachten konnte. »Ich habe ihn gehörig zusammengeschissen!«

»Warum eigentlich?«, fragte Lina. »Böse gucken ist ja nicht per se verboten.«

»Weil er dir so zugesetzt hat. Das war unhöflich! Ich habe ja gesehen, was es bei dir bewirkt hat.«

»Du bist mir eine wahre Freundin«, sagte Lina. Ein Grinsen stahl sich auf ihr Gesicht. »Schreist ein ganzes Restaurant zusammen, nur weil ich von einer Person schief angeguckt werde.«

Angie lachte. »Für dich tue ich alles. Naja«, relativierte sie, »jedenfalls fast alles.«

Als sie zurück in ihrem neuen Zuhause waren, kochte Angie eine große Kanne Tee. Dann holte sie einen Notizzettel und einen Stift und setzte sich mit Lina an den großen Küchentisch. »Wir müssen noch unsere Woche planen«, sagte sie fröhlich. »Das Wichtigste zuerst: Am Donnerstag ist die Party, die ist Pflicht!«

»Wir sollten uns mit der Uni und den Einrichtungen

vertraut machen«, warf Lina ein, »und morgen müssen wir die Bücher ausleihen, bevor sie alle weg sind.«

»Also Arbeit«, stöhnte Angie, »aber du hast natürlich recht.« Sie unterteilte das Blatt in sieben Spalten für die Woche und begann zu schreiben. »Können wir am Dienstag in die Bibliothek? Morgen möchte ich shoppen gehen.«

»Okay, aber nur, wenn wir am Mittwoch in der Fakultät die Studienmaterialien abholen!«, sagte Lina. »Und ich möchte Tante Mel sehen.«

»Wie wäre es, wenn du sie am Donnerstag besuchst, während ich zum Friseur gehe? Ich muss dringend die Spitzen schneiden lassen.« Angie zwirbelte eine lange blonde Strähne zwischen Daumen und Zeigefinger. »Zu viel Spliss!«

»Und was machen wir am nächsten Wochenende?«, fragte Lina. »Am Montag beginnen die Vorlesungen …«

»Wir werden jedenfalls nicht lernen!«

»Fährst du nach Frankfurt?« Lina nahm einen Schluck Tee. Sie wusste, dass ihre Freundin sehr an ihren Eltern hing.

»Nein!« Angie lachte. »Ich habe jetzt 19 Jahre lang am Main gelebt, da muss ich nicht gleich bei der ersten Gelegenheit zurück. Ich werde in drei Wochen fahren. Falls du mitkommen möchtest, darfst du gerne bei uns übernachten.«

Es versetzte Lina einen Stich, dass sie sich auf keinen Fall sicher war, bei ihrer Mutter zu Hause willkommen zu sein. Sie besaß zwar noch einen Wohnungsschlüssel, hatte aber all ihre Habseligkeiten ausgeräumt. Ilse Bell hatte ihre Tochter zum Abschied nicht umarmt.

»Mal sehen«, antwortete Lina vage, während sie die Tränen weg blinzelte, die sich in ihre Augen stahlen. »Ich weiß noch nicht.«

»Das war alles sehr viel für dich, die letzten Wochen«, seufzte Angie. »Lass uns jetzt schlafen.«

»Okay.« Lina gähnte, als sie ins Bad ging und ihre Zähne putzte. Alles hier roch neu und ungewohnt, nach frischer

Farbe und nach einem neuen Leben.

Aber an Schlafen war trotz Müdigkeit nicht zu denken. Während sie wach in ihrem Bett lag, dachte sie über Leo und seinen Cousin nach. Warum veränderten die beiden ihre Gefühle mit einem Fingerschnippen? Konnte man sich so etwas einbilden?

Ach was! Wie sie als angehende Psychologin wusste, war ein Umzug ein einschneidendes Erlebnis. Kein Wunder, dass ihre Gefühle Achterbahn fuhren!

Sie seufzte, stand auf und schaltete den Fernseher ein, um sich von einer seichten Dokumentation in den Schlaf wiegen zu lassen.

Aber trotz dieser Maßnahme ließen Leos rätselhafte, bernsteinbraune Augen sie einfach nicht mehr los.

Drei

In dieser Nacht träumte Lina wieder ›ihren‹ Traum: Seit ihrer Kindheit durchlebte sie regelmäßig den ›Farbnebeltraum‹, wie sie ihn bezeichnete. Darin irrte sie mit suchend ausgestreckten Armen durch einen dichten Nebel, der ständig die Farbe änderte. Rosa, grau, dottergelb, neongrün, sonnenorange, dunkelgrau und himbeerrot, die Farbtöne wechselten unvorhersehbar.

Lina liebte die fröhlichen Nuancen, aber heute sah sie viele dunkle und trübe Töne. Plötzlich bildete sich ein grauer, dichter Smog, gefolgt von einem leuchtenden Ferrari-Rot. Aber das Rot konnte sich nicht halten und wurde von der Dunkelheit verdrängt, in der zu allem Überfluss auch noch Darkos Gesicht auftauchte. Er schien dafür zu sorgen, dass die Nebel schattig, aggressiv und ekelerregend blieben.

Mit ausgestreckten Armen rannte Lina umher, um zu dem von ihr heißgeliebten Himbeerton zu gelangen, aber so sehr sie sich auch anstrengte, heute konnte sie die freundlichen Farben einfach nicht finden. Im Hintergrund hörte sie Darkos hämisches Lachen.

Lina sah nur noch eine Rettung. »Aufwachen!«, befahl sie sich selbst. Mit aller Macht kämpfte sie sich ins Bewusstsein zurück und wachte schließlich schweißgebadet auf.

»Linchen?« Es war Angie. »Ich habe dich rufen gehört. Hast du schlecht geträumt?«

»Ja, ein Albtraum«, murmelte Lina und schnaufte. Ihr

Herz hämmerte von innen gegen den Brustkorb, der gerade für ihre Lunge viel zu klein war. »Es ging um diesen Darko.« Benommen von dem schrecklichen Verfolgungstraum strich sie durch ihre dunklen Haare.

Wortlos verließ Angie den Raum und kam mit ihrer Decke zurück. »Rutsch mal«, sagte sie entschlossen. »Wenn du noch mal schlecht träumst, wecke ich dich auf.«

Dankbar nahm Lina das Angebot an. Trotzdem lag sie noch eine ganze Weile wach und lauschte Angies ruhigem Atem.

Am nächsten Morgen fühlte sie sich gerädert, aber immerhin war der schreckliche Traum nicht wiedergekehrt. Zumindest erinnerte sie sich nicht daran. Und so ließ sie sich von Angies Freude anstecken, als sie am Nachmittag in der Innenstadt vor einem großen Becher Eis saßen und die herbstlichen Sonnenstrahlen genossen.

»Das können wir morgen gleich wiederholen«, schlug Angie vor.

»Wir haben ausgemacht, uns um die Bücher zu kümmern«, sagte Lina und stupste ihre Freundin an. »Bestimmt gibt es auf dem Campus auch ein Eis für dich – als Belohnung.«

Und so streiften die beiden Studienanfängerinnen am Dienstag über das Universitätsgelände, aßen zum ersten Mal in der Mensa und verloren zwischen den vielen Regalen der Bibliothek den Überblick. Als sie mit je einem Arm voller Bücher in der Schlange standen, musste Angie zugeben, dass Lina recht gehabt hatte: Die Studenten liehen massenhaft Literatur aus, die sie im Semester benötigten würden.

»Und morgen besorgen wir uns Passwörter zum Intranet der Uni«, verkündete Lina entschlossen.

»Ich dachte, wir könnten mal wieder chillen!«, jammerte Angie, zwinkerte ihrer Freundin dabei jedoch fröhlich zu.

»Außerdem müssen wir die Fachschaft besuchen und die Vorlesungsskripte beschaffen. Und meinen Stundenplan kenne ich auch noch nicht.« Lina war nicht bereit, der Freundin einen freien Tag zu gönnen. »Noch ist alles locker hier, da macht es doch Spaß!«

»Okay.« Angie gab nach. »Wir werden den Vormittag an der Uni verbringen und dann am Nachmittag bummeln. In Ordnung?«

»Einverstanden«, stimmte Lina lachend zu.

Und so entspannten die beiden Freundinnen am Mittwoch wieder einige Stunden lang in der Stadt. Sie kauften neue T-Shirts und saßen in einem der zahlreichen Eiscafés.

»So kann man das Studentenleben aushalten!«, seufzte Angie glücklich, nachdem die Bedienung zwei große Fruchteisbecher gebracht hatte.

»Ich habe gestern Abend einen Blick in das Lehrbuch für Statistik geworfen«, warnte Lina vorsorglich.

»Papperlapapp! Mathe … Das ist sooo weit weg! Im Winter, wenn es dunkel ist, dann lernen wir Statistik.« Genüsslich lehnte Angie sich in ihrem Bistrostuhl zurück und wäre beinahe nach hinten umgekippt, hätte Lina die Lehne nicht festgehalten.

»Nicht, dass du im Winter mit gebrochenem Hals im Krankenhaus liegst!«, schimpfte sie.

»Eher mit gebrochenem Herzen, Linchen«, sagte Angie schmachtend. »Dieser Leo, den würde ich nicht abweisen. Du?«

»Wenn ich an seinen Cousin Darko denke, wird mir schlecht«, entgegnete Lina trocken.

»Lass uns heute nicht über Verrückte sprechen, das heben wir uns fürs Studium auf! Denken wir lieber an die netten Menschen … dieser Blick … die schönen braunen Augen …«

»Sie waren nicht braun«, widersprach Lina irritiert. »Heller, fast bernsteinfarben. Wie seine dunkelblonden Haare.«

»Da hat aber jemand genau hingeschaut!« Angie grinste hinterhältig, während sie ihr Eis löffelte.

»Morgen will ich Tante Melanie besuchen.« Lina biss in ihre Eiswaffel und beschloss, Angies Spitze zu ignorieren, denn sonst würde ihre Freundin sie ständig mit Leo aufziehen. »Ich habe Mel seit über zwei Jahren nicht mehr gesehen.«

»Was hat deine Tante eigentlich genau?«, fragte Angie.

»Man fand sie in einem Tunnel der Trierer Kaiserthermen. Mel hockte wiegend an einer kalten Mauer und zitterte. Nachdem man sie im Krankenhaus versorgt hatte, verfiel sie in eine Art Starre, aus der sie bis heute nicht erwacht ist. Man muss sie füttern und dafür sorgen, dass sie genug trinkt, sonst würde sie sterben. Die Ärzte wissen nicht, was ihr fehlt. Bill sagt, Tante Mel sei von den eigenen Gefühlen abgeschnitten und sie empfinde weder Freude noch Leid. Es ist eine merkwürdige Erkrankung.«

»Und wo wird sie betreut?« Angie hatte ihren Löffel hingelegt und hörte aufmerksam zu.

»Lange Zeit war sie in der Reha, weil die Ärzte hofften, dass sich ihr Zustand doch noch verbessern würde. Seit einem Jahr lebt sie jetzt auf einer Wohnstation für psychisch Kranke, die nicht zu Hause gepflegt werden können. Ich fahre morgen hin und sehe mir das an.«

»Ein Friseurbesuch ist angenehmer«, sagte Angie und schenkte Lina einen mitleidigen Blick.

»Zu welchem Figaro gehst du eigentlich? So ohne Empfehlung …« Sie wusste, dass ihre Freundin nicht jeden x-beliebigen Coiffeur an ihre blonden, langen Haare ließ.

»Er soll ja nur die Spitzen schneiden, das ist kein Problem. Außerdem habe ich auf Facebook rumgefragt.«

Am nächsten Tag setzte Angie Lina vor dem Betreuungsheim ab.

»Du weißt schon, dass hier viele Busse fahren und dass wir ein Semesterticket haben?«, fragte Lina. »Du könntest das Benzingeld problemlos sparen.«

»Ja, aber mit dem Auto ist es bequemer. Und ich will

nach dem Friseurtermin noch im Discounter für uns einkaufen. Getränke, Dosen, Mehl, Zucker … Eben alles, was wir längerfristig aufbewahren können.«

»Heb die Zettel auf, damit ich dir die Hälfte zurückgeben kann, ja?« Lina wollte unter allen Umständen vermeiden, dass Angie es mit der Großzügigkeit übertrieb. Immerhin hatte sie genug Geld, um sich ihr Studium zu finanzieren. Nur für kleinere Extras würde sie den Nebenjob benötigen.

»Klar, mache ich. Treffen wir uns nachher in der Stadt?«

»Gerne!« Lina verabschiedete sich und fragte am Empfang nach dem Zimmer ihrer Tante. Ihr war ein wenig mulmig zumute, als sie an der Tür der Wohnstation klingelte. Aus Sicherheitsgründen war das ganze Stockwerk abgeschlossen.

»Guten Tag«, wurde sie von der diensthabenden Pflegerin begrüßt. »Ich bin Schwester Elke. Sie sind die Nichte von Frau Morgan?«

»Ja, genau, Carolina Bell. Sie können aber ›du‹ und ›Lina‹ zu mir sagen.«

»Gerne! Komm, ich bringe dich zu deiner Tante. Ich habe ihr heute Morgen schon erzählt, dass du sie besuchen wirst.«

»Versteht sie das denn?«, fragte Lina erstaunt.

»Wir behandeln jeden Patienten auf der Station so, als würde er alles verstehen, egal ob jemand im Koma liegt oder unter Demenz leidet. Die Menschen sollen sich hier wohlfühlen«, antwortete Schwester Elke.

»Das gefällt mir«, sagte Lina und nickte.

»Deine Großmutter hat erzählt, dass du in Trier studierst?«

»Ja, Psychologie. Ich fange nächste Woche an.« Sie lächelte die freundliche Frau an. »Jetzt brauche ich nur noch einen Nebenjob, dann bin ich angekommen.«

Schwester Elke öffnete die Tür zu einem der Patientenzimmer. »Frau Morgan, ihre Nichte ist da!«

Neugierig betrat Lina den Raum. Bill hatte ein paar

persönliche Möbelstücke sowie einen flauschigen Teppich gebracht, um das Krankenzimmer wohnlich zu gestalten. An den Wänden hingen Bilder, die die Patientin in ihren guten Tagen selbst gemalt hatte.

Melanie Morgan saß in einem gemütlichen Ohrensessel und starrte durch die Wand.

»Hallo, Tante Mel.« Unsicher trat Lina einen Schritt auf sie zu. Keine Reaktion.

»Auch wenn du glaubst, dass sie dich nicht wahrnehmen kann, sind wir davon überzeugt, dass Dinge zu ihr durchdringen. Setz dich zu ihr, erzähl ihr von dem Umzug und von deinem Alltag. Es wird ihr gut tun.« Schwester Elke strich Lina ermutigend über den Oberarm und verließ das Zimmer. »Soll ich dir eine Tasse Kaffee bringen?«, fragte sie im Weggehen.

»Im Moment nicht, vielen Dank«, antwortete Lina. Sie nahm den Besucherstuhl, rückte ihn neben ihre Tante und streichelte vorsichtig deren Hand.

»Mel! Ich bin's, Lina.« Die Situation war beklemmend, doch sie riss sich zusammen. Als angehende Psychologin würde sie es später mit weitaus schwierigeren Fällen zu tun bekommen. Sie wollte sich gleich angewöhnen, aus jeder Situation das Beste zu machen.

»Bill hat mir das wunderschöne Bild von dir mitgebracht, das ich als Kind so geliebt habe. Das Himbeerfarbene mit den weißen Kringeln«, erzählte sie der Tante. »Ich hoffe, du bist einverstanden«, fügte sie hinzu. »Falls nicht, so betrachte ich es vorläufig als Leihgabe, okay?«

Lina schwieg einen Moment lang und suchte in den starren Zügen ihrer Tante nach einer Regung. Aber nichts geschah. Also atmete sie tief durch, berichtete von ihrem Studienbeginn, beschrieb ihr neues Zimmer und schwärmte von ihrer besten Freundin.

Wäre es in Ordnung, auch das zu erwähnen, was sie gerade wirklich bewegte?

»Weißt du, ich träume häufig von bunten Nebeln, Mel. Ich laufe im Traum daran vorbei oder mitten hindurch. Manchmal bilde ich mir ein, dass hinter jedem Farbklecks ein Mensch steckt. Die Farben sehen ungefähr so aus, wie auf dem großen Bild, das bei euch im Wohnzimmer hängt. Nur gestern hat sich der Traum in einen Albtraum verwandelt. Die Farben wurden schwarz und knallrot und ein Student, der gemein zu mir gewesen war, stand in dem dunklen Nebel. Zum Glück hat Angie mich geweckt.«

Stille.

»Ich habe dich immer sehr gerne gemocht, Mel, ich wünschte, du könntest mit mir reden! Dann würden wir zusammen im Garten der Klinik sitzen, Eis essen und die Leute beobachten.«

Sämtliche Worte schienen von den Wänden abzuprallen. Die einseitige Unterhaltung kam ihr zunehmend sinnlos vor.

Aber was hatte Bill gesagt? Mel habe den Zugang zu ihren Gefühlen verloren? Lina wünschte sich, sie könne ihre eigenen Emotionen auf Melanie übertragen und ihr so ein wenig Lebensfreude und Zuversicht schenken.

Ohne nachzudenken, ergriff sie die Hand der Tante und stellte sich vor, sie könne heilen. Lina wusste, dass es Unsinn war, aber aus einem inneren Impuls heraus probierte sie es trotzdem. In Gedanken sendete sie die bunten und fröhlichen Farben, die sie im Traum gesehen hatte, über die Berührung ihrer Hände in den Körper der Patientin.

Natürlich tat sich nichts, aber trotzdem war sie ein wenig enttäuscht.

»Bill ist ein attraktiver Mann, finde ich. Hilfsbereit und freundlich … Er liebt dich und bleibt für dich in Trier. In England sei die Betreuung nicht so gut wie in Deutschland, sagte er. Und er will, dass Granny dich häufig sehen kann.«

Sie plapperte noch eine Weile vor sich hin. Allmählich gewöhnte sie sich an die einseitige Unterhaltung und berichtete alles, was ihr gerade in den Sinn kam. Nur ihre Mutter Ilse erwähnte sie nicht. Lina wusste, dass diese ihre Schwester schon als Kind nicht gemocht hatte. Weshalb das so war, hatte sie allerdings nie herausgefunden. Davon abgesehen wollte sie Melanie aufmuntern und nicht nur Kummer bei der Tante abladen.

Es klopfte.

Mit einem großen Tablett in der Hand betrat Schwester Elke den Raum. »Zeit für Kaffee und Kuchen!«, verkündete sie fröhlich. Sie hatte zwei Teller mit Kuchen sowie Kaffee dabei – eine Tasse für Lina und eine Schnabeltasse für ihre Patientin.

»Ähm – wie kann sie essen?«, fragte Lina irritiert. »Meine Tante hat sich in der letzten halben Stunde keinen Millimeter bewegt.«

»Deine Anwesenheit tut ihr gut. Die Spastik der linken Hand hat sich verringert«, bemerkte Schwester Elke, während sie das Tablett abstellte und einen Stuhl vor den Sessel rückte.

»Was?«, fragte Lina erstaunt.

»Die Finger waren in den letzten Tagen stark gekrümmt, wir haben ihr schon ein Medikament dagegen verabreicht. Seit du hier bist, sind sie lockerer geworden, ich sehe das sofort.«

»Ich habe ihre Hand gestreichelt«, murmelte Lina.

Warum fühlte sie sich plötzlich so eingeschüchtert?

»Das machen wir auch. Aber bei dir hat sie sich entspannt.« Schwester Elke begann, ihre Patientin zu füttern. Sie griff nach der Gabel und hielt einen Bissen vor Tante Mels Gesicht. Und die Tante öffnete tatsächlich den Mund und begann zu kauen! »Iss!«, forderte Elke Lina auf. »Wir kaufen den Streuselkuchen immer in Triers bester Konditorei.«

»Eben hat sie sich nicht bewegt!«, staunte Lina und griff nach ihrem Teller.

»Jeder Mensch, egal wie krank, hat einen Selbsterhaltungstrieb«, erklärte die Schwester. »Deine Tante würde alleine verhungern, aber wenn wir sie füttern, dann isst sie.« Sie griff zur Schnabeltasse und gab ihrer Patientin zu trinken. »Die Hand sieht wirklich gut aus, du solltest wiederkommen«, sagte sie freundlich. »Hast du nicht erwähnt, dass du einen Nebenjob suchst? Für unsere Station benötigen wir einen ehrenamtlichen Betreuer. Und für eine angehende Psychologiestudentin könnte ich sicher einen angemessenen Stundenlohn organisieren. Du würdest Patienten füttern, mit ihnen spazieren gehen, spielen, aus der Zeitung vorlesen … und wenn Not am Mann ist, auch mal das Essen austeilen und kleinere Botengänge erledigen.«

»Aber kann ich das denn? So ganz ohne Ausbildung?«, fragte Lina.

»Du studierst doch ab nächster Woche Psychologie, hast du mir erzählt. Und heute hast du viel bewirkt. Ich werde dich selbstverständlich bei jedem Patienten einweisen und dir die jeweiligen Eigenheiten erklären. Du wirst sehen, die gewinnen dich genauso lieb wie deine Tante.«

»Das wäre natürlich super«, freute sich Lina vorsichtig, »dann könnte ich Melanie regelmäßig besuchen und einen Job ausüben, der perfekt zu meinem Studium passt.«

»Ich habe nachher noch ein Meeting mit unserem Verwaltungschef. Lass mich mal machen …«

»Wow«, stammelte Lina. »Hast du gehört, Tante Mel? Ich darf bei dir und den anderen Patienten arbeiten.«

»Ruf morgen Nachmittag auf der Station an, dann habe ich Dienst und kann dir Genaueres sagen. Ich wäre wirklich froh, wenn wir eine einfühlsame, junge Frau zur Betreuung der Patienten gewinnen könnten.«

Während der Unterhaltung hatte Tante Mel das Stück Kuchen tatsächlich ganz verzehrt. Jetzt gab die Schwester ihr noch mal einen Schluck Kaffee zu trinken.

»So, jetzt muss ich weiter, dem nächsten Patienten das

Essen anreichen. Unterhalte dich doch noch ein wenig mit ihr. Wir hören uns dann morgen«, sagte sie und verließ das Zimmer.

Lina atmete tief durch, aber dann strahlte sie Tante Mel an. »Das ist doch wirklich eine gute Nachricht! Ich dachte schon, ich müsse nachts in einer Kneipe kellnern, aber hier arbeiten, das ist perfekt! Granny wird sich bestimmt freuen, oder? Ich rufe sie nachher gleich an. Nein, ich rufe sie morgen an, wenn es sicher ist, dass ich den Job bekomme.«

Als es Zeit war, sich zu verabschieden, hatte sich Mels linke Hand noch ein wenig weiter geöffnet. Nachdem Lina wusste, worauf sie achten musste, hatte sie das genau beobachtet. Zum Abschied beugte sie sich vorsichtig über die bewegungslose, im Ohrensessel sitzende Tante und küsste sie auf die Wange.

»Ich komme bald wieder«, versprach sie und verließ den Raum. Dann verabschiedete sie sich von den Schwestern und verabredete sich mit Angie am Hauptmarkt, um den Nachmittag gemeinsam im Kino ausklingen zu lassen.

»Wie war's?«, fragte Angie interessiert.

»Sie spricht nicht«, erzählte Lina, »aber sie hat sich durch meine Anwesenheit entspannt, behauptet die diensthabende Schwester.«

»Wirst du sie noch mal besuchen?« Angie zwirbelte eine blonde Strähne zwischen den Fingern, die jetzt etwas kürzer war.

»Ja, auf jeden Fall«, sagte Lina. »Weißt du, was? Die Schwester meint, sie könne mir einen Nebenjob als Betreuerin verschaffen. Morgen soll ich anrufen, ob es klappt.«

»Das wäre optimal«, freute Angie sich. »Dann kannst du den Job mit deinem Studium verbinden. Das zählt später als Berufserfahrung!«

»Könnte sein … und ich werde Mel regelmäßig sehen. Vielleicht verbessert sich ihr Zustand ja?«

»Mach dir da lieber nicht zu viel Hoffnung«, riet Angie.

»Aber bestimmt tut es ihr gut, wenn du sie besuchst. Du, ich habe mir das Kinoprogramm eben angesehen. Wonach ist dir? Romantik oder Action?«

»Läuft auch eine Komödie? In dem Traum heute Nacht hatte ich eigentlich genug Action …«

»Gut, dann gibt es jetzt einen Rieseneimer Popcorn und etwas zum Lachen für uns! Die Party fängt um acht Uhr an, aber um die Zeit wird da noch nichts los sein.«

»Wann müssen wir hin?«, fragte Lina. Je später sie erschienen, desto besser.

»Müssen?« Angie tat entsetzt. »Das ist mal wieder typisch! Wir müssen nicht, wir wollen. Hoffe ich doch!«

»Unbedingt.« Lina rang sich ein Lächeln ab. Aber warum sollte sie heute missmutig sein, wo sie doch den perfekten Nebenjob gefunden hatte? Mit ein paar betrunkenen Studenten würde sie fertig werden.

Vier

Um Punkt halb zehn betraten Lina und Angie die Party im Foyer des Psychologie-Gebäudes.

»Sieht ganz so aus, als ob die schon länger feiern«, rief Lina gegen den Lärm der vielen Studenten an, die dicht an dicht herumstanden, Bier tranken und Cocktails schlürften.

»Das macht nichts, so können wir uns sofort amüsieren und müssen nicht warten.« Angie gewann wirklich jeder Situation etwas Positives ab. Sie ergriff Linas Hand und steuerte zielsicher mitten durch das Gedränge zur Bar.

Lina hätte Stunden gebraucht, um ein Getränk zu bestellen, nicht so ihre Freundin: Die schenkte dem Studenten hinter dem Tresen ihr strahlendstes Lächeln und hielt eine halbe Minute später zwei Caipirinhas in der Hand.

»Was würde ich nur ohne dich machen?«, schrie Lina ihrer Freundin ins Ohr.

»Du würdest zu Hause sitzen und die ›Psychologie heute‹ lesen. Oder – noch schlimmer – einen von den Wälzern, die wir gestern ausgeliehen haben.«

Angie zog Lina aus dem Getümmel an den Rand des Foyers. Sie fanden eine Ecke, von der aus man die feiernden Partygäste gut beobachten konnte.

Lina schielte verstohlen auf ihre Uhr. 21 Uhr 46. Wie lange würde es dauern, bis Angie die erste Bekanntschaft geschlossen hatte? Drei Minuten? Oder weniger? Der Gedanke entlockte ihr ein verstohlenes Grinsen.

»Hallo Lina«, sagte eine Männerstimme so dicht an ihrem Nacken, dass sie die Wärme des Atems fühlen konnte.

Es war Leo.

»Hi.« Sie schnappte entsetzt nach Luft. »Du hast mich überrascht.«

»Ich studiere auch Psychologie im ersten Semester«, erwiderte er und bedachte sie dabei mit einem umwerfend charmanten Lächeln. »Schon vergessen?«

Lina wollte sich zu Angie umdrehen, aber die war bereits mit zwei neuen männlichen Bekannten in Richtung der improvisierten Tanzfläche abgezogen. Mit dem Cocktail in der Hand schwang sie verführerisch die Hüften. Dabei strahlte sie über das ganze Gesicht.

»Angie ist beschäftigt«, sagte Leo trocken.

»Äh, ja.« Lina konnte sich in seiner Gegenwart nicht konzentrieren. Ihr war schon wieder, als ob ihre Gefühle nicht ihr selbst gehörten. Dann erinnerte sie sich an Darko.

»Ist …«, begann sie vorsichtig, »ist er auch hier?«

»Darko?«, fragte Leo und blickte ihr in die Augen. Schon wieder purzelten ihre Gefühle wild durcheinander. Konnten Gefühle purzeln?

»Alles klar?« Leo stupste sie vorsichtig an die Schulter. »Du wirkst etwas verwirrt.«

»Äh, ja! Klar!« Ihr war gar nicht aufgefallen, wie lange sie schon wieder in seine Augen gestarrt hatte. Schnell wendete sie sich ab und trank einen Schluck aus ihrem Cocktailglas. Prompt verschluckte sie sich und musste husten, was sie wiederum erröten ließ.

So konnte das nicht weitergehen – sie würde sich jetzt zusammenreißen! »Du hast meine Frage nicht beantwortet«, sagte sie und schaute dabei knapp an seinem rechten Ohr vorbei.

»Mein Cousin und seine Kommilitonen wollen später vorbeischauen. Sie essen im Coyote Café zu Abend.«

»Mexikanisch. Aha.« Lina hatte keine guten Erinnerungen an den Ort.

»Darko scheint dir ja heftig zugesetzt zu haben. Was ist denn passiert?«, erkundigte Leo sich interessiert.

»Ehrlich gesagt möchte ich deinen Cousin lieber vergessen«, antwortete Lina. Sie erschrak, als sie bemerkte, wie patzig ihre Stimme klang.

»Das ist dir offensichtlich noch nicht gelungen«, entgegnete er grinsend. Schon wieder suchten seine Augen Kontakt zu ihr, als versuche er, zu ihrem Innersten vorzudringen. »Komm, laufen wir ein Stück.« Galant reichte er ihr seinen Arm und führte sie aus dem Foyer ins Freie.

»Wohin willst du?«, fragte sie besorgt. Warum lief sie jetzt wie ein Hündchen neben ihm her?

»Ich möchte nur einmal ums Gebäude spazieren und mit dir reden«, antwortete er freundlich, ohne seine Schritte zu verlangsamen.

Lina klebte an seinem Arm und konnte nicht anders, als ihm zu folgen. Als er stehenblieb, fiel sie beinahe in seinen Rücken. »Sorry!«, murmelte sie betreten.

»Nicht schlimm.« Wieder betrachtete er sie eingehend. »Was ist passiert, als Darko dich angeschaut hat?«

Bei dem Gedanken an das Ereignis hechelte sie flach, als würde die Luft nicht genug Sauerstoff enthalten. »Er hat mich fixiert«, sagte sie schließlich. »Und dann ging es mir schlecht.«

»Wie hast du dich vorher gefühlt?«, bohrte er weiter.

»Gut, wir haben unseren Einzug gefeiert, dann hat Angie einen Witz gemacht … Ich habe gekichert, wohl wegen der Erdbeer-Margarita … und plötzlich …«

»Ja?«

»Auf einmal wurde mir übel, ich bekam Angst, musste raus …« Während die Situation wieder vor ihrem geistigen Auge ablief, wurde ihr mulmig zumute. Sie schluckte.

»Ist schon gut«, versuchte Leo sie zu beruhigen.

Lina vermied es, ihn anzusehen. »Es wurde erst besser, nachdem wir ein Stück gegangen waren«, erzählte sie. »Aber das wird Zufall gewesen sein, ich meine, was kann er dafür, wenn ich meine erste Panikattacke erlebe ... Der Umzug, der Neuanfang, das war wohl alles ein wenig zu viel für mich ...« Sie ließ zu, dass die Gedanken frei aus ihr heraussprudelten.

»Danke, dass du es mir erzählt hast. Lass uns wieder hineingehen«, schlug er vor. »Es ist frisch und du hast keine Jacke an.«

Lina ließ sich von ihm zurück in das Foyer führen und suchte nach Angie. Sobald sie ihre Freundin gesichtet hatte, nickte sie Leo zum Abschied zu und quetschte sich durch die Menschenmenge auf die Tanzfläche.

»Komm, mach mit!«, rief Angie begeistert. Sie war voll in ihrem Element. Aber Lina war nicht in der richtigen Stimmung, um zu tanzen. Daher deutete sie auf ihr leeres Glas und signalisierte, dass sie zunächst an die Bar gehen wolle. Dann schlenderte sie gemächlich zur Theke, wobei sie sich bemühte, den Blicken ihrer Kommilitonen möglichst auszuweichen.

Geduldig wartete sie, bis eine Studentin ihr einen neuen Cocktail mixte. Lina hatte es nicht eilig, im Gegenteil. Trotz des Trubels versuchte sie, sich ein wenig zu entspannen und vor allem nicht an Darko zu denken.

Aber die ausgelassene Fröhlichkeit der feiernden Studenten erdrückte sie; daher holte sie ihre Jacke von der Garderobe und ging noch einmal ins Freie.

Draußen atmete sie erleichtert auf. Es gab viele Fußwege, welche die Gebäude miteinander verbanden. Obwohl sie wusste, dass eine Party dafür der falsche Ort war, sehnte Lina sich nach Ruhe und Einsamkeit. Sie schlenderte ein paar Meter weiter und setzte sich auf eine Bank, die zwischen einem Busch und einem Beet mit herbstlicher

Bepflanzung stand. Dann trank sie einen Schluck von dem Caipirinha und stocherte abwesend mit dem Strohhalm im Eis herum, damit der Zucker sich auflöste.

Nur ein paar Minuten, sagte sie sich, das würde Angie nicht bemerken. Und sie konnte ein wenig abschalten, bevor sie sich wieder ins Getümmel stürzte.

»Was willst du?«, zischte eine männliche Stimme auf der anderen Seite der Hecke. Lina fühlte sich ertappt und drehte rasch den Kopf in die Richtung, wo sie die Person vermutete. Aber durch das dichte Blätterwerk sah sie nur, wie jemand sich bewegte.

»Wir müssen reden!«, sagte eine zweite Stimme, die sehr wütend klang. Durch den Lärm der Party, der zu ihr herüber drang, konnte sie das Gespräch nur schwer verstehen.

Leise rutschte sie auf ihrer Bank nach rechts, um durch eine Lücke zwischen den Ästen hindurch zu spähen. Der Platz vor dem Unigebäude wurde von Lampen erhellt, die hinter den streitenden Studenten standen. Daher konnte sie nur zwei dunkle Silhouetten erkennen.

»Was hast du am Samstag mit dieser Studentin gemacht, beim Mexikaner?«

Jetzt erkannte sie die Stimme: Es war Leo! Nach der Frage zu schließen, musste die zweite Person Darko sein.

»Was soll schon gewesen sein?«, antwortete er gelassen. »Die dummen Ziegen haben sich über uns lustig gemacht. Deshalb habe ich der Dunkelhaarigen ein wenig den Spaß verdorben.«

»Wie bitte?« Lina sah, dass Leo dicht vor seinen Cousin getreten war.

»Ich hab's genau gehört!«, rechtfertigte Darko sich. »Die sahen in uns Opfer, die Blonde wollte uns abschleppen! So etwas lasse ich nicht auf mir sitzen.«

»Du nimmst ein harmloses Gespräch unter angetrunkenen Freundinnen zum Anlass, um eine physische Panikattacke auszulösen? Das verstößt sogar gegen unsere Regeln!

Und das weißt du genau.«

Lina spürte Leos immense Wut durch den Busch hindurch. Es war, als stünde er in den Startlöchern, um auf sein Gegenüber loszugehen; so, wie ein Sprinter mit gespanntem Körper auf den alles entscheidenden Schuss wartete.

»Du tauchst hier als Frischling auf, hast vom Leben keine Ahnung und willst ausgerechnet mir Vorschriften machen?«, giftete Darko zurück. Er war ebenfalls wütend, aber Lina glaubte, neben Wut auch Arroganz und eine Menge Hass aus seinen Worten herauszulesen.

Hatte jemand die Beleuchtung gedimmt? Plötzlich wurde es dunkel um sie herum. Irritiert rieb sie sich die Augen und starrte angestrengt durch die Blätter. Sie konnte nur noch Schemen erkennen, denn auch die Hecke schien in der Dunkelheit zu verschwinden. Eine Art Nebel breitete sich von Darkos Körper aus.

Vor Schreck hielt sie den Atem an. Die Szene erinnerte sie an ihren Albtraum.

»Dass du es wagst!«, zischte Leo. Jetzt wurde Linas Umgebung wieder heller – die Lampen hinter den streitenden Studenten wurden in glühendes Licht getaucht. Ein roter Nebel ging von Leo aus und schob sich langsam in Darkos Richtung. Dann durchdrang er das Schwarz und löste die Dunkelheit auf.

Sobald das Rot auch sie erreichte, wusste Lina instinktiv, worum es sich handelte: Wut!

Und eine zweite Komponente: Macht und Autorität.

Erstaunt beobachtete sie das Schauspiel: Es war, als würde sie zwei Signale empfangen: Ihre Augen sahen die Farben, die von den streitenden Cousins ausgingen. Gleichzeitig empfing sie in ihrem Inneren, etwa auf Höhe des Zwerchfells, dasselbe Bild in Form von Gefühlen.

Die Emotionen, die sie spürte, waren genauso präzise wahrnehmbar wie die bunten Nebel. Instinktiv hielt sie ihre

Hand schützend vor den Bauch, als wolle sie sich vergewissern, dass ihr Körper noch in Ordnung war.

Die Nebel verblassten so plötzlich, als hätte es sie nie gegeben. Und das jähe Verschwinden der starken Gefühle, die sie eben noch empfunden hatte, wirkte wie ein Schlag in die Magengrube. Linas Körper krümmte sich nach vorne und das Cocktailglas fiel ihr aus der Hand. Mühsam unterdrückte sie einen Schrei, indem sie kurz die Luft anhielt.

Zum Glück war das Glas nicht zerbrochen. Es lag unbeschädigt auf dem dichten Rasen neben der Bank.

Aber hoffentlich hatten die beiden sie nicht gehört! Ängstlich starrte Lina durch das Gebüsch. Doch die Cousins registrierten ihren kleinen Unfall nicht, da sie sich ausschließlich aufeinander konzentrierten.

»Komm, lass uns was trinken«, schlug Darko vor und klopfte Leo auf die Schulter. Die Wut aus seiner Stimme war verschwunden, er klang jetzt versöhnlich. »Ich will dir deine erste Uni-Party nicht mit einem Streit verderben.«

Woher kam der plötzliche Sinneswandel? Lina war verwirrt.

Nachdem die beiden verschwunden waren, spürte sie, wie sie am ganzen Körper zitterte. Ihre Hand, in der sie den Cocktail gehalten hatte, war ganz steif vor Kälte. Lina hob ihr Glas auf, stellte es auf die Bank und lief so schnell sie konnte nach Hause.

Wärme, sie brauchte jetzt Wärme!

Mit klammen Fingern schloss sie die Tür zur Wohnung auf, eilte ins Bad und ließ als erstes heißes Wasser in die Badewanne laufen. Dann setzte sie Teewasser auf.

Obwohl ihre Haut dabei von tausend Nadeln gestochen wurde, stieg Lina sofort in die Wanne. Mit zusammengebissenen Zähnen ignorierte sie den Schmerz, denn Wärme war genau das, was sie jetzt brauchte.

Nach zehn Minuten pochte das Herz ihres überhitzen Körpers. Sie ließ das Wasser ablaufen und trocknete sich ab.

Aus dem teilweise beschlagenen Spiegel starrte sie ihr krebsrotes Gesicht nachdenklich an.

Endlich konnte sie wieder halbwegs klar denken.

Also … was hatte sie erfahren?

Darko hatte zugegeben, dass er ihre Panikattacke ausgelöst hatte – wobei Lina nicht verstand, weshalb der BWL-Student dazu in der Lage war. Aber Leo schien nicht nur zu wissen, was vorgefallen war, nein, er konnte Darkos Attacke mit Leichtigkeit abwehren!

Aber wie hatten die beiden farbige Halluzinationen entstehen lassen? Diese merkwürdigen Lichtnebel waren dicht und intensiv gewesen, so etwas konnte man sich doch nicht einbilden!

Lina wischte den Spiegel ab und schlüpfte in ihren kuscheligen himbeerfarbenen Bademantel.

In der Küche goss sie einen Kräutertee auf und grübelte weiter. Dabei fiel ihr noch etwas Entscheidendes ein: Der Streit hatte in der Nähe des Foyers stattgefunden. Etliche Studenten standen vor der Tür, um eine Zigarette zu rauchen oder frische Luft zu schnappen. Aber niemand außer ihr schien die farbigen Nebel bemerkt zu haben.

Das Handy vibrierte.

Verflixt, Angie vermisste sie bestimmt! Rasch griff sie nach ihrer Handtasche und sah nach.

»Wo bist du, Linchen?«, hatte ihre Freundin geschrieben.

Lina setzte sich an den Küchentisch und tippte ihre Antwort. »Bin zu Hause, mir war auf einmal so kalt, habe ein Bad genommen und bin wieder okay. Sei nicht sauer und genieße den Abend! Kuss, Lina.«

»Schlaf gut, du Partymuffel!«, antwortete Angie nur wenige Sekunden später.

Lina trank den Kräutertee und kuschelte sich anschließend in ihrem wärmsten Pyjama in ihr Bett. Um sich abzulenken, zappte sie wieder ziellos durch das Fernsehprogramm. Und irgendwann sank sie erschöpft in einen tiefen Schlaf.

Fünf

»Na, du Schlafmütze?«

»Hm?« Lina gähnte und rieb sich die Augen.

Angie stand in der Tür ihres Zimmers und grinste. »Du warst viel früher im Bett als ich und musstest trotzdem so lange schlafen?«

»Wie spät ist es?«, fragte Lina müde und reckte ihren Körper unter der kuschelig warmen Bettdecke.

»Halb zehn! Ich habe Kaffee gekocht und frische Brötchen geholt.«

Zu gerne hätte Lina sich noch einmal umgedreht, aber sie wollte ihre Freundin nicht enttäuschen. Also erhob sie sich und tappte blinzelnd in die Küche.

Angie hatte den Tisch für ein opulentes Sonntagsfrühstück gedeckt. Sogar Eier hatte sie gekocht. Neben Linas Tasse stand ein Glas frisch gepresster Orangensaft. Sie musste Unmengen an Apfelsinen ausgequetscht haben, denn in dem kleinen Mülleimer stapelten sich die Schalen.

»Womit habe ich das verdient?«, murmelte Lina. Sie rieb sich erneut die Augen, denn die Morgensonne, die unbarmherzig hell in den Raum schien, blendete sie.

Angie sah heute wie ein Engel aus. Die Sonne leuchtete von hinten auf ihr blondes Haar und zauberte einen goldenen Schein um ihre Silhouette. Überhaupt war die ganze Küche in ein freundliches Licht getaucht.

»Erzähl schon«, ermunterte Angie ihre Freundin und

reichte ihr den Brotkorb. »Was war gestern los?«

»Danke.« Lina griff nach einem Brötchen und legte es auf ihren Teller. Dann trank sie erst mal einen Schluck Kaffee. »Du kennst mich ja«, begann sie, »mir war der Trubel zu viel und deshalb bin ich ein bisschen draußen herumgelaufen. Dabei habe ich einen Streit zwischen Darko und Leo beobachtet. Leo war sehr wütend auf seinen Cousin. Und danach war mir nicht mehr nach Feiern zumute. Und weil mir so kalt war, bin ich in die Badewanne und dann ins Bett.«

»Habe ich es doch geahnt!« Angie schüttelte den Kopf. »Darko ist dir über den Weg gelaufen und du bist vor ihm geflüchtet.« Sie griff nach ihrem Messer und schnitt ein Brötchen auf. »Ich frage mich ja, was der Typ mit uns gemacht hat. Du bekamst diese schreckliche Panik und ich war plötzlich so unglaublich sauer, wie noch nie zuvor in meinem Leben …«

Energisch drängte Lina den Gedanken an die farbigen Lichtnebel beiseite. »Ich weiß es nicht«, antwortete sie und massierte ihre pochenden Schläfen. Obwohl sie nur eineinhalb Cocktails getrunken hatte, litt sie unter einem heftigen Kater. »Ich muss unbedingt fit werden«, jammerte sie, »heute will ich doch Granny besuchen!«

»Na dann rein mit dem Kaffee! Ich habe eine ganze Kanne voll gekocht.« Angie grinste.

»Danke, du bist wirklich ein Schatz.« Lina schmierte sich ein Marmeladenbrötchen. »Was wirst du heute unternehmen?«, fragte sie beim Essen.

»Ich …«, verkündete Angie theatralisch, »ich habe nachher ein Date.«

»Oh – mit wem denn?« Lina sah sie neugierig an und hörte auf zu kauen.

»Ich werde mit Dominik, das ist ein Psy-Student aus dem dritten Semester, ein Eis essen. Und vielleicht sehen wir uns danach noch einen Film an.«

»Ich wusste, dass du sofort Anschluss findest«, sagte Lina

und lächelte. Trotz der Kopfschmerzen kehrten ihre Lebensgeister allmählich zurück.

»Ein Drittsemester kann sehr nützlich sein, wenn wir Fragen haben oder Material benötigen«, erklärte Angie mit einem Augenzwinkern. »Und obendrein ist er sehr nett und gutaussehend.«

»Stellst du ihn mir nächste Woche vor?«, fragte Lina.

»Ehrensache«, versicherte Angie und biss in ihr Brötchen.

Nach dem Frühstück rief Lina ihre Mutter an. Sie setzte sich auf ihren kuscheligen, beerenfarbenen Sessel und wappnete sich gegen die emotionale Kälte, die sie höchstwahrscheinlich erwartete.

»Hallo Mama, hier ist Lina.«

»Wie geht es dir?«

Lina schnappte nach Luft. Sonst wurde sie nie gefragt, wie es ihr ging. »Gut«, antwortete sie, als sie sich wieder gefangen hatte. »Ich werde heute Granny besuchen.«

»Schick ihr einen schönen Gruß von mir.«

»Mach ich.« Lina war verwundert, dass ihre Mutter jetzt offenbar auf Smalltalk setzte, statt auf Aggression. Aber am Telefon konnte man schlecht schweigen, das machte keinen Sinn. Also wechselten sie ein paar belanglose Worte. Lina erzählte von den Büchern, die sie besorgt hatten, und von ihrem neuen Stundenplan.

Dann schien Ilse Bell es sich anders zu überlegen und verfiel in Schweigen.

»Hallo?«

»Ja, ich bin noch dran.« Die Mutter seufzte.

»Was ist?«

»Nichts«, antwortete sie, »versprich mir nur, dass du dich von merkwürdigen Typen fernhältst.«

»Merkwürdige Typen?«, fragte Lina.

»Sonst wirst du nie mit dem Studium fertig. Ich muss jetzt los, tschüss!«

Bevor sie nachhaken konnte, hatte ihre Mutter bereits aufgelegt.

Wie sollte sie diese Warnung verstehen?

Lina beschloss, sich über den Sinneswandel zu freuen und den Rest vorläufig zu ignorieren. Dass sie freiwillig die Nähe eines unangenehmen Zeitgenossen wie Darko suchte, stand ohnehin außer Frage.

Der Bus zu Grannys Dorf fuhr nur dreimal am Tag. Sie musste unbedingt den ›Mittagsbus‹ am Hauptbahnhof erwischen! Für die lange Fahrt hatte sie das Taschenbuch der Psychologie in ihre Handtasche geschmuggelt. Ein bisschen Vorbereitung auf das Studium konnte nicht schaden, trotzdem wollte sie keine hämischen Kommentare von Angie ernten.

Carolina Mahler wohnte in einem kleinen Eifeldorf etwa zwanzig Kilometer von Trier entfernt. Mit den öffentlichen Verkehrsmitteln benötigte Lina über eine Stunde bis dorthin. Kurz vor zwei Uhr war sie endlich in Beßlich angekommen. Während hier früher nur 180 Menschen lebten, hatte sich die Einwohnerzahl in den letzten Jahren verdreifacht. Heute bewohnten zahlreiche Familien mit Kindern die bunten Neubauten rund um den Ortskern. Ihre Großmutter lebte in einem alten Haus in der Dorfmitte und kultivierte in ihrem kleinen Gärtchen Tomaten, Salat und Gemüse.

»Schön, dich zu sehen«, rief Granny, als sie die Tür öffnete. »Ich habe für uns gekocht.« Sie umarmte ihre Enkelin herzlich.

Lina genoss das gutbürgerliche Mittagessen sehr. Es gab Rinderbraten, Salzkartoffeln und gedünsteten Lauch aus Grannys Garten. Trotz des späten Frühstücks hatte sie Appetit – vielleicht auch, weil das Gericht für sie nach Kindheit schmeckte. Bald hatte sie ihren Teller leer geputzt und auch eine zweite Portion war rasch verschlungen.

»Schwester Elke hat erzählt, dass du Melanie besucht hast«, sagte Granny.

»Du hast mit ihr gesprochen?«

»Sie hat mich wegen Mels neuer Medikamente angerufen und nebenbei erwähnt, dass sie dir einen Job anbieten möchte.«

»Ich soll mich heute melden, ob es klappt«, sagte Lina. »Sie muss noch mit dem Verwaltungschef sprechen.«

»So weit ich weiß, ist schon alles in trockenen Tüchern. Du kannst zwischen sechs und zehn Stunden in der Woche dort arbeiten. Wenn nicht gerade Personalmangel herrscht, darfst du dir die Zeiten sogar relativ frei aussuchen.«

»Das ist ja spitzenmäßig! Dann kann ich Studium und Nebenjob optimal verbinden – und ich werde mich um Mel kümmern.«

»Schwester Elke hat sich sehr darüber gefreut, dass es meiner Tochter nach deinem Besuch besser ging.« Granny sah ihrer Enkelin aufmerksam in die Augen.

»Ja, das hat sie mir auch erzählt. Ich habe Mels Hand gehalten und mir vorgestellt, ihr etwas von meiner Lebenskraft zu übertragen. Verrückt, oder?«

»Ich wusste schon immer, dass du ein besonderes Gespür für Menschen hast. Genau wie Mel …«

»Und …« Es kostete Lina Überwindung, weiter zu sprechen, aber sie musste es einfach wissen. »… meine Mutter?«

»Du kennst Ilse«, sagte Granny traurig, »sie hat das Talent nicht geerbt. Und die Wut darüber, anders zu sein als ihre Verwandten, hat ihr Herz verhärtet.«

»Manchmal … nein, oft … ich bin mir sicher … sie hasst mich!« Der starke Druck, der sich in den letzten Wochen in Linas Innerem aufgebaut hatte, drohte nach außen zu bersten. In ihren Augen standen Tränen.

»Ich weiß«, antwortete Granny schlicht. Sie stritt das Offensichtliche nicht ab. »Dein Vater hat dir die Liebe geschenkt, die du in jungen Jahren dringend brauchtest. Als er starb, habe ich getrauert – am meisten um dich. Ich wusste, was dir bevorstand und ich konnte es nicht verhindern.« Granny sah unglücklich aus. Aber dann erhob sie sich energisch. »Weshalb führen wir bei deinem ersten Besuch so traurige Gespräche?«, rief sie, klar um einen Stimmungswechsel bemüht. »Ich habe Nachtisch gekocht.«

»Was gibt es?« Lina hätte gerne mehr erfahren, beschloss aber, ihre Fragen nach und nach anzubringen. Da sie jetzt in der Nähe wohnte, war keine Eile geboten.

»Vanillepudding mit Erdbeeren aus meinem eigenen Garten«, verkündete Carolina Mahler stolz.

Lina liebte diesen Nachtisch. Granny kochte den Pudding nach einem speziellen Rezept und goss ihn heiß auf gefrorene Erdbeeren. Der Pudding taute die Früchte auf und das Ganze schmeckte einfach himmlisch – nach Kindheit, Wärme und Geborgenheit.

Am Nachmittag half Lina ihrer Großmutter im Haushalt. Sie harkte die Erde in dem kleinen Garten auf und lernte, wie man Grannys alte Nähmaschine bediente, indem sie den Saum einer Gartenschürze reparierte.

Viel zu schnell war es wieder Zeit für den Bus. Lina umarmte ihre Großmutter herzlich und machte sich auf den Weg zur Haltestelle.

Auf dem Heimweg blieb das Psychologiebuch in der Tasche, denn sie dachte über sich und ihre Verwandten nach. Granny hatte von einer Gabe gesprochen, die ihre Mutter nicht geerbt hatte. Was sie wohl damit meinte? Einfühlungsvermögen? Empathie?

Lina hielt sich nicht für eine talentierte Person, im Gegenteil: Den Großteil der Schulzeit hindurch hatte sie sich wie ein Sonderling gefühlt. Obwohl die meisten Klassenkameraden sie höflich behandelten, überwog bei Lina der Eindruck, nicht gemocht zu werden. Ständig hatte sie Angst, etwas Falsches zu tun oder zu sagen, daher zog sie sich still und leise von den anderen zurück.

Am unangenehmsten waren die Pausen gewesen, wenn alle in Zweier- oder Dreiergruppen über den Schulhof spazierten. Es war nicht gestattet, im Gebäude zu bleiben, also verbrachte Lina die meiste Zeit des Schülerdaseins damit, vom Kiosk des Bäckers zur Getränkeausgabe des Hausmeisters und wieder zurückzulaufen. Zwischendurch schob sie einen längeren Aufenthalt auf den Schultoiletten ein, da es ihr peinlich war, alleine gesehen zu werden. Zu den ungeschriebenen Gesetzen gehörte, dass man sich in der Pause zu seinen Mitschülern gesellte. Aber Lina suchte nicht gerne Anschluss, da sie oft glaubte, die Ablehnung der anderen regelrecht zu spüren.

Ihr Leben verbesserte sich, als sie in der neunten Klasse Angela Müller kennenlernte. Die blonde Schülerin war von Berlin nach Frankfurt zugezogen und hatte sich – sehr zu Linas Verwunderung – sofort auf sie gestürzt.

Es erstaunte Lina noch mehr, als sie bemerkte, dass sie die Gegenwart ihrer neuen Freundin durchaus genoss. Angela wurde von ihren Eltern Angie genannt. Sie war auch diejenige, die Carolina den Spitznamen Lina gab, der bald von Lehrern wie Schülern benutzt wurde.

Abwesend starrte Lina aus dem schmutzigen Fenster, als der Bus auf den Hauptbahnhof zu rollte. Sie stieg aus und lenkte ihre Schritte in den Bahnhofskiosk, um die Wartezeit dazu zu nutzen, die neuste Ausgabe der ›Psychologie heute‹ zu kaufen. Auf dem Rückweg blätterte sie gehend in der Zeitschrift.

»Pass doch auf!«, schrie ein Mann. Lina war über die Schnalle seiner Ledertasche gestolpert, konnte sich aber gerade noch fangen.

»Entschuldigung«, murmelte sie und wollte weitergehen.

»Die Tasche war neu, und jetzt hat sie einen Kratzer!«,

schimpfte der Mann. »Wie kann man auch so blind über den Bahnhof laufen, das ist fahrlässig!«

»Regen Sie sich nicht so auf«, bat eine ältere Frau, die ebenfalls auf einen Bus wartete. »Ich bin froh, dass der jungen Frau nichts passiert ist. Sie hätten ihre Tasche auch etwas näher bei sich abstellen können.«

»Wie bitte? Ein rotzfreches Mädchen beschädigt mein Eigentum und Sie haben die Unverschämtheit, sie auch noch zu verteidigen? Wo leben wir denn?« Während er weiter schimpfte, begann es in Linas Ohren zu rauschen und ihr Inneres wurde seltsam kalt.

Als sie dem zeternden Mann in die Augen blickte, erlebte sie eine Überraschung: Er war in den gleichen schwarzen Nebel getaucht wie Darko auf der gestrigen Uni-Party!

Erstaunt starrte sie über seinen Kopf hinweg auf die dunkle Wolke, die ihn umgab. Der blaue Herbsthimmel wirkte grau, sobald sie ihn durch den Nebel betrachtete.

»Was glotzt du so blöd!«, schrie der Mann.

Fasziniert beobachtete Lina das Phänomen, während der Wüterich sich weiter in seinen Frust hineinsteigerte, was die Wolke noch schwärzer werden ließ. Aus dem Augenwinkel bemerkte sie, dass sich eine Traube von Passanten um sie herum gebildet hatte, aber das interessierte sie nicht. Viel spannender war die Frage, was dieser Mensch mit Leo und Darko gemeinsam hatte.

Ein gelber Bus fuhr vor, aber es war nicht die Uni-Linie.

Der Mann griff nach seiner Tasche, zeigte noch einmal schimpfend auf Lina und verschwand mitsamt seiner düsteren Wolke im Bus. Staunend beobachtete sie, dass der gelbe Lack an der Stelle, wo der Mann saß, vergilbt und schmutzig wirkte.

»Das war knapp«, murmelte ein etwa 50-jähriger Mann. »Ich war davon überzeugt, dass er auf sie losgehen würde. Glück gehabt!«

»Wie?«, fragte Lina und drehte sich zu ihm um.

»Der war drauf und dran, Ihnen eine Ohrfeige zu verpassen!«, antwortete der Passant besorgt. »Haben Sie das nicht gesehen? Ich bin extra näher gekommen, um auf sie aufzupassen.«

»Er war sehr wütend«, gab Lina zu. Dann wachte sie aus ihrer Trance auf und sah ihren Helfer an. »Vielen Dank für Ihre Unterstützung, das war sehr couragiert.«

»Gerne«, antwortete der Mann. »Und tun Sie sich den Gefallen, beim nächsten Mal etwas aufmerksamer zu sein. Man weiß nie, auf wen man an einem Bahnhof trifft.«

»Ja, das mache ich«, versprach Lina. »Noch mal herzlichen Dank.«

Ihr Bus fuhr vor und sie stieg ein. Beinahe wäre sie erneut gestolpert, denn mit ihren Gedanken war sie schon wieder woanders.

Was war geschehen? Es musste sich um ein Phänomen handeln, das irgendetwas mit Wut und Frust zu tun hatte, aber mehr verstand Lina nicht.

Sechs

»Wie war dein Date?«, fragte Lina, als sie die Wohnung betrat. Das Erlebnis mit dem wütenden Mann schob sie innerlich beiseite.

»Nett«, antwortete Angie seufzend, »aber nichts Besonderes. Dominik ist voll der Streber, er wollte mich beim Treffen sogar analysieren!« Ihr sympathisches Gesicht verzog sich zu einer verächtlichen Grimasse.

»Ich hoffe nur, dass wir nicht auch so werden«, sagte Lina.

»Genau das habe ich mir auch gedacht. Analysiert ein Betriebswirt das Marketing der Bäckerei, wenn er am Sonntagmorgen Brötchen kauft? Nein! Warum sollte also ein Psychologe seine Mitstudenten durchleuchten?«

»Vielleicht war er verunsichert und hoffte, einen guten Eindruck zu machen?«, schlug sie vor.

»Jetzt analysierst du auch!«, rief Angie lachend. »Siehst du, es geht schon los.«

»Na komm«, verteidigte sich Lina, »wir haben unsere männlichen Bekanntschaften doch immer – naja – hinterfragt.«

»Stimmt auch wieder«, gab Angie zu. Dann runzelte sie ihre Stirn. »Und warum siehst du so aus, als hättest du eine Begegnung der dritten Art gehabt?«

Lina dachte nach. Sollte sie davon erzählen? Wem sonst konnte man sich anvertrauen, wenn nicht der besten Freundin? »Ich habe Halluzinationen«, begann sie. »Ich sehe manchmal schwarzen Nebel.«

»Wie bitte?«, fragte Angie entgeistert.

»Ja …«, seufzte Lina und erzählte von dem Streit zwischen Darko und Leo – und dem sonderbaren Dunst, der sie selbst beinahe mit eingehüllt hatte.

»Die Typen sind höchst merkwürdig«, sagte Angie, »sonst hätte ich nicht das Bedürfnis gehabt, Darko vor den Augen seiner Mitstudenten zusammenzuscheißen. Ist schließlich nicht meine Art …«

»Das dachte ich zunächst auch«, wandte Lina ein, »dass es an ihnen liegt und dass sie einen Vollschuss haben. Aber heute bin ich über die Aktentasche eines Mannes gestolpert, der darüber sehr wütend wurde. Er steigerte sich dermaßen in das Gefühl hinein, dass andere Passanten mir zur Hilfe eilen wollten – und dann sah ich rund um seinen Körper einen kleineren Nebel in derselben Farbe, wie ich ihn bei Darko beobachtet hatte. Die Farbe war sogar noch zu sehen, als er im Bus saß und wegfuhr!«

»Was?«, rief Angie erstaunt. »Beschreib mir das genauer!«

Lina musste die Nebel, ihre Ausprägung und die Farben genau in Worte fassen. Angie war offenbar jetzt schon eine begnadete Psychologin, denn sie entlockte Lina zahlreiche Details und Zusammenhänge. Das Schwarz schien ausschließlich im Kontext mit Wut oder großen Aggressionen aufzutreten. Und das Phänomen zeigte sich nur in Situationen, die mit starken Emotionen aufgeladen waren.

Darko und Leo konnten wesentlich raumgreifendere Nebel produzieren – war Darko so viel wütender gewesen als der Passant? Und Leo schien – so absurd es klang – die Fähigkeit zu haben, Darkos Nebel in die Schranken zu verweisen.

»Werde ich verrückt?«, fragte Lina besorgt.

»Wir sollten das recherchieren«, antwortete Angie diplomatisch. »Immerhin gibt es viele Hellseher, die behaupten, Auren sehen zu können. Und auch Migräne kann eine vorübergehende Aurasichtigkeit auslösen.«

»Woher weißt du das?«, wollte Lina wissen.

»Ich habe mich in Berlin mal eine Weile für Esoterik interessiert. Aber dann habe ich das Thema wieder aufgegeben.«

»Warum?«, fragte Lina weiter.

Angie dachte einen Moment lang nach. »Mir ist aufgefallen, dass viele spirituell aufgeschlossene Menschen sehr unglücklich sind. Und ich möchte ein fröhliches Leben führen. Apropos: Welche Farbe hat meine Aura?«

»Ich habe nur schwarz und rot gesehen«, antwortete Lina und starrte angestrengt über Angies Kopf auf die weiße Wand. Dann fiel ihr etwas ein: »Heute Morgen, als die Sonne von hinten auf deine Haare geschienen hat, da hast du gelborange geleuchtet! Es könnte aber nur das Licht gewesen sein …«

»Gelborange, aha! Na dann finden wir mal raus, was das alles bedeutet.«

Lina bewunderte ihre Freundin dafür, dass sie bereit war, das Phänomen neutral zu recherchieren, statt sie gleich als krank oder verrückt abzustempeln.

Mit ihren beiden Laptops bewaffnet, setzten sie sich in Linas Zimmer und googelten.

»Aura bei Migräne«, gab Lina ein.

»Du hast doch noch nie eine Migräne gehabt, oder?«, wunderte sich Angie.

»Vielleicht bekomme ich sie ja«, sagte Lina und seufzte. »Das ist eine der wenigen Erklärungen, bei der ich mich nicht für eine Wahnsinnige halten muss.«

»Eine angehende Psychologin verwendet die Worte ›Wahnsinn‹, ›Klapsmühle‹ oder ›gestört‹ nicht!«, belehrte Angie. Die merkwürdigen Erlebnisse schienen sie nicht weiter zu bekümmern.

»Hier!«, sagte Lina und deutete auf ihren Bildschirm: »Die Aura kann auch ohne die typischen Migräne-Kopfschmerzen auftreten.«

»Lass mal sehen«, bat Angie und studierte den Text. »Vincent van Gogh hat auf dem Gemälde ›Sternennacht‹ eine Migräneaura dargestellt. Ich sehe aber keinen Nebel, sondern nur Schnörkel.«

»Die Bilder von Tante Mel gleichen den Nebeln, die ich gesehen habe«, fiel Lina ein.

»Das könnte ein Hinweis sein.« Angie runzelte ihre Stirn und schwieg.

»Was ist, wenn Melanie das auch hatte?«, fragte Lina und sah ihre Freundin ängstlich an. »Was ist, wenn ich auch empfindungslos in der Langzeitpflege ende … oh weh … Das halte ich nicht aus!«

»Jetzt warte doch erstmal ab! Viele Menschen können Auren wahrnehmen, aber ich habe noch nie gehört, dass sie davon krank wurden. Hier, sieh mal, was ich gefunden habe; auf dieser Internetseite werden die Bedeutungen der Farben beschrieben.« Angie schaltete den Drucker ein und steckte das Kabel in den USB-Anschluss ihres Laptops. »Das haben wir gleich.«

Kurze Zeit später hielt Lina ein Blatt Papier in der Hand und las vor: »Eine Aura hat eine bestimmte Grundfarbe, die weitestgehend dem Charakter der jeweiligen Person entspricht. Darüber lagern sich die Farben der momentan vorliegenden Emotionen. Diese Gefühlsfarben bewegen sich auf charakteristische Weise. Man erkennt Turbulenzen, Strömungen, Wellen, Vibrationen, aufblitzende Punkte oder eine Zu- und Abnahme der Intensität.« Irritiert sah sie von dem Blatt auf. »Ich habe keine Turbulenzen oder Punkte gesehen – also ist das hier mit Sicherheit etwas völlig anderes.«

»Was bedeutet das Schwarz, das du beobachtet hast?«, fragte Angie. In der Zwischenzeit hatte sie eine weitere Farbtabelle ausgedruckt.

»Der Träger einer weitgehend schwarzen Aura verneint das Leben«, las Lina vor. »Schwarz steht für negative Emotionen wie Hass, Böswilligkeit, Rachsucht und Pessimismus. Und hier«, rief sie. »Dunkles Rot: Hitziges Temperament, schnelles Handeln aus dem Impuls, kann auch Macht bedeuten.«

»Du sagtest, dass Leo mit seinem roten Nebel Darkos schwarze Wolke quasi verdrängt hat?«

»Ja, so wirkte es jedenfalls auf mich.«

»Vielleicht hat er seine Macht genutzt, um Darko in die Schranken zu weisen«, überlegte Angie weiter, während sie ihre Haare zwischen Daumen und Zeigefinger zwirbelte.

»Du tust so, als wäre das alles natürlich und erklärlich. Wie kannst du es so locker sehen?«, fragte Lina erschüttert.

Angie zuckte mit den Schultern. »Viele Leute verfügen über außergewöhnliche Fähigkeiten. Warum nicht auch du? Als ich zum ersten Mal deine Klasse betrat, bist du mir sofort aufgefallen. Ich fand dich nett, sympathisch und irgendwie besonders. Als ich dich näher kennenlernte, erkannte ich, dass du unsere Mitschüler verdammt gut lesen konntest.«

»Ich habe meine halbe Schulzeit auf der Toilette verbracht, bevor du kamst. Zumindest die Pausen«, sagte Lina und schnaubte verächtlich. »Wie kannst du da sagen, ich könne Menschen lesen?«

»Ich vermute, und das ist jetzt wirklich eine Hypothese, dass dir das, was du wahrgenommen hast, nicht gefiel. Menschen sind freundlich, obwohl sie jemanden nicht leiden können. Menschen lügen und merken es häufig nicht mal. Viele belügen sogar sich selbst. Wenn du diese Widersprüche gespürt hast, dann ...«

»Ja?«

»Dann ist Einsamkeit angenehmer als die Gesellschaft der anderen.«

»Ich fühle mich in Gegenwart von Menschen oft unwohl«, gab Lina zu, »über die Gründe habe ich allerdings nie nachgedacht.«

»Lass mich mal sehen, was gelb bedeutet!«, sagte Angie und studierte einen der beiden Ausdrucke etwas genauer. »Welches Gelb hast du denn gesehen, Linchen?«

»Goldgelb«, antwortete Lina. »Aber dir ist schon klar, dass es sich dabei höchstwahrscheinlich um Sonnenlicht gehandelt hat?«

»Positive Mentalität, fröhlich, freundlich, hilfsbereit, gute Lernfähigkeit. Das passt, würde ich sagen.« Angie grinste von einem Ohr bis zum anderen.

»Meinst du, ich soll zu einem Neurologen gehen? Oder zu einem Psychotherapeuten?«, fragte Lina. Die Vorstellung behagte ihr nicht, aber dass sie plötzlich an Halluzinationen litt, fand sie noch schlimmer, als einen Arzt zu besuchen.

»Quatsch! Wir beide erforschen das Phänomen jetzt wissenschaftlich. Du steckst diese beiden Zettel in deine Handtasche. Wenn du wieder eine Farbe siehst, schaust du nach, was sie bedeutet. Und ich werde abends alles genau dokumentieren. Dann sind wir in wenigen Wochen schlauer.«

»Und wenn ich nichts mehr sehe?«, fragte Lina.

»Dann lachen wir nächstes Jahr herzlich darüber«, beschloss Angie mit einem Ton, der keinen Widerspruch duldete.

Lina war ihrer Freundin sehr dankbar, dass sie sie nicht verurteilt hatte. Wegen Angies pragmatischer Art, mit dem Phänomen umzugehen, hatten ihre Sorgen spürbar nachgelassen.

»Lass uns heute früh ins Bett gehen, damit wir morgen fit sind«, schlug Angie vor. »Eine Mütze voll Schlaf wird dir gut tun.«

Angie sollte recht behalten. Als der Wecker klingelte, fühlte Lina sich fit und bereit für ihren ersten Uni-Tag.

Das Psychologiestudium der Erstsemester begann mit einer Einführungsveranstaltung. Die beiden frischgebackenen Studentinnen waren aufgeregt, als sie den Vorlesungssaal zehn Minuten vor Beginn der ersten Vorlesung betraten.

Der Fachbereich hatte 160 Studenten für das erste Semester zugelassen, da musste man zusehen, dass man einen guten Platz bekam.

Zunächst hielt der Leiter des Fachbereichs eine kurze Ansprache, in der er auf die Erstgründung der Universität aus dem Jahr 1473 verwies. Lina hörte nur mit halbem Ohr zu, denn sie betrachtete die Köpfe der vor ihr sitzenden Kommilitonen und suchte nach farbigen Auren. Mit einer Mischung aus Enttäuschung und Erleichterung registrierte sie, dass sie nichts Ungewöhnliches erkennen konnte. Sogar Leo, der einige Plätze weiter saß, zeigte keinerlei Farbe über seinem dunkelblonden Haarschopf.

Nachdem Lina in der ersten halben Stunde ausschließlich mit sich selbst beschäftigt war, riss sie sich zusammen und konzentrierte sich auf den Vortrag. Sorgfältig notierte sie die Namen und Funktionen der wichtigsten Ansprechpartner.

Alle Studenten nahmen an den Laborversuchen der höheren Semester teil, die für ihre Übungs- und Abschlussarbeiten verschiedene psychologische Phänomene untersuchen mussten, und erhielten dafür Versuchspersonenstunden. »Das System ist solidarisch«, erklärte eine Dozentin. »Sie stellen sich Ihren Kommilitonen zur Verfügung und werden für Ihre eigenen Versuche ebenfalls von Teststudenten unterstützt. Sie bekommen eine Liste, auf der Sie die absolvierten Stunden abzeichnen lassen.«

Lina war sehr gespannt, welche Experimente das sein würden. Sie fragte sich auch, welche Themen sie später selbst erforschen würde.

In der ersten Pause wollte sie zur Toilette verschwinden, aber Angie hielt sie zurück. »Hier geblieben! Wir wollen unsere Mitstreiter kennenlernen«, flüsterte sie, ergriff Linas Hand und zog sie ins Foyer des Vorlesungssaals.

Plötzlich geschah es: Lina sah eine Aura. »Da!«, flüsterte sie, »der Student mit den Locken und der braunen Jacke.«

»Was siehst du?«, fragte Angie leise.

»Goldgelb, wie bei dir«, antwortete sie. »Es schwebt etwa eine Handbreit um seinen Kopf herum.«

»Gelb? Das war doch die fröhliche Farbe, nichts wie hin!« Angie setzte ihr freundlichstes Lächeln auf und zerrte Lina zu dem Studenten, der gerade einen Schluck aus einer Mineralwasserflasche trank.

»Hi, ich bin Angie und das ist meine Freundin Lina«, begann sie das Gespräch. »Studierst du auch Psychologie?«

»Ja, heute ist mein erster Tag, ich bin gestern erst eingezogen«, antwortete der Student.

Lina beobachtete mit offenem Mund, wie sich die Farbe rund um seinen Kopf verstärkte. Jetzt schien sie kleine, blitzende Sprenkel zu enthalten. Das Gelb wirkte anziehend und verführerisch.

Angie gab ihr einen Stups mit dem Ellbogen. Lina schloss den Mund und lächelte. »Wie heißt du?«, fragte sie.

»Nevio«, sagte er und strahlte noch ein bisschen heller. Er hatte den Kopf voller dunkler, lockiger Haare und lustige, schokoladenbraune Augen.

Lina betrachtete Angie und nahm jetzt auch bei ihrer Freundin die gelbe Aura wahr – als ob sich die Fröhlichkeit der beiden gegenseitig verstärkte. Sie fühlte sich seltsam geborgen.

»Magst du dich nicht für den Rest des Tages zu uns setzen?«, bat Angie ihren neuen Bekannten. »Bei uns in der Reihe ist noch ein Platz frei.«

»Gerne! Ich komme aus Kaiserslautern, dort kann man an der Technischen Uni keine Psychologie studieren, deshalb bin ich in Trier gelandet – aber ich kenne noch niemanden. Außer euch, meine ich.«

»Wie hat dir die Einführungsstunde gefallen?«, fragte sie weiter.

Während Nevio antwortete, drehten sich die winzigen gelben Sprenkel in seiner Aura um sich selbst. Lina beobachtete die Szene fasziniert und war glücklich. Als sie auf ihre Armbanduhr schielte, fiel ihr auf, dass sich auch über ihrer Haut ein leichter, gelblicher Schimmer gebildet hatte.

Was sah sie? Ihr eigenes Glück oder das von Angie und Nevio?

»Hey«, tönte plötzlich eine Stimme hinter ihr. »Unterhaltet ihr euch gut?«

Leo!

Natürlich dachte Lina sofort wieder an den roten Nebel von der Erstsemesterparty und fühlte sich unwohl und beklemmt. Als sie auf ihren Unterarm blickte, war der goldene Schimmer verschwunden.

»Wir lernen gerade unsere Mitstudenten kennen«, sagte Angie freundlich lächelnd. Kurz warf sie einen besorgten Blick auf Lina, wandte sich aber sofort wieder Leo zu und stellte ihm ihre neue Bekanntschaft vor.

Leo schüttelte kameradschaftlich Nevios Hand. »Leo – freut mich!«, sagte er höflich. »Lina, kann ich dich kurz sprechen?«, bat er und deutete mit seiner Hand auf die gegenüberliegende Ecke des Foyers.

»Ja, klar«, stimmte sie verwirrt zu und ließ sich von ihm einige Schritte zur Seite ziehen.

»Was willst du?«, fragte sie und ärgerte sich gleichzeitig darüber, dass der Tonfall ihrer Stimme etwas zu unhöflich geklungen hatte. Ein aufmerksamer Zuhörer konnte ihr anmerken, dass sie von der Unterbrechung nicht gerade erfreut war.

»Ein schönes Paar, die beiden.« Leo nickte in Richtung Angie und Nevio.

»Wie meinst du das?«, fragte sie erstaunt.

»Sie sehen so aus, als ob sie sich gut unterhalten«, erwiderte Leo beiläufig. Er war offensichtlich nicht gewillt, seine Bemerkung näher zu erläutern. »Warum ich dich zur Seite gebeten habe … Am Samstag gebe ich einen Einstand in meiner WG und möchte dich und Angie dazu einladen. Die Feier beginnt um 19 Uhr.«

»Oh – danke! Wie nett …«, stammelte sie.

»Mein Cousin wird dich in Ruhe lassen, er hat es mir versprochen.« Leo hatte sofort erraten, weshalb sie zögerte.

»Ich werde Angie fragen, ob sie Zeit hat«, versprach Lina.

Er lächelte sie an und reichte ihr eine Visitenkarte. »Da stehen meine Handynummer und die Adresse unserer Wohngemeinschaft drauf. Schickt mir eine Nachricht, ob ihr kommt. Okay?«

Rasch schob Lina das Kärtchen in die Gesäßtasche ihrer Jeans. »Klar, machen wir. Und … vielen Dank!«

Eine Glocke läutete und verkündete den Beginn der nächsten Veranstaltung. Lina war froh, wieder zu Angie und Nevio zurückkehren zu können. Es tat gut, in die gelbe Aura der beiden einzutauchen.

Im Hörsaal holte Nevio seine Sachen und nahm neben ihnen Platz.

»Was wollte Leo von dir?«, fragte Angie leise.

Der Dozent klatschte laut in die Hände und bat um Ruhe. »Guten Morgen! Wir beginnen jetzt mit der Einführungsvorlesung in die allgemeine Psychologie. Der Stoff ist prüfungsrelevant. Ich empfehle Ihnen daher dringend, sich Notizen zu machen.«

»Er hat uns zu einer Party eingeladen, in seine WG. Am Samstagabend«, flüsterte Lina.

»Cool!« Angie lächelte und blätterte ihren Notizblock um. Sorgfältig notierte sie den Namen der Vorlesung oben auf dem Blatt.

Auch die anderen Studenten im Vorlesungssaal schrieben eifrig mit. Einige hatten ihre Laptops herausgeholt und klapperten leise auf den Tasten.

Lina versuchte, Leo und seine Party zu vergessen. Dieser Unterricht war der Grund, weshalb sie wochenlang für ihr Studium in Trier gekämpft hatte.

Während der Lehrer eine belanglose Anekdote aus seinem Leben erzählte, griff sie in die Tasche ihrer Jeans, zog die Visitenkarte heraus und legte sie neben ihren Notizblock.

›Leonard Magnus Wagner, Student der Psychologie‹ stand darauf.

Das Merkwürdigste an dem hochwertigen Kärtchen war das silberfarbene, geprägte Emblem in der Mitte. Es zeigte ein Wappen, das mit einer Krone und zahlreichen filigranen Ornamenten verziert war. Lina vergaß ihre guten Vorsätze und studierte das eigenartige Gebilde. Das Wappen war in vier Bereiche unterteilt, auf denen ein Schlüssel, ein Buch, ein zunehmender Mond sowie drei übereinander liegende Wellen abgebildet waren.

»Was machst du da?«, flüsterte Angie.

Wortlos schob Lina die Karte zu ihrer Freundin, die erstaunt die Augenbrauen in die Höhe zog.

»Später sehen wir nach, wo genau das ist, die Sickingenstraße«, sagte sie. »Aber jetzt steck das weg, sonst verpasst du alles!«

Erstaunt beobachtete Lina, welchen Eifer Angie in der ersten Vorlesung an den Tag legte. Sie selbst kostete es einiges an Anstrengung, dem Dozenten wieder zu folgen, denn das kleine Kärtchen stahl sich immer wieder in ihre Gedanken. Und wenn Lina nicht an das merkwürdige Wappen dachte, dann starrte sie auf Nevios und Angies gelbe Nebel zu ihrer Linken.

Sie seufzte innerlich. Mit all diesen Ablenkungen würde das Studium zu einem Kraftakt werden.

Sieben

Am Samstagmorgen stand Lina früh auf, denn um sieben Uhr wurde sie zu ihrem ersten Dienst auf Tante Mels Wohnstation erwartet.

»Heute benötigen wir deine Hilfe zunächst für die Essenausgabe«, erklärte Schwester Elke, nachdem sie Lina begrüßt hatte. »Danach kannst du dich um die Bewohner kümmern, mit ihnen ein Gesellschaftsspiel spielen oder jemanden beim Spaziergang begleiten.«

Gemeinsam gingen sie zur Personalumkleide, wo Lina den Schlüssel zu ihrem Spind sowie einige Stationskittel erhielt.

»Du musst dir keine Sorgen machen: Ich erkläre dir die Besonderheiten jedes Patienten genau, bevor ich dich auf ihn loslasse«, sagte die Schwester freundlich. »Ich schlage vor, dass du zuerst deiner Tante das Frühstück anreichst.«

»In Ordnung«, antwortete Lina nervös.

Schwester Elke nahm sich extra viel Zeit für die Einweisung ihrer neuen Aushilfskraft. Lina war ihr dafür sehr dankbar, denn in der ersten Studienwoche war so vieles auf sie eingestürmt, dass die Aussicht auf weitere Überraschungen sie unsicher werden ließ.

Tante Mel saß bewegungslos im Ohrensessel, als Lina ihr Zimmer mit dem Frühstückstablett betrat. Offenbar war ein Friseur im Haus gewesen, denn die Haare ihrer Tante wirkten etwas kürzer als letzte Woche. Vorsichtig stellte sie das Tablett ab und rückte Tisch und Stuhl zurecht. Schwester

Elke hatte ihr erklärt, wie sie das Brot in kleine Stücke schneiden und mit der Gabel anreichen sollte.

»Ich hoffe, du erkennst mich in diesem Kittel, Tante Mel«, begann sie ihre einseitige Unterhaltung. »Ich darf am Wochenende hier auf deiner Station arbeiten. In Zukunft werden wir uns also häufiger beim Frühstück sehen.«

Konzentriert spießte sie ein Stück Brot auf und bewegte die Gabel in Richtung Gesicht. Obwohl Lina es bis zur letzten Sekunde nicht glauben wollte, öffnete sich der Mund und ihre Tante begann zu kauen.

Nachdem sie einige Bissen angereicht hatte, prüfte sie vorsichtig die Temperatur des Kaffees, bevor sie Mel zu trinken gab. Nach einer Viertelstunde war der Teller leer.

»Wie gesagt, ich habe Dienst, aber der ist um zwölf beendet; dann komme ich noch mal zu dir und habe mehr Zeit für dich.« Sanft strich Lina der Tante über die Haare und schob eine Strähne hinter die Ohren. »Bis nachher!«

»Bist du gut zurechtgekommen?«, fragte Elke, als Lina sie im Stationszimmer aufsuchte.

»Ja, es war einfacher, als ich dachte.«

»Schön«, freute sich ihre Chefin, »dann werde ich dir jetzt unsere nächste Patientin vorstellen. Erna Berg ist 82 Jahre alt und leidet unter einer fortgeschrittenen Demenzerkrankung. Du reichst das Essen genauso an wie bei deiner Tante, aber diesmal ist es schwieriger: Die Bewohnerin kann ihre Bedürfnisse nicht mehr mit Worten ausdrücken; außerdem ist sie leider häufig aggressiv. Ich bin gespannt, wie du das meisterst. Lass dich nicht aus der Ruhe bringen und bleib freundlich.«

»In Ordnung«, sagte Lina und ging mit dem Tablett in Richtung Zimmer 507. Als sie anklopfte, erschallte im Raum ein herzhaftes »Maria, Maria!«

Sie atmete tief durch und betrat den Raum.

Erna Berg saß in ihrem Bett und kratzte mit den Händen

über die Bettdecke. »Maria, Maria!«, rief sie.

»Hallo Frau Berg, ich bin Lina und werde in Zukunft am Wochenende hier arbeiten. Ich habe Ihr Frühstück mitgebracht.«

Frau Berg stieß einen markerschütternden Schrei aus.

Lina zuckte zusammen, dabei rutschte die Kaffeetasse gefährlich nah an den Rand des Tabletts. Schnell stellte sie das Essen auf den Tisch.

»Maria, Maria!«, ging es wieder los, diesmal lauter, eindringlicher.

Lina spürte, wie ihr der Schweiß ausbrach. »Wie soll sich diese Frau beruhigen, wenn du dich nicht entspannst?«, murmelte sie leise zu sich selbst.

Die alte Dame ruderte jetzt wild mit den Armen. Wie konnte sie da die Mahlzeit anreichen? Ob sie Schwester Elke um Hilfe bitten sollte?

Nein, so schnell wollte sie noch nicht aufgeben!

Zuerst setzte Lina sich in sicherer Entfernung von der aufgeregten Patientin an den Tisch und schnitt das Brot in mundgerechte Stücke. Dann legte sie das Messer zur Seite und rückte ihren Stuhl zurecht.

»Frau Berg, wenn Sie so zappeln, wie soll ich Ihnen dann Ihr Essen anreichen?«, fragte Lina die alte Dame.

»Maria, Maria!«, rief Frau Berg.

Lina dachte nach. Sie musste herausfinden, was dieser Frau fehlte, sonst würde sie gleich bei ihrer zweiten Aufgabe Hilfe benötigen. Vorsichtig trat sie näher und ergriff die Hände von Frau Berg.

»Maria, Maria!«, rief die Patientin erneut. Sie griff sich mit beiden Händen an den Kopf. Ihre kleinen weißen Locken standen in alle Richtungen ab.

Plötzlich hatte Lina eine Idee. Vielleicht wollte die Frau zuerst die Haare gekämmt bekommen? Früher mussten alle Familienmitglieder sauber und ordentlich zu Tisch erscheinen. Manchmal gab es sogar Prügel, wenn man sich nicht richtig gewaschen hatte.

Ein Versuch konnte nicht schaden. Also ging sie ins Bad und kam kurz darauf mit Haarbürste, Kamm und Haarspray zu der Patientin.

»Maria!«, rief die alte Dame, aber diesmal klang es anders: Lina war sicher, auf dem richtigen Weg zu sein. Vorsichtig kämmte sie die weißen Locken und zupfte die Frisur in Form. Frau Berg saß wie eine Marmorstatue in ihrem Bett.

Dann ergriff Lina die Hände der alten Frau und legte sie vor ihr Gesicht. »Für das Haarspray«, erklärte sie.

Erna Berg atmete tief ein, hielt die Luft an und schützte ihre geschlossenen Augen mit den Händen, während Lina reichlich sprühte und die Locken in Form zupfte.

»Fertig!«, sagte sie, ging zurück ins Bad und brachte einen kleinen Spiegel, den sie Frau Berg vors Gesicht hielt.

»Maria!« Die alte Dame strahlte.

Der Rest war ein Kinderspiel. Es dauerte keine zehn Minuten, Frau Berg das Essen anzureichen. Die Patientin schien glücklich zu sein und hatte einen guten Appetit.

Zum Abschied ergriff Lina die faltigen Hände und drückte sie.

»Maria!«, rief Frau Berg. Diesmal klang es wie ein Dankeschön. Erleichtert verließ Lina den Raum.

»Schon fertig?«, fragte eine der diensthabenden Schwestern erstaunt.

»Ja«, antwortete sie. »Um wen soll ich mich als Nächstes kümmern?«

»Das will ich sehen«, sagte die Pflegekraft und betrat Zimmer 507. Erna Berg saß mit einem Lächeln im Bett. Die Patientin wirkte zufrieden – und ein wenig stolz.

»Wie hast du das gemacht? Noch gestern hat sie mir den Kaffee ins Gesicht geschüttet. Keine angenehme Erfahrung …«

»Ich habe ihre Locken gekämmt und mit Haarspray in Form gebracht«, erzählte Lina. »Ich vermute, dass sie als

Kind gelernt hat, dass man nur mit ordentlicher Frisur frühstücken darf.«

»Wie hast du das herausgefunden?«, fragte die Schwester mit großen Augen.

»Sie hat sich immer wieder an den Kopf gefasst und da habe ich dann geraten«, antwortete Lina. »Sie kann ja nicht mehr sprechen.«

»Wenn das bei uns auch funktioniert, dann hast du eine große Last vom Frühdienst genommen! Ich bin übrigens Anne.«

»Da bist du ja!« Schwester Elke war hinzugetreten. »Wie war's?«

Schwester Anne erzählte ihrer Chefin von dem kleinen Wunder.

Jetzt musste natürlich auch Elke den Raum von Frau Berg betreten, denn obwohl sie verhindern konnte, dass die Patientin den Kaffee in ihr Gesicht schleuderte, benötigte sie jedes Mal eine halbe Stunde, um das Essen anzureichen. »Ich habe gewusst, dass du Talent hast«, sagte sie strahlend. »Als ich dich zusammen mit deiner Tante gesehen habe, war ich mir sicher!«

Lina war glücklich und erleichtert, dass sie ihre erste Bewährungsprobe so gut bestanden hatte. Den restlichen Vormittag verbrachte sie mit einer Gruppe Demenzkranker beim Spielen. Dann half sie, das Mittagessen zu verteilen und schon war sie entlassen.

»Ich reiche Mel noch das Essen an«, sagte sie zu Schwester Elke. »Heute Morgen habe ich ihr versprochen, sie nach meinem Dienst zu besuchen.«

»Das ist lieb von dir, vielen Dank!«

Lina fühlte sich jetzt locker und entspannt, als sie erneut das Zimmer ihrer Tante betrat. Sie berichtete von ihrem Dienst und von dem Erlebnis mit Erna Berg.

Um ein Uhr verließ sie die Station und war zum ersten Mal seit langer Zeit rundum glücklich und zufrieden.

Acht

»Wir brauchen ein Gastgeschenk«, verkündete Angie, nachdem Lina von ihrem ersten Arbeitstag zurückgekehrt war. »Für Leo und seine WG-Party. Vielleicht irgendwas Alkoholisches?«

»Brot und Salz«, schlug Lina vor.

»Einen Sack gute Laune für Darko!«, gab Angie schlagfertig zurück. Die Freundinnen kicherten. »Nein, im Ernst jetzt – hast du eine Idee?«

»Weißt du, ob Leo schon Bücher gekauft hat?«

»Du willst ihm etwas für die Uni schenken?« Zweifelnd zog Angie die rechte Augenbraue hoch.

»Ich dachte an das Taschenbuch ›Einführung in die Psychologie‹, falls er es noch nicht besitzt«, sagte Lina. »Aber da er in einer WG wohnt, kann es gut sein, dass er ältere Studenten beerbt hat.«

»Wie wäre es, wenn wir eine hübsche Pflanze für sein Zimmer und eine Flasche Alkohol für die Feier kaufen?«, schlug Angie vor.

»Einverstanden.«

Am Abend fuhren die beiden pünktlich los. Lina saß auf dem Beifahrersitz und hielt eine weiße Orchidee sowie eine Flasche Crémant auf dem Schoß.

»Sickingenstraße, das sollte nicht so weit sein«, sagte Angie und öffnete die Navigationsapp ihres Smartphones. »Oh – doch fast sechs Kilometer! Ich dachte, es sei näher …«

»Bist du sicher, dass wir hier richtig sind?«, fragte Lina

kurze Zeit später. Das Navi hatte sie vor eine Villa am Hang des Petrisberges gelotst, die groß genug schien, um eine ganze Fußballmannschaft zu beherbergen.

Die Hausnummer stimmte mit den Angaben der Visitenkarte überein, daher parkten sie den Wagen und klingelten. Wie von Geisterhand öffnete sich das schmiedeeiserne Tor.

»Das ist ja nobel hier!«, flüsterte Lina ehrfürchtig. »Hoffentlich sind wir gut genug angezogen …«

»Mit Jeans, Bluse und Blazer kann man nichts falsch machen«, versicherte Angie und nahm Lina die Flasche ab. »Aber es sieht hier nicht gerade wie in einem Studentenwohnheim aus«, gab sie zu. »Immerhin passt es zu dem hübsch verzierten Kärtchen.«

Nervös nestelte Lina mit ihrer freien Hand an dem frisch gebügelten Kragen. Angie hatte den für sie durchaus ungewöhnlichen Vorschlag gemacht, die Alltagsjeans mit einem eleganten Oberteil zu kombinieren. »Wir ziehen ein hübsches Top drunter und können uns, falls getanzt wird, später entblättern. So sind wir für alles gerüstet«, hatte sie erklärt. Jetzt war Lina froh, dass sie kein buntes T-Shirt aus ihrem Schrank gezogen hatte.

Leo öffnete die Tür und lächelte schüchtern. Er trug ein dunkelgraues Hemd. »Hallo. Schön, dass ihr pünktlich seid«, begrüßte er die beiden.

»Wir haben dir etwas mitgebracht«, sagte Lina. »Für die Party und für dein Zimmer.«

Gemeinsam überreichten sie Leo die Geschenke.

»Das ist sehr nett von euch, vielen Dank!« Mit einer Geste bat er sie ins Haus.

Der Eingangsbereich der Villa verfügte über eine offene und helle Architektur, zu der die dunklen, antiken Möbel einen interessanten Kontrast bildeten.

»Du wohnst nicht gerade in einer typischen Studenten-WG«, begann Angie vorsichtig. »Wem gehört das Haus?«

»Das ist schwierig zu erklären«, sagte Leo und stellte Pflanze und Sekt auf einer zierlichen Jugendstilkommode ab. »Wir sind ähnlich organisiert wie die Burschenschaften. Studierende Familienmitglieder werden von unserem Trägerverein unterstützt und geben das, was sie bekommen haben, später wieder zurück, indem sie die Vereinsleitung übernehmen oder regelmäßig spenden. Schon mein Dad studierte hier, genau wie mein Onkel, der Vater von Darko.«

»Seid ihr alle miteinander verwandt?«, fragte Lina neugierig.

»Letztendlich blicken wir auf die gleichen Vorfahren zurück. Aber nach heutigen Maßstäben kann man das nicht unbedingt als direkte Verwandtschaft bezeichnen. Kommt, ich stelle euch den Gästen vor.«

»Ist das deine Party oder eine Gemeinschaftsfeier?«, fragte Angie.

»Das ist meine Einweihungsparty. Jeder, der neu einsteigt oder den Studienort wechselt, veranstaltet zu diesem Anlass ein kleines Fest.« Er öffnete die Tür zum Wohnzimmer. »Darf ich vorstellen?«, fragte er galant in die Runde von vielleicht 15 Gästen. »Das sind meine Kommilitoninnen Carolina und Angela, beide studieren im ersten Semester Psychologie.« Dann wandte er sich an die beiden Freundinnen: »Darko kennt ihr ja schon, neben ihm sitzt Robert mit seiner Freundin Anabelle. Robert studiert zusammen mit Darko im dritten Semester Betriebswirtschaft. Das hier sind Markus und Peter, sie studieren Psychologie im dritten Semester.«

Lina versuchte vergeblich, sich alle Namen zu merken, die er ihnen nannte. Ein kurzer Blick auf Angie ergab, dass es ihr ähnlich ging.

»Was darf ich euch zu trinken anbieten?«, fragte Leo. »Ein Glas Champagner?«

»Ja, gerne«, antworteten Lina und Angie wie aus einem Mund.

Leo nickte einem Mann zu, der still in der Ecke des Raumes stand. Erst jetzt erkannte Lina, dass es sich um einen Kellner handelte, der darauf wartete, seiner Aufgabe nachzukommen. Er schenkte drei Gläser ein und trat dann mit einem Tablett auf sie zu.

Eine Bedienung bei einer studentischen Einweihungsparty? Zu gerne hätte Lina sich zusammen mit Angie darüber lustig gemacht, aber die beiden konnten lediglich einen verstohlenen Blick austauschen.

Dieses Haus, perfekt gepflegt und stilvoll mit antiken Möbeln ausgestattet, passte so gar nicht in das Bild einer typischen Studentenbude. Wo waren die leergegessenen Chipstüten und die Bierflaschen?

Lina fragte sich, ob Leo einer obskuren Sekte angehörte. Sie nahm sich vor, unauffällig so viel wie möglich herauszufinden; schon alleine deshalb, weil sie Darko misstraute. Ihr persönlicher Feind saß in einem ledernen Ohrensessel und hatte sein Glas auf einem antiken Beistelltisch abgestellt, dessen Messingfüße aussahen, als seien sie soeben frisch poliert worden. Als ihre Blicke sich kreuzten, zuckte Lina zusammen und hätte beinahe etwas von ihrem Champagner auf dem teuren Teppich verschüttet.

Robert, der in einem Sessel neben Darko saß, erhob sich und murmelte etwas, das nach ›Toilette‹ klang, während er sich rasch entfernte.

Leo nickte dem Bediensteten erneut zu, der diesmal zwei Stühle für Lina und Angie brachte.

»Setzt euch!«, bat er seine Gäste. »In einer halben Stunde begeben wir uns zum Abendessen nach nebenan.« Bevor die beiden Freundinnen sich auf den eleganten, ebenfalls antiken Stühlen niederlassen konnten, verließ auch Roberts Freundin Anabelle den Raum mit einer flüchtig dahin gemurmelten Entschuldigung.

Lina bemerkte ihre innere Anspannung erst, als Angie sie ansah und sich leise räusperte. Es war ihr gar nicht aufgefallen, dass sie mit zusammengekniffenen Pobacken kerzengerade auf der Stuhlkante saß! Vorsichtig lockerte sie ihren Körper und suchte eine bequemere Sitzposition. Dabei stellte sie fest, dass der alte Stuhl gar nicht so unbequem war, wie sie vermutet hatte – anscheinend brachte man die Möbel regelmäßig zum Polsterer.

»Warum hast du dich für Trier entschieden, Darko?«, fragte Angie. Offenbar hatte sie beschlossen, den Feind bei den Hörnern zu packen.

»Schon mein Vater war hier immatrikuliert«, antwortete der BWL-Student. »Meine ganze Familie studiert hier.«

»Und dein Großvater?«, fragte Angie weiter.

»Wenn du bei der Einführungsveranstaltung aufgepasst hättest, so wüsstest du, dass die Universität Trier erst 1970 gegründet wurde«, sagte Darko mit der für ihn typischen herablassenden Arroganz.

»Ich habe das Wappen auf Leos Visitenkarte gesehen und dachte daher, es könnte sich um eine langjährige Tradition handeln«, erläuterte Angie ihre Frage mit einem aalglatten Lächeln.

Wer Angie so gut kannte wie Lina, der sah den Schalk aus ihren Augen heraus blitzen; offensichtlich genoss sie es, Darko zu einer höflichen Konversation zu zwingen, von der sie wusste, dass sie ihn langweilte. »Davon mal abgesehen«, ergänzte sie und suchte spielerisch einen intensiven Blickkontakt mit Darko, »wurde die Universität Trier erstmals im Jahr 1473 gegründet.«

»Da hat jemand in der Vorlesung aufgepasst«, sagte Darko verächtlich in Richtung seiner Freunde. Er runzelte die Stirn und verengte seine wässrig-blauen Augen zu schmalen Schlitzen.

Lina fragte sich, ob das Psychologiestudium ihr helfen würde, Darkos sonderbare Persönlichkeit eines Tages zu verstehen. Warum verhielt er sich so abweisend und arrogant?

Die Tür hinter ihr öffnete sich. Robert und Anabelle schlüpften leise in den Raum und setzten sich wieder zu den Gästen. Lina konnte den Blick nicht von dem Paar wenden: Beide waren von einer starken Aura umgeben, die in einer Mischung aus Feuerrot und Himbeerrosa leuchtete. Das Paar sah unverkennbar sehr zufrieden aus.

»Was ist?«, flüsterte Angie ihrer Freundin zu.

»Farben!« Lautlos formte Lina das Wort mit den Lippen.

Angie verstand sofort, was sie durch die Andeutung eines wissenden Lächelns kundtat.

Dann bemerkte Lina, dass sie von Leo beobachtet wurden. Sofort spürte sie, wie Hitze in ihre Wangen stieg.

Verflixt, sie hasste das! Seit ihrer Kindheit wurde sie rot wie eine Tomate, sobald etwas Peinliches oder Unangenehmes passierte.

»Wo ist die Toilette?«, fragte Angie freundlich in den Raum.

»Die Gästetoilette befindet sich direkt gegenüber im Flur«, antwortete Leo, ohne seinen Blick von Lina abzuwenden.

Angie bedankte sich, griff nach der Hand ihrer Freundin und zog sie mit sich aus dem Raum.

Lina konnte gerade noch ihr Champagnerglas auf einem Tisch abstellen. »Weißt du, was die jetzt denken, wenn wir zu zweit aufs Klo gehen?«, flüsterte sie aufgebracht, nachdem sie die Tür hinter sich geschlossen hatte. »Dabei habe ich mich eh schon wieder blamiert …«

»Komm!« Angie öffnete die Tür zur Gästetoilette. Sie schob Lina hinein, schlüpfte hinterher und schloss dann ab.

In dem geräumigen WC, das mit dunklem Marmor ausgekleidet war, stand eine Auswahl an Deodorants, Haarsprays und Hygieneartikeln in einem offenen Regal.

»Die übertreiben sogar auf dem Klo!«, kommentierte Angie das kleine Arrangement trocken.

Lina kicherte. »Das ist bestimmt für die vielen Freundinnen, die hier ein und aus gehen.« Im Spiegel sah sie, dass sie immer noch eine leuchtend rote Gesichtsfarbe hatte, die das Grün ihrer Augen verstärkte. Sie versuchte sich zu beruhigen und die Röte zum Verschwinden zu bringen.

»Was genau hast du gesehen?«, fragte Angie.

»Rosa und rot«, antwortete Lina. »Es waren sehr kräftige Farbtöne, die waberten und zuckten.«

»Oh, endlich etwas Neues!« Angie strahlte. »Gib mal die Zettel her!«

Lina zog das zusammengefaltete Papier aus der Handtasche.

Gemeinsam beugten sie sich darüber. »Ha!«, rief Angie.

»Pst«, mahnte Lina. »Sonst hören sie uns.«

»Rosa-pink ist Liebe, und gemischt mit Rot … Die hatten garantiert Sex! Hab ich mir doch gleich gedacht, als ich die zufriedenen Gesichter gesehen habe!« Angie freute sich diebisch. »Bestimmt denken die, dass wir jetzt auch …«

»Hör auf, anderenfalls bringe ich meine Gesichtsfarbe heute nicht mehr unter Kontrolle!«, bat Lina entrüstet.

»Okay, einverstanden«, lenkte Angie ein. »Ich tue dann mal, wofür wir hier sind.« Sie gab Lina die Zettel zurück und setzte sich auf die Toilette.

Lina ging noch einmal die Beschreibung der Farben durch und verstaute die Seiten dann wieder sorgfältig in ihrer Handtasche. »Ob Leo und Darko die Auren auch sehen konnten?«, fragte sie nachdenklich.

»Ich vermute, dass sie eine ähnliche Fähigkeit haben. Wir werden Hinweise sammeln.« Angie drückte die Toilettenspülung. »Du bist dran!«

»Ich muss aber nicht!«, verteidigte sich Lina.

»Doch, du musst«, widersprach Angie. »Wenn du in zehn Minuten schon wieder aufs Klo willst, ist das verdächtig.«

»Könnte doch sein, dass ich ein Deo brauche, oder ein bisschen Haarspray …«

Wieder kicherten sie.

»Los jetzt, wir können nicht ewig bleiben.«

Lina seufzte. »Okay, okay … ich beeile mich.« Als sie sich anschließend ihre Hände wusch, kontrollierte sie noch einmal ihre Gesichtsfarbe. Normalerweise wirkte ihr Teint meistens blass, doch vom Erröten war ein leichter Rosaton geblieben, der ihrem Ausdruck etwas Frische verlieh.

»Auf in den Kampf!«, flüsterte Angie, bevor sie die Tür aufschloss.

Was immer auf sie wartete – dies würde keine gewöhnliche Feier werden.

Neun

»Da seid ihr ja!« Leo stand in der Diele und blickte Lina und Angie an, die gerade das Bad verließen. »Die anderen sind eben ins Esszimmer gegangen.« Er lächelte. »Kommt mit, hier entlang!«

Jetzt hatte er gesehen, wie sie zu zweit auf dem Klo gewesen waren – wie peinlich war das denn! Lina versuchte, sich nichts anmerken zu lassen und starrte lieber auf den Marmorboden statt in Leos Augen.

Im Nebenraum hatte man eine lange Tafel aufgebaut. Weiße Kerzen erleuchteten den mit Blumengestecken geschmückten Tisch und tauchten den Raum in ein warmes Licht. Leo ging hinein und trat zu dem Stuhl am Kopfende. »Setzt ihr euch zu mir?«, fragte er Lina und Angie.

»Gern!« Angie lachte ihn offenherzig an und ließ sich sofort an seiner Seite nieder. Lina wählte den Platz neben ihrer Freundin, sodass sie ein wenig Abstand zu Leo und seinen merkwürdigen Fähigkeiten halten konnte. Aber das half ihr wenig, denn Darko setzte sich ihr gegenüber, sodass sie seinen verächtlichen Blicken während des gesamten Essens ausgesetzt sein würde. Sie unterdrückte ein kleines Stöhnen und starrte stattdessen auf die blütenweiße Stoffserviette, die kunstvoll gefaltet vor ihr auf dem Teller stand.

»Darko, magst du dich zu Robert und Anabelle setzen?«, bat Leo seinen Cousin in einem ausgesucht höflichen Tonfall. »Ich möchte, dass Carolina und Angela die

Gäste kennenlernen, die ihnen noch unbekannt sind.«

Wortlos erhob der Angesprochene sich und setzte sich an das andere Ende des Tisches, nicht ohne durch ein Zucken seiner rechten Augenbraue zu verdeutlichen, was er von Leos Bitte hielt. Er war rot geworden – nicht etwa, weil die Bitte ihn verunsicherte, sondern weil er direkt in der wabernden Liebesaura Platz genommen hatte.

Ein kleiner Schauer rieselte an den Seiten von Linas Hals hinab, als würde sie gerade einen gruseligen Film ansehen. Hatte Leo gewusst, dass sie sich unwohl fühlte?

Andererseits war ihr Gesicht schon immer ein offenes Buch für jeden gewesen, der die Sprache ihrer Mimik zu lesen verstand. Niemand benötigte hellseherische Fähigkeiten, um Linas Gefühle zu deuten, denn Bluffen war nicht unbedingt ihre Stärke.

Nachdem alle Gäste Platz genommen hatten, brachte der Kellner zusammen mit einem Hausmädchen die Vorspeisen und stellte sie auf einem Tisch am Ende des Raumes ab. Danach schenkte er allen Anwesenden einen leichten Weißwein ein.

Schließlich klopfte Leo mit einem Messer an sein Wasserglas. Er räusperte sich und stand auf.

»Liebe Gäste«, begann er, »ich freue mich, dass ich mein erstes Semester hier in Trier beginnen darf – im Kreise meiner Verwandten und gleichgesinnter Freunde. Gemäß der Tradition dieses Hauses gebe ich heute meinen Einstand. Ich wünsche uns allen einen guten Appetit und einen schönen Abend.« Er erhob sein Glas und prostete den Gästen zu.

»Lasst uns essen«, sagte er und erhob sich. »Angie, Lina, kommt ihr?«

Nervös ging Lina zum Buffet und schielte auf das reichhaltige Angebot. Es gab mehrere Salate, Antipasti und verschiedene Sorten Fingerfood.

»Ihr solltet die Lachsröllchen versuchen, die sind sehr lecker«, sagte Leo.

Lina, die sich gerade beim Couscous-Salat bedient hatte, griff nach der kleinen Zange und legte eines der Röllchen auf ihren Teller. Währenddessen warf sie einen verstohlenen Blick zu den anderen Gästen. Am Ende des Raumes schwebte die rosarote Wolke des Liebespaares. Sie hatte an Intensität verloren, war aber noch deutlich zu erkennen.

Als sie zu Leo schauen wollte, bemerkte sie, dass er schon mit Angie am Tisch saß. Dafür hatte sich hinter Lina eine Schlange gebildet, die geduldig darauf wartete, dass sie den Platz freigab. Hektisch füllte sie ihren Teller und ging zu ihrem Platz zurück.

»Fangt ruhig an«, bat Leo die beiden, »der formelle Teil des Abends ist jetzt vorbei.« Seelenruhig griff er zu seinem Besteck und aß.

Mechanisch kostete Lina das Essen, denn die Aufregung hatte ihr auf den Magen geschlagen. Ihre Zunge registrierte, dass es ihr schmeckte, aber das Gefühl kam nicht in ihrem Inneren an. Zwischendurch schielte sie immer wieder auf die Wand knapp über den Köpfen des verliebten Pärchens. Der Farbton verblasste allmählich; man konnte ihn nur noch erkennen, wenn man wusste, wonach man suchen musste.

Zu ihrer Erleichterung wurde die formelle Tafel nach dem Dessert aufgehoben. Unter erfreutem Gemurmel gingen alle Gäste in den Keller, wo sich der Partyraum der Villa befand.

»Bestimmt steht das Hausmädchen hinter der Bar und schüttelt Cocktails«, flüsterte Angie auf dem Weg nach unten in Linas Ohr.

Aber von den Bediensteten war weit und breit nichts zu sehen, dafür standen zwei WG-Bewohner hinter dem Tresen. »Was darf ich dir anbieten?«, wurde Lina von einem der beiden angesprochen. Er zwinkerte ihr fröhlich zu und warf den Shaker lässig in die Luft.

»Was habt ihr denn im Angebot?«, fragte sie zurück. »Und wie heißt du?«

»Ich bin Ben und wir haben die Zutaten für alle Standardcocktails hier. Wie wäre es mit einer Pina Colada?«, schlug er vor.

»Lieber ohne Sahne«, antwortete sie. »Kannst du mir einen Caipirinha machen?«

»Kommt sofort!« Routiniert zerschnitt Ben eine Limette, zerstampfte sie mit Zucker und füllte das Ganze mit Cachaça und zerstoßenem Eis auf.

»Bitte sehr!« Mit einem breiten Grinsen schob er den Drink, den er mit einer Limettenscheibe dekoriert hatte, über die Theke. »Und womit kann ich deiner Freundin dienen?«

»Bitte etwas Alkoholfreies, ich muss noch fahren«, sagte Angie. »Ich lasse mich überraschen.«

»Amüsiert ihr euch?«, fragte Leo, der unbemerkt hinzugetreten war.

»Ja«, sagte Lina und trank einen Schluck. »Ich bin erleichtert, dass sich die Feier doch noch zu einer Party entwickelt.«

»Hat es dir nicht gefallen?« Er sah ihr so tief in die Augen, dass ihr ganz warm wurde.

»Doch, doch!« Es ärgerte Lina, dass sie in seiner Gegenwart erneut die Fassung verlor. »Ich hatte nur etwas anderes erwartet, weniger elegant und formell.«

Leo kratzte sich am Kopf. »Unser Haus ist für legendäre Partys berühmt, aber bei der Erstsemestereinweihung geht es immer etwas traditioneller zu.«

»Das sieht sehr hübsch aus! Danke, Ben!« Angie nahm ihren liebevoll mit Obst und Schirmchen dekorierten Cocktail in Empfang, nickte Leo freundlich zu und schritt zielsicher auf die gegenüberliegende Seite des Raumes, wo Darko hinter einem Glas Rotwein saß und gelangweilt einen Punkt an der Wand fixierte.

Irritiert blickte Lina ihr hinterher, bis sie bemerkte, dass Leo auf eine Fortsetzung ihrer Unterhaltung wartete. »Ah … okay«, stammelte sie. Dann nahm sie all ihren Mut zusammen. »Darf ich dich was fragen?«

»Ja sicher, nur zu!«

»Wer … Also wer bezahlt das alles? Das Gebäude, die Feier, das Personal …« Ihre Hand machte eine ausschweifende Geste.

»Das Haus wurde über einen Verein gekauft; dieser trägt auch alle Gemeinkosten, wie das Personal, Reparaturen und Instandsetzungen. Finanziert wird das wiederum aus den Spenden ehemaliger Studenten.«

»Die müssen aber verdammt viel verdienen, die Ehemaligen«, murmelte sie und runzelte nachdenklich die Stirn.

»Einige sind sehr erfolgreich«, erwiderte er gelassen. »Darkos Vater spendete zum Einstieg seines Sohnes eine größere Summe. Er handelt mit Luxusimmobilien.«

»Aha.« Lina fand, dass diese Information einen Teil von Darkos Verhalten erklärte. Er war stinkreich und da gehörte es offenbar zum guten Ton, weniger vermögende Menschen herablassend zu behandeln. »Was macht deine Familie, wenn ich fragen darf?«

»Mein Dad arbeitet als selbstständiger Coach und Psychologe; meine Mutter leitet sein Verwaltungsbüro und kümmert sich um verschiedene Charityprojekte.«

»Und willst du später in seine Fußstapfen treten?«, fragte sie weiter.

»Ich weiß noch nicht …« Leo knetete seine Finger. »Bis ich eine Entscheidung treffen muss, habe ich zum Glück noch Zeit.«

Lina nickte und dachte nach. Wagner … plötzlich fiel ihr etwas ein: »Sag mal, dein Vater ist nicht zufällig der bekannte Psychologe Theo Wagner? Der diese Metamorphose-Therapie anbietet? Der Bestseller-Autor?«

»Genau«, bestätigte Leo. Er wirkte plötzlich bescheiden und schüchtern, wie er neben ihr auf seinem Barhocker saß und seine Hände anstarrte.

Ob es schwierig war, so erfolgreiche Eltern zu haben? Theo Wagner war im deutschsprachigen Raum sehr bekannt. Er veröffentlichte Bücher und Meditations-CDs, gab teure Workshops, hielt Vorträge vor hunderten von Menschen und bildete andere Therapeuten in der von ihm entwickelten Metamorphose-Therapie aus. Von der Raupe zum Schmetterling – ohne Umwege, bequem und praktisch durch ein kostspieliges Seminar. Erst vor wenigen Wochen hatte Lina einen Artikel gelesen, in dem die Arbeit von Theo Wagner mit einer Sekte verglichen wurde. Seine Methoden waren wirtschaftlich erfolgreich, aber unter Psychologen höchst umstritten.

Und damit war auch klar, woher das viele Geld stammte: Theo Wagner musste mit seinem Unternehmen ein Vermögen verdienen. Ein Psychologe als Heilsbringer und als Star. Sie schluckte.

Leo räusperte sich. »Ich weiß, was du jetzt denkst.«

Lina hatte den Eindruck, durch ein kleines Fenster seiner Augen direkt in sein Inneres zu sehen. Aber vielleicht lag das auch am Alkohol, denn Ben war mit dem Zuckerrohrschnaps sehr großzügig gewesen.

Nachdenklich stocherte sie mit ihrem Strohhalm in dem zerstoßenen Eis des Cocktails herum. »Theo Wagners Therapieansatz, mal eben in einer Seminarwoche oder durch das Hören einer CD …«, druckste sie herum, »ob es wirklich so einfach ist?«

»Ich kenne die Vorbehalte der Psychologen«, erwiderte er leise. »Mein Vater sagt dazu, dass es gar nicht genügend ausgebildete Spezialisten gibt, um jedem dieser Menschen zu helfen. Wartelisten, teilweise schlecht ausgebildete oder unmotivierte Therapeuten … Viele suchen dringend Hilfe.

Also schlucken sie Psychopharmaka, greifen zu Alkohol oder buchen ein Seminar bei meinem Dad.«

»Das stimmt«, gab Lina zu. »Wir sind gnadenlos unterversorgt, was das seelische Wohlbefinden der Bevölkerung angeht. Das fängt schon bei der Erstversorgung an – man muss mindestens zwei Monate warten, um einen Termin beim Neurologen zu bekommen.«

»Und dort nimmt der Patient den angebotenen Strohhalm eines Psychopharmakons dankbar an«, ergänzte Leo.

In der folgenden halben Stunde diskutierten die beiden vorsichtig die Situation der psychischen Gesundheitsversorgung. Sobald Lina den Zwischenfall mit Darko für eine Weile vergessen konnte, fühlte sie sich in Leos Gegenwart sehr wohl. Sie musste sich zwingen, ihn nicht ständig anzustarren.

»Wo ist Angie?«, fragte sie und sah sich im Raum um.

Ah – ihre Freundin saß immer noch neben Darko und bombardierte ihn mit Fragen.

Es war ein merkwürdiges Schauspiel: Angie lächelte freundlich und strahlte, während Darkos Züge eine Mischung aus Verachtung und Ekel auszudrücken schienen.

Als sie die Augen ein wenig zusammenkniff, bemerkte Lina, dass sich um Darko herum eine Aura gebildet hatte. Sie war weniger raumgreifend als beim ersten Mal und schmiegte sich dicht an seinen Körper an. Seine Haut wirkte auf einmal gelb – kein Sonnengelb wie bei Angie und Nevio, sondern schmutzig und dunkel. In dem Schein der bunten Partybeleuchtung konnte man diese Aura leicht übersehen.

Was bedeutete die Farbe? War Angie in Gefahr?

»Was hast du?«, fragte Leo.

Lina zuckte zusammen und wendete sich rasch von Darko ab. »Wie? Ähm – nichts!« Sie lächelte fahrig.

»Für ›nichts‹ wirkst du aber ziemlich beunruhigt«, sagte Leo mit einem amüsierten Grinsen.

»Nein, nein, alles in Ordnung«, log sie. Scheinbar beiläufig sah sie durch den Raum, um dann erneut Darkos Aura zu analysieren. Das ekelhafte Gelb passte perfekt zu seinem angewiderten Gesichtsausdruck.

Dann zeigte Angie plötzlich eine Nuance, die Lina noch nicht kannte: ein leuchtender, zarter Blaulila-Ton. Auch diese Farbe wirkte zwischen den vielen bunten Lichtern sehr unauffällig, war aber deutlich erkennbar, sobald sie ihre Augen wieder zusammenkniff.

Wie schade, dass sie nicht nachsehen konnte, was die Farben bedeuteten!

»Hey, ist alles in Ordnung?« Leo beugte sich ein wenig zu ihr hinunter, sodass sie den Duft seines frischgestärkten Hemdes riechen konnte.

»Ähm … nichts! Also …«, druckste sie herum und schielte über seine Schulter. »Angie redet jetzt schon so lange mit Darko, und da mache ich mir natürlich Gedanken.«

»Das brauchst du nicht«, erwiderte Leo leise. »Er hat mir versichert, dass er … höflich bleibt.« Sanft berührte er Lina an ihrer linken Schulter und drehte ihren Oberkörper zurück in seine Richtung.

Vor Schreck schnaufte sie tief ein und stocherte dann wieder in ihrem Cocktailglas. Es gefiel ihr nicht, dass Angie so viel Zeit mit Darko verbrachte. Wer wusste schon, wohin das führen würde? Er war ein gefährlicher Mann, davon war Lina überzeugt.

»Begleitest du mich nach draußen? Die Aussicht bei Nacht ist wunderschön«, fragte Leo galant und bot ihr seinen Arm an.

»Warum nicht?«, erwiderte sie zerstreut. Offenbar wollte er sie von Darko ablenken. Und da das hier im Partyraum aussichtslos war, hatte er sich jetzt wohl eine andere Strategie überlegt.

Langsam stieg sie neben ihm die Treppe hinauf und trat mit ihm nach draußen.

»Eine sternenklare Nacht.« Leo zog einen kleinen Funksender aus seiner Hosentasche. Als er den Knopf drückte, öffnete sich das schwere Eisentor.

»Ja, und kalt ist es geworden!« Trotz ihres Blazers fröstelte es Lina ein wenig.

»Komm, ich zeige dir den Aussichtsplatz.« Leo ergriff ihre Hand und zog sie auf der kurvigen Straße ein Stück bergauf.

Nach 200 Metern mussten beide schnaufen, denn der Petrisberg war steil und er hatte ein ordentliches Tempo vorgelegt. Bevor die Straße in Richtung Universität abbog, konnte man an einem Aussichtspunkt hinunter auf die Stadt sehen.

»Wow … Das ist toll!«, sagte Lina.

»Nicht wahr?«, antwortete er und zog sie zu der Bank, die auf dem kleinen Platz stand.

Die Lichter von Trier spiegelten sich in der Mosel, die sich in weiten Bögen durch das Tal wand. Das Ganze wurde von einem strahlenden Mond beleuchtet, der über den flachen Hügeln hinter dem Flusstal schwebte und die nächtliche Welt in ein geheimnisvolles Licht tauchte.

»Ich wusste nicht, dass Trier so schön ist«, sagte Lina ergriffen. »Diese Stadt ist einfach etwas Besonderes.«

»Ja, das ist sie«, stimmte er zu. »Ich lebe gerne hier.«

»Wo kommst du ursprünglich her?«, fragte sie.

»Meine Familie wohnt in München.« Dann deutete Leo nach oben. »Sieh nur, jetzt schiebt sich eine kleine Wolke vor den Mond.« Als er den Arm sinken ließ, rückte er ein wenig näher an sie heran.

»Ich bin in Frankfurt aufgewachsen«, murmelte sie, während sie in den Himmel starrte und versuchte, seine Nähe zu ignorieren.

Was würde er von ihr denken, wenn sie schon wieder Angst bekam? Das wäre zu peinlich!

Aber offenbar irritierten ihre Gefühle ihn dieses Mal nicht. Vorsichtig legte er seinen Arm auf ihre Schulter und zog sie noch ein wenig dichter zu sich heran. Lina spürte, dass die zarte Geste ein seltsames Flattern in ihr auslöste. Ihr Mund wurde sofort trocken.

»Du bist mir damals im Restaurant gleich aufgefallen, als du mit Angie hereinkamst, aber durch den … Stress mit Darko … hast du mich nicht bemerkt.«

»Hm«, murmelte sie. »Ich hatte Alkohol getrunken und habe den ganzen Abend über albern gekichert. Und später hatte ich dann die Panikattacke …« Lina war froh, dass er in der Dunkelheit nicht sehen konnte, wie sie schon wieder rot wurde.

»Oh!«, rief sie und starrte mit großen Augen in den Himmel.

»Was?«, murmelte er leise, während er Lina noch fester in seinen Arm zog.

»Der Mond … er ist rosa. Ein Himbeermond!«

»Rosa?«, fragte Leo irritiert. »Der Mond ist gelborange gefärbt, wie immer, wenn er so tief am Himmel steht. Das hat mit dem Winkel des auf die Erde treffenden Lichtes zu tun. Aber ich will dich nicht mit Physik langweilen.«

»Orange, ah.« Lina kniff die Augen zusammen. Dieser Mond hier war eindeutig rosa, sogar ein wenig pink.

Sie war doch nicht farbenblind!

»Ich … mag dich sehr«, flüsterte Leo in ihr Ohr.

Plötzlich begriff sie.

Es war die Farbe der Liebe!

Wenn der Mond rosa war, dann musste sie in einer rosafarbenen Aura sitzen, sei es ihre eigene oder die von Leo!

Nach ihrem Bauchgefühl zu urteilen, waren sie vermutlich beide in eine kleine Wolke gehüllt; ein sanfter und transparenter Nebel, der Lina die Welt durch eine rosarote Brille betrachten ließ. Aber diese Erkenntnis konnte sie unmöglich mit Leo teilen!

»Er ist wohl doch eher orange«, lenkte sie ein und kniff die Augen zusammen, um den Mond genauer zu beäugen, der unverändert kräftig-rosa leuchtete. Trotz der romantischen Situation musste sie auch an ihre Freundin denken – würde Darko sein Versprechen auch in Leos Abwesenheit halten?

»Wir sollten zurückgehen«, schlug sie schließlich vor. »Es ist wunderschön hier, aber auch sehr kalt.«

»Gleich«, antwortete er leise. Sein Gesicht wirkte in der Dunkelheit zart grau mit einem Stich rosa. Auch einen sandfarbenen Ton glaubte sie zu erkennen – er erinnerte sie an die Füllung einer Vanillecreme-Torte. Lina fühlte sich sehr wohl in Leos Nähe – geborgen und sicher. Und ihr flatternder Bauch signalisierte mehr als deutlich, wie es um sie beide stand.

Hatten sie sich gerade ineinander verliebt?

Aber war es nicht viel zu früh, um an so etwas zu denken?

Während Lina die Farbe des Mondes betrachtete, musste sie wieder an Darkos Aura denken. Wenn er bei Angie eine Panikattacke auslöste, während sie selbst so egoistisch war und mit Leo den Mond bewunderte?

»Angie …«, murmelte Lina.

»Wir gehen gleich«, flüsterte Leo. Langsam hob er seine Hand und strich eine Haarsträhne aus ihrem Gesicht, dann drückte er seine weichen Lippen sanft auf die Ihren.

Lina schloss die Augen und vergaß die Welt um sich herum. Zum ersten Mal in ihrem Leben spürte sie, wie es sich anfühlte, wenn man sich aus dem tiefsten Inneren heraus zu einem Menschen hingezogen fühlte.

Sie verstand nicht, wie es dazu gekommen war oder wann er sich in ihr Herz geschlichen hatte.

Aber eines wusste sie sicher – dieses Gefühl wollte sie nie wieder hergeben.

Zehn

»Wo warst du die ganze Zeit?«, fragte Angie, während sie durch die Dunkelheit nach Hause fuhren. »Seit wir losgefahren sind, hast du noch kein Wort mit mir geredet.«

»Leo hat mir die Aussicht auf die Stadt gezeigt«, antwortete Lina und lächelte in sich hinein. Die Erinnerung an seine hellbraunen Augen und an den rosa Schein hatte sich tief in ihr Inneres eingegraben. Heute Abend hatte Leo ihr gezeigt, dass die Welt auch ein liebevoller Ort sein konnte.

»Geht es etwas ausführlicher?«, fragte Angie und lachte. »Sonst bist du doch nicht so wortkarg!«

Lina, die abwesend auf ihre Hände gestarrt hatte, blickte auf und fragte: »Was war mit Darko? Er hatte eine eitergelbe Aura, geradezu widerlich!«

»Echt? Das wundert mich nicht«, erwiderte Angie cool. »Ich habe ihn über seine Familie ausgefragt und sah ihm an, dass er alles andere als begeistert war. Hast du schon nachgeguckt, was die Farbe bedeutet?«

»Das wollte ich zu Hause machen.« Lina dachte wieder an den Himbeermond und an die bernsteinfarbenen Sprenkel in Leos Augen. Ein warmes Gefühl breitete sich in ihrem Bauch aus. Sie seufzte glücklich.

»Mensch, Linchen!«, rief Angie. »Dieser Seufzer … Ich verwette eine Monatsmiete darauf, dass es zwischen euch gefunkt hat!« Sie blinkte und parkte ihren Wagen vor dem Haus.

Beim Aussteigen suchten Linas Augen sofort nach dem Mond. Er war kleiner geworden und leuchtete unschuldig in strahlendem Weiß. Weder Orange, noch Rosa oder gar Himbeerrot waren zu sehen.

»Erzähl!«, forderte Angie ihre schweigsame Freundin auf, während sie die Treppe zu ihrer Wohnung hinaufgingen. »Darko hatte eine hässliche Aura. Robert und Anabelle glühten in Rosa-pink. Noch mehr Farben?« Sie schloss die Tür auf und griff nach dem Notizblock, der auf dem kleinen Telefontisch lag. Damit setzte sie sich an den Küchentisch und wartete.

»Du hattest heute auch wieder eine Aura, aber nicht gelb, sondern ein zartes Blau.«

»Oh, interessant! Gib mal die beiden Zettel her. Sehen wir nach, was das bedeutet.« Angie ließ sich von ihrer Freundin die Farbtabelle reichen und las. »Wie bitte? Hoher Idealismus?«, fragte sie ungläubig, als sie von dem Papier aufsah.

»Hier stehen noch Schüchternheit und eine schwach entwickelte Persönlichkeit«, ergänzte Lina grinsend mit einem Blick auf den zweiten Zettel.

»War es blassblau? Nein, oder? Ich war nämlich nicht schüchtern, als ich Darko nach allen Regeln der Kunst ausgefragt habe.«

»Sondern idealistisch?«, fragte Lina. »Und Darko war dann … Moment … also, er hatte niedere, selbstsüchtige Gedanken, oder er war misstrauisch. Auch Neid ist eitergelb.«

»Misstrauisch, das passt! Er hat mehrmals nachgehakt, warum ich so viel von ihm wissen möchte.« Angie kaute an ihrem Stift.

»Was hast du ihn denn alles gefragt?«

»Also«, begann Angie, »dann will ich dir mal das Ergebnis meines Interviews zusammenfassen: Darko kommt aus Berlin und Leo aus München. Sie sind zwar Cousins, aber Darkos Eltern sind kurz nach seiner Geburt weggezogen, weil sein Vater die Berliner Filiale seiner Immobilienfirma aufbauen wollte. Und da seine Mutter die Stadt liebt, sind sie dort geblieben. Darkos Vater handelt mit Luxusimmobilien, sie wohnen in einer Villa in Berlin-Zehlendorf. Darko studiert im dritten Semester BWL und will später in die Firma seines Vaters einsteigen und eine weitere Filiale gründen, in Hamburg oder im Ruhrgebiet. Er scheint nicht gerade viele Hobbys zu haben, aber in seiner Jugend nahm er mal Unterricht im Bogenschießen.«

»Wow, gratuliere! Wie hast du das alles aus ihm herausgequetscht?« Lina war ehrlich beeindruckt.

»Ich habe gefragt. Auch mehrfach.« Angie grinste frech. »Aber was ist mit dir und Leo?«

»Hm …« Wie sollte sie ihr Erlebnis in Worte fassen? »Ich denke, er liebt mich«, sagte sie schließlich.

»Du denkst, er liebt dich?«, fragte Angie und runzelte ihre Stirn. »Was gibt es da zu denken?«

Lina seufzte. »Wir haben die Aussicht bewundert und der Mond war ein wenig rosa. Dann hat er mich geküsst, und als ich danach in den Himmel geschaut habe, sah ich einen Himbeermond. Sozusagen.«

»Also war seine Aura rosa, ja? Aber wie steht es um deine Gefühle?«, fragte Angie und beobachtete Lina genau.

»Ich … weiß nicht.« Lina zuckte ratlos mit den Schultern. »Ich mag ihn. Sehr sogar. Es war wunderschön. Und ich fühle mich sehr wohl in seiner Nähe. Allerdings habe ich immer noch Angst vor Darko, und der ist meist nicht weit weg, wenn ich ihn sehe …«

»Verliebt«, stellte Angie lakonisch fest. »Darauf koche ich uns einen Tee!«

Am nächsten Tag fuhr Lina zu ihrer Oma in die Eifel. Carolina Mahler hatte gekocht und sogar einen Kuchen gebacken, da auch Bill zum Kaffee erwartet wurde.

»Sag mal, Granny«, begann Lina vorsichtig, »du hast letztes Wochenende erwähnt, dass ich eine Gabe hätte, ein besonderes Gespür für Menschen. Und dass Tante Mel diese Fähigkeit auch besessen hat. Was hast du damit gemeint?«

Carolina Mahler schaute ihre Enkelin argwöhnisch an und schwieg. Schließlich sagte sie: »Nun, du verfügst über großes Einfühlungsvermögen und du kannst dich gut in Menschen hineinversetzen.«

»Ist es genau das? Oder noch etwas anderes?« Lina versuchte, möglichst beiläufig zu fragen, aber ihr Herz pochte. Seit sie die farbigen Auren sah, war sie überzeugt, dass Tante Mels Kunst sich genau darauf bezog.

Ob ihre Oma davon wusste?

»Was sollte sonst noch sein?« Granny legte ihr Besteck nieder und griff nach Linas Hand. »Ist irgendetwas passiert, das ich wissen müsste?«

»Hat Tante Mel mal erwähnt, was sie auf ihren Bildern dargestellt hat?«, fragte Lina weiter.

»Da gibt es einen Zeitungsartikel, den ich aufgehoben habe. Mel hat ihre Werke nämlich mehrfach hier in der Stadt ausgestellt. Warte, ich suche ihn dir raus.« Granny stand auf und ging zu der Esszimmer-Anrichte, in der sie neben Geschirr auch Fotoalben und diverse Erinnerungsstücke aufbewahrte.

»Hier ist er.« Sie reichte ihrer Enkelin ein vergilbtes Zeitungsblatt.

»Danke!« Interessiert studierte Lina den Artikel. Er handelte von einer Vernissage, an der sich mehrere Maler beteiligt hatten.

»Die regional bekannte Trierer Künstlerin Melanie Morgan stellt zwölf Bilder aus ihrer Serie ›Traumwelt der Farben‹ vor. Die Malerin versucht in ihren Werken, den Facettenreichtum der Gefühle wiederzugeben. Dazu nutzt sie meist kräftige und fröhliche Farbtöne, aber verwendet auch schwarz, grau und ein kaltes Weiß, um den Kontrast des menschlichen Erlebens darzustellen.«

Lina starrte auf das Blatt in ihren Händen. Jetzt war sie sich sicher – ihre Tante hatte die Auren auch gesehen!

»Ich möchte auch so malen können«, sagte sie. »Woher nahm Mel nur die Ideen?« Lina hoffte, Granny aus der Reserve zu locken, denn sie wollte dringend mehr erfahren.

»Aus ihrer Fantasie«, antwortete ihre Oma kurz angebunden, stand auf und legte den Artikel zurück in den Schrank. »Iss, sonst wird es kalt.«

Die Stimmung im Raum war merklich abgekühlt, was Lina verwunderte. Granny wollte nicht mit ihr über Mels Fähigkeiten reden! Warum nicht?

Am Nachmittag startete sie einen neuen Versuch. Bill war angekommen und man saß bei Kaffee und Kuchen in der gemütlichen Wohnküche.

»Carolina, dein Käsekuchen ist mal wieder fantastisch!«, schwärmte ihr Onkel. »Kann ich noch ein zweites Stück haben?«

»Sicher«, antwortete Granny. Sie schnitt ihm ein extragroßes Kuchenstück ab. »Möchtest du auch noch eins?«, fragte sie ihre Enkelin.

»Ja, gern«, bat Lina. »Und ich will wissen, woher Tante Mel die Ideen für ihre Bilder nahm.«

Granny bewirtete sie und stand dann auf. »Der Kaffee ist fast leer, ich koche euch noch eine Kanne …«

Lina starrte auf die drei vollen Tassen am Tisch. Ihre Oma wich ihrer Frage schon wieder aus. Würde sie auch noch einen Kuchen backen, um nicht antworten zu müssen?

»Das ist eine gute Idee.« Bills Mundwinkel verzogen sich ansatzweise zu einem Lächeln. »Und nun zu dir«, wandte er sich an seine Nichte. »Wie läuft es so an der Uni?«

»Was ist falsch an meiner Frage? Warum bekomme ich keine Antwort?« Lina sprang vom Tisch auf und blinzelte die Tränen weg, die in ihre Augen geschossen waren.

»So beruhige dich doch!«, bat er bestürzt und legte ihr eine Hand auf die Schulter, damit sie sich wieder hinsetzte. »Was ist los?«

Lina war selbst erstaunt, dass sie auf das erneute Ausweichen ihrer Verwandten so heftig reagierte; andererseits hatten ihr die Erlebnisse der vergangenen Tage wirklich zugesetzt. Und dann der Kuss von Leo, die Angst vor Darko … Sie fühlte sich dünnhäutig und verletzlich.

Granny ließ das Kaffeepulver auf der Anrichte stehen und kam zurück an den Tisch. »Hast du Stress?«, fragte sie seelenruhig.

»Nein, ich habe keinen Stress. Ich habe eine einfache Frage gestellt und bin es nicht gewohnt, keine Antwort zu erhalten!«

»Willst du uns nicht erklären, warum dir die Frage so wichtig ist?«, schaltete Bill sich ein.

»Soll ich einen schriftlichen Antrag stellen?«, giftete Lina zurück.

Alle hatten versucht, ihr die Universität Trier auszureden und jeder schien etwas zu wissen, das man vor ihr verheimlichte.

Warum vertraute ihr niemand?

Trotzdem erkannte sie sich selbst kaum wieder. Die einzige Verwandte, mit der sie stritt, und das auch nur, wenn es sich gar nicht vermeiden ließ, war ihre Mutter.

Granny saß mit gebeugtem Rücken am Tisch und starrte in ihre volle Tasse. Lina stockte der Atem, als sie eine Aura wahrnahm: Ihre Großmutter war in eine transparente, hellgraue Wolke eingehüllt.

Was bedeutete das jetzt?

Scheinbar beiläufig stand sie auf und ging zu ihrer Handtasche, die sie auf der Anrichte abgelegt hatte. Sie drehte sich mit dem Rücken zu ihren Verwandten und entnahm die beiden Zettel, ohne irgendeine Erklärung über ihr Verhalten abzugeben.

Granny und Bill schwiegen.

Hellgrau bedeutete Angst, las Lina, konnte aber auch Menschen beschreiben, die stark an Konventionen hafteten. Letzteres traf auf ihre Oma immer zu, denn auf dem Dorf achtete man darauf, nicht dem Tratsch zum Opfer zu fallen.

Aber hatte sie auch Angst? Lina beschloss, es einfach zu versuchen.

»Wovor hast du Angst, Granny?«, fragte sie ruhig, während sie das Blatt zusammenfaltete und wieder in die Tasche steckte. Dann griff sie nach einem Papiertaschentuch und schnäuzte ihre Nase.

»Ich habe keine Angst, ich bin lediglich in Gedanken«, erwiderte Granny.

»Das glaube ich dir aber nicht«, sagte Lina. Sie pokerte. »Man kann es dir an der Nasenspitze ablesen«, fuhr sie fort.

»Du kannst was?«, fragte Carolina Mahler ihre Enkelin betont langsam. Sie blickte von der Kaffeetafel auf und sah ihr direkt in die Augen.

»Nichts«, erwiderte sie lässig und hielt dem Blick trotzig stand.

Die Wut über die merkwürdige Reaktion ihrer Oma verlieh ihr die Kaltschnäuzigkeit, mit der sie jetzt zu Werke ging. Sie war sich sicher, dass man etwas vor ihr verheimlichte, und wollte alles dafür tun, das Geheimnis zu lüften.

Gelassen beobachtete sie, wie sich die graue Aura ihrer Oma verdunkelte und winzige rote Punkte darin aufblitzten, die sofort wieder verschwanden. Auch ohne einen Zettel aus ihrer Handtasche zu ziehen, wusste sie, worum es sich handelte: Wut. Grannys Emotionen hatten sich derart verstärkt, dass Linas Bauchgefühl ihr jetzt genaue Informationen lieferte.

»Sei nicht sauer«, sagte sie leichthin, »das ist schlecht für den Teint.« Sie griff nach ihrer Handtasche und verließ den Raum, um zum Nachdenken an die frische Luft zu gehen.

Im Garten setzte sie sich auf die Bank, wo sie schon als

Kind immer dem Gemüse beim Wachsen zugesehen hatte. Sie seufzte, griff nach ihrem Handy und schrieb Angie eine Nachricht: »Hi, ich bin sicher, dass Tante Mel früher dieselben Farben gesehen hat wie ich, aber Granny mauert! Habe sie und Bill provoziert. Hoffe auf Antworten. Liebe Grüße, Lina.«

Während sie schrieb, kochte Empörung in ihrem Inneren hoch. Seit sie diese Auren sah, hatte sie viele Fragen – aber vor allem große Angst.

Was, wenn die Fähigkeit einen verrückt machte? Würde sie mit 40 Jahren auf einer psychiatrischen Wohnstation vor sich hinvegetieren? Man musste ihr doch wenigstens die Chance geben, ihr Schicksal positiv zu beeinflussen!

Das Handy vibrierte, denn Angie hatte schon geantwortet: »Hey Linchen, falls da etwas im Busch ist, musst du es herausfinden! Toi, toi, toi! Ich drücke dich!«

Wenn sie nicht wahnsinnig werden wollte, dann brauchte Lina dringend einige Antworten. Nervös wippte sie mit den Füßen und dachte nach.

Wie sollte sie an Informationen gelangen? Ihre Oma hatte sogar einen Konflikt riskiert, um das Geheimnis von Tante Mel zu bewahren.

Die Minuten verstrichen. Lina, die anfangs sicher gewesen war, dass Granny sie im Garten aufsuchen würde, wurde zusehends unruhiger. Anscheinend wollte ihre Großmutter den Streit nicht schlichten, sondern aussitzen!

Sie grübelte und versuchte, sich an früher zu erinnern. Vielleicht hatte sie bereits Hinweise erhalten, die sie damals nicht einordnen konnte?

Als Kind hatte sie immer einen Teil der Sommerferien in dem kleinen Eifeldorf verbracht – das war lange, bevor Tante Mel krank geworden war. Lina hatte jeden Winkel des alten Hauses erkundet, vom kühl-feuchten Keller bis zum sonnig-warmen Dachboden, wo der Staub fröhlich in der

Luft tanzte, sobald das Sonnenlicht durch das kleine Dachfenster fiel.

Der Speicher! Plötzlich erinnerte sie sich, dass sie in einer der Dachschrägen eine dreieckige Ritze in der Wand bemerkt hatte, die ihre kleinen Finger nicht öffnen konnten. Als sie damals mit den Händen den schmutzigen Putz abgetastet hatte, war Granny erschienen und hatte Lina mitgenommen. Ihre Frage, was denn hinter diesem Dreieck verborgen sei, war nie beantwortet worden.

Vielleicht fand sie dort Antworten? Es war einen Versuch wert!

Lina sah auf die Uhr. Bill wollte in einer Stunde den Heimweg antreten, also blieb ihr genügend Zeit. Wenn niemand mit ihr sprechen wollte, so musste sie das Geheimnis eben selbst erkunden! Entschlossen stand sie auf und ging auf leisen Sohlen zurück ins Haus.

Noch heute wusste sie genau, welche der alten Holzstufen knarrten: Man musste die Füße am Rand aufsetzen und die fünfte Stufe auslassen, um geräuschlos nach oben zu schleichen.

Sich sorgfältig an Geländer und Wänden abstützend, stieg sie Schritt für Schritt nach oben. Dann öffnete sie mit pochendem Herzen die Tür zum Dachboden.

Muffig-trockene Luft schlug ihr entgegen. Mühsam unterdrückte sie ein Niesen. Dann griff sie nach ihrem Handy und schaltete die Taschenlampenfunktion ein. An der gleichmäßigen Staubschicht auf dem Boden erkannte sie, dass Granny schon lange nicht mehr hier oben gewesen war.

Leise schloss sie die alte Holztür hinter sich. Ihr blieb eine knappe Stunde, um in der Dunkelheit des Speichers das Geheimnis der Farben zu erkunden.

Zielstrebig ging sie zu der Stelle mit dem Dreieck, die sie aus ihrer Kindheit in Erinnerung hatte, kniete sich unter die Dachschräge und beleuchtete das Konstrukt. Es handelte sich offenbar um den Verschluss zu dem niedrigen, nicht mehr begehbaren Raum am Rande des Daches.

Warum war dieser Ort überhaupt zugänglich? Es gab in dem alten Haus mehr als genügend Stauraum.

Lina stellte ihr Handy so auf, dass es die Wand mit dem Dreieck gleichmäßig ausleuchtete. Dann strich sie sorgfältig über die Ritze und suchte nach einem Angriffspunkt.

Würde sie einen Hebel benötigen? In ihrer Handtasche kramte sie nach dem Schlüsselbund. Vorsichtig steckte sie einen schmalen Schlüsselbart in die Lücke und versuchte, die Tür aufzuhebeln.

Es bewegte sich nichts.

»Mist!«, fluchte sie leise. Als Nächstes probierte sie es auf der anderen Seite des Dreiecks, ebenfalls vergeblich.

Sie strich die langen Haare aus der Stirn, die in ihr Gesicht gefallen waren, dann leuchtete sie die gesamte Wand noch einmal sorgfältig ab. Schließlich entdeckte sie ein winziges Loch an der Längsseite des Dreiecks. Der Putz war an dieser Stelle bröckelig und stärker verschmutzt.

Hektisch kramte sie in ihrer Tasche nach einem passenden Hilfsmittel. Da ihre Fingernägel leicht einrissen, hatte sie immer ein kleines Nageletui dabei.

Vorsichtig stocherte Lina mit der Spitze ihrer winzigen Nagelschere in dem Loch herum. Plötzlich schien im Inneren ein Mechanismus nachzugeben, daher griff sie ihr behelfsmäßiges Werkzeug fester und lehnte sich sachte mit dem Körpergewicht dagegen.

Es klickte. Das Dreieck stand jetzt auf einer Seite ein wenig offen, sodass Lina in den Spalt greifen konnte. Ein leises Quietschen ließ sie einen Moment lang innehalten. Dann schob sie die Tür vorsichtig weiter auf und leuchtete in den Hohlraum.

Die dreieckige Öffnung war gerade groß genug, damit ein zierlicher Erwachsener bäuchlings hineinkriechen konnte. Sie dachte an Granny, die zwar nicht direkt übergewichtig war, aber in den letzten Jahren ein wenig zugelegt hatte. Mit ihrer schmerzenden Hüfte würde sie sicher nicht über den Dachboden robben.

Lina legte sich flach auf den Boden und streckte ihren Arm mit dem Handy nach vorne aus. Dann kroch sie vorsichtig in das staubige Loch. Kurz vor dem Ende des Hohlraumes stand ein Brett, hinter dem sich etwas zu verbergen schien.

Neugierig robbte Lina vorwärts, das Handy wie einen Schutzschild vor sich haltend. Erst als auch ihre Füße in dem Loch verschwunden waren, sah sie, worum es sich handelte: In dem Geheimraum stand ein niedriges Bücherregal mit einem einzigen Regalbrett darin.

Alles war staubig, auch die in alte Ledereinbände gefassten Bücher, die hier bestimmt schon viele Jahre unberührt ausharrten. Lina ergriff das erstbeste Buch; es war eher ein kleines Bändchen.

›Das erste Buch der Farben‹ stand auf dem Buchdeckel. Rasch blätterte sie weiter. Das Vorwort war unterzeichnet von einem Hubertus Mahler. Ihre Großmutter hieß doch ebenfalls Mahler mit Nachnamen! Gespannt begann sie zu lesen.

»Traditionell wird die Ausbildung der Aurasichtigen von Mitgliedern der eigenen Familie durchgeführt. Das vorliegende Werk soll der Lehrtochter Hilfe bieten, die einführenden Aspekte der Transformation zu verstehen. Es wird ihr von ihrer Meisterin nach Bestehen der Initiationsprüfung im Rahmen einer Feier übergeben und soll sie im ersten Studienjahr begleiten.«

»Das ist der Hammer!«, flüsterte Lina. Sie hatte tatsächlich das Gesuchte gefunden! Schnell guckte sie auf die Uhr des Handys. Ihr blieben noch etwa zehn Minuten, wenn sie verhindern wollte, dass Bill sich auf die Suche nach ihr begab. Und sie musste sich dringend entstauben, bevor sie ihm gegenübertrat!

Eilig griff sie nach dem nächsten Buch, das deutlich größer und unhandlicher war, und blätterte es auf. Darin ging es um Geschichte.

Allmählich wurde die Zeit knapp.

Nur das kleinste Buch würde in ihre Handtasche passen, daher beschloss sie, es mitzunehmen und die anderen Werke bei einem späteren Besuch genauer zu studieren.

Langsam robbte sie zurück und richtete sich auf. Staub kitzelte in ihrer Nase und sie hielt die Luft an, um ein Niesen zu unterdrücken.

Dann klopfte sie den Schmutz vom Buch und verstaute es sorgfältig in einem Fach ihrer Handtasche. Mit einem Klicken schloss sie die leise quietschende Dreieckstür.

Bevor sie den Dachboden verließ, leuchtete sie an sich herunter und seufzte. Natürlich war sie von oben bis unten mit Staub und alten Spinnweben bedeckt!

Vorsichtig schlich sie die knarzende Treppe hinunter und lief in den Garten, von wo ein schmaler Pfad zu einer alten Scheune führte, in der sie als Kind häufig gespielt hatte. Dort schlüpfte sie aus ihrem Pullover und schüttelte den Schmutz heraus, so gut es eben ging. Dann kämmte sie ihr langes Haar mit den Fingern durch. Zuletzt klopfte sie noch die Jeans ab, zog den Pulli wieder an und rannte zurück in Grannys Garten.

»Da bist du ja!« Bill kam auf Lina zu.

Da sie erst seit wenigen Sekunden wieder auf der Bank saß, hatte sich ihr Atem noch nicht beruhigt. Mühsam unterdrückte sie das Bedürfnis, laut zu schnaufen und hoffte, dass die Schweißperlen auf ihrer Stirn sie nicht verrieten.

Bill betrachtete sie lächelnd. »Carolina hat sich mit Kopfschmerzen hingelegt; du kannst sie morgen anrufen, wenn du magst. Lass uns jetzt fahren.«

»Ernsthaft?« Lina sah ihn zweifelnd an. Noch nie hatte ihre Granny sich über Kopfweh beklagt! Lediglich die Arthrose im Hüftgelenk machte ihr häufig zu schaffen.

»Nicht noch mehr Fragen!«, bat Bill in künstlich-scherzhaftem Tonfall. »Komm jetzt.«

Beim Einsteigen ins Auto betrachtete er seine Nichte mit einem irritierten Blick. »Sag mal, wie siehst du eigentlich aus?«

»Ich war spazieren und habe in dem alten Baumhaus gesessen«, log Lina rasch.

»Ist das nicht schon vor Jahren zusammengefallen?« Bill runzelte seine Stirn.

»Es wurde repariert, aber es ist sehr schmutzig.« Lina spürte, dass sie rot wurde. Zum Glück bemerkte ihr Onkel den Wechsel ihrer Gesichtsfarbe nicht, da er losgefahren war und sich auf den Verkehr konzentrieren musste.

»Wann besuchst du Tante Mel?«, fragte sie, um ihn abzulenken.

»Morgen«, antwortete er und steuerte seinen Wagen durch die engen Straßen des Eifeldorfes. »Sie sieht besser aus, seit du dich um sie kümmerst.«

»Ich war doch erst zweimal da!«

»Trotzdem, ihre Muskulatur hat sich entspannt.« Das Auto rollte jetzt durch den Meulenwald in Richtung Trier. »Danke«, sagte er schlicht.

Auf der restlichen Fahrt plapperte Lina wild drauflos und erzählte von ihrem Studium und von den Fächern, die sie in der ersten Woche gehabt hatte. Trotz des steten Redeflusses weilten ihre Gedanken ständig bei dem kleinen Buch in ihrer Handtasche. Sie war sicher, darin einige Antworten zu finden.

Elf

Lina schloss gerade die Tür zu ihrer Wohnung auf und war bereit, sich auf das staubige Lederbüchlein in ihrer Handtasche zu stürzen, als ihr Handy klingelte – ein unbekannter Anrufer, wie das Display anzeigte.

Sie seufzte. »Carolina Bell?«

»Hi, hier ist Nevio. Angie hat mir deine Nummer gegeben.«

»Oh.« Lina musste schlucken.

»Störe ich?«, fragte er mit unsicherer Stimme.

»Nein, nein, ich bin nur eben erst nach Hause gekommen.« Sie ging in ihr Zimmer, legte ihre Tasche auf den Tisch und versuchte, sie mit einer Hand zu öffnen. »Was gibt's? Fehlt dir noch eine Statistik-Aufgabe für nächste Woche?«

»Die habe ich eben schon von Angie bekommen, aber danke!« Er lachte kurz auf und räusperte sich. »Heute Abend findet in der Basilika ein Orgelkonzert statt. Kommst du mit?«

»Äh … was?« Lina schnappte überrascht nach Luft. »Was ist mit Angie?«

»Die kann nicht und hat mich an dich verwiesen.«

Genervt rollte sie ihre Augen zur Decke und unterdrückte ein Stöhnen. Das war mal wieder typisch! Aus Angst, dass Lina einen Abend allein verbringen könnte, gab Angie ihre Telefonnummer weiter – an jeden, der ihr passend erschien. Okay, Nevio war ein Freund, aber trotzdem! Wenigstens hätte sie eine Nachricht zur Vorwarnung schicken können, immerhin hatten sie sich heute Nachmittag geschrieben.

»Was ist?«, fragte Nevio. »Hast du Lust?«

»Doch, schon«, sagte sie, aber meinte im Grunde etwas anderes. Endlich hatte sie die Tasche geöffnet und hielt das alte Buch in der Hand. »Wer kommt noch mit?«

»Nur du und ich«, antwortete er.

Lina schwieg und blies vorsichtig den Staub von ihrer Errungenschaft.

»Komm schon«, bettelte er, »zu zweit macht so ein Konzert mehr Spaß! Die Basilika solltest du dir ohnehin ansehen, sie ist sehr beeindruckend – Kaiser Konstantin hat darin früher seine Gäste empfangen.«

Lina hatte kein Faible für Geschichte, wenn man einmal von dem vergilbten Buch absah, das sie gerade in der Hand hielt.

Und war es richtig, heute mit Nevio auszugehen, nachdem sie gestern Leo geküsst hatte? Sie stellte sich vor, wie seine bernsteinfarbenen Augen sie vorwurfsvoll anblicken würden … vielleicht aus Eifersucht … und in ihrem Magen flatterten sofort die Schmetterlinge.

Was hatte Angie sich nur dabei gedacht?

»Lina!« Nevio ließ nicht locker. »Willst du den Abend zu Hause verbringen und dich langweilen?«

»Okay, ich komme mit«, gab sie sich geschlagen. »Wann fängt es an?«

»In einer halben Stunde. Ich stehe mit meinem Auto schon vor eurer Wohnung. Schaffst du es in zehn Minuten?«

Lina lachte. Nevio machte wirklich Nägel mit Köpfen! Neben der Farbe seiner Aura teilte er auch den Aktionismus mit Angie. Oder hingen Fröhlichkeit und unbändiger Tätigkeitsdrang direkt zusammen?

Als sie aufgelegt hatte, warf sie einen sehnsuchtsvollen Blick auf das alte Lederbuch. Mit einem Seufzer legte sie es in ihre Schreibtischschublade und ging ins Bad, um sich schnell ein wenig frisch zu machen.

Der Konzertabend erwies sich als weitaus angenehmer, als Lina es sich ausgemalt hatte. Schon auf der Fahrt brachte Nevio sie mit Geschichten aus seiner alten Schule zum Lachen. Der Klang der Orgel in der Konstantin-Basilika war voluminös und jagte ihr kleine Schauer den Rücken hinunter, sodass sie eine wohlige Gänsehaut bekam.

Das mächtige Gebäude bestand aus soliden, meterdicken Mauern und der Blick durch den riesengroßen Raum wurde von keinerlei Säulen oder Stützen behindert. Ehrfürchtig stellte sie sich vor, wie einst der Kaiser in dem heutigen Altarraum gesessen hatte und seine Gäste empfing. Man musste mehr als 60 Meter laufen, um bis zu seinem Thron zu gelangen. Auf diesem langen Weg geriet bestimmt so mancher Vorsatz in Vergessenheit.

»Gehen wir noch was essen?«, fragte Nevio, als sie die Basilika verließen.

»Hm«, antwortete Lina vage. Eigentlich wollte sie viel lieber nach Hause, aber etwas essen musste sie ohnehin. »Was schwebt dir denn vor?«

»Wie wäre es mit Pasta? In der Nagelstraße gibt es einen guten Italiener, quasi ein Geheimtipp.«

Lina überschlug in Gedanken, wann sie endlich in dem Buch lesen konnte. Sollte sie die Nacht durchmachen? Aber auf eine Stunde kam es jetzt ohnehin nicht mehr an.

Die Trattoria Rossini erwies sich als ein liebevoll eingerichtetes, gemütliches Restaurant. Während Nevio zur Toilette ging, schaute Lina auf ihr Handy, das noch stumm geschaltet war.

Sie hatte eine Nachricht von Angie erhalten: »Wie war das Orgelkonzert? Ich bin froh, dass ich dich am Sonntagabend aus dem Haus locken konnte! Kuss, Angie.«

Das war typisch! Lina seufzte und tippte ihre Antwort: »Habe auf dem Dachboden bei meiner Oma in einem Geheimfach Bücher entdeckt. Konnte den ersten Band mitnehmen. Bekomme gleich Pasta serviert und würde viel lieber lesen! Lieben Gruß, Lina.«

»Was schreibst du denn?«, fragte Nevio, der gerade zurückgekommen war.

»Ich habe Angie geantwortet. Sie ist froh, mich am Sonntagabend aus dem Haus gelockt zu haben.«

»Ich wusste nicht, dass das ein Problem für dich ist.« Nevio grinste.

Flirtete er etwa mit ihr? Nein, oder? Hoffentlich nicht!

Sicherheitshalber vermied sie beim Essen jegliche Themen, die verfänglich sein konnten. Also diskutierten sie die Prüfungen, die sie im ersten Semester erwarteten. Es waren zwei Zwischenklausuren im Fach ›Allgemeine Psychologie‹ sowie diverse Abschlussklausuren zu bewältigen. Auch eine Semesterarbeit musste angefertigt werden.

»Hast du dir schon ein Thema für deine Hausarbeit überlegt?«, fragte Nevio nach dem Essen.

»Ich will dem Dozenten vorschlagen, etwas über Demenz oder Wachkoma zu schreiben«, antwortete Lina. Sie dachte an Tante Mel und das Rätsel, das sie umgab. »Und du?«

»Ich möchte das Thema Körpersprache bearbeiten. Zum Beispiel könnte ich schlussfolgern, dass du gerade nicht besonders interessiert bist, hier zu sein.« Er blickte Lina direkt in die Augen.

»Warum?«, fragte sie erschrocken.

»Du sitzt mit verschränkten Armen da und lehnst dich so weit zurück, wie Tisch und Stuhl es eben erlauben.« Er beugte sich vor und fixierte die errötende Lina mit seinem Blick. »Was ist los? Stress gehabt?«

»Nein«, wand Lina sich, »es ist nur so, dass ich mir eben ein Buch besorgt hatte, das ich heute noch lesen wollte.«

»Du ziehst ernsthaft ein Buch mir vor?« Nevio rückte ein wenig näher. Gleich würde sein Dreitagebart an der Kerze Feuer fangen, die zwischen ihnen stand.

Lina spürte Panik in sich aufsteigen. Jetzt hatte sie den ganzen Abend darauf geachtet, eine kollegiale Atmosphäre zu schaffen, und da drehte Nevio plötzlich den Spieß um! Sie musste etwas unternehmen, und zwar schnell!

»Es ist eine schlechte Angewohnheit, seine Mitstudenten zu analysieren«, erwiderte sie und dachte an Angies letztes Date.

»Es ist vollkommen normal und gesund, sich für das Verhalten seiner Mitmenschen zu interessieren«, entgegnete er gelassen. »Besonders, wenn man sie mag.«

»Hast du dir eigentlich schon das Taschenbuch der allgemeinen Psychologie gekauft?«, fragte sie verzweifelt. »Es ist sehr gut, ich lese immer im Bus darin.«

Doch Nevio ließ sich nicht mehr von seinem Ziel abbringen. »Lina …«, sprach er mit sanfter Stimme und ergriff ihre Hand.

Erschrocken starrte sie an seinem Kopf vorbei auf die sonnengelbe Aura, die einen deutlich erkennbaren Rosaschimmer ausgebildet hatte. Sie fluchte innerlich. Das harmlose Orgelkonzert, das Angie für ihre Abendunterhaltung ausgewählt hatte, entwickelte sich zu einem Date!

»Du«, stammelte sie verzweifelt, »ich muss jetzt sofort nach Hause, mir ist auf einmal so schlecht …«

Rasch erhob sie sich und ging zur Kellnerin, um ihr Essen zu bezahlen.

»Halt!«, rief Nevio. »Es tut mir leid! Lass mich bitte zahlen, ich habe dich doch eingeladen! Danach fahre ich dich sofort heim, versprochen.«

Die Gäste am Nachbartisch, denen die plötzliche Flucht offenbar nicht entgangen war, warfen ihnen merkwürdige Blicke zu.

Lina spürte, wie sie am ganzen Körper zu schwitzen begann. »Ich will lieber laufen«, sagte sie. »Danke für das Abendessen und bis morgen an der Uni!«

Sie stolperte aus dem Lokal und rannte die Nagelstraße

hinunter, um rasch den größtmöglichen Abstand zwischen sich und den verliebten Kommilitonen zu bringen. Da Nevio zahlen musste, konnte er ihr zum Glück nicht folgen.

Schnaufend erreichte sie die Bushaltestelle am Viehmarktplatz und sprang in den erstbesten Bus, der erfreulicherweise zum Hauptbahnhof fuhr. Nach Atem ringend, ließ sie sich auf einen der Sitze fallen.

Ihr Herz pochte immer noch aufgeregt, als sie eine halbe Stunde später endlich die Wohnungstür aufschloss.

»Schon zurück?«, fragte Angie erstaunt.

»Da hast du mir ja was Schönes eingebrockt«, beschwerte sich Lina. »In der Basilika war noch alles in Ordnung, aber nach dem Essen wurde seine Aura plötzlich rosa!«

»Was?« Angie machte vor Überraschung große Augen. »Ich dachte, Nevio suchte nur eine Begleitung für das Konzert!«

»Das mag ja sein«, schimpfte Lina, »aber hinterher war er verliebt! Zumindest fing es gerade an; da bin ich aufgesprungen und habe Abstand zwischen uns gebracht.«

»Du bist weggelaufen?« Angie runzelte die Stirn.

»Was hättest du an meiner Stelle gemacht? Ich kann doch nicht innerhalb eines Wochenendes gleich zwei Männer in rosa Wolken hüllen!«

»Hm.« Angie kaute nachdenklich auf ihrer Unterlippe herum. »Ich hatte bisher nur die Vorteile deiner Gabe gesehen: wissen, woran man ist, günstige Gelegenheiten nutzen können … Aber mir war nicht klar, dass die Fähigkeit auch belastend sein kann. Wäre ich in deiner Situation gewesen, hätte ich womöglich erst Wochen später etwas bemerkt.«

»Wochen später?«, schnaubte Lina. »Er hat versucht, meine Hand zu halten!«

»Beruhige dich, Linchen, es ist ja nichts passiert! Ich rede morgen mit ihm, okay?«

»Das ist doch peinlich! Jemand anderen vorschicken …«

Angie seufzte. »Es ist meine Schuld, dass es zu diesem

Date gekommen ist, und da ist es nicht mehr als fair, wenn ich dir aus der Patsche helfe.«

»Ob er das mit einer platonischen Freundschaft hinbekommt?«, fragte Lina besorgt.

»Ich denke schon, zumindest traue ich es ihm absolut zu.«

»Aber ich werde jedes Mal an diese Geschichte denken, wenn ich ihn sehe«, jammerte sie weiter.

»Nevio hat eine Chance verdient, er ist echt in Ordnung!« Angie klang entschlossen. »Du hältst einfach in den nächsten Tagen ein wenig Abstand und dann ist das schnell vergessen.« Sie nahm ihre Freundin in den Arm und drückte sie fest.

»Danke«, flüsterte Lina, deren Aufregung allmählich verebbte. »Was würde ich nur ohne dich tun?«

»Was ist das für ein Buch, von dem du vorhin geschrieben hast?«, fragte Angie, als sie sich aus der innigen Umarmung lösten.

»Herrje, das habe ich fast vergessen!« Lina erzählte, wie sie das Versteck auf dem Dachboden ihrer Oma gefunden hatte. »Und da stehen noch mehr Bücher«, berichtete sie stolz. »Sechs oder sieben Stück, aber die meisten sind groß und schwer. Nur dieser kleine Band hat in meine Handtasche gepasst.«

»Zeig mal her!«, bat Angie.

Lina öffnete die Schublade ihres Schreibtischs und zog das alte Buch heraus.

»Puh, riecht das muffig!« Angie hielt sich theatralisch die Nase zu.

»Auf dem Dachboden ist schon ewig niemand mehr gewesen«, erklärte Lina, »und in dem Geheimgang unter der Dachschräge erst recht nicht. Granny würde da kaum reinpassen.«

Angie kicherte.

Beinahe ehrfürchtig schlug Lina das alte Buch auf. Im hellen Licht der Schreibtischlampe konnte man erkennen, dass es bereits ein langes Bücherleben hinter sich hatte. Das Papier war zum Rand hin vergilbt und wies viele Altersflecken auf.

»Die erste Seite habe ich schon gelesen«, erzählte sie. »Damals wurde man ausgebildet, und zwar von einer Meisterin aus der eigenen Familie. Das Buch erhielt man im ersten Studienjahr.«

»Und heute findet man es auf dem Dachboden – ohne Ausbildung«, ergänzte Angie trocken. »Hubertus Mahler, sagt dir das was?«

»Meine Oma heißt Mahler mit Nachnamen.«

»Aha!«, entfuhr es Angie. »Dann handelt es sich wohl um eine Gabe, die innerhalb deiner Familie vererbt wird.«

»Ich wüsste zu gern, ob Granny auch Auren sieht«, rief Lina. »Bei Tante Mel bin ich mir nahezu sicher.« Sie blätterte weiter.

›Die fünf Regeln für das erste Lehrjahr‹ lautete die Kapitelüberschrift.

»Lies!«, bat Angie ungeduldig.

Lina räusperte sich und begann:

»1. Führe die Übungen zur Schulung des Geistes täglich durch.
2. Respektiere die Gefühle deiner Mitmenschen.
3. Hilf nur, wenn du um Hilfe gebeten wirst.
4. Es ist verboten, Gefühle der Mitmenschen zu manipulieren.«

Lina saugte hörbar Luft ein. »Wie, das ist möglich?« Dann las sie weiter:

»5. Verbirg deine Fähigkeiten sorgfältig, insbesondere vor den Mitgliedern des Wagner-Clans.«

»Leo und Darko!«, rief Angie. »Sie heißen beide Wagner.«

»Meine Güte«, stammelte Lina.

»Ein Clan, ah so.« Angie dachte nach. »Das würde die

merkwürdige, stinkreiche Wohngemeinschaft erklären. Und die Sache mit dem Kampf der Nebel ebenfalls.«

Lina ergänzte mit tonloser Stimme: »Und dass Darko meine Gefühle manipuliert hat: Damals, die Panikattacke, die hat er auf jeden Fall verursacht. Ich frage mich, ob ihm das erlaubt wurde …«

»Diese Wagners sind mit allen Wassern gewaschen!«, sagte Angie. »Naja«, korrigierte sie sich«, zumindest einer von ihnen.«

»Und ich habe Leo auf der Bank am Petrisberg geküsst! Was mache ich jetzt bloß?« Lina war verzweifelt.

»Wie steht es um deine Gefühle?«

»Frag nicht …« Sie seufzte.

»So schlimm?« Angie sah ihre Freundin mitleidig an.

»Natürlich möchte ich ihn wiedersehen, er wird mir im Studium sowieso begegnen, aber ich habe keine Ahnung, wie ich meine Fähigkeiten vor ihm verbergen kann.« Lina starrte auf die Seite mit den fünf Regeln. In ihren Augen schimmerten Tränen.

»Lies doch erst mal alles in Ruhe durch. Vielleicht findest du eine Lösung.« Angie tat ihr Bestes, um Lina Mut zuzusprechen. »Lass uns schlafen, morgen wird ein harter Tag.« Dann zog sie das Buch aus den Händen ihrer Freundin. »Ich nehme das mit, sonst liest du die ganze Nacht und schläfst in der ersten Vorlesung ein.«

»Okay.« Schweren Herzens stimmte Lina ihr zu. Angie hatte recht, sie musste schlafen, um morgen fit zu sein. Trotzdem war sie davon überzeugt, kein Auge zutun zu können – egal ob mit oder ohne Buch.

Als sie im Bett lag, fing das Grübeln an. Wagner-Clan. Angie hatte recht. Plötzlich fügten sich alle Puzzleteile zusammen: die reiche Wohngemeinschaft, der Nebelkampf von Darko und Leo sowie die Tatsache, dass ihre Verwandten sie unbedingt von Trier fernhalten wollten.

Es verletzte Lina, dass man solch wichtige Informationen vor ihr verborgen hatte. Warum vertraute man ihr nicht? Wenn an diesen Regeln aus Grannys Buch etwas dran war, so durfte Leo auf keinen Fall von ihren neuentdeckten Fähigkeiten erfahren.

Linas Bauch zog sich unangenehm zusammen, als sie an ihn dachte. Um ein Haar hatte sie ihr Geheimnis verraten, als sie ihn auf den rosa Mond aufmerksam machte. Zum Glück hatte er ihre Beobachtung als rein physikalisches Phänomen interpretiert.

Seit dem Kuss am Petrisberg fühlte sie sich sehr zu ihm hingezogen. Sie wollte sich nicht von ihm trennen, nur weil ein altes, staubiges Buch, das sie zufällig gefunden hatte, ihr dazu riet! Ohnehin waren diese Mythen und Märchen eine Sache der Vergangenheit! Wenn heutzutage jemand behauptete, Farben sehen zu können, wurde er als Spinner abgetan. Hellseher und Wahrsager waren nicht unbedingt die geachtetsten Menschen der Gesellschaft.

Trotzdem – sie musste vorsichtig sein.

Als Lina gegen drei Uhr morgens endlich einschlief, wälzte sie sich unruhig hin und her. In ihrem Traum saß sie gefesselt auf einem Stuhl. Um sie herum standen Männer in bedrohlich aussehenden, schwarzen Roben, deren Gesichter seltsam verschwommen wirkten.

Lina fror. Sie versuchte, der Kälte zu entgehen, konnte aber nichts ausrichten.

Schließlich schreckte sie schweißgebadet hoch und tastete panisch nach der Nachttischlampe. Es war sechs Uhr dreißig, in einer halben Stunde würde sie aufstehen müssen.

Verschlafen ging sie in die Küche und kochte sich einen Kakao.

»Schon wach?«, fragte Angie, die ebenfalls aufgestanden war.

»Ich habe schlecht geträumt«, murmelte Lina.

»Oh je, ich hatte so etwas in der Art befürchtet! Du

solltest Kaffee trinken statt Kakao, sonst wirst du den Tag nicht überstehen. Die Themen des Seminars sind immerhin prüfungsrelevant …«

»Ja, ich weiß!«, erwiderte Lina gereizt. Aber dann besann sie sich: Angie konnte nichts für den Albtraum. »Tut mir leid. Bin noch völlig fertig, ich gehe erst mal duschen.«

Sie gab sich alle Mühe, die Spuren der Nacht zu vertreiben, aber es half nichts: Unter ihren Augen lagen schwarze Schatten, die sich auch von Make-up nicht verdecken ließen.

Die Geheimnisse, die sie gerade erst entdeckt hatte, lasteten schwer auf ihr.

Zwölf

»Guten Morgen!« Mitten im Vorlesungssaal trat Leo auf Lina zu und drückte ihr zärtlich Küsschen auf beide Wangen. Seine Geste konnte von Kommilitonen noch als Freundschaftskuss gedeutet werden, aber trotzdem tanzten sofort sämtliche Schmetterlinge in Linas Bauch.

Aber dann trat er einen kleinen Schritt zurück und betrachtete sie genauer. »Du hast nicht gut geschlafen?« Seine Frage glich eher einer Feststellung.

»Morgen«, murmelte sie verlegen. »Ich wusste nicht, dass du auch hier sein würdest.«

»Ich habe mir die Freiheit genommen, dasselbe Seminar zu buchen wie ihr beide«, sagte Leo strahlend. »Vielleicht können wir gemeinsam lernen.«

»Schön, freut mich!« Lina erwiderte sein Lächeln, aber dann fiel ihr Blick auf Darko, der zwei Schritte hinter seinem Cousin stand. Unvermittelt zuckte sie zusammen. »Was macht er hier?«, fragte sie irritiert.

»Guten Morgen«, grüßte Darko herablassend. »Ich studiere Psychologie im Nebenfach und dazu gehört diese … Veranstaltung.« Der Tonfall seiner Worte ließ keinen Zweifel daran, was er von seinem neuen Lehrplan hielt. Auch sein Lächeln wirkte seltsam kalt. Grimmig trat er auf sie zu, durchbohrte ihre Augen mit seinem furchteinflößenden Blick und ließ eine kleine, dunkle Aura um sich herum entstehen.

Instinktiv stolperte sie zwei Schritte nach hinten, weg von der für andere unsichtbaren Bedrohung.

»Hoppla!« Nevio hatte Lina aufgefangen. »Hast du Kreislaufprobleme?«, fragte er und sah sie besorgt an. »Soll ich dir einen Kaffee oder eine Cola holen?«

»Nein, alles okay«, erwiderte sie und befreite sich rasch aus seinem Griff. »Tut mir leid, ich bin gestolpert.« Während sie mit Nevio sprach, ließ sie Darko keine Sekunde aus den Augen.

»Schluss jetzt!«, zischte Leo kaum hörbar in Richtung seines Cousins.

Darkos Wolke zog sich sofort wieder in seinen Körper zurück. Bei aller Sorge war Lina auch fasziniert: Wie machte er das?

Der Dozent betrat den Raum und bereitete dem kleinen Machtgerangel damit ein Ende. Als die Studenten sich ihre Plätze suchten, wollte Lina sich zunächst so weit weg von Darko setzen, wie irgend möglich. Doch dann besann sie sich eines Besseren: Diese Flucht würde ihm zeigen, dass sie mehr von dem verstand, was er trieb, als eine normale Studentin.

Es war wichtig, ihr Geheimnis zu bewahren. Daher straffte sie ihre Schultern, atmete tief durch und setzte sich direkt neben Darko. Leo zögerte nicht und wählte den freien Stuhl neben ihr. Während Lina unter dem Tisch abtauchte und nach ihrem Notizblock suchte, bemühte sie sich, Angies irritierte Blicke zu ignorieren. Sie würde später mit ihr darüber reden.

Die folgende Stunde bewältigte Lina, indem sie sich ausschließlich auf den Dozenten konzentrierte und eifrig mitschrieb. Zu ihrem Erstaunen klappte es besser als erwartet. Als die Vorlesung vorbei war, hatte sie fünf Seiten mit den kleinen regelmäßigen Buchstaben ihrer Schrift bedeckt und sich darüber hinaus den Stoff gut gemerkt.

Trotzdem war sie sehr erleichtert, als sie im nächsten Kurs saß und Darko wieder in einem BWL-Seminar verschwunden war. Ihr Dozent war kein Professor, sondern ein Tutor, dessen Unterricht die Vorlesung ergänzen sollte. Die große Gruppe war hierzu in mehrere Lerngruppen aufgeteilt worden und zu Linas großer Freude wurden die Betriebswirte von einem anderen Tutor unterrichtet als die Psychologen.

Der junge Mann mit seinem gelb-blonden Haar und dem farblich passenden Vollbart redete wie ein Wasserfall. »Schon Aristoteles dachte im vierten Jahrhundert vor Christus über die menschliche Seele nach. Er betrachtete Körper und Geist als eine Einheit, die nicht unabhängig voneinander existieren können. Platon hingegen sah Körper und Geist als zwei getrennte Entitäten, die eigenständig existieren. Wer kann mir sagen, in welchem Verhältnis Platon und Aristoteles zueinander standen?«

Linas Hand schoss in die Höhe.

»Ja, Frau …«

»Bell, Carolina. Aristoteles war der Schüler Platons. Und Platon wiederum war ein Schüler von Sokrates.«

»Richtig, Frau Bell, da haben Sie heute Morgen gut aufgepasst!«

Lina grinste. Die Anwesenheit von Darko hatte doch noch einen Vorteil gehabt!

Sie empfand es als tröstlich, dass die Menschheit schon seit über 2000 Jahren versuchte, die Frage zu beantworten, die sie sich selbst immer wieder stellte: Warum waren Menschen so, wie sie waren?

Ein Handy klingelte.

»Oh, das ist meins, entschuldigen Sie bitte!«, sagte der Dozent und errötete. Die hellblonde Gesichtsbehaarung bildete einen starken Kontrast zu der puterroten Farbe seiner Haut.

Angie stupste Lina an und flüsterte grinsend: »Unser Lehrer ist schüchtern! Ich finde ihn süß! Er hat etwas von einem Wikinger.«

In der gegenüberliegenden Ecke lachten einige Studentinnen, die ebenfalls die Köpfe zusammengesteckt hatten und tuschelten.

Lina hingegen starrte mit offenem Mund auf ihren Kursleiter. Seine Aura war dunkelgrau geworden. Diesmal benötigte sie keine Farbtabelle, um seinen Gemütszustand zu erkennen: Er war offenkundig verwirrt und ängstlich.

Verlegen räusperte er sich und fuhr fort: »Der Seelenbegriff, wie er von Platon und Aristoteles verwendet wurde, ist heute nur schwer haltbar, denn wir können ihn empirisch nicht … belegen. Äh …«

Jetzt kam der Wikinger-Tutor ins Stottern, was bei zwei unhöflichen Studentinnen ein hysterisches Gelächter auslöste. Seine Gesichtsfarbe war jetzt beinahe lila – und Lina, die zwischen Angie und Leo saß, empfand Mitleid mit ihm.

Leo machte eine kleine, fast unmerkliche Handbewegung. Normalerweise hätte Lina das gar nicht beachtet, wenn nicht ein feiner, sanft glitzernder Sprühnebel erschienen wäre. Die kleine Wolke steuerte auf den Vortragenden zu und löste dessen graue Aura auf. Leo zuckte noch einmal und es bildete sich ein zartes Orangerot.

Der Dozent räusperte sich. »Heute können wir dank des Magnetresonanzverfahrens genau beobachten, was in Gehirn und Nervensystem vor sich geht«, fuhr er fort. »Wir haben trotz aller Fortschritte keine Seele gefunden, sondern Neuronen, Axone und Synapsen, deren Funktionsweise Sie im Fachgebiet der Biopsychologie studieren werden.«

Lina beobachtete die Veränderung fasziniert.

»Was hast du?«, fragte Leo leise.

»Nichts«, antwortete sie und wurde rot – diesmal vor Wut und Verzweiflung.

Schon wieder hatte sie ihm einen Hinweis auf ihre Gabe geliefert! So schnell waren die guten Vorsätze vergessen!

»Und dafür wechselst du die Gesichtsfarbe?«, fragte Leo und grinste sie an. »Für nichts?«

Lina spürte, dass die Farbe ihrer Wangen sich vertiefte. In ihrem Bauch flatterte es unruhig. Sie fühlte sich wie ein Dieb, den man auf frischer Tat ertappt hatte.

»Du hast gezuckt. Und ich dachte an unser letztes Treffen …« Ihre Antwort ergab keinen Sinn, aber das war vielleicht auch gut so. Sie hatte wirklich an den Kuss gedacht, allerdings nur deshalb, weil sie die Szene alle paar Minuten in sich wachrief. Aber die Schmetterlinge konnten ihr schlechtes Gewissen nicht vollständig überdecken.

»Daran denke ich auch häufig«, flüsterte Leo zurück, »aber jetzt sollten wir den Worten des Dozenten folgen.«

Lina spürte, wie sich das Gefühlschaos in ihrem Inneren in Wohlgefallen auflöste. Sie wollte sich gerade fragen, warum das geschehen war, aber auch dieser Gedanke löste sich in Luft auf. Automatisch konzentrierte sie sich auf die Tafel und folgte den Ausführungen ihres Tutors, der inzwischen eine Brücke zu Freud und Jung geschlagen hatte.

Erst einige Stunden später wurde ihr so richtig bewusst, dass Leo ihre Gefühle möglicherweise manipuliert hatte: Es entsprach nicht ihrem Naturell, aufmerksam dem langweiligen Unterricht zu folgen, wenn sie gerade etwas Interessantes beobachtet hatte.

In der Abendmensa erzählte sie Angie bei Spaghetti Carbonara, was in dem Seminar alles vorgefallen war. »Ich bin mir sicher, dass er mich ebenfalls beruhigt hat«, sagte sie leise und beugte sich über den Tisch, damit die anderen Studenten sie nicht verstehen konnten.

Leo saß einige Meter entfernt bei seinen Mitbewohnern. Die Stimmung an deren Tisch war gut, man lachte. Ab und zu suchten seine Augen die von Lina.

»Erkennst du was bei denen?«, fragte Angie zwischen zwei Gabeln Nudeln und nickte in Richtung Leo.

»Nein. Gar nichts. Im ganzen Raum sehe ich keine Farben.« Dann erschrak sie. »Und wenn er meine Fähigkeit heute Nachmittag ausgelöscht hat?«

»Das glaube ich nicht.« Angie schüttelte den Kopf. »Ich denke, dass du nur die intensiven Emotionen erkennst. Trotzdem könnte es sein, dass die Welt für dich bald sehr bunt aussieht, denn deine Fähigkeiten verbessern sich ständig.«

»Ich weiß nicht, ob ich mich darüber freuen soll. Es lenkt mich zu sehr ab.« Lina legte ihr Besteck auf den Teller, denn sie war schon nach wenigen Bissen satt.

»Ich hatte eine Idee und habe für das Wochenende einen Termin vereinbart.« Angie grinste fröhlich.

»Deshalb bist du in der Kaffeepause im Computerraum verschwunden?«

Angie nickte.

»Erzähl!«, bat Lina, die vor Neugierde beinahe platzte.

»Wir fahren zu einer Hellseherin, die auf ihrer Homepage behauptet, dass sie aurasichtig ist. Ich habe eine halbe Stunde allgemeine Lebensberatung für dich gebucht. Vielleicht kann sie dir helfen.«

»Du bist verrückt! Wie kommst du nur immer auf solche Ideen?« Lina schüttelte den Kopf.

»Wir müssen jetzt pragmatisch denken«, erwiderte Angie gelassen. »Du hast ein ungewöhnliches Talent und kannst jede Hilfe brauchen.«

Am Abend lümmelte Lina auf ihrem Bett herum und las in dem alten Buch. Aber nach drei Stunden legte sie es enttäuscht zur Seite und ging in die Küche.

»Und?«, fragte Angie. »Magst du auch eine Tasse Kakao?«

»Ja, gerne.« Lina seufzte. »In dem Buch steht im Grunde nichts.«

»Wie, nichts?« Angie sah überrascht auf. »Das kann doch nicht sein!«

»Der Text besteht hauptsächlich aus Verhaltensregeln. Wie behandele ich meine Meisterin, wie bleibe ich unentdeckt, was darf ich und was darf ich nicht. Es gibt keine Anleitungen, keine Übungen und auch keine Erklärungen, mit denen ich etwas anfangen könnte. Und ich will mich nicht ständig vor Leo verstecken, ich muss lernen, wie man mit der Fähigkeit umgeht!«

»Sieht so aus, als ob das erste Buch nur zu deinem Schutz geschrieben wurde«, überlegte Angie, während sie die Milch auf dem Herd erwärmte. »Was umsichtig ist, wenn man bedenkt, wozu Darko und Leo fähig sind.«

»Leider ist das nicht gerade hilfreich.«

»Es wird Zeit für einen Besuch bei deiner Granny, wir brauchen den zweiten Band! Und vielleicht hilft die Hellseherin, die ich gebucht habe.«

»Ich glaube, du hast recht.« In Linas Stimme schwang ein Funke Hoffnung mit. »Wenn diese Hexe was drauf hat, das wäre super. Vielleicht bringt sie mir ja bei, wie ich am geschicktesten durch die bunten Nebel navigiere?«

Angie grinste. »Die Frage kann ich dir auch beantworten: Halt dich von Darko fern und flipp nicht gleich aus, wenn jemand eine Farbe in seiner Aura zeigt, die dir nicht passt.«

Entnervt rollte Lina die Augen zur Decke. »Nevio … Ich wusste einfach nicht, was ich tun sollte! Es ist ja nicht so, als ob mich jeder verliebte Mann sofort in Panik versetzen würde, aber ich will ihm nicht wehtun. Kennst du das, wenn man lieber vor einer Konfrontation wegläuft, weil man den anderen nicht verletzen möchte?«

»Deine Motivation ehrt dich.« Mit einem kleinen Schneebesen rührte Angie das Schokoladenpulver in die Milch und verteilte das Getränk anschließend auf zwei Tassen.

»Hier«, sagte sie und reichte Lina ihren Kakao. »Trotzdem musst du auch unangenehme Situationen aushalten, wenn du nicht als merkwürdiger Sonderling abgestempelt werden möchtest. Du könntest in einer ähnlichen Lage das Treffen höflich beenden und später Distanz suchen. Du bist nicht die erste Frau, die von einem Verehrer zum Essen eingeladen wird und damit klarkommen muss.«

»Da hast du absolut recht«, gab Lina zu. »Hätten die Farben mich nicht so erschreckt, wäre ich locker geblieben.«

»Hätte, hätte, Fahrradkette! Deine Gabe hat Vor- und Nachteile«, erklärte Angie schulmeisterlich. »Wir müssen die Vorteile nutzen und die Nachteile ausgleichen. Und genau daran werden wir arbeiten.«

»Möglicherweise kann uns diese Hexe, die du gebucht hast, ja helfen. Und wer weiß – vielleicht nimmt sie mich sogar als Schülerin an?«

Nach einer anstrengenden Studienwoche war es endlich so weit: Lina und Angie fuhren zu der aurasichtigen Hellseherin ins Saarland.

Inzwischen hatte Lina das kleine Buch zweimal sorgfältig durchgelesen, war aber nicht schlauer geworden. Bei näherem Hinsehen schien zwischen den Zeilen einiges angedeutet zu werden, denn das Buch diente als Ergänzung zu einer Lehre, in der man seiner Meisterin jederzeit Fragen stellen konnte.

»Hexe Yaminah …«, murmelte Lina und betrachtete das Blatt, das Angie aus dem Internet ausgedruckt hatte, »das klingt nicht gerade vertrauenseinflößend, oder? Gab es keine seriösere Alternative?«

»Leider nein.« Angie zuckte mit den Schultern. »Ich habe Angebote in ganz Deutschland studiert, wir hätten ja auch telefonieren können. Diese saarländische Hexe hat deine Farberlebnisse auf ihrer Homepage am besten wiedergegeben.«

»Irgendwie traue ich dem Braten nicht. Aber in meiner jetzigen Situation ergreife ich jeden Strohhalm.«

Nach eineinhalb Stunden Fahrt parkten sie vor einem kleinen, heruntergekommenen Haus, das außerhalb eines saarländischen Dorfes an einem müde dahin plätschernden Bach gebaut worden war.

»Also die Lottozahlen kann sie schon mal nicht vorhersehen«, bemerkte Angie beim Anblick des abgewohnten Gebäudes scharfsinnig. Lina kicherte.

Die Studentinnen gingen an zerbrochenen Blumentöpfen vorbei auf den Hauseingang zu.

Angie klingelte.

»Moment!« Die Stimme klang genervt. Schließlich öffnete eine kleine dunkelhaarige Frau die Tür. An ihrem weißen Haaransatz konnte man erkennen, dass ihr letzter Friseurbesuch schon eine Weile zurücklag. »Willkommen, junge Damen!«, begrüßte sie die beiden, während sie den Reißverschluss der Joggingjacke schloss und so das verwaschene T-Shirt verdeckte. »Folgen Sie mir!«

Der feierliche Ton der Hellseherin passte so gar nicht zu ihrer nachlässigen Erscheinung. Die beiden Freundinnen warfen sich einen verstohlenen Blick zu. Lina deutete mit ihrer Hand auf den Kopf und murmelte kaum hörbar etwas von Friseurbesuch. Angie grinste und hielt sich die Nase zu. In dem kleinen Haus roch es nach altem Schweiß, frischem Bratgeruch und muffigen Räucherstäbchen. An den Wänden hingen zahlreiche bunte Fotos.

»So merkwürdige Regenbogenfarben habe ich noch nie gesehen«, flüsterte Lina, der die Bilder im Vorübergehen natürlich aufgefallen waren.

»Kommen Sie, kommen Sie!«, flötete die Hellseherin.

Die aurasichtige Hexe und Hellseherin Yaminah, wie sie sich auf ihrer Homepage bezeichnet hatte, führte ihre Gäste in das kleine Wohnzimmer. Der Lack des stumpfen Parketts war abgetragen und die altbackenen Möbel wirkten fleckig und staubig. Der Boden war seit Ewigkeiten nicht mehr gereinigt worden. Auf dem alten Holztisch lag eine Stofftischdecke, die auch schon bessere Zeiten gesehen hatte. Darauf standen mehrere Kerzen, eine mit zahlreichen Fingerabdrücken bedeckte Glaskugel sowie ein mit Sand gefüllter Blumentopf, in dem einige abgebrannte Reste von Räucherstäbchen steckten.

»Das Schicksal hat Sie zu mir geführt, das Schicksal wird mir die Antwort auf Ihre Fragen eröffnen«, rezitierte Yaminah. »Setzen Sie sich.«

Angie und Lina ließen sich mit aufgerissenen Mündern auf die schlecht gepolsterten Holzstühle sinken. Yaminah sah ihre Gäste erwartungsvoll an und schwieg.

»Ja?« Angie zog fragend die Augenbraue hoch.

»Ich bekomme 50 Euro für die dreißig Minuten«, erinnerte die Hellseherin geschäftstüchtig.

»Jetzt?«, wunderte sich Lina.

»Wann sonst?«, fragte die Hexe beleidigt.

Angie kramte ihr Portemonnaie aus der Handtasche und bezahlte. Lina nahm sich vor, ihr das Geld später zurückzugeben.

»Danke«, sagte Yaminah kurz angebunden. Sie erhob sich und legte das Geld in eine Zuckerdose, die auf einer alten Kommode stand. Dann zündete sie die Kerzen und mehrere Räucherstäbchen an und wedelte mit den Stäbchen in kreisförmigen Bewegungen über den Tisch. Dabei murmelte sie Unverständliches.

Lina beobachtete die Wand knapp über dem fettigen Scheitel der Hexe. Sie suchte nach der Aura, konnte aber nichts erkennen. Ihre Augen begannen zu tränen, denn der Geruch, den die Hexe in ihrem Wohnzimmer verwedelte, stach in ihrer Nase.

»Ich nehme jetzt Kontakt zu den verbündeten Geistern

auf«, verkündete Yaminah mit halbgeschlossenen Augen, während ihre Hände weiter über den Tisch kreisten.

Angie atmete versehentlich eine Portion Räucherstäbchenduft ein und bekam einen Hustenanfall. Vielleicht wollte sie auch nur ein hysterisches Kichern verbergen, da war sich Lina nicht ganz sicher.

»Was möchtet ihr erfahren?«, fragte Yaminah in geheimnisvollem Tonfall. »Die Verbündeten sind bereit.«

Angie räusperte sich. »Meine Freundin hat eine besondere Begabung im Umgang mit Menschen«, begann sie. »Wir möchten mehr darüber erfahren.«

Die Hexe blickte irritiert auf. »Eine ungewöhnliche Frage. Aber ich werde die Verbündeten um eine Antwort bitten.« Wieder wedelte Yaminah über den Tisch. Dieses Mal dauerte es länger.

Lina wippte ungeduldig auf dem unbequemen Holzstuhl hin und her. »Was sehen Sie?«, fragte sie nervös.

»Kindchen, jetzt hast du mich in meiner Konzentration gestört!«, empörte sich die Hellseherin. Sie räusperte sich und begann erneut, über den Tisch zu wedeln.

Eine Aura erschien über ihrem Kopf und mischte sich mit dem trüben Rauch, der durch das Zimmer waberte.

Lina gab Angie mit einem Blick zu verstehen, dass sich etwas tat.

Angie riss die Augen fragend auf.

»Senf«, flüsterte Lina.

»Was?«, fragte Angie etwas lauter.

»Senfgelb!«

»Kinder, wie soll ich mich konzentrieren, wenn ihr dazwischen quatscht?«, fragte Yaminah frustriert.

»List, niedere Schläue!«, flüsterte Lina, die die Farblisten inzwischen auswendig gelernt hatte.

»Na super.« Angie war enttäuscht.

»Das ist respektlos!«, rief die Hellseherin und sprang von

ihrem Stuhl auf. »Die Verbündeten lassen sich nicht despektierlich behandeln!«

»Können Sie Auren sehen?«, fragte Lina schnell, bevor die 50 Euro vollständig fürs Wedeln ausgegeben waren.

»Natürlich!«, krähte die Hexe entrüstet. »Aber für eine Auralesung habt ihr nicht bezahlt.« Sie sah Angie und Lina mit einem arrogant-triumphierenden Blick an.

»Wie lesen Sie eine Aura?«, fragte Lina unbeirrt weiter.

»Ich verwende ein spezielles Gerät, das ein Foto aufnimmt. Das Ergebnis deute ich dann. 20 Euro pro Bild. Ich würde euch einen Mengenrabatt geben, sagen wir 15 Euro, wenn ihr beide ein Foto machen lasst.«

»Ohne das Gerät sehen Sie nichts?« Lina startete einen letzten Versuch, um von der ungewöhnlichen Frau etwas zu erfahren.

»Dieses hochempfindliche Auralesegerät ist viel genauer als das menschliche Auge. Und meine Kunden können das Foto mitnehmen.«

»Sehen sie jetzt Auren oder nicht?«, fragte Angie, die allmählich die Geduld verlor.

»Ich habe euch erklärt, wie ich die Aura dem Kunden näherbringe«, antwortete die Hellseherin beleidigt. Mit dem Ärmel ihrer Joggingjacke wischte sie sich den Schweiß von der Stirn. Dann sah sie betont auf die Uhr.

»Die Zeit ist um«, verkündete sie geschäftstüchtig.

»Aber Sie haben noch gar nichts gemacht!«, beschwerte sich Angie.

»Das ist eine Unverschämtheit!«, brüllte Yaminah. »Zuerst stört ihr meine Konzentration auf jede erdenkliche Weise, und dann beschwert ihr euch, dass die Zeit um ist? Solch unsensiblen Geschöpfen werden die Verbündeten ohnehin keine Auskunft erteilen!«

»Meine Hausarbeit schreibe ich über Scharlatanerie in der Psychologie, dann war das Geld wenigstens gut investiert!«, erwiderte Angie schlagfertig. »Komm, Lina – wir gehen!« Ihre Stimme klang jetzt fast so arrogant wie die von Yaminah. Sie griff nach Linas Hand und zog sie durch den muffigen Hausflur ins Freie. Im Auto bekam sie einen hysterischen Lachanfall. »Die Verbündeten beleidigt … Diese Frau hat noch nie in ihrem Leben irgendetwas gesehen!«

»Schade um das Geld!«, sagte Lina. »Ich hatte ein bisschen Hoffnung …«

»Tut mir leid, Linchen. Aber du hast es ja selbst gelesen. Senfgelb sieht man nur bei Menschen, die einen übers Ohr hauen wollen. Ich warte seit Tagen darauf, dass Darko diese Farbe zeigt.« Angie grinste.

»Lass uns fahren!«, bat Lina. »Ich habe Angst, dass sie sonst eine Voodoopuppe von dir bastelt.«

Dreizehn

Den ganzen November über kaufte Angie ständig neue Teesorten, als wolle sie mit dem heißen Getränk das trübe Wetter vertreiben. Die Erstsemester-Studenten hatten nur noch wenig Freizeit, denn sie mussten für ihre erste Hausarbeit recherchieren und noch vor Weihnachten mehrere Klausuren schreiben.

Angie und Lina entwickelten bald eine nützliche Routine: Jeder arbeitete zunächst allein in seinem Zimmer und in der Küche besprachen sie anschließend bei einer Tasse Tee alle Fragen, die beim Lernen aufgekommen waren. Auf diese Weise kamen sie schnell voran und galten bald als Musterstudentinnen – einige neidische Kommilitonen bezeichneten sie sogar als Streberinnen.

Linas Gemütslage war schwer zu beschreiben; sie schwankte zwischen Verliebtheit, wenn sie Leo traf, Sorge, wann immer Darko in Sichtweite war und Neugier, sobald sie eine neue Aura bei einem Mitstudenten erblickte.

Auch Leo studierte fleißig, trotzdem nahm er sich regelmäßig die Zeit, Lina einzuladen. Sie gingen zusammen essen, besuchten das Kino und stapften trotz des trüben Wetters in den kalten Gemäuern der Trierer Römerbauten herum.

»Warum schauen wir uns die Porta Nigra nicht im Frühjahr an, wenn es alle tun?«, fragte Lina, als sie bei fünf Grad Außentemperatur zwischen dem zugigen Mauerwerk stand und fror. Das monumentale römische Gemäuer wirkte furchteinflößend. Lina konnte sich gut vorstellen, wie sich Besucher zur Römerzeit gefühlt hatten, die die Stadt durch das mächtige Tor betreten mussten. Aber vielleicht lag es auch nur an dem schlechten Wetter, dass sie so empfand. Immer tiefer kroch die Feuchtigkeit in ihr Inneres und jagte ihr unangenehme Schauer über den Rücken. Aber war das ein Wunder? Zuvor hatten sie das Amphitheater besichtigt – bei strömendem Regen! Und obwohl Leo fürsorglich seinen Schirm über sie gehalten hatte, war sie trotzdem immer nasser geworden.

»Ist dir kalt?«, fragte er und sah sie zweifelnd an. »Im Frühling werden wir an der Mosel spazieren gehen. Oder uns auf die Terrasse eines Cafés setzen und die Leute beim Einkaufen beobachten.«

»Kalt ist untertrieben.« Es war eine Sache, wenn man für eine junge Liebe fror – aber Lina war außerdem frustriert. Leo behandelte sie wie eine gute Freundin: Er war fürsorglich, aber trotzdem distanziert. Obwohl sie häufig allein waren, hatte er sie nicht mehr geküsst. Andererseits reagierte er eifersüchtig, wann immer sie in der Mensa mit Nevio sprach.

Aber warum küsste er sie nicht? Hatte ihm der Kuss nicht gefallen?

An der Einstellung der Wagners konnte es nicht liegen, denn immerhin lebte Robert seine Beziehung zu Anabelle in vollen Zügen aus, ohne dass es irgendjemanden in der WG großartig zu stören schien.

Leo blickte auf seine Uhr. »In zehn Minuten bist du erlöst. Komm, ich zeige dir noch den oberen Teil des Stadttores.«

Sie bibberte. »Können wir bitte gehen? Ich bin ein wandelnder Eisklumpen!«

»Noch fünf Minuten«, bat er. »Im oberen Stockwerk wurde damals eine Kirche integriert, das musst du sehen.«

»Und warum ist die Kirche jetzt nicht mehr da?« Es fiel ihr zunehmend schwer, ihren Frust vor ihm zu verbergen. Sie sehnte sich nach der Wärme des Kinos – und nach Zärtlichkeit.

»Napoleon hat sie rückgebaut, weil ihm das alte Tor besser gefiel. Komm, du musst einen Blick auf die Stadt werfen …«

»In Ordnung.« Lina gab nach. Mal wieder. Aber innerlich fluchte sie. Warum lief sie frierend durch die Porta Nigra, obwohl sie lieber … das Bauchgefühl, das sie damals bei ihrem Kuss verspürt hatte, kehrte für einen süßen Moment zurück, um sofort wieder hinter der Eiseskälte zu verschwinden.

Sie war erleichtert, als sie endlich das Kino betraten. Leo bestand darauf, sie einzuladen und Popcorn und Cola für sie zu kaufen. Einerseits verhielt er sich wie ihr fester Freund, andererseits wahrte er diese höfliche Distanz. Seit dem gemeinsamen Erlebnis am Petrisberg war die himbeerfarbene Aura nicht mehr aufgetaucht.

All ihre Kommilitonen gingen davon aus, dass Lina und Leo ein Paar waren, aber Lina war sich dessen nicht gewiss. Es schien eher so zu sein, dass sie gute Freunde waren – nicht mehr und nicht weniger.

Geduldig wartete sie auf einem Barhocker im Vorraum des Kinos, während er die Snacks besorgte. Als sie ihre Gedanken schweifen ließ, ertappte sie sich dabei, schon wieder an den Kuss zu denken. Aber vielleicht empfand er einfach nicht dasselbe wie sie, und sie musste das akzeptieren?

Ungeachtet dessen verhielt er sich auch heute wieder wie ein fürsorglicher Partner. »Wir haben einen Doppelsitz«, sagte er lächelnd. »Das gehört dazu, findest du nicht?«

Es fiel Lina schwer, sich auf den Film zu konzentrieren. Obwohl Leo sie nicht berührte, spürte sie seine Nähe. Aber weshalb um Himmels willen buchte man einen Partnersitz, wenn man so großen Abstand hielt?

Nach einer halben Stunde rückte sie vorsichtig ein wenig näher an ihn heran, woraufhin er lächelte und einen Augenblick lang ihre Hand streichelte.

Warum war das mit der Liebe so kompliziert?

Lina hatte bisher nur zwei kurze Beziehungen erlebt, denn sie konnte keinen ihrer Freunde in die Wohnung der abweisenden Mutter mitnehmen. Auch fühlte sie sich in Gegenwart vieler Männer, für die Angie schwärmte, nicht besonders wohl. Während ihre Freundin reichlich Erfahrungen sammelte, war Lina meist Single geblieben.

»Worüber hast du eben nachgedacht?«, fragte Leo, als sie nach dem Kinobesuch in der Suite au Chocolat saßen. Das gemütliche Café war für seine Schokoladenspezialitäten bekannt.

Lina erschrak, als sie die Frage hörte – sicher hatte er ihre frustrierten Gefühle wahrgenommen! Konnte er auch im Dunkeln eine Aura sehen oder war diese Fähigkeit an eine helle Lichtquelle gebunden? Andererseits sollte er ruhig wissen, was sie von seiner Zurückhaltung hielt!

Ihre Antwort formulierte sie trotzdem mit Bedacht. »Ich habe nachgedacht. Über meine Zeit in Frankfurt, meine Mutter, die nächste Klausur – und über dich.« Der letzte Teil des Satzes hatte viel Mut gekostet.

»Das sind erstaunlich viele Gedanken, wenn man eigentlich eine Komödie anschaut. Hat dir der Film nicht gefallen?«

»Tut mir leid, dass ich nicht bei der Sache war«, entschuldigte sich Lina. »Für mich ist das alles viel zu verdauen, eine neue Stadt, das Studium, die Prüfungen, der Druck …«

»Geht mir genauso«, antwortete er freundlich und musterte sie mit einem intensiven Blick aus seinen hellbraunen, wachen Augen.

»Warum kennst du dich in Trier so gut aus?«, fragte sie ihn jetzt. Da sie in Sachen Zärtlichkeit auf Granit biss, so wollte sie wenigstens mehr über ihn erfahren.

»Ich bin in meiner Jugend häufig hier gewesen.«

Die Kellnerin trat an den Tisch. Lina bestellte sich eine heiße Trinkschokolade, Leo einen Cappuccino.

»Und warum warst du so oft hier?«, fragte sie weiter und versuchte dabei, sich an der Hartnäckigkeit, mit der Angie Darko ausgefragt hatte, ein Beispiel zu nehmen.

»Viele unserer Familientreffen finden hier statt, außerdem besuchen wir häufig diverse Seminare, die oft in Trier abgehalten werden.«

»Seminare?«, hakte Lina nach. »Was lernst du da?«

»Du bist gar nicht neugierig, oder?« Leo zwinkerte ihr lächelnd zu.

»Von München aus sind es über 600 Kilometer zu fahren. Man sollte glauben, dass ein Ort wie Frankfurt besser geeignet sei«, begründete sie ihre Frage.

»Meistens buchen wir einen Flug, da macht die Entfernung kaum einen Unterschied.«

»Fliegen, aha.« Lina trank einen Schluck Kakao. »Und welcher Lehrgang ist so wichtig, dass man dafür in ein Flugzeug steigen muss?«

»Okay, ich gebe mich geschlagen!« Leo seufzte. »Jeden Sommer findet eine Veranstaltungswoche statt, in der wir vorwiegend meditieren. Ein Retreat. Und es gibt noch mehr Kurse dieser Art. In meiner Familie hat es Tradition, den Geist der Heranwachsenden umfassend zu schulen. Die meisten von uns sind halt Psychologen.« Jetzt grinste er sie entschuldigend an.

»Wow. Die Villa, dann diese Seminare, das ist alles etwas …«

»Befremdlich?«, fragte Leo.

»Teuer, wollte ich sagen. Und es ist ungewöhnlich. Aber es erklärt, warum du die Stadt so gut kennst.«

»Ich war schon häufig hier«, bestätigte er. »Da Darko mein Cousin ist, haben unsere Eltern uns immer zu denselben

Veranstaltungen angemeldet. Wir haben viel Zeit miteinander verbracht.«

»Er ist mir unheimlich«, gestand Lina. »In seiner Gegenwart fühle ich mich meistens schlecht.«

»Das ist untertrieben. Du brichst jedes Mal in Panik aus, sobald du ihn siehst«, korrigierte Leo mit einem Lächeln.

»Das kommt von der großen Angst bei unserer ersten Begegnung. Und du musst zugeben, dass er die Freundlichkeit nicht gerade zu seinem Markenzeichen gemacht hat.«

»Das hast du gut formuliert«, gab er zu und zuckte entschuldigend mit den Schultern. »Ich sage ihm immer, er solle seine Mitmenschen nicht grundsätzlich als Feinde behandeln, hatte aber bisher keinen Erfolg.«

»Er sieht alle Menschen als Gegner?« Lina war schockiert, aber als sie sich einen Moment lang besann, wurde ihr klar, dass diese Annahme Darkos Verhalten perfekt erklärte.

»Ich habe nur eine Analogie gebraucht. Aber es ist schon etwas dran – Darko ist sehr egoistisch und seine Freundlichkeit reicht maximal bis zu seinen engsten Verwandten.«

»Der Wagner-Clan«, murmelte Lina zustimmend, während sie in der Trinkschokolade rührte.

»Was hast du da gesagt?«, fragte Leo. Seine hellbraunen Augen schienen sie zu durchbohren – ein Gefühl, dass sie bisher nur von seinem Cousin kannte.

Lina erschrak und wurde sofort wütend auf sich. Schon wieder hatte sie mehr von ihrem Wissen preisgegeben, als sie eigentlich wollte! Das Wort ›Wagner-Clan‹ hatte sie in Grannys Buch gelesen. Leo hatte den Begriff nie verwendet.

»Wie Denver-Clan!«, erklärte sie schnell. »Die Villa, die Kurse, der Name … da fand ich, Clan sei eine passende Beschreibung für deine Familie. «

»Entschuldige meine Verwirrung«, bat Leo, »ich habe diesen Begriff in unseren Chroniken gelesen, im Alltag wird er allerdings selten gebraucht.«

»Deine Familie kommt in Geschichtsbüchern vor?«

»Ja … und nein … Es handelt sich um Familienchroniken, die nur privat zugänglich sind.« Leo trank einen Schluck Kaffee, während er nachdachte. Dann deutete er mit seinem Kopf in Richtung der Kuchentheke. »Du solltest den Schokoladenkuchen mit Birnen versuchen, der ist sehr lecker.« Ohne eine Antwort abzuwarten, stand er auf und kam kurz darauf mit zwei Stück Kuchen wieder.

Zwar versuchte Lina vorsichtig, das Gespräch wieder zurück zu der Clan-Sache zu lenken, aber Leo plauderte über die Schauspieler des Kinofilms und stellte ihr eine unwichtige Frage nach der anderen. Lina, die sich weder die Namen der Hauptdarsteller noch die Handlung gemerkt hatte, musste sich anstrengen, um ihre Unwissenheit mittels wohldosierter Allgemeinplätze halbwegs zu verbergen.

Zu Hause angekommen, und immer noch ungeküsst, berichtete sie Angie von den neusten Erkenntnissen: »Es gibt diesen Wagner-Clan tatsächlich, Leos Reaktion war eindeutig!«, sagte sie mit Nachdruck. »Und ich bin mir auch sicher, dass er meine Gefühle wie ein offenes Buch lesen kann. Außerdem meditiert er in merkwürdigen Seminaren gemeinsam mit Darko.«

Angie dachte nach. Wann immer sie sich mit einem verzwickten Problem beschäftigte, kräuselte sich ihre Stirn in winzigen Falten. »Ich finde, du solltest den ersten Band des Buches etwas ernster nehmen: Darauf achten, dass die Wagners dein Talent nicht entdecken. Und eine der Regeln besagt, dass auch du regelmäßig meditieren solltest.«

»Hinsetzen und nichts tun – was könnte das bringen?«

»Es verbessert die Kontrolle über deinen Geist, nicht kurzfristig, aber auf lange Sicht. Und die benötigst du dringend, da du ständig die Nähe der Wagners suchst. Du wirst von Leo magisch angezogen – und er von dir ebenfalls.«

Lina erschrak. »Meinst du, ich soll mich von ihm fernhalten?«

»Nein, dafür hast du ihn doch viel zu gern!« Angie grinste. »Aber es würde dir wirklich nicht schaden, mit einer täglichen Meditation zu beginnen. Zehn Minuten jeden Morgen reichen aus, jedenfalls am Anfang.«

»Warum kennst du dich da aus?«, fragte Lina. Es wunderte sie, dass Angie plötzlich auf lästige Übungen bestand.

»Ich habe dir doch erzählt, dass ich mich eine Zeit lang mit Esoterik beschäftigt habe, bevor wir uns in Frankfurt kennengelernt haben«, erwiderte sie.

»Als ob wir nicht genug zu tun hätten – jetzt soll ich meine Zeit auch noch mit Nichtstun verschwenden?«

Angie lachte. »Genau. Du setzt dich nach dem Aufwachen für zehn Minuten hin und tust nichts. Das, was du sonst vor deiner Tasse Kaffee am Frühstückstisch machst.«

Lina musste lachen. Dann gab sie nach. »Okay, ich werde es versuchen. Wenn ich mich schon nicht an die Regel halte, dem Wagner-Clan aus dem Weg zu gehen …«

Angies Handy piepte. Rasch warf sie einen Blick darauf und bekam große Augen. »Du, wir müssen morgen früh ins Krankenhaus!«, sagte sie besorgt. »Unser Dozent für allgemeine Psychologie hat eine E-Mail geschickt, dass Nevio mit einem Schwächeanfall ins Krankenhaus eingeliefert wurde. Er schreibt, da Nevio genau wie wir neu in der Stadt ist, würde er sich bestimmt über Besuche freuen.«

»Was ist passiert?«

»Hier steht nur, dass er in der Unibibliothek zusammengebrochen ist. Lass uns hinfahren und sehen, ob er etwas braucht.«

»Dann verpassen wir aber die Vorlesung …«

»Das holen wir im Seminar wieder auf«, sagte Angie. »Die Abwesenheit tut unserem Ruf ganz gut, wenn wir nicht auf Dauer als Streberduo abgestempelt werden möchten. Wir kopieren die Mitschrift von Leo und arbeiten die Lehrveranstaltung in der Mittagspause nach.«

»Okay.« Lina gab nach. »Hast du schon versucht, Nevio auf dem Handy zu erreichen?«

»Heute Nachmittag habe ich ihn angerufen, aber nicht erreicht. Das kann viele Gründe haben. Sein Akku könnte leer sein, oder man darf im Krankenhaus nicht telefonieren …«

»Gut, fahren wir hin. Studenten müssen schließlich zusammenhalten.«

Vierzehn

Am nächsten Morgen fuhren Lina und Angie ins Elisabeth-Krankenhaus, um ihren Kommilitonen zu besuchen.

Vorher hatte Angie ihre Freundin motiviert, zehn Minuten lang zu meditieren. Genau genommen hatte Lina sich nur dazu überreden lassen. Und so betrachtete sie den Versuch im Nachhinein als unnütze Zeitverschwendung, denn ihre Meditation bestand darin, auf ihrem Stuhl zu sitzen, ungeduldig mit den Zehen zu wackeln und an den bevorstehenden Krankenbesuch zu denken. Zwischendurch hatte sie ständig auf ihren Radiowecker geschielt.

»Meine Nase hat die ganze Zeit gejuckt!«, beschwerte sie sich jetzt, während Angie zum Krankenhaus fuhr. »Ich sehe nicht, was dieses unproduktive Herumsitzen bringen soll.«

»Du brauchst nur etwas Übung, das ist schon alles.«

»Ich weiß noch nicht, ob ich mir das wirklich jeden Tag antun werde«, jammerte Lina. »Schon beim Gedanken an die nächste Meditation muss ich mich überall kratzen …«

»Ich mache mir Sorgen«, murmelte Angie. »Nevio ist heute Morgen wieder nicht ans Telefon gegangen. Wäre er fit, so hätte er sich mittlerweile ein Ladekabel besorgt.«

Angie fuhr auf den Parkplatz und zog einen Parkschein, dann betraten sie das Foyer des Krankenhauses.

»Wir möchten zu Nevio Portmann, können Sie uns Station und Zimmernummer nennen?«, bat Angie die Mitarbeiterin am Empfang.

»Ich weiß nicht, ob Sie den Patienten besuchen dürfen, denn er liegt auf der Intensivstation«, erklärte die Pförtnerin. »Station drei; melden Sie sich im Schwesternzimmer.«

Linas Herz klopfte bis zum Hals, als sie mit Angie zum Aufzug ging. Obwohl sie Nevios romantische Gefühle nicht erwiderte, schätzte sie ihn als Freund. Es gab nur wenige Menschen, die eine so freundliche und sonnige Ausstrahlung besaßen.

»Sie können meinen Patienten sehen«, erklärte der Assistenzarzt, den die Stationsschwester gerufen hatte. »Um ehrlich zu sein, wir sind sogar sehr froh über Ihren Besuch. Aus bisher unerklärlichen Gründen liegt Ihr Kommilitone im Koma – seine Eltern sind benachrichtigt. Wir hoffen darauf, dass bekannte Stimmen ihn aufwecken.«

»Koma?«, fragte Lina entsetzt. »Was ist denn passiert?«

»Er ist einfach zusammengebrochen. Keiner der Studenten konnte unseren Sanitätern eine Ursache nennen.« Der Assistenzarzt zuckte ratlos mit den Schultern. »Wir führen nachher umfangreiche neurologische Untersuchungen durch. Die Eltern haben mir die Erlaubnis gegeben, seinen Freunden Auskunft über den Gesundheitszustand des Patienten zu erteilen – sicher in der Hoffnung, dass Ihre Anwesenheit ihm auf die Beine hilft.«

Lina fühlte, wie die Angst durch ihren Körper kroch – ein Koma, aus heiterem Himmel? Auch Angie machte ein bekümmertes Gesicht.

Eine Krankenschwester führte sie zur Tür des Patientenzimmers, wo sie sich einen blauen Kittel und eine weiße Stoffhaube überziehen mussten.

Beinahe ehrfürchtig betraten die beiden das Krankenzimmer.

»Nevio?«, fragte Angie unsicher in den Raum. Er lag da und schien zu schlafen. Ein Monitor zeichnete leise piepend die Herztöne auf.

»Sieh mal!«, flüsterte Lina und deutete auf den Bildschirm.

Nevios Herz schien plötzlich schneller zu schlagen, 80 Schläge pro Minute. Dann 90, schließlich 105 Schläge.

»Wir müssen Hilfe holen!«, flüsterte Angie entsetzt. »Das ist doch nicht normal!«

»Warte!«, bat Lina. »Er bekommt eine Aura!«

Nevios Körper wurde in einen zunehmend dumpfen, grauen Nebel getaucht. Je dichter die Aura wurde, desto schneller schlug sein Herz.

»Welche Farbe?«, fragte Angie.

»Ein ekliges Grau, es wabert. Ich denke, er hat große Angst.«

»Panikattacke. Ich hole die Schwester«, entschied Angie. Kurz bevor sie den Raum verließ, drehte sie sich zu Lina um. »Versuche doch in der Zwischenzeit, die Aura wegzupusten – oder so …«

»Wegpusten?« Lina war verwirrt, aber ihre Freundin hatte die Tür schon hinter sich geschlossen.

Das Herz schlug jetzt mit 165 Schlägen in der Minute – Nevio hatte offensichtlich große Angst. Was hatte er zu verlieren, wenn sie es versuchte?

Sie trat an sein Bett und sprach mit ihm.

»Du bist in Sicherheit, alles wird gut … ich bin bei dir. Ich bin's, Lina!« Sie stellte sich den gelben Nebel vor, der Nevio sonst umgab, und versuchte, diesen in Gedanken auf ihn zu übertragen. Obwohl es ihr lächerlich erschien, spitzte sie zusätzlich die Lippen, um die Angst wegzublasen.

Die Herzfrequenz verringerte sich auf 150. Sanft drückte sie Nevios Hand, sandte fröhliche Gedanken und redete leise auf den Patienten ein. Bei 140 Schlägen stagnierte der Wert. Mehr schaffte Lina nicht.

»Fünf Milligramm Haldol intravenös!«, rief der Assistenzarzt, nachdem er einen Blick auf den Monitor geworfen hatte. Die Stationsschwester zog die Spritze auf und der Arzt gab das Medikament über den Venenzugang, den man dem Patienten gelegt hatte.

»Haben wir etwas falsch gemacht?«, fragte Angie besorgt.

»Nein«, sagte der Arzt, »der Patient hatte bereits mehrere solcher Attacken und unser Kardiologe hat bisher keine organische Ursache gefunden. Wir tun, was wir können.«

Betroffen verließen Lina und Angie die Station.

»Dieser Nebel«, murmelte Lina, »er war einfach zu stark. Ich konnte ihn nur ein wenig abschwächen und das hat nicht gereicht.«

»Wie?«, fragte Angie. »Hast du ehrlich etwas bewirkt?«

»Ich konnte die Herzfrequenz von 165 auf 140 Schläge senken.«

»Das ist phänomenal!«, rief Angie. »Mit etwas Übung kannst du Nevio vielleicht helfen!«

»Du vergisst, dass sein Anfall erst begann, nachdem wir den Raum betreten hatten«, warf Lina traurig ein.

»Stimmt auch wieder … Wobei es nicht das erste Mal war, wie der Arzt gesagt hat.« Angie blieb stehen und dachte nach. »Leo! Wir müssen dafür sorgen, dass er Nevio so schnell wie möglich besucht.«

»Das ist auf jeden Fall eine Idee … nur wie erklären wir es ihm?«, fragte Lina.

»Wir bitten ihn einfach, uns in der Mittagspause zu begleiten«, antwortete Angie. »Sobald wir drin sind, wird mir schlecht und du begleitest mich zur Toilette. Dann kann Leo den Nebel beseitigen, ohne sich beobachtet zu fühlen.«

»Wir sollten ihm nicht unbedingt unter die Nase reiben, dass wir schon da waren. Aber das kriegen wir hin.« Lina dachte einen Moment lang nach. »Ruf du ihn an«, bat sie ihre Freundin. »Ich habe Angst, dass ich mich verhaspele.«

»Kein Problem.« Im Auto wählte Angie seine Nummer. Während sie sprach, schaltete sie den Lautsprecher ihres Telefons ein, damit Lina mithören konnte.

Leo war skeptisch, da er in der Mittagspause mit Familienmitgliedern zum Essen verabredet war. Aber Angie blieb hartnäckig; sie appellierte an sein Mitgefühl und bettelte, was das Zeug hielt.

Linas Hände waren total schwitzig und verkrampft, während sie mitfieberte.

Endlich sagte er ja!

»Wo seid ihr?«, fragte er. »Ich nehme euch in meinem Wagen mit.«

»Das ist nicht notwendig«, versicherte Angie rasch. Sie blickte Lina mit großen Augen an.

»Ich bestehe darauf!«

Angie gab nach und beendete das Gespräch, indem sie sich mehrfach für seine Freundlichkeit bedankte.

»Das ist ja verrückt«, rief Lina. »Wir sind doch schon hier!«

»Es ist wichtig, deine Fähigkeiten geheim zu halten, besonders, weil du sie nicht kontrollieren kannst. Eine kurze Autofahrt ist da kein Preis.« Angie startete den Motor und fuhr los.

»Wieder da?«, fragte die Stationsschwester überrascht, als sie die beiden eine knappe Stunde später gemeinsam mit Leo im Schlepptau erblickte.

»Wir möchten Nevio Portmann besuchen«, bat Angie freundlich, ohne auf den Einwand der Schwester einzugehen.

Zum Glück sagte Leo nichts, er stand neben Lina und berührte wie zufällig ihre Hand.

Zwei Minuten später standen sie zu dritt im Zimmer. Leo sog scharf die Luft ein, sobald er Nevio erblickte. Der Bewusstlose war schon wieder in eine zartgraue Nebelwolke gehüllt und sein Puls lag bei 90.

»Mir ist schlecht«, jammerte Angie. »Lina, würdest du mich zur Toilette begleiten?«

Bevor Leo etwas erwidern konnte, hatten die beiden den Raum verlassen. Sie gingen einige Schritte vom Zimmer weg und schlichen dann leise zurück. Vorsichtig spähte Angie durch das Sichtfenster der Tür.

»Sieh nur«, flüsterte sie. »Er hat seine Hand genommen!«

Lina beobachtete, wie die Wolke sich augenblicklich in Luft auflöste. »Das Grau ist weg«, sagte sie erleichtert. »Oh!«

»Was?«, fragte Angie.

»Gelb! Nevios Aura ist wieder da.«

Glücklich fassten sie sich an den Händen.

»Was machen Sie da, meine Damen?« Der Assistenzarzt war hinter die Studentinnen getreten, die beide heftig zusammenzuckten.

»Wir … wir wollten rein, aber da ist noch jemand …«

»Das macht doch nichts, kommen Sie!«, munterte er die beiden auf. »Sehr nett von Ihnen, dass Sie schon wieder hier sind. Kommen Sie!«

Lina und Angie folgten dem Arzt ins Zimmer.

»Wo bin ich?«, fragte Nevio krächzend, als Leo vom Krankenbett zurücktrat.

»Na endlich!« Der aufgeregte Assistenzarzt trat an das Bett und prüfte als Erstes den Monitor. Dann drehte er sich zu den Studenten um. »Ich muss jetzt mehrere Untersuchungen durchführen – können Sie später wiederkommen?«

»Klar.« Angie strahlte.

Auf der Rückfahrt saßen sie in Leos Wagen und schwiegen. Kein Wunder, dachte Lina – jeder hatte etwas zu verbergen.

Es war Angie, die die Stille nach mehreren Minuten brach. »Ist es nicht wunderbar, zu erleben, wie jemand gesund wird?«, wendete sie sich an Leo. »Beinahe hättest du den Moment verpasst.«

»Stimmt«, presste er hervor. Er klang weder fröhlich, noch erleichtert. In seiner Stimme schwang Wut mit. Dann räusperte er sich. »Wann genau hat Nevio das Bewusstsein verloren?«, fragte er in etwas freundlicherem Tonfall.

»Gestern am späten Nachmittag in der Bibliothek, während du mit Lina im Kino warst«, antwortete Angie.

»Was genau ist passiert? Und wer war dabei?«, fragte Leo weiter. Seine Hände umklammerten das Lenkrad des BMWs so fest, dass die Knöchel weiß wurden.

»Der Dozent für allgemeine Psychologie hat eine Rundmail geschickt, die müsstest du auch bekommen haben.«

»Da stand nicht viel drin«, erwiderte er. »Schade, dass wir keine Zeit hatten, …«

Angies Handy klingelte. »Wenn man vom Teufel spricht«, sagte sie. »Es ist Nevio.« Sie nahm das Gespräch an und stellte ihr Telefon laut. »Hey, wie geht es dir? Solltest du nicht bei einer Untersuchung sein?«

»Gleich …« Nevio lachte, aber seine Stimme klang noch kratzig und angestrengt. »Ich wollte mich bei euch bedanken, dass ihr mich besucht habt. Und dann … Ich liege hier in so einem hässlichen Kittelchen herum. Könntet ihr mir heute Abend ein paar Sachen aus meiner Wohnung vorbeibringen?«

»Klar«, versprach Angie. »Wir kümmern uns darum.«

Leo räusperte sich.

»Ach ja, was ich noch fragen wollte«, begann Angie, »also wenn du Zeit hast … Was genau ist denn in der Bib passiert, bevor du zusammengebrochen bist?«

»Keine Ahnung«, sagte Nevio. »Ich war putzmunter, hatte mich sogar noch mit diesem BWL-Fuzzi gestritten, der dasselbe Buch ausleihen wollte. Aber ich hatte es zuerst in der Hand!« Er seufzte. »Ich habe ihm angeboten, dass er sich die wichtigsten Sachen kopieren kann, aber er bestand darauf, dass ich es ihm aushändige. Mir wurde übel und ich weiß nur noch, dass ich plötzlich auf dem Boden lag und dann … keine Ahnung. Ich habe schlecht geträumt. Es war furchtbar.«

»Wie kommen wir denn in deine Wohnung?«, fragte Angie, die offenbar genug gehört hatte.

»Meine Vermieterin gibt euch ihren Schlüssel, das kläre ich nachher. Ich schicke dir eine Nachricht, okay?«

»Klar.« Angie wünschte Nevio noch gute Besserung und verabschiedete sich dann.

Alle drei schwiegen.

»Aha«, sagte Leo und stellte sein Auto auf dem Uni-Parkplatz ab.

»Gehst du noch in die Mensa?«, fragte Angie, als er vom gemeinsamen Weg abbog.

»Ich muss mir Unterlagen von einem Kommilitonen besorgen, wir sehen uns gleich«, murmelte er zerstreut, bevor er verschwand.

»Falls Darko das Koma verursacht hat, dann macht er ihn jetzt bestimmt zur Schnecke«, flüsterte Lina ehrfürchtig. »Hast du bemerkt, wie er seine Wut unterdrücken musste, als Nevio von dem Vorfall in der Bibliothek erzählt hat?«

»War kaum zu übersehen. Sollen wir ihm folgen?«

»Lieber nicht«, bat Lina. »Jetzt, nachdem ich gesehen habe, wozu Darko fähig ist, möchte ich ihm nicht öfter als notwendig begegnen.«

Die beiden eilten zur Vorlesung. Vorher kauften sie sich noch belegte Brötchen an einem der Kioske, um ihren Hunger zu stillen.

Obwohl Lina überall nach ihm Ausschau hielt, blieb Leo verschwunden. Er kam nicht zur Abendvorlesung und versäumte sogar die anschließende Übung, bei der die Studenten höchstens dreimal unentschuldigt fehlen durften, wenn sie den Schein erwerben wollten.

Nach den Vorlesungen fuhren sie zu Nevios Wohnung und packten ein paar Sachen für ihn in eine große Sporttasche.

»Hi! Wie geht es dir?«, fragte Lina, als sie ihren Kommilitonen erneut besuchten.

»Gut«, antwortete er und lächelte schwach, »aber ich habe was hinter mir, das glaubst du nicht! Einen Albtraum nach dem anderen … Kakerlaken in meinem Mund, jemand hat mich entführt, ich bin mit einem Schiff untergegangen und wurde verbrannt … Es war grauenvoll!«

»Was?« Lina war entsetzt. Zwar hatte sie geahnt, dass die dunkle Wolke nichts Angenehmes bedeutete, aber dass es so furchtbar gewesen war, trotz der Medikamente, die der Arzt gespritzt hatte …

»Wir sollten dich ein bisschen ablenken«, sagte Angie und lächelte ihm aufmunternd zu. »Mit positiven Gedanken bist du viel schneller wieder zu Hause.«

Nevio seufzte. »Das ist leichter gesagt als getan. Zu allem Überfluss hat mein Vater sich auch noch den Knöchel gebrochen und muss seinen Fuß hochlegen. Sie können frühestens am Wochenende vorbeikommen, aber ich habe meiner Mutter gesagt, dass es mir besser geht und dass sie sich um Papa kümmern soll.«

»Du hast ja uns!«, sagte Angie und lächelte. »Ernsthaft, wenn du etwas brauchst, dann kommen wir.«

»Eine Pizza wäre nicht schlecht«, scherzte er, »Das Essen ist echt grauenvoll, wie ich eben festgestellt habe.«

»Okay, dann liefern wir morgen Mittag Pizza«, versprach Angie.

»Nein, es war ein Witz!« Nevio schüttelte den Kopf. »Ich könnte ja auch einen Lieferservice anrufen. Aber wenn ihr mir eure Mitschriften kopiert, das wäre nett.«

»Gar keine Frage!«, sagte Angie. »Morgen bringe ich dir den ersten Schwung vorbei, wenn du fit genug zum Lesen bist.«

Nachdem sie das Krankenzimmer verlassen hatten, sah Lina ihre Freundin bedrückt an. »Jetzt verstehe ich, warum meine Verwandten verhindern wollten, dass ich in Trier studiere: Die große Zahl an Mitgliedern des Wagner-Clans macht das Studium hier lebensgefährlich.«

Fünfzehn

»Warum haben sie alle geschwiegen?«, klagte Lina, als sie mit Angie am Frühstückstisch saß. »Granny, Bill, meine Mutter … Jeder wollte verhindern, dass ich in Trier studiere, aber niemand hat mir den Grund genannt. Es ist unmöglich, jetzt noch einen anderen Studienplatz zu finden.«

»Du willst umziehen?«

»Nein, natürlich nicht«, sagte Lina schnell. »Schon alleine deshalb nicht, weil ich gedenke, Darko irgendwann das Handwerk zu legen – irgendwie …«

»Wir brauchen unbedingt die fehlenden Bücher.« Angie kaute auf ihrer Unterlippe. Sie sah frustriert aus, was eigentlich so gar nicht zu ihrem Naturell passte. »Jede zusätzliche Information wird dich weiterbringen.«

»Du vergisst, dass es mit Granny und mir derzeit nicht zum Besten steht«, warf Lina ein. »Bei meinem letzten Besuch habe ich sie dermaßen verärgert, dass sie sich seitdem nicht mehr gemeldet hat.«

»Trotzdem, die Bücher müssen her. Das hat absolute Priorität.« Angies Tonfall ließ keinen Widerspruch zu. »Wir schmieden jetzt einen Plan.«

»Du willst mir helfen?«, fragte Lina.

»Klar! Wir besuchen deine Granny einfach gemeinsam, dann können wir die Bücher im Kofferraum meines Autos wegschaffen.«

In der nächsten halben Stunde arbeiteten die beiden ein

detailliertes Konzept aus. Angie hatte einen Notizblock geholt und Lina musste skizzieren, wo man das Auto am besten parkte, damit niemand den Diebstahl bemerkte.

Sie beschlossen, dass Lina die Bücher befreien würde, wie Angie es liebevoll ausdrückte. »Wir simulieren einen Telefonanruf und dann verlässt du den Raum. Ich werde deine Oma in ein Gespräch verwickeln, bis du wieder zurück bist.«

Lina fühlte sich wie der Lehrling einer Meisterdiebin, denn Angie überließ nichts dem Zufall. Sie suchte nach effizientem Werkzeug, um die Dreieckstür möglichst schnell zu öffnen und bestimmte, dass Lina einen zweiten Satz identischer Kleidungsstücke mitnehmen müsse, damit niemand den verräterischen Staub bemerkte.

In ihrer Handtasche würde Lina ihr Handy, einen handlichen Schraubenzieher sowie eine faltbare, stabile Tasche aufbewahren. Über das Handy konnte Angie eine Warnung schicken, falls sich ein Problem ergab.

»Jetzt fehlt nur noch der Besuchstermin«, meinte Lina zweifelnd.

»Auch da habe ich eine Idee!«, sprudelte Angie hervor. »Ich werde deine Granny anrufen und ihr erzählen, wie sehr du unter dem Konflikt leidest. Dann überrede ich sie, uns beide einzuladen und schwupps, sind wir da.«

»Ob das funktioniert?« Lina hatte Zweifel.

»Vertrau mir – ich mache das schon.« Da war er wieder – Angies unerschütterlicher Optimismus. Wenn sie sich etwas in den Kopf gesetzt hatte, dann arbeitete sie fröhlich und hartnäckig so lange an der Umsetzung, bis sie ihr Ziel erreicht hatte. »Aber wir müssen jetzt los«, rief sie. »Bei Professor Radelsberger will ich pünktlich sein – er macht immer so sarkastische Bemerkungen, wenn man zu spät kommt und durch das Auditorium schleicht.«

In den folgenden Tagen war Lina nervöser als sonst. Angie hatte tatsächlich mit Granny einen Besuch am

Samstagnachmittag vereinbart, und jetzt fieberte sie darauf hin. Natürlich war Lina davon überzeugt, dass sie die Bücher benötigte, aber gleichzeitig hasste sie den Gedanken, ihre Großmutter zu bestehlen.

Nevio war aus dem Krankenhaus entlassen worden und suchte ständig Linas Nähe. Er schien nicht mehr in sie verliebt zu sein, was sie sehr erleichterte. Aber andauernd schilderte er ihr seine Koma-Albträume, und zwar bis ins kleinste Detail.

Die Gespräche belasteten Lina, aber sie spürte, dass Nevio reden musste, um sein seelisches Gleichgewicht wieder zu finden. Seine Stimmung hatte unter dem Koma sehr gelitten. Das einst so fröhliche Gelb wurde jetzt häufig von grauen Schleiern durchzogen. Jeder konnte sehen, wie er mit sich kämpfte, denn die stumpfe Farbe seiner Aura spiegelte sich in seinen matten Gesichtszügen und den starken Augenringen nur zu deutlich wider.

Aber neben ihrer neuen Tätigkeit als Hobby-Psychologin musste Lina auch noch Vorlesungen verfolgen, Übungen abgeben, die Hausarbeit schreiben und für die anstehenden Prüfungen lernen.

Am Samstagmorgen fühlte sie sich deshalb elend und abgeschlagen. Angie hingegen legte einen konstruktiven Zweckoptimismus an den Tag: Was getan werden musste, musste eben getan werden. Um ihre Freundin zu unterstützen, spendierte sie ihr eine Fahrt zum Nebenjob auf der psychiatrischen Wohnstation, und das, obwohl sie dafür extra früh aufstehen musste.

Heute absolvierte Lina ihren Dienst nicht mit der gewohnten Zuverlässigkeit. Um ein Haar vergaß sie einen wichtigen Botengang zur Apotheke, wurde aber glücklicherweise durch Schwester Anne rechtzeitig erinnert. Später fiel ihr eine Vase aus der Hand, sodass sie unter den Augen der Bewohner und Schwestern, die durch das Geräusch angelockt worden waren, die Scherben aufkehren musste.

Nach ihrer aufreibenden Schicht setzte sie sich trotzdem noch kurz zu Tante Mel, hielt ihre Hand und erzählte von den Ereignissen des Tages. Sie hatte beschlossen, vor Melanie keine Geheimnisse zu haben. Daher teilte sie ihre Sorgen genau wie ihre Freude mit der Tante.

Während Lina von dem geplanten Bücherklau berichtete, plagten sie Schuldgefühle. »Ich hoffe, du kannst mich verstehen«, flüsterte sie. »Nachdem Nevio so Grausames erlebt hat, muss ich einfach mehr herausfinden.«

Schließlich war es soweit: Alle Vorbereitungen waren abgeschlossen und in wenigen Minuten würden die Freundinnen nach Beßlich aufbrechen. Lina trug ein Outfit bestehend aus einer Jeans und einem weißen Wollpullover – sie hatte diese Kleidungsstücke vor Monaten gemeinsam mit Angie eingekauft, deshalb war eine identische zweite Garnitur vorhanden. Zwar war Angies Jeans etwas länger als die von Lina, aber dieser kleine Unterschied würde niemandem auffallen.

»Weiß«, stöhnte Lina. »Das bekommen wir nie mehr sauber!«

»Das ist doch nicht so tragisch«, tröstete Angie ihre Freundin. »Du darfst nur vor der Aktion keinen Fleck auf den Pullover machen, sonst fällt es auf, dass du ihn getauscht hast.«

Sie hatten beschlossen, dass Lina ein Telefonat mit Nevio simulieren würde. Es konnte nicht schaden, der Großmutter anzudeuten, dass er ein guter Freund war – schon alleine, um von Leo Wagner abzulenken, dessen Nachnamen Granny am besten niemals erfahren durfte.

Auf der Fahrt in die Eifel war Lina starr vor Angst. Wie würde ihre Oma sie empfangen? Wenn sie bei der Aktion erwischt wurde, bedeutete dies einen beträchtlichen Vertrauensbruch. Sie würde einen der wenigen Menschen verlieren, die sie schätzten und mochten – falls das überhaupt noch der Fall war.

»Bitte etwas mehr Optimismus, Linchen!«, rief Angie energisch. »Heute Abend kannst du deine Nase in große Geheimnisse stecken, das wird interessant.«

»Wie Granny wohl reagieren wird?« Linas Gedanken drehten sich im Kreis.

»Deine Oma hat sich sehr über meinen Anruf gefreut. Sie sorgt sich – und sie macht sich Vorwürfe, dass sie so hart zu dir war.«

Angie sollte recht behalten: Kaum hielt das Auto vor dem kleinen Haus, kam Carolina Mahler heraus und umarmte ihre Enkelin herzlich. »Entschuldige, mein Herz!«, murmelte sie. »Entschuldige.«

Lina wusste nicht, was sie erwidern sollte und blinzelte heftig, um die Tränen aus ihren Augen zu vertreiben. Dann stellte sie ihre Freundin vor. »Granny, das ist Angie – mein Fels in der Brandung.«

»Willkommen!« Die alte Frau schüttelte Angies Hand etwas länger als üblich. »Ich bin Carolina.« Dann deutete sie mit der Hand auf den Eingang. »Kommt rein, ich habe einen Marmorkuchen für euch gebacken.«

»Lecker!« Angie war keinerlei Anspannung anzumerken, aber sie verfügte auch über mehr schauspielerisches Talent als ihre hektische und nervöse Freundin.

Linas Nerven waren zum Zerreißen gespannt. Sie hatten ihr Handy mit Hilfe einer App so eingestellt, dass es in exakt 40 Minuten klingeln würde. Im Kofferraum wartete das Zweitoutfit, das Lina anziehen würde, sobald die Bücher sicher im Auto verstaut waren.

Trotz ihrer Nervosität zwang Lina sich, auch das zweite Stück Kuchen genussvoll zu vertilgen – es wäre auffällig, wenn sie ausgerechnet heute keinen Appetit zeigen würde. Grannys Kuchen, den sie als Kind immer so geliebt hatte, schmeckte heute krümelig und nach Pappe.

Angie plauderte, was das Zeug hielt. Sie suchte nach

Themen, mit denen sie Granny später ablenken konnte. Carolina Mahler taute auf und holte ein Buch aus ihrer Anrichte, als Angie nach den Wildkräutern fragte, die in der Eifel wuchsen. Seit vielen Jahren sammelte und trocknete sie Pflanzen, um daraus Salben, Tees und Gewürzmischungen herzustellen.

Das Handy klingelte.

»Es ist Nevio«, sagte Lina nervös und verschwand.

»Ein Freund?«, hörte sie ihre Oma fragen, während sie die Tür hinter sich schloss. Schnell schlich sie auf den Dachboden, wobei sie wieder sämtliche knarzenden Stufen vermied. Der Staub kitzelte unbarmherzig in ihrer Nase.

Aber dank Angies Werkzeug war die Tür diesmal schnell geöffnet – mit einem kleinen Schraubenzieher ging das wesentlich leichter als mit einer winzigen Nagelschere. Lina faltete ihre große Tüte auseinander, stellte sie neben sich ab und kroch dann in den länglichen Raum.

Sie musste mehrmals vor und zurück robben, denn die Bücher waren schwer und unhandlich. Und das Zerren der Tüte über den Betonboden hätte womöglich verräterische Geräusche verursacht.

Allmählich hinterließ der Staub des Dachbodens Spuren auf ihrer schweißnassen Haut. Als endlich alle Bücher in der Falttasche lagen, war Lina fix und fertig – nervlich wie körperlich. Schnell sah sie auf ihr Handy. Angie hatte keine Nachricht geschickt, daher schien alles in Ordnung zu sein.

Sie schloss die Dreieckstür und schlich mit ihrer Beute nach draußen. Diesmal war es schwieriger, lautlos voranzukommen, denn der Riemen der großen Falttasche schnitt tief in Linas Schulter. Energisch biss sie die Zähne zusammen und bewegte sich leise die Treppe hinunter. Dann öffnete sie vorsichtig die Haustür und verstaute die Bücher im Kofferraum des Autos, das seitlich vor dem Haus parkte.

Als Lina nach ihrem Zweitoutfit griff, um sich umzuziehen, sah sie von weitem mehrere Spaziergänger die Straße hinauf laufen. So staubig und dreckig konnte sie sich denen nicht zeigen, sonst würde ihre Großmutter über den Dorftratsch davon erfahren!

Also kauerte sie sich hinter das Auto und wartete ab. Dann zog sie sich in Windeseile um. Sie hätte noch ein Handtuch mitnehmen sollen! Der Staub klebte förmlich auf ihrer schweißnassen Haut. Mit der Innenseite des schmutzigen Pullovers wischte sie über ihr Gesicht, dann öffnete sie den Pferdeschwanz und kämmte ihr Haar mit den Händen, um Flusen und Dreck zu entfernen. Im Haus betrat sie eilig das Badezimmer, wusch ihre Hände und vor allem auch ihr Gesicht, das im Spiegel zahlreiche graue Streifen zeigte.

Was für ein Glück, dass niemand sie gesehen hatte!

»Sorry, aber er wollte einfach nicht aufhören«, murmelte sie, als sie wieder die Küche betrat.

»Jaja, die Liebe!«, neckte Angie fröhlich zwinkernd.

Granny sagte nichts, sondern lächelte abwesend vor sich hin.

Lina bedachte ihre Freundin mit einem bösen Blick. Obwohl die Story zur Tarnung gehörte, so musste man es nicht übertreiben! »Kann ich noch ein Stück Kuchen bekommen?«, fragte sie.

»Natürlich. Du hast aber heute einen ordentlichen Appetit!« Granny erwachte aus ihrer Trance und strahlte sie an. »Soll ich dir auch noch Kaffee einschenken?«

»Gern.« Lina war froh, dass ihre Oma den Streit offenbar vergessen wollte. Und so wurde sie beim Abschied eine gute halbe Stunde später fest von ihr umarmt. Liebevoll strich Granny über ihr Haar.

»Was ist?«, fragte Lina nervös.

»Nur eine Fluse.« Dann wandte die alte Frau sich an Angie: »Es war schön, dich kennenzulernen. Kommt ihr nächstes Wochenende wieder?«

»Wir müssen momentan viel lernen, aber wir besuchen Sie gerne, sobald es zeitlich möglich ist«, versprach Angie.

Lina war ihrer Freundin dankbar, dass sie die Entscheidung offen ließ.

»Und?«, fragte Angie, nachdem sie losgefahren waren.

»Ich habe alle Bücher in den Kofferraum geladen.«

»Yes! Mission accomplished!« Angie strahlte über das ganze Gesicht. Kurz vor Trier hielt sie den Wagen auf einem kleinen Parkplatz an, um die Beute zu begutachten. »Wow, da hattest du schwer zu schleppen«, sagte sie anerkennend. »Wo wirst du sie lagern?«

»Ich weiß nicht«, antwortete Lina, »vielleicht unter meinem Bett?«

»Da habe ich eine bessere Idee! Du hast nächsten Monat Geburtstag und meine Mum hat mir Geld für dich überwiesen, um sich an deinem Geschenk zu beteiligen. Wie wäre es, wenn wir dir einen abschließbaren Schrank kaufen?«

»Deine Eltern sind einfach unglaublich«, murmelte Lina betreten. »Dass die an so etwas denken …«

»Mum und Dad mögen dich sehr und wollen dich ein wenig unterstützen.« Schwungvoll schloss Angie den Kofferraum. Dann hielt sie inne. »Oder möchtest du dir lieber etwas anderes von dem Geld kaufen?«

»Nein, deine Idee ist super – und ich habe noch Platz neben der Couch. Du bist ein Schatz!«

Eine halbe Stunde später parkten sie vor einem Möbelhaus und hatten sofort Glück: Sie entdeckten einen günstigen weißen Massivholzschrank, dessen Schloss halbwegs vertrauenswürdig aussah.

»Es geht ja nicht darum zu verhindern, dass du ausgeraubt wirst«, sagte Angie. »Besucher oder neugierige Kommilitonen sollen die Bücher nur nicht zufällig finden, wenn sie vorbeikommen.«

»Dann werden wir heute Abend lesen und den Schrank

aufbauen«, beschloss Lina mit Blick auf den jetzt mehr als gut gefüllten Kofferraum. Um alles unterbringen zu können, hatten sie die Rückbank umgeklappt.

»Und wir werden ein wenig feiern«, schlug Angie vor. »Wir fahren noch schnell beim Supermarkt vorbei und besorgen Pizza und Sekt.«

Nach dem Abendessen bauten sie gemeinsam den Bücherschrank auf und blätterten in den ›befreiten Büchern‹, wie sie ihre Beute liebevoll nannten.

»Ich habe das Gefühl, da fehlt noch etwas«, sagte Lina nachdenklich, nachdem sie alle Titel und Inhaltsverzeichnisse genau studiert hatte. Es gab zwei Geschichtsbücher, die eher allgemein gehalten waren, sowie ein sehr nützliches Lexikon, in dem Aurafarben und -formen beschrieben wurden. Dem Trainingsbuch konnte Lina wenig abgewinnen, denn es enthielt viele Meditations- und Achtsamkeitsübungen. Lieber schmökerte sie in dem kleinen Buch, das mit ›Familienkunde‹ betitelt war. Es enthielt Aufzeichnungen über die Familie der Mahlers. »Das ist komplex, dafür muss ich zuerst einen Stammbaum zeichnen. Das hebe ich mir für später auf«, beschloss sie.

Der dickste Wälzer war ein allgemeines Psychologiebuch, das aus dem Jahre 1970 stammte.

»Nicht mehr aktuell, aber das werde ich mir trotzdem anschauen«, sagte Angie. »Leihst du es mir?«

»Sicher.« Lina blätterte in einem kleineren Bändchen. »Hier, das finde ich noch spannend! Leitfaden für die ausgebildete Meisterin, von 1985. Da steht drin, wie ein Lehrer seinen Schüler ausbilden soll, in welcher Reihenfolge der Stoff unterrichtet wird und was es zu beachten gilt.«

»Merkwürdig.« Angie kratzte sich am Kopf; dann begann sie, die Regalbretter in den fertig aufgebauten Schrank einzusetzen. »Es scheint, als seien diese Bücher für den Ausbilder gedacht, eine Art Lehrerbibliothek.

Aber die Schulbücher fehlen – außer dem allerersten Buch, und das enthält nur wenige Informationen.«

»Ich habe keinen Schimmer, wo Granny weitere Informationen aufbewahren könnte, und ich schwöre dir, ich habe damals in den Sommerurlauben jeden Winkel des Dachbodens untersucht.« Lina saß auf dem Boden und hatte die Bücher im Halbkreis um sich herum ausgebreitet.

»Komm, pack mal mit an!«, bat Angie.

Gemeinsam schoben sie den weißen Schrank an seinen Platz. Während Angie das Verpackungsmaterial zerkleinerte und entsorgte, gab Lina jedem der sieben Bücher einen Platz. Das allererste Buch stellte sie ebenfalls dazu.

»Super, da bleibt noch viel Raum für andere Dinge«, sagte Angie, die zurückgekommen war.

»Ich überlege mir in Ruhe, was ich alles darin aufbewahre.«

»Nur Geheimnisse!«, flüsterte Angie in einem gespenstischen Tonfall.

Die beiden kicherten.

Lina schloss die Schranktüren und sperrte ihr neues Möbelstück probeweise ab. »Du, ich will demnächst zu Onkel Bill fahren und mir alle Gemälde von Tante Mel anschauen – vielleicht erkenne ich ja Farben und Muster wieder.«

»Gute Idee. Mach mit dem Handy ein paar Fotos«, riet Angie. »Dann kannst du die Bilder später noch mal genau ansehen.«

»Willst du nicht mitkommen? Bill war letztens ja auch nicht sonderlich gut auf mich zu sprechen. Wir laden uns ein und bringen Kuchen mit.«

Angie war einverstanden und so saßen die beiden am nächsten Sonntag an Bills großem Küchentisch und aßen Sahnetorte. Der Engländer freute sich sehr über den Besuch.

Mit ihrer fröhlichen Natur verwickelte Angie den attraktiven Mann schnell in ein anregendes Gespräch. Er hatte keine Einwände, seiner Nichte und deren Freundin die

Bilder seiner Frau zu zeigen und freute sich, als Angie ihn darum bat, Fotos machen zu dürfen. Bill ging sogar nach unten in den Keller, wo er Gemälde lagerte, die teilweise unfertig waren. Lina bekam große Augen, als er die beiden in einen großen Abstellraum führte, den sie selbst noch nie betreten hatte.

»Hier bewahre ich alles auf, das nicht fertig wurde oder in der Wohnung keinen Platz gefunden hat«, erklärte er.

»Deine Tante war eine großartige Künstlerin«, sagte Angie staunend. Ihr gefielen die bunten und farbenfrohen Bilder. Einige wirkten nebelhaft verschwommen, andere zeigten Spiralen und Ornamente.

Gegenüber der Tür hing ein wandfüllendes Bild, das Lina magisch anzog. Die Leinwand war fast so hoch wie der kleine Raum und doppelt so breit. Das Gemälde war dunkel, fast schwarz. In der rechten Ecke hatte Melanie Morgan einen hellgelben Fleck gemalt, der von dunklen Tönen scheinbar erdrückt wurde. Sofort musste sie an Darko denken – oder an zehn Darkos, die einen von Natur aus fröhlichen Menschen bedrohten.

Wortlos trat Angie neben ihre Freundin und schoss ein Foto. Ihrem Gesicht konnte man ansehen, dass sie genau verstand, in welcher Stimmung Linas Tante dieses Motiv gemalt hatte. »Von wann ist dieses Bild?«, fragte sie bedrückt.

»Kurz vor ihrem … Zusammenbruch«, antwortete Bill. »Etwa zwei Wochen zuvor. Manchmal frage ich mich, ob sie geahnt hat, was passieren würde.«

Während Angie weiter fotografierte, blieb Lina wie angewurzelt vor der riesigen Leinwand stehen. Was, wenn Tante Mels Wachkoma durch ein rachsüchtiges Mitglied des Wagner-Clans verursacht worden war? Ob es möglich war, die Patientin zu heilen? Vielleicht hatte es Tante Mel nur viel heftiger erwischt als Nevio?

»Komm, Linchen, lass uns wieder nach oben gehen.«

Angie trat zu ihrer Freundin, legte ihr sachte den Arm auf die Schulter und führte sie aus dem Raum.

Erst als Lina Bills besorgten Blick bemerkte, wurde ihr klar, dass sie sich zusammenreißen musste. Nachdenken konnte sie zu Hause.

»Du warst so schweigsam, nachdem du das schwarze Bild gesehen hattest«, begann Angie das Gespräch, als sie auf dem Heimweg waren.

»Ich habe mich gefragt, ob die Wagners meine Tante ins Koma befördert haben und ob Mel es vorher geahnt hat. Warum hätte sie sonst dieses Bild malen sollen?«

»Der Gedanke kam mir auch«, gab Angie zu. »Was aber umgekehrt bedeuten könnte, dass die Krankheit heilbar ist. Oder was meinst du?«

»Ich weiß nicht. Man kann das nicht vergleichen. Nevio hatte heftige Albträume und Mel scheint … es ist, als sei sie von sämtlichen Gefühlen abgeschnitten. Wenn ich sie besuche, sehe ich keine Aura. Auch ihr Puls ist normal und gleichmäßig.«

»Ob wir Leo zu ihr schicken sollten?«, fragte Angie nachdenklich.

»Das ist gefährlich!« Lina runzelte die Stirn. »Dann erfährt er, dass ich von den Mahlers abstamme. Außerdem wissen wir nicht, ob er in diesem Fall eine Verbesserung bewirken kann. Er ist ja noch in der Ausbildung.«

»Das ist verzwickt!« Angie seufzte.

Lina nickte. »Einerseits muss ich mich unauffällig verhalten, damit ich von dem Clan nicht entdeckt werde, andererseits könnte ein Wagner meine Tante retten, sofern da noch etwas zu retten ist.«

Nachdenklich stiegen die beiden aus dem Auto aus und schlossen die Tür zu ihrer Wohnung auf.

»Du vergisst eine weitere Option«, fügte Angie hinzu. »Wenn du deine eigenen Fähigkeiten weiterentwickelst, kannst du selbst deine Tante irgendwann …«

»Heilen?«, fragte Lina. »Das wäre zu schön, um wahr zu sein!«

»Bleib dran«, schlug Angie vor. »Vielleicht, eines Tages … Ich glaube an dich.«

Sechzehn

In den folgenden Wochen entwickelte sich der Uni-Alltag für Lina und Angie zur Routine: Sie besuchten Vorlesungen, lachten mit Kommilitonen in der Mensa, büffelten für ihre Prüfungen und schrieben an ihren Hausarbeiten.

Zusätzlich lernte Lina die verschiedenen Farben der menschlichen Auren auswendig und meditierte jeden Morgen für zehn Minuten.

Natürlich freute sie sich immer, wenn Leo sie um ein Treffen bat, war aber frustriert, wenn sie zurückkam. Leo wählte stimmungsvolle Orte aus, sodass sie bald alle romantischen Cafés, malerischen Sehenswürdigkeiten und atemberaubenden Ausblicke kannte, die Trier zu bieten hatte.

Aber das, was sie sich am meisten wünschte – Fehlanzeige!

Trotzdem wagte sie es nicht, selbst die Initiative zu ergreifen.

»Wenn er kein Wagner wäre, so würde ich dir raten, ihn einfach zu küssen«, sagte Angie und zuckte ratlos mit den Schultern. »Aber so? Es birgt ein Risiko …«

Das Ende des Jahres rückte mit großen Schritten näher. Während Angie sich sehr auf die freien Tage zwischen Weihnachten und Neujahr freute, machte Lina sich Sorgen. Würde sie bei ihrer Mutter in Frankfurt willkommen sein?

Ein Anruf ihrer Großmutter löste das Problem. »Ich habe Ilse und Bill über die Festtage zu mir eingeladen. Ich dachte, wir feiern dieses Jahr mal alle bei mir«, erzählte Granny am Telefon. »Ich hoffe, es ist dir recht? Deine Mutter kann hier in Beßlich übernachten, und am zweiten Weihnachtstag wird sie Markus besuchen.«

Lina war erleichtert. Sie würde ihre Familie treffen, musste aber nicht die Enge ihres alten Kinderzimmers ertragen. So konnte sie Weihnachten halbwegs gelassen entgegensehen.

»Linchen, du könntest Silvester in Frankfurt verbringen und bei uns übernachten«, schlug Angie vor. »Ich freue mich darauf, das Feuerwerk vom Main aus zu beobachten.«

»Lieber nicht«, sagte Lina. »Einer muss doch die Blumen gießen.« Natürlich war das nur ein Vorwand, denn sie freute sich sehr drauf, zum ersten Mal in ihrem Leben einige Tage allein zu verbringen.

Kurz vor Weihnachten bat Leo sie zu einem Date. »Ist es okay, wenn ich dich nach dem Dienst auf der Station abhole?«, fragte er, während sie gerade zu einem Grundlagenseminar gingen. »Wir könnten etwas essen und anschließend durch die weihnachtlich dekorierte Stadt bummeln.«

»Gern«, stimmte sie glücklich zu.

»Vielleicht kann ich bei der Gelegenheit deine Tante kennenlernen?«, fragte er.

»Ähm … Sie würde dich ohnehin nicht erkennen …« Lina wurde nervös. Einerseits hegte sie die Hoffnung, dass einer der Wagners Melanie Morgan helfen konnte, andererseits war sie in Sorge, als Nachkomme der Mahlers erkannt zu werden.

»Unter welcher Krankheit leidet sie eigentlich?«, fragte Leo weiter.

»Ein Wachkoma. Sie ist völlig hilflos und muss gefüttert werden.«

»Oh, das tut mir sehr leid.«

»Können wir uns unten am Empfang treffen?«, schlug Lina vor. »Ich habe nach dem Dienst noch eine Besprechung mit Schwester Elke.« Sie griff zu einer Ausrede und hoffte, damit durchzukommen.

»Was ist los?« Leo war stehen geblieben und sah sie durchdringend an.

»Was soll sein?« Dann fiel es ihr wie Schuppen von den Augen: Natürlich hatte er ihre Notlüge durchschaut!

»Naja, es ist mir eben unangenehm, wenn du meine Tante besuchst.«

»Okay«, antwortete Leo. Dann griff er nach ihrer Hand und beschleunigte unbekümmert seine Schritte.

Lina atmete auf. Das war knapp gewesen! Ihr wurde klar, dass sie so nah wie möglich an der Wahrheit bleiben musste, um zu verhindern, dass er misstrauisch wurde.

»Du bist aber gut verpackt!«, lachte Leo, als er sie am Samstag vor dem Krankenhaus abholte. »Man erkennt dich kaum wieder.« Grinsend betrachtete er sie von Kopf bis Fuß, bevor er sie umarmte – in etwa so, wie Granny es tun würde. Freundschaftlich und herzlich.

»Bei deinem Faible für Outdoor-Aktivitäten wollte ich auf Nummer sicher gehen«, entgegnete sie. »Es ist schließlich schweinekalt draußen.«

»Wenn ich mir deine Vorbereitungen so betrachte, dann können wir heute problemlos etwas besichtigen.«

»Ein anderes Mal, okay?« In einem römischen Gebäude zu frieren, während Trier im Weihnachtsglanz erstrahlte, das war entschieden zu viel verlangt.

Leo nickte und fuhr mit seinem Wagen in die Stadt. Dort lenkte er seine Schritte in die Glockenstraße.

»Chibi-ya?«, fragte Lina, als sie vor einem kleinen Schnellrestaurant standen. »Was ist das?«

»Japanische Küche, einfach und lecker. Hast du Lust?« Beim Lächeln blitzten seine weißen und ebenmäßig geformten Zähne auf.

»Warum nicht?« Lina hatte keine Ahnung, was sie erwarten würde.

In dem kleinen Lokal saß neben etlichen Studenten auch

ein älteres Ehepaar. Man bestellte und bezahlte das Essen an einem Automaten, bevor man sich an den Tresen setzte.

»Lecker! Ich bemerke solche Restaurants ja nie«, sagte Lina, nachdem sie ihr scharfes, japanisches Currygericht probiert hatte.

»Früher habe ich gemeinsam mit Darko jeden Winkel der Stadt erkundet«, erzählte Leo. »Das Chibi-ya gibt es allerdings erst seit einem Jahr. Die Inhaberin hat Japanologie an der Uni studiert.«

»Ah.« Gab es irgendetwas, das er nicht wusste?

»Die bieten auch japanische Desserts an, aber ich schlage vor, dass wir für den Nachtisch die Suite au Chocolat besuchen.« Auf den wenigen Metern zum Café legte er seinen Arm um Linas Schultern – freundlich, liebevoll, aber trotzdem distanziert.

Es war zum Mäusemelken!

»Hattest du schon immer ein so gutes Gespür für andere Menschen?«, fragte sie schließlich, nachdem sie in dem Café an einem der Zweiertische Platz genommen hatten. Sie wollte unbedingt mehr über ihren Freund, der gar kein richtiger Freund war, herausfinden.

Wie sollte sie sich vor den Wagners schützen, wenn sie nichts über sie wusste? Außerdem brauchte sie dringend etwas Ablenkung von ihrem Frust.

»Hm … Was meinst du?«, murmelte Leo.

»Du kannst dich sehr gut in andere hineinversetzen. Oder ist dir das noch nicht aufgefallen?«, fragte Lina trocken.

Leo sah sie scharf an, was sofort ihre Wangen glühen ließ.

»Naja«, stammelte sie.

Er strich mit der Hand durch sein dunkelblondes Haar und seufzte. »Ja, ich habe ein gutes Gespür für meine Mitmenschen. Jetzt bemerke ich zum Beispiel, dass du von frustrierter Entschlossenheit nahtlos zu grandioser Verwirrung gewechselt hast. Deine Gefühle drehen sich schneller als ein Karussell. Warum?«

Lina fühlte sich in die Ecke gedrängt. Was sollte sie antworten? Womöglich am besten einen Teil der Wahrheit.

»Also«, druckste sie und schluckte, »ich mag dich eben … sehr gern … und je nachdem, wie du mich gerade ansiehst … Tja!«, schloss sie und zuckte mit den Schultern.

Leo lächelte und nahm ihre Hand. »Sprachlich ungenügend, inhaltlich brillant!«, scherzte er.

»Seit wann hast du dieses Einfühlungsvermögen?«, hakte Lina nach. Noch war sie nicht zum Aufgeben bereit.

»Nun.« Leo schwieg einen Moment lang, bevor er sprach. Dann atmete er betont langsam aus, als müsse er sich sammeln. »Du und ich«, begann er, »wir verbringen viel Zeit miteinander.«

»Ist das ein Fehler?«, fragte sie besorgt.

»Nein, natürlich nicht", korrigierte er sich sofort. »Ich denke nur nach.«

»Über uns?« Lina spürte ein heftiges und nervöses Flattern in ihrem Körper. Auf einmal hatte sie große Angst. Würde er sie verlassen?

Leo ergriff ihre klammen Hände und streichelte sie beruhigend. »Du hast mich falsch verstanden, völlig falsch verstanden …«

»Worum geht es denn dann?« Lina befahl ihren Fingern, unter seiner Berührung nicht zu zucken und locker zu bleiben – vergeblich.

»Es geht um mich, nicht um uns. Oder doch … Jetzt, da wir oft zusammen sind …«

Linas bekümmerter und fragender Blick, der ihr aus einem Spiegel des Cafés entgegensah, hätte sogar einen Stein erweichen müssen, wie sie fand.

»Also«, sagte er entschlossen und blickte ihr fest in die Augen. »Wir sind so eng befreundet … Nun, du solltest mehr über mich erfahren.«

»Was stimmt nicht mit dir?«

»Wir Wagners haben eine Familiengeschichte, die weit zurückreicht. Man sagt uns nach, dass es in unserer Familie ein besonderes Talent gibt, aber das hast du ja schon bemerkt.«

Lina hing an seinen Lippen und hoffte, dass er weitersprechen würde. Endlich würde sie etwas erfahren!

»Viele von uns«, fuhr Leo fort, »genau genommen die männlichen Familienmitglieder, können Gefühle anderer Menschen besser empfangen als der Durchschnitt der Bevölkerung. Wir sind sehr empathisch.«

»Wie funktioniert das?« Lina konnte ihre Aufregung kaum unterdrücken. Das Flattern in ihrem Inneren hatte keine Sekunde lang nachgelassen.

Noch immer streichelte Leo ihre Hände. »Ich spüre, wie es jemandem geht. Natürlich verfügt jeder Mensch zu einem gewissen Grad über diese Fähigkeit. Aber um ein Beispiel zu nennen: Während alle anderen Maulwürfe sind, sehe ich Emotionen so klar wie ein Adler seine Beute.«

»Du siehst sie?« Lina hielt vor Schreck die Luft an.

»Nein, das war nur ein Vergleich. Ich fühle es in meinem Inneren.«

»Aha …«

Sah er keine Farben? Das war merkwürdig!

Er räusperte sich. »Weil das Talent einen durchaus in Schwierigkeiten bringen kann, durchlaufen alle begabten Familienmitglieder ein spezielles Training. Wir lernen, unseren Geist zu kontrollieren, damit uns die Befindlichkeiten der Mitmenschen in unserer Umgebung nicht ständig aus dem Konzept bringen.«

»Was sind das für Schwierigkeiten?«, fragte Lina.

»Das sollte dir doch klar sein, oder?« Leo rollte die Augen zur Decke. »Eben habe ich dich auf dein Wechselbad der Gefühle angesprochen, da es mich irritierte. Nevio hätte einfach einen angenehmen Nachmittag in deiner Gesellschaft verbracht, ohne irgendetwas von deinem inneren Chaos zu bemerken.«

»Aber es ist doch okay, dass du mich darauf aufmerksam gemacht hast«, warf Lina ein.

»Ist es das? Und wenn ich bemerke, dass mein Prüfer mich hasst? Oder die Lehrerin in mich verliebt ist? Wenn mein Mitstudent mich verachtet und ich in seiner Nähe studieren muss, obwohl ich es jeden Tag spüre – sogar durch die Zimmerdecke? Wenn ich wahrnehme, dass ein Mann sexuelle Gefühle beim Anblick eines Kleinkindes …« Leo wandte seine Augen vor Schmerz ab.

»Oh!« Lina war betroffen. Da sie selbst nur intensive Emotionen sehen konnte, war ihr die Kehrseite des Talentes bisher nur teilweise bewusst geworden.

»Deshalb lernen wir, die eigenen Emotionen zu kontrollieren und uns vor Manipulation durch andere zu schützen.«

»Wer manipuliert wen?«, fragte sie entsetzt.

»Jeder Mensch jeden Tag!« Er seufzte frustriert. »Die Mutter sagt dem Kleinkind, dass sie traurig ist, wenn es sein Zimmer nicht aufräumt. Die Freundin erpresst ihren Partner, indem sie ihm ihre Liebe nur gewährt, wenn er sich so benimmt, wie sie es wünscht. Der Psychopath mobbt seine Kollegen, um daraus die Lust der Macht zu gewinnen. Ich könnte tausend Beispiele nennen, einige sind subtil, andere offensichtlich.«

»So weit habe ich gar nicht gedacht …« Plötzlich hatte Lina das Bild ihrer Mutter vor Augen und fragte sich, warum diese sie ständig drangsalierte und abwertete. Fühlte sie sich dadurch besser? Der Gedanke war erschreckend.

»Du wirkst schon wieder beunruhigt.« Zärtlich ließ Leo seinen Daumen über ihre Handfläche kreisen.

»Gerade habe ich mir überlegt, weshalb Menschen einander abwerten, beschimpfen und schlecht behandeln. Im

Grunde hast du eine Frage beantwortet, die ich mir mein ganzes Leben lang stelle.«

»Wer, Lina?«, fragte er sanft.

»M-meine Mutter«, antwortete sie stockend. Schnell blinzelte sie die Feuchtigkeit weg, die sich in den Augen sammelte.

»Das tut mir sehr leid! Magst du es mir erzählen?«

»Vielleicht ein anderes Mal.« Lina schniefte und entzog ihm ihre Hand, um in ihrem Mantel nach einem Taschentuch zu kramen. »Wie du gesagt hast, es gibt solche Menschen … Wenn man Glück hat, sind es nur die Nachbarn und nicht die Verwandten.« Sie putzte ihre Nase. »Also was unternimmst du dagegen, wenn jemand dich mit seinen Gefühlen erdrückt?«

»Das kann man nicht in wenigen Worten erklären«, antwortete er und lachte. »Zunächst muss man die eigenen Emotionen sehr genau kennen. Dann kann man irgendwann unterscheiden zwischen dem, was man selbst empfindet und dem, was die Umwelt in einem auslöst – sei es bewusst oder unbewusst.«

Lina verstand. Wenn ihre Mutter sie quälte, fühlte sie sich klein, unbedeutend und hilflos. Aber gehörten diese Gefühle wirklich zu ihr? Oder hatte sie die Emotionen einfach übernommen? »Wie kann man das voneinander trennen?«, fragte sie neugierig.

»Ich denke, dass Jesus und Buddha deshalb für vierzig Tage in die Wüste gingen. Sie wollten ihren eigenen Kern finden und nicht das wahrnehmen, was andere auf sie projizierten. Es ist sehr hilfreich, wenn man Eigen- und Fremdgefühle unterscheiden kann.«

»Nehmen wir an, man hat es geschafft«, begann Lina ihre Überlegungen, »man weiß, wer man ist und welche Gefühle zu einem gehören: Ist man dann vor Manipulationen sicher?«

»Nein, man muss zuerst lernen, sich vor den Emotionen der anderen zu schützen. Nicht jeder bewältigt das gleich gut.«

»Aber das bedeutet ja«, spann Lina den Faden weiter, »dass ihr euch das Leben gegenseitig zur Hölle machen könnt!«

»Ganz so schlimm ist es auch wieder nicht«, sagte er rasch. »Es gibt durchaus einige Schutztechniken. Eine wahrhaft erleuchtete Person wäre so durchlässig, dass Fremdgefühle spurlos durch sie hindurch wehen würden. Nur, wer ist schon erleuchtet?«

»Kannst du dich schützen?«, fragte sie weiter. »Wie?«

»Wenn man zum Beispiel so richtig verliebt ist, kann niemand einen aus dem Gleichgewicht bringen. Das ist eines der Prinzipien, die man als Schutztechnik nutzen kann. Dabei verdrängt das eigene starke Gefühl die ungewünschte Fremdbeeinflussung.«

»Beherrschst du die Technik?«, fragte Lina weiter.

»Ja, aber ich musste viel trainieren.«

»Da käme ein wenig Erleuchtung gerade recht.« Lina rollte ihre Augen theatralisch nach oben, was Leo ein Lachen entlockte.

»Es gibt noch eine Möglichkeit«, sagte er leise, »genau wie im Kampfsport: den Gegenangriff.«

Plötzlich sah Lina das Bild wieder scharf vor sich, wie Leos rote Nebelwolke Darko in die Schranken verwies.

»Was«, begann sie vorsichtig, »was würde passieren, wenn viele Menschen ihre dunklen Gedanken auf eine fröhliche Person ausrichten?«

Leo schluckte. »Ich finde, wir sollten uns jetzt etwas Angenehmerem widmen. Wie wäre es mit einem Stück Marzipantorte?«

Lina war enttäuscht. Vertraute er ihr nun oder nicht? Gleichzeitig nagte ein schlechtes Gewissen an ihr: Sie selbst forderte sein Vertrauen ein, wollte aber ihre eigenen Geheimnisse für sich behalten.

Er sah sie an und runzelte irritiert die Stirn. »Deine Gefühlsumschwünge mitzuerleben, das zerrt heute wirklich an meinen Nerven!«

»Ich kann das nicht beeinflussen«, erwiderte Lina traurig. Sie schien in einer Zwickmühle zu sitzen, aus der es kein Entrinnen gab: Leo löste Gefühle in ihr aus, die ihm anschließend missfielen. Erneut traten Tränen in ihre Augen.

Rasch ergriff er wieder ihre Hand. »Ich will dich nicht so traurig sehen! Gleichzeitig habe ich aber Angst, dass es nur noch schlimmer wird, wenn ich mehr von meiner Familie erzähle.« Er seufzte. »Suchen wir uns ein Stück Kuchen aus und dann beantworte ich deine Frage. In Ordnung?«

Ganz gegen ihre sonstige Gewohnheit wählte Lina neben der Marzipantorte auch noch einen großen Brownie – sie benötigte dringend Zucker, um ihr aufgewühltes Innenleben zu beruhigen.

»Um zu deiner Frage zurückzukommen«, begann Leo zwischen zwei Bissen, »solche Praktiken sind verboten. Es gibt eine alte Legende, wonach einer der Wagners vor mehr als hundert Jahren beschloss, sich nicht mehr an unsere Regeln zu halten. Er gewann zahlreiche Unterstützer, die er umfassend ausbildete. Man sagt, dass dies die dunkelste Zeit unserer Familie gewesen sei. Jeder, der von dieser Gruppe mit negativen Gefühlen angegriffen wurde, landete im Irrenhaus und starb. Aber es ist nur eine Legende – sie könnte auch erfunden worden sein, um Schüler davor zu warnen, ihre Fähigkeiten missbräuchlich einzusetzen.«

»Wie endet die Geschichte?«, fragte Lina, während sie die Torte in sich hinein schaufelte. Es tat gut, sich auf das Essen zu konzentrieren. Zum ersten Mal konnte sie verstehen, warum so viele Menschen zu Süßigkeiten griffen, wenn ihre Emotionen Achterbahn fuhren.

»Zum Glück positiv, denn eines der Opfer war selbst ein großes Talent und wehrte sich erfolgreich. Mit Hilfe dieser Frau trieb man die Gruppe auseinander und sperrte sie getrennt voneinander ein. Einer der Gefangenen soll sogar auf dem Speicher unserer Wohngemeinschaft gelebt haben, bis er verstarb. Er wurde gut behandelt, durfte jedoch das Haus nie mehr verlassen. Ein einzelnes Gruppenmitglied konnte man mit vereinten Kräften in Schach halten, alle zusammen nicht.« Leo hatte aufgehört zu essen und spielte gedankenverloren mit seinem Kaffeelöffel. »Die Familien, die uns diesen Dienst erwiesen, waren von Leid und Kummer gezeichnet, erzählt man. Über den Häusern, in denen die Männer gefangen gehalten wurden, lagen dunkle Schatten. Jeder, der in der Nähe lebte, wurde beeinträchtigt.«

»Das Opfer, es war eine Frau, sagtest du. Aber vorher hast du erwähnt, dass nur Männer das Talent haben. Wie soll ich das verstehen?«, fragte sie weiter.

»Die Frau entstammte einer anderen Familie«, erklärte Leo. »Während wir Gefühle spüren, konnte sie Emotionen sehen – in den Farben der Aura des Menschen offenbart sich ihnen der gesamte Charakter. Sie blicken über deinen Kopf und sehen in dein Innerstes – so erzählt man es sich zumindest.«

»Aha.« Lina schluckte.

»Es tut mir leid, dass ich dich so aufgewühlt habe. Bei unserem nächsten Treffen sprechen wir über etwas anderes.«

»Alles in Ordnung, ich habe ja danach gefragt«, versicherte sie ihm rasch. »Ich danke dir, dass du es mir erklärt hast. Es hilft mir, dich besser zu verstehen.« In ihr baute sich ein mächtiger Gedanke auf: Diese Frau hatte genau wie sie selbst Gefühle sehen können – vielleicht konnte sie Darko eines Tages in Schach halten? Sie musste auf jeden Fall härter trainieren!

»Das beruhigt mich«, erwiderte er. »Du wirkst jetzt auch nicht mehr nervös, sondern zuversichtlich. Trotzdem möchte ich dich bitten, nicht gerade einen Aushang an der Uni zu machen, okay?«

»Das versteht sich ja wohl von selbst!«, antwortete Lina entrüstet.

»Und was ist mit Angie?«, fragte Leo. »Dank meiner Gabe weiß ich, dass ihr praktisch keine Geheimnisse voreinander habt.«

»Das stimmt«, gab sie zu. »Aber ich kenne keinen Menschen, der zuverlässiger wäre. Noch nie hat sie mich enttäuscht. Sie wird sicher keinen Aushang drucken – und wenn, dann konfisziere ich ihre Tintenpatrone.« Lina versuchte erst gar nicht, ihm weiszumachen, dass sie schweigen würde – Angie war die wichtigste Bezugsperson in ihrem Leben und würde ohnehin nicht lockerlassen, bis sie alles wusste.

»Eine Zeit lang wirktest du sehr mitgenommen, sodass ich bereute, ausgerechnet die schauerlichste all unserer Familiengeschichten mit dir geteilt zu haben.«

»Das ist das Schlimmste, was du zu bieten hast?«, fragte Lina, die das Treffen mit etwas Positivem enden lassen wollte, in neckischem Tonfall. »Dann kann mich in Zukunft ja nichts mehr schocken!«

Siebzehn

»Unsere Gesellschaft vertritt die Auffassung, dass Vernunft und Verstand im Dienste des Menschen stehen. Gefühle und Empathie sind verpönt und werden häufig als Schwäche interpretiert. Heute herrschen männliche Ideale vor, sei es im Film, wo Frauen jetzt als starke Kämpferinnen gefragt sind, oder im Business, wo es als klug gilt, Arbeitnehmer auszubeuten und Geschäftspartner übers Ohr zu hauen.« Angie räusperte sich. »Wie findest du den Text, Linchen?«

Lina saß auf ihrem Bett und hörte ihrer Freundin dabei zu, wie diese aus ihrer Hausarbeit vorlas. »Ich denke, du hast den richtigen Nerv getroffen«, antwortete sie nachdenklich. »Allerdings solltest du eine neutrale Sprache wählen. Die Begriffe ›Ausbeutung‹ und ›übers Ohr hauen‹ sind nicht gerade wissenschaftlich.«

»Stimmt.« Angie markierte die Stelle in ihrem Text. »Ich muss meine Gedanken sorgfältiger formulieren.«

»Das Thema finde ich super«, versicherte Lina. »Nicht nur, weil es mich täglich betrifft …«

»Wenn die Menschen wüssten, wie mächtig Gefühle sind!«, überlegte Angie laut. »Im Grunde muss man nur nachrechnen, wie viel Geld in Marketing und Verkauf fließt: Niemand kauft ein teures Auto nur wegen der Fortbewegung, es geht immer um Gefühle: Macht, sozialer Status und Anerkennung.«

»Sogar Joghurt kann Liebe und Freundschaft spenden, wenn es nach der Werbung geht!«, ergänzte Lina und kicherte.

»Wer auf der Klaviatur der menschlichen Emotionen spielen kann, dem gehört die Welt.«

Die Freundinnen liebten ihr Studium. Selbst die trockenste Theorie setzten sie in Bezug zu ihren täglichen Erlebnissen.

Linas Motivation für die Psychologie entsprang einem tief in ihr verankerten Bedürfnis: Sie wollte verstehen. Warum gab es Kriege, Mobbing, Mord, Machtspiele und Sadismus auf der Welt? Und was bewegte Menschen dazu, einander zu helfen?

Ihre Fähigkeiten im Lesen von Gefühlen verbesserten sich zusehends. Sie nahm jetzt feinere Nuancen wahr, erkannte zarte Muster und konnte mit Hilfe ihres Farbenlexikons immer exaktere Rückschlüsse darauf ziehen, wie es der jeweiligen Person gerade ging.

Und die Freundinnen nutzten die Gabe: Für ihr nächstes Seminar schrieben sie sich bei einem unscheinbar wirkenden Lehrer ein, der Lina nur aufgrund seiner Aura aufgefallen war: Diese strahlte freundlich-gelb, wann immer er die beiden Studentinnen erblickte.

Nevio, der aus Anhänglichkeit dasselbe Seminar gewählt hatte, bestand den Kurs nur mit Mühe: Der Lehrer mochte ihn nicht. Auch Leo erhielt nur die Note ›gut‹, obwohl er viel Zeit und Mühe in seine Arbeit investiert hatte.

Das machte Lina nachdenklich: Offenbar hatte er sein Talent nicht eingesetzt, um seine Zensur zu verbessern. Wenn sie überhaupt einmal bemerkte, dass er zu seinen Fähigkeiten griff, so geschah es immer, um jemandem kurzfristig aus der Patsche zu helfen. Lina hingegen hatte ihr Wissen genutzt, um sich und ihrer Freundin einen Vorteil zu verschaffen. Angie wiederum fand, dass man es so eng nicht sehen müsse, schließlich hatten sie mit ihrer Wahl niemandem geschadet.

Seit Lina von Leo erfahren hatte, dass eine Frau es gleich mit einer ganzen Bande von Darkos aufgenommen hatte, war sie motivierter, die tägliche Meditation auf sich zu nehmen. Trotzdem saß sie nach wie vor ungeduldig herum und wartete auf das Ende der zehn Minuten. Sie stand sich selbst im Weg und das war sehr frustrierend.

»Wir haben keine Milch mehr«, sagte sie, nachdem sie Angies Hausarbeit fertig bearbeitet hatten. »Ich könnte einkaufen gehen.«

»Soll ich dich fahren oder willst du mein Auto nehmen?«

»Du, das bisschen passt prima in meinen Rucksack, und ich möchte mir ein wenig die Beine vertreten.«

»Okay, dann bring aber nur einen Liter Milch mit, ich erledige den Großeinkauf mit dem Auto.«

»Und wir brauchen Kaffee. Bis nachher, ciao!« Lina ging in den Flur und schlüpfte in ihren ältesten, herrlich bequemen Mantel und in die warmen Stiefel. Trotz des nasskalten Wetters sehnte sie sich nach einem Spaziergang. Und so stapfte sie gedankenverloren durch das Wohngebiet zu den Läden auf der gegenüberliegenden Seite der Hauptstraße.

Gerade rollte sie mit ihrem Einkaufswagen durch die automatische Tür, da entdeckte sie im Gang hinter dem Kaffeeregal eine Person, die sie nur zu gut kannte: Andreas!

Sofort spürte sie, wie ihr warm wurde. Was machte er in Trier? In ihrem Einkaufszentrum?

Er war der einzige Mensch, in den sie einmal Hals über Kopf verliebt gewesen war.

Hatte er sie gesehen?

Sein Gesicht zeigte keinerlei Anzeichen dafür, dass er Lina erkannt hatte. Schnurstracks sprintete sie mit dem Wagen den Gang entlang, ohne den Kaffee, den sie eigentlich kaufen wollte, zu beachten. Am anderen Ende des Marktes versteckte sie sich hinter der Getränkepalette und sondierte die Lage: Sie war nicht bereit, ihrer großen Liebe heute zu begegnen, musste aber trotzdem alle Lebensmittel einkaufen, die sie benötigte.

Hatte jemand ihr merkwürdiges Verhalten bemerkt? Lina spürte, wie ihr Mund trocken wurde. Bilder und Gefühle stiegen in ihr hoch. Damals hatte sie Andreas bei einem Schnuppertag der Frankfurter Universität kennengelernt. Sie fanden sofort einen Draht zueinander und Lina schwebte auf Wolke sieben. Immer häufiger trafen sie sich zum Essen oder zu einem gemeinsamen Lauf am Ufer des Mains. Und Lina war fest davon überzeugt gewesen, ihren Seelengefährten gefunden zu haben.

Bei einem Frühstück mit Andreas erwähnte sie nichtsahnend das schwierige Verhältnis zu ihrer Mutter. Sie wusste nicht, ob dies der Grund gewesen war, aber Andreas' Verhalten änderte sich innerhalb weniger Minuten: Zunächst schnitt er eine rohe Knoblauchzehe in Scheiben und legte sie auf sein Brötchen, das er zuvor mit einer Chilipaste bestrichen hatte. Dann platzierte er eine Scheibe Käse oben drauf und begann, die Geruchsbombe zu verzehren.

Welcher Mann aß bei einem Date Knoblauch?

Aber das bittere Ende kam noch: Plötzlich beklagte er Unwohlsein und komplimentierte Lina aus seiner Studentenwohnung. Sie trafen sich noch ein weiteres Mal, aber der Zauber war dahin.

Lina wusste, dass sie Andreas verloren hatte, und das, bevor sie überhaupt ein Paar geworden waren. Zwar hatte sie ihn nach einigen Wochen, in denen sie ständig von Angie getröstet wurde, fast vergessen, doch dass er so unvermittelt vor ihr auftauchte, löste jetzt Panik in ihr aus.

Geduckt stand sie zwischen Hundefutter und Dosenbier und sondierte vorsichtig die Lage: Andreas wartete mittlerweile an der Kasse. In leicht gekrümmter Haltung schlich Lina zurück, um Kaffee und Brötchen zu holen. Erleichtert warf sie die Sachen in den Einkaufswagen. Die Milch stand unglücklicherweise in der Nähe des Ausgangs, aber Andreas hatte seine Waren bereits aufs Band gelegt und würde gleich wegfahren.

Lina schlug einige Haken, um für ihn unsichtbar zu bleiben. Dank seiner lockigen Haare, die ihm fast bis zu den Ohren reichten, war er auch von weitem leicht zu erkennen. Andreas schien von einem geschäftlichen Termin zu kommen, denn er trug einen Anzug und ein Hemd mit Krawatte. Lina hingegen war mit zerzausten Haaren und in ihrem alten Mantel unterwegs. Ja, er war bequem ... aber leider auch fadenscheinig und abgetragen. Es handelte sich nicht gerade um das Kleidungsstück, in dem sie ihre alte Liebe wiedersehen wollte.

Nachdem sie ihre Einkäufe eingepackt hatte, verließ sie erleichtert den Supermarkt – um gleich darauf gewaltig zu erschrecken: Andreas, der offenbar mit der Langsamkeit einer Schildkröte zu Werke ging, war immer noch auf dem Parkplatz und konnte sie jeden Moment entdecken. Schnell hechtete Lina hinter einen Betonpfosten, an dem ein großer Mülleimer befestigt war, bückte sich und kramte in ihrem Rucksack. Dummerweise blockierte sie dabei den Zugang zu den Einkaufswagen und war in Gefahr, durch ihr Verhalten erst recht die Aufmerksamkeit ihres Beinahe-Exfreundes auf sich zu ziehen.

Endlich stieg er in sein Auto! Für Lina waren die wenigen Sekunden eine gefühlte Ewigkeit.

»Du kannst dir das Theater sparen, er hat dich gesehen.«

»Was? Oh! Hallo, Darko.« Sie rappelte sich auf und strich sich eine Haarsträhne aus ihrem Gesicht.

»Faszinierend«, bemerkte Darko mit einem arroganten Lächeln. Er musterte Lina von oben bis unten. »Du magst den neuen Finance-Dozenten offenbar nicht. Oder wie soll ich deine unbeholfene Agentennummer verstehen?«

Darko – warum hatte sie ihn im Supermarkt nicht bemerkt?

»Er küsste nicht besonders gut«, erwiderte sie leichthin.

Lina hatte Andreas nie geküsst, denn das war nach der Knoblauch-Attacke ohnehin nicht mehr in Frage gekommen. Aber das musste Darko ja nicht wissen.

»Dass ein Mann dich so aus der Fassung bringen kann … Meine WG-Kollegen werden sich amüsieren!«

»Wenn du sonst nichts zu erzählen hast, was sie interessiert, nur zu«, antwortete Lina kalt. »Ich wünsche dir noch einen angenehmen Tag.« Und mit diesen Worten drehte sie sich um und ging nach Hause.

Achtzehn

Angie schüttelte verständnislos den Kopf, als Lina ihr Erlebnis schilderte. »Andreas? Das ist doch schon ewig her, eineinhalb Jahre! Ich dachte, du seist darüber hinweg?«

»Das glaubte ich ja auch, aber als er so unvermittelt vor mir stand … Hätte ich nicht an die Milch für unseren nächsten Kaffee gedacht, wäre ich direkt davon gelaufen.«

»Dass Darko mit seinen Fähigkeiten so gar nicht hinter dem Berg hält, das finde ich äußerst merkwürdig.« Angie strich nachdenklich durch ihre langen blonden Haare. »Ich hoffe, du kommst nachher trotzdem mit zur Weihnachtsparty der BWL-Studenten?«

»Klar, es ist ja nicht Darkos Feier. Sonst dürfte ich die Uni ja nie mehr betreten.« Lina versuchte, so viel Überzeugungskraft wie möglich in ihre Stimme zu legen, aber am Ausdruck in Angies Augen konnte sie erkennen, dass ihre Freundin ihr die Bemerkung nicht abkaufte.

Angie war voller Vorfreude auf die rauschende Partynacht, Lina hingegen hatte ein mieses Bauchgefühl und weigerte sich, etwas anderes zu tragen als tagsüber auch – Jeans und Sweatshirt.

»Linchen, auch ohne Lidstrich bist du nicht unsichtbar«, kommentierte Angie das legere Erscheinungsbild ihrer Freundin.

»Ich möchte mich nicht aufbrezeln und im Mittelpunkt stehen. Kannst du das nicht verstehen?«

»Doch, natürlich«, antwortete Angie, die letzte Hand an ihr Make-up legte und ein wenig Rouge auftupfte. Sie trug einen kurzen Rock und darunter eine dicke Strumpfhose, um nicht zu frieren. »Trotzdem hindert mich das nicht daran, es immer wieder zu versuchen.«

Das Foyer der Universität, in dem die Party stattfand, war bereits gut gefüllt. Einige BWL-Studenten hatten sich als Weihnachtsmänner verkleidet, Studentinnen liefen als Engel herum. Auch ein Rentier mischte sich unter das feiernde Volk.

Angie hatte ihre Studienkollegen in dem dichten Gedränge schnell gefunden und zog ihre Freundin mit.

Zwei Minuten später hielt Lina einen Drink in der Hand. »Wie machst du das nur immer?«, wunderte sie sich.

»Ein freundliches Lächeln und gute Beziehungen«, antwortete Angie fröhlich.

»Was würde ich nur ohne dich tun? Verdursten?«

»Zu Hause bei einer Tasse Tee sitzen und lernen – oder eine DVD ansehen.« Gemeinsam kicherten sie über den Kommentar, der nur zu dicht an der Wahrheit lag.

»Amüsiert ihr euch?« Leo war hinter ihnen aufgetaucht.

»Hi«, sagte Lina und spürte, wie ihre Wangen heiß wurden. Warum konnte sie in seiner Gegenwart nie locker bleiben? Alle Wagners schienen sie emotional aufzuwühlen.

Leo begrüßte die beiden mit einer innigen Umarmung. Angie verwickelte ihn schnell in ein Gespräch, wofür Lina ihr sehr dankbar war. So gewann sie ein bisschen Zeit und konnte sich wieder entspannen.

Da Darko zum Organisationskomitee gehörte, wusste Leo vieles zu berichten. Während er erzählte, ließ Lina ihren Blick schweifen. Über der Tanzfläche schwebten mehrere, pinkfarbene Liebesnebel; in einer anderen Ecke amüsierte man sich prächtig, dort sah sie gelbe Nebel mit leuchtenden, feuerwerksartigen Sprenkeln.

Aber dann bemerkte sie eine dunkle Wolke – auf einer Party? Sie stellte sich auf ihre Zehenspitzen und reckte ihren Hals, um einen Blick auf das zugehörige Gesicht zu erhaschen. Natürlich – die Aura gehörte zu Darko.

War dieser Typ ständig wütend und schlecht gelaunt?

»Was machst du für Geräusche?« Leo hatte sich zu ihr gedreht und schaute tief in ihre Augen. Ihr war gar nicht aufgefallen, wie sie beim Anblick von Darkos Aura geschnaubt hatte.

»Äh … nichts«, log sie schnell. Als sie Leos fragenden Gesichtsausdruck bemerkte, ergänzte sie: »Nichts Wichtiges. Darko hat die Getränke organisiert, sagtest du?« Sie nickte zur anderen Seite des Raumes in Richtung der dunklen Wolke. »Er sieht ziemlich sauer aus, oder?«

Leo seufzte. »Er hatte heute viel Stress, weil einer seiner Mitstudenten eine Getränkebestellung vergessen hat. Die Fachschaft musste alle Energien mobilisieren, damit die Party überhaupt steigen konnte.«

»Oh, das tut mir leid«, murmelte Lina, aber insgeheim war sie erleichtert: Es gab einen handfesten Grund für Darkos schlechte Laune. Sie hoffte inständig, dass niemand das ausbaden musste.

»Mach dir um Darko keine Sorgen … bitte!«, flüsterte Leo in ihr Ohr.

»Dein sechster Sinn bringt mich wieder in Verlegenheit«, flüsterte sie verärgert zurück.

»Entschuldige! Ich kann es nicht vollständig ausblenden, weil ich mich sehr für das interessiere, was in dir vorgeht.« Er nahm sie in den Arm und ihre Welt wurde in ein zartes Rosa getaucht. »Komm, lass uns ein paar Minuten an die frische Luft gehen.«

Lina folgte ihm gern, denn sie sehnte sich nach Ruhe – sowohl akustisch als auch emotional. In der Menschenmenge erkannte sie viele Auren, deren Farben sich allmählich gegenseitig beeinflussten. Die gut gelaunten Partygäste steckten einander mit ihrer Fröhlichkeit an.

Draußen konnte Lina sich entspannen und ein Gespräch beginnen. Leo würde die Weihnachtstage bei seiner Familie in München verbringen und bat, sie anrufen zu dürfen. »Damit du über die Feiertage nicht so allein bist«, meinte er lächelnd.

»Ich freue mich sehr auf die Ruhe«, antwortete sie. »Aber natürlich auch auf deine Anrufe«, ergänzte sie schnell.

»Lina? Ich dachte, ich hätte dich gestern im Supermarkt gesehen, war mir aber nicht sicher.«

Andreas war vor ihr aufgetaucht. Aber dieses Mal trug Lina es mit Fassung. »Leo, das ist Andreas, er hat in Frankfurt BWL studiert. Andreas, was machst du in Trier?«

»Ich habe eine Stelle im Bereich Finance angenommen und werde in Teilzeit promovieren.«

»Oh, das freut mich. Aber wie kommst du ausgerechnet hierher?«, fragte Lina. »Immerhin ist Frankfurt das Zentrum der Hochfinanz.« Sie hatte diesen Satz aus seinem Mund mehrfach gehört.

»Ich arbeite an einem Projekt, das die Finanzplätze Luxemburg und Frankfurt einbezieht. Jetzt wohne ich also zwischen zwei wichtigen Zentren, um genau zu sein.«

»Klingt nach einer guten Wahl.« Mit einer besitzergreifenden Geste zog Leo Lina näher an sich heran.

»Ihr seid … zusammen?«, fragte Andreas, dessen Blick unsicher zwischen den beiden hin und her wanderte.

»Ja, das sind wir«, antwortete Leo in einem Ton, der für Zweifel keinen Raum ließ.

Lina war erstaunt, wollte sich aber nichts anmerken lassen, also lehnte sie ihren Kopf sachte an Leos Schulter und schaute Andreas lächelnd an. Dabei empfand sie einen winzigen Funken der Genugtuung, was für ihren freundlichen Charakter bereits ein ausgesprochen bösartiges Gefühl war.

»Dann will ich euch nicht länger stören«, sagte Andreas höflich. Er wirkte etwas geplättet, fasste sich aber schnell. »Wir sehen uns.«

»Willst du es mir erzählen?«, fragte Leo leise, als Andreas zwischen den Partygästen verschwunden war.

»Es ist … Es war nichts«, stammelte sie.

»Für nichts bist du aber ganz schön aufgewühlt«, gab Leo zurück.

Lina seufzte und erzählte von Andreas' Knoblauchnummer. »Es gab ein paar Treffen und zu viele Erwartungen von meiner Seite … unrealistische Erwartungen. Und eine große Menge schlechter Gerüche«, schloss sie ihren Bericht ab.

»Ich kann jetzt nicht sagen, dass es mir leidtut«, antworte Leo und zog sie noch ein bisschen enger an sich heran.

»Klar«, antwortete Lina versonnen. »Aber was du da eben gesagt hast, dass …«

»Dass wir ein Paar sind?« Leo räusperte sich. »Das ist zumindest das, was ich mir wünsche.«

»Und warum …?« Sie wollte ihn fragen, weshalb er so zurückhaltend war, kam jedoch nicht dazu, weil er sich über sie beugte und sie zärtlich küsste.

Endlich!

»Ich wünsche mir das auch«, flüsterte sie zwischen zwei Küssen. Das zarte Rosa vertiefte sich daraufhin zu einem satten Himbeerrot.

»Hey, kann ich dich von deiner Freundin loseisen?«, fragte ein Student. »Nur für einen Moment«, sagte er grinsend mit einem Blick auf Lina.

»Komm, ich begleite dich noch zu Angie«, bot Leo an, nachdem er mit dem Studenten ein paar Worte gewechselt hatte. »Ich bin gleich wieder zurück.«

Im Foyer war es stickig und heiß. Auf Angies Stirn glänzten winzige Schweißperlen, so intensiv hatte sie getanzt. »Du glühst!«, schrie sie ihrer Freundin zu, nachdem Leo gegangen war.

»Hm«, murmelte Lina und erntete einen Knuff in den Oberarm. »Au!«

»Ich wollte nur testen, ob du noch wie ein Erdenwesen auf Schmerz reagierst oder schon engelsgleich auf Wolke sieben schwebst.«

»Das wird ein blauer Fleck!« Lina rieb ihren schmerzenden Arm.

»Ach was, du hast doch schon anderes abgekriegt.«

Angie hatte recht, denn Lina hatte in ihrer Schulzeit drei Jahre lang intensiv Kampfsport betrieben. Das Konfrontieren ihrer sanften Natur mit der Aggression eines Angreifers hatte ihr dabei geholfen, mit ihrer familiären Situation besser zurechtzukommen. Trotzdem war ihr Lehrer regelmäßig daran verzweifelt, dass sich seine Schülerin nur halbherzig verteidigte.

Die restliche Party erlebte Lina in einer glücklichen Trance, die auch Angie mit ihren zweideutigen Bemerkungen nicht stören konnte. Leo war zurückgekehrt und ließ sie den ganzen Abend nicht mehr los. Sie fühlte sich sehr wohl in seinem Arm; lediglich die Blicke ihrer Kommilitonen waren ihr ein wenig unangenehm. Gleich zweimal erkannte sie eine eitergelbe Wolke – Neid! Kein Wunder, denn Leo sah geradezu unverschämt gut aus und war bei Studenten und Dozenten gleichermaßen beliebt.

Als Lina müde wurde, bestand er darauf, sie nach Hause zu bringen.

»Fahrt ihr nur, ich werde noch feiern – lange!«, sagte Angie grinsend. Dann flüsterte sie verschwörerisch: »Schick mir eine Nachricht, falls ich noch ein wenig länger wegbleiben soll, okay? Zur Not kann ich bestimmt auch bei Nevio auf der Couch schlafen.«

»Quatsch«, zischte Lina. »Das wird nicht notwendig sein.«

»Man weiß nie«, antwortete Angie weise, »im Badezimmerschrank, im obersten Fach … falls du welche brauchst, bedien dich bitte.«

Lina rollte ihre grünen Augen genervt in Richtung Decke. Sie plante keineswegs, Angies Vorrat an Kondomen heute noch anzutasten. Aber die Vorstellung, allein Zeit mit Leo zu verbringen, verursachte ein warmes Gefühl in ihrem Bauch.

»Magst du noch auf einen Tee hereinkommen?«, fragte sie ihn, als sein schwarzer BMW vor ihrer Wohnung hielt. Dann ergänzte sie erschrocken: »Nicht so … nur Tee und unterhalten.«

»Tee und Unterhaltung.« Leo nickte, lächelte und stieg gemeinsam mit Lina aus. »Mir gefällt eure Wohnung«, sagte er, nachdem er sich umgesehen hatte.

»Das ist größtenteils Angies Verdienst«, erklärte Lina. »Sie hat wochenlang Kataloge gewälzt, so musste ich nur noch die schönsten Stücke bestellen, auf den Hänger laden und von Bill herbringen lassen.«

»Bill?«, fragte Leo.

»Mein Onkel, er lebt hier in der Stadt. Genau wie meine Oma.«

»Es ist schön, an einem Ort zu studieren, wo man nicht allein ist. Familie ist wichtig«, sagte er. Während Lina den Tee aufgoss, sah Leo sich weiter um. »Du hast ja die halbe Bibliothek ausgeliehen! Kein Wunder, dass du so gut abschneidest.«

»Du solltest mal Angies Zimmer sehen, sie hortet noch mehr Bücher.«

»Ein schöner Schrank … Was bewahrst du darin auf?« Leo strich über die Maserung des Holzes.

»Bücher«, antwortete Lina ausweichend.

»Darf ich ihn öffnen?«, fragte Leo.

Lina erschrak. Der Schrank war zwar verschlossen, aber der Schlüssel steckte im Schloss, denn sie hatte nicht vorgehabt, heute noch Besuch zu empfangen. Während sie den Tee auf dem kleinen Beistelltisch in ihrem Zimmer abstellte, spürte sie Leos prüfenden Blick. »Den zeige ich dir ein andermal«, murmelte sie möglichst beiläufig.

»Geheimnisse?«, fragte Leo.

»Ja«, antwortete Lina knapp. »Zucker?«

»Nein danke. Soso, du hast Geheimnisse vor mir? Dir ist schon klar, dass mich das neugierig macht?«

»Glasklar«, antwortete Lina, während sie ihren Tee süßte und umrührte. »Wäre doch langweilig, wenn ich wie ein offenes Buch vor dir liegen würde. Oder?«

»Stimmt auch wieder«, gab er zu.

Lina drehte sich um und ging zurück in die Küche, um eine Keksdose aus dem Schrank zu holen. Sie erschrak, als Leo von hinten ihre Taille umfasste.

»Ich möchte, dass du weißt, dass du mir vertrauen kannst. Egal, was es ist. Ich habe dir auch vertraut, als ich dir im Café von meiner Familie erzählt habe.«

»Okay.« Lina nickte. Trotzdem lenkte sie das Gespräch schnell auf das Studium – ein unerschöpfliches Thema, dessen Erörterung Stunden dauern konnte.

Als Angie zwei Stunden später nach Hause kam, fand sie das Paar mit der zweiten Tasse Tee auf Linas Bett sitzend.

»Ich habe extra noch nachgesehen!«, rief sie entrüstet und hielt ihr Smartphone hoch.

»Du bist ein Schatz, danke.«

»Magst du dich zu uns setzen?«, fragte Leo.

Misstrauisch beäugte Angie die Lage.

»Jetzt zier dich nicht!« Lina war die Situation peinlich.

»Na gut, aber nur so lange, bis ich euch die Neuigkeiten von der Party erzählt habe.«

Während Lina eine dritte Tasse holte, begann Angie zu erzählen: »Darko war den ganzen Abend mies drauf. Er kochte geradezu vor Wut, denn der Fehler eines Mitorganisators hatte die Fachschaft den letzten Nerv gekostet – und viel Geld. Sie haben ein dickes Minus verbucht, da sie teuer einkaufen mussten. Es kam beinahe zu einer Schlägerei, und Darko drohte dem Studenten, Michael hieß er, dass er dafür büßen müsse! Michael war natürlich fix und fertig. Er hat angeboten, einen Teil der Zusatzkosten in Raten an die Fachschaft zurückzuzahlen.«

»Ich werde mit Darko reden«, versprach Leo. »Er setzt die Menschen zu sehr unter Druck, und dann passieren erst recht Fehler.«

Lina fragte sich, ob Darko bei diesem Michael auch eine Panik ausgelöst hatte.

»Ist der Student, der den Fehler gemacht hat, noch auf der Party?«, fragte Leo.

»Er saß zuletzt in der Ecke des Treppenhauses auf dem Boden und weinte.«

Leo erhob sich. »Ich denke, ich sollte jetzt fahren. Danke für den Tee.«

Lina machte keine Anstalten, ihren Freund zurückzuhalten, sondern hoffte, dass er Michael helfen konnte, falls das geschehen war, was sie vermutete. »Ciao«, murmelte sie. »Und gute Nacht!«

»Schlaf gut«, sagte er und fuhr zärtlich durch ihre Haare.

Aber das war Lina jetzt nicht mehr genug. Daher nahm sie an der Wohnungstür all ihren Mut zusammen und küsste ihn zärtlich zum Abschied.

Neunzehn

Es war Angie, die das Projekt ›Hilfe für die Opfer von Darko‹ in Angriff nahm. Gleich am nächsten Morgen erkundigte sie sich bei den übernächtigten BWL-Studenten nach Michael, der an diesem Tag noch nicht an der Uni erschienen war. Sie bequatschte seine Kommilitonen so lange, bis sie den Link zu seinem Facebook-Account sowie seine Handynummer ergattert hatte. Zunächst chattete sie ihn an und bat darum, ihn anrufen zu dürfen.

Während des anschließenden Telefongespräches stellte sich heraus, dass Michael tatsächlich Leo getroffen hatte, der ihn auf der Treppe gefunden hatte – eine Etage höher, wo er hin geflüchtet war, um den fragenden Blicken seiner Mitstudenten zu entgehen.

»Dieser Darko!«, schimpfte Angie, als sie später in der Mensa saßen. »Michael ist ein sensibler und freundlicher Mensch, der sich seinen Fehler nicht verzeihen kann. Er macht sich auch ohne eine Wagner'sche Panikattacke das Leben zur Hölle.«

»Ich verstehe nicht, dass Darkos Familie ihn einfach gewähren lässt«, grübelte Lina.

»Da vorne kommt dein Schatz«, sagte Angie grinsend, erhob sich und winkte. »Hier!«, rief sie Leo entgegen, der sich mit seinem Mensatablett in der Hand suchend umblickte.

»Komm bloß nicht auf die Idee, ihn wegen Michael auszufragen!«, zischte Lina.

»Okay, okay …« Man konnte Angie ansehen, dass es ihr schwerfallen würde, den Mund zu halten.

Aber Leo griff das Thema von sich aus auf, nachdem er Lina mit einem raschen Kuss begrüßt hatte. »Ich habe Michael gestern im Treppenhaus gefunden und nach Hause gefahren«, eröffnete er das Gespräch.

»Das freut mich!«, antwortete Angie. »Er tat mir so leid, weil er so verzweifelt war … Ist er heute an der Uni?«

»Nein, ich habe ihm geraten, sich mal einen Tag frei zu nehmen. Er wollte für ein verlängertes Wochenende nach Hause fahren, zumindest dachte er drüber nach.«

Es erstaunte Lina, wie strategisch Leo vorging: Er lotste Michael von der Uni weg, bis Darko sich beruhigt hatte. Diese Rechnung würde allerdings nicht aufgehen – Michael plante, morgen wieder die Vorlesung zu besuchen, wie Angie herausgefunden hatte. »Die Veranstaltung hat Anwesenheitspflicht, die lasse ich nicht ausfallen«, hatte er ihr am Telefon erklärt.

»Wir müssen etwas unternehmen!«, beschloss Angie am Nachmittag. »Weißt du, ob Darko auch an dieser Veranstaltung teilnimmt?«

»Finance ist für alle BWL-Studenten Pflicht. Grundlagenfach. Das weiß ich noch aus meiner Zeit mit Andreas.«

»Wir können nicht zulassen, dass Darko erneut auf ihn losgeht, sonst landet Michael mit einer Psychose in der Klinik!«

Lina schüttelte den Kopf. »Leo kann nicht ständig Wache halten, wenn Darko Unsinn treibt.«

Doch Angie war fest entschlossen, Michael zur Seite zu stehen. Also schlenderten die beiden am nächsten Tag in das Gebäude der Betriebswirte. Dort fanden sie heraus, dass besagtes Seminar von Andreas gehalten wurde.

»Nein, ich will nicht!«, flüsterte Lina entsetzt.

»Denk an den armen Michael«, bat Angie inständig. Entschlossen klopfte sie an der Tür des Diplom-Kaufmanns, drückte die Klinke herunter und schubste ihre

Freundin in den Raum.

»Lina! Welche Überraschung, setz dich.« Andreas freute sich offenkundig über den Besuch.

»Das ist meine Freundin und WG-Mitbewohnerin.«

»Was kann ich für euch tun?«, fragte er und lächelte ihnen aufmunternd zu.

»Wir interessieren uns für BWL als Nebenfach und möchten probeweise am Finance-Seminar teilnehmen, falls das in Ordnung ist«, begann Lina vorsichtig.

»Du interessierst dich für mein Fachgebiet?« Andreas hob irritiert seine rechte Augenbraue.

»Ehrlich gesagt habe ich Lina überredet«, warf Angie ein. »Ich will im dritten Semester Betriebswirtschaft dazu nehmen.«

»Ach so! Ich hatte mich auch schon gewundert … Kein Problem, ihr seid natürlich herzlich willkommen«, sagte Andreas. »Möchtet ihr einen Kaffee trinken?«

Insgeheim verfluchte Lina die Selbstlosigkeit ihrer Freundin, denn sie hatte keine Ahnung, was sie unternehmen konnte, falls Darko wirklich eine schwarze Wolke auf Michael losschickte. Am Abend zuvor hatten sie gemeinsam in ihren Büchern nach Hinweisen gesucht und keine brauchbare Lösung gefunden.

»Ich haue ihm eins auf die Nase«, hatte Angie vorgeschlagen.

»Dir ist schon klar, dass wir in einen Krieg ziehen, den wir nicht gewinnen können?«, fragte Lina.

»Manchmal muss man um der Sache willen auch etwas Aussichtsloses riskieren!« Angies Tonfall hatte keinen Widerspruch geduldet.

Wenn sie an die geplante Kamikaze-Aktion dachte, wurde Lina flau im Bauch. Angies Optimismus beruhte ganz klar auf einer Fehleinschätzung der Lage – immerhin konnte sich Darkos Wut auch auf sie entladen! Aber natürlich würde sie ihre Freundin trotzdem begleiten, wenn auch mit einem äußerst miesen Gefühl.

Sie erschienen bereits eine Viertelstunde vor Vorlesungsbeginn und lungerten im Vorraum des BWL-Gebäudes herum, um Michael auf jeden Fall abzupassen.

»Vielleicht kommt er ja später, damit er Darko nicht begegnen muss«, überlegte Angie, als immer mehr Studenten in den Saal strömten, Michael jedoch nicht aufkreuzte.

»Darko!«, flüsterte Lina. »Da, er steht hinter der Gruppe.« Sie hatte ihn sofort erkannt, denn ihre geschärften Sinne konnten mittlerweile an typischen Mustern sofort den Besitzer einer Aura festmachen.

Obwohl sie so taten, als würden sie gemeinsam auf Angies Handy starren, spürte Lina, dass Darkos Blick sie kurz streifte, bevor er im Vorlesungsraum verschwand.

»Ihr seid tatsächlich gekommen!« Andreas war im Begriff, den Raum zu betreten. »Darf ich bitten?« Mit einer galanten Geste bat er sie in den Saal.

Sie blickten einander unsicher an und setzten sich dann in eine leere Reihe im hinteren Teil des Raumes, von wo aus sie einen guten Überblick hatten.

»Guten Tag«, begrüßte Andreas die Studenten, während er zu seinem Pult ging. »Heute werden wir uns mit den Grundlagen der Corporate Governance beschäftigen. Wir haben Gäste, zwei angehende Psychologinnen. Welcome!«

Lina spürte einen eiskalten Schauer, als Darkos erstaunter Blick erneut auf ihr ruhte. Zum Glück klopfte Andreas kräftig auf sein Pult, um die Aufmerksamkeit auf sich zu lenken.

Die Vorlesung begann, aber von Michael weit und breit keine Spur.

»Jetzt ist Darko noch wütender als vorhin!«, flüsterte Lina, während sie so tat, als würde sie sich für jedes Wort interessieren, das Andreas von sich gab.

Weitere Studenten betraten den Raum.

»Wo bleibt er?« In Angies Stimme schwang Enttäuschung mit.

Eine Viertelstunde nach Vorlesungsbeginn war es endlich so weit: In demütig gebückter Haltung schlich Michael sich in den Saal. Er scannte den Raum, sichtete Darko in einer der vorderen Reihen und setzte sich nach hinten in die Nähe des Ausgangs.

Lina bemerkte seine Erleichterung, als Darko, der konzentriert der Vorlesung folgte, keine Reaktion zeigte. Dann lächelte Michael zaghaft, als die Anwesenheitsliste auf seinem Klapptisch landete – er würde heute keine Fehlstunde verbuchen.

Lina beobachtete fasziniert, was geschah, als sich Michaels Aufmerksamkeit nach und nach auf den Vortrag des Dozenten richtete: Seine Angst wich einem ernsthaften Interesse an der Vorlesung. Konzentration war offenbar ein wichtiger Schlüssel zur Kontrolle der eigenen Emotionen. Sie musste ihre morgendliche Meditation endlich etwas ernster nehmen.

Die Vorlesung verlief ereignislos. Darko schrieb eifrig mit und Angie versuchte, wenigstens ansatzweise zu verstehen, worum es ging, um sich nachher nicht vor Andreas zu blamieren. Lina ließ ihre Gedanken schweifen.

Kaum hatte Andreas die Vorlesung beendet, erhob sich Michael und eilte zum Ausgang. Lina beschloss, kein Risiko einzugehen und den Raum ebenfalls frühzeitig zu verlassen. Angie warf verstohlen einen letzten Blick auf ihre Notizen. »Ich bedanke mich bei Andreas«, sagte sie leise und ging nach vorne.

Ein eiskalter Wind streifte Lina. Erschrocken blickte sie sich um und suchte nach der Ursache für ihr Gefühl. Darkos Aura schien einen langen Arm auszubilden, der durch die geöffnete Tür hindurch nach Michael griff. Dieser hatte erst zwei Schritte ins Foyer geschafft, bevor er zu einer zitternden Eissäule erstarrte.

Lina eilte zu ihm und schob ihn energisch in Richtung Ausgang. »Los! Gehen!«, befahl sie streng.

Träge setzte sich Michael in Bewegung – viel zu langsam, denn Darko hatte das Foyer bereits erreicht. Energischer schieben konnte Lina nicht mehr, denn sonst würde Michael nach vorne umkippen.

Sie wurde stinksauer. Wie konnte Darko es wagen, seine Mitmenschen so zu drangsalieren!

Die Wut bildete in ihrem Brustraum eine gleißende Hitze aus, die Darkos Kälte trotzte. Eine intensive Wärme glühte oberhalb ihres Bauchnabels und breitete sich von dort bis in die Fingerspitzen aus.

Michael schlotterte inzwischen wie Espenlaub und weigerte sich, auch nur einen einzigen weiteren Schritt zu machen. »Ich kann nicht …«, stotterte er.

Lina war so wütend wie nie zuvor in ihrem Leben. Sie spürte die pulsierende Hitze ihrer Hände auf Michaels klammem Rücken. Plötzlich sah sie die Welt durch einen dunkelroten Schleier.

Wut.

Unendliche Wut.

»Wie kannst du nur!«, schrie sie, während sie sich zu Darko umdrehte und ihn mit funkelnden Augen zwang, einen Schritt zurückzuweichen.

Trotz der Überraschung beendete er seine Attacke nicht. »Verdient ist verdient!«, gab er in einem gefährlich klingenden Tonfall zurück.

Michaels Knie begannen heftig zu wackeln. Kurz bevor seine Beine unter ihm nachgaben, griffen ihm zwei hilfsbereite Studenten unter die Arme.

Für Lina war die Zeit stehengeblieben. Das Adrenalin, das durch ihre Adern jagte, schärfte ihren Blick für die Situation. Sie sah sich im Geiste in der Kampfsport-Klasse stehen, während der Ausbilder eine Technik vorführte.

Blitzschnell traf sie ihre Entscheidung und trat Darko kräftig vors Schienbein. Seine Überraschung nutzend, schob sie sich routiniert an seinem Körper vorbei, griff ihm mit der Hand ins Gesicht und drückte seinen Körper über ihr eigenes Bein. Darko verlor das Gleichgewicht und fand sich Millisekunden später auf dem Boden wieder.

Geschickt beförderte Lina ihn auf die Seite und kniete sich mit ihrem gesamten Körpergewicht auf Schulter und Rippen, um ihn zu fixieren.

Der ganze Raum war in feuerrotes Licht getaucht, sie sah im wahrsten Sinne des Wortes rot. »Du wirst Michael in Ruhe lassen!«, schrie sie Darko aus Leibeskräften an. »Und Nevio auch! Und alle anderen! Sonst werde ich …« Sie drohte mit ihrer krampfhaft geballten Faust.

»Carolina Bell!« Die Stimme gehörte Andreas, der den Vorlesungssaal inzwischen zusammen mit Angie verlassen hatte.

»Und bevor ich es vergesse«, schnaubte Lina. »Du wirst sofort dafür sorgen, dass seine Panik verschwindet, sonst verarbeite ich dich an Ort und Stelle zu Hackfleisch!« Dabei drückte sie ihr Knie noch stärker in Darkos Rippen, was ihm ein schmerzhaftes Stöhnen entlockte.

»Komm da runter!« Andreas war neben sie getreten und umfasste ihre Taille, um sie von dem mittlerweile kreidebleich gewordenen Darko herunter zu ziehen.

»Du wirst SOFORT dafür sorgen, dass die Panik verschwindet!«, bekräftigte Lina ihre Forderung, bevor sie von ihrem Gegner abließ.

Michaels Zustand verbesserte sich augenblicklich.

»In mein Büro!«, sagte Andreas bestimmend und schob Lina die Treppe hinauf. Angie folgte den beiden.

Während sie nach oben ging, beobachtete Lina, wie die BWL-Studenten Darko wieder auf die Füße halfen. Ihre feuerrote Wut war verraucht, zurück blieb die Genugtuung, Darko in seine Schranken verwiesen zu haben.

»Wirst du es mir erklären?«, fragte Andreas mit eiskalter Stimme, als sie gemeinsam sein Büro betraten.

»Ich mache das!« Angie räusperte sich und schilderte, wie Darko seinen Kommilitonen auf der Party gemobbt hatte und dass er heute wieder auf Michael losgegangen war, der deshalb einen Panikanfall bekam. Und dass Lina das Mobbing verhindern wollte.

»Außer einem blauen Fleck am Schienbein wird er keine Verletzung davontragen«, ergänzte Lina die Erklärungen ihrer Freundin. »Leider«, murmelte sie, was ihr einen bitterbösen Blick des BWL-Dozenten einbrachte.

»WingTsun … Meine Güte, mir war nie klar, was genau du da in Frankfurt trainiert hast!« Trotz seiner Fassungslosigkeit schwang auch ein wenig Bewunderung in seiner Stimme mit.

»Mir auch nicht«, antwortete Lina, »aber als ich sah, wie Michael zusammenbrach, da musste ich einfach einschreiten.«

»Ich hoffe nur, dass Darko keine Anzeige erstattet«, überlegte Andreas laut. »Immerhin hat er seinen Kommilitonen nicht körperlich angegriffen, wenn ich das richtig verstanden habe.«

»Er soll es wagen!«, empörte sich Angie. »Dann werde ich ihn auch anzeigen! Wegen Mobbing!«

Lina kommentierte die Situation nicht, obwohl ihr klar war, dass eine Anzeige wegen Psychoterror keinerlei Aussicht auf Erfolg hatte. Was immer jetzt geschehen würde – mit den Konsequenzen musste sie leben.

Zu Hause schilderte sie ihrer Freundin die Szene noch einmal aus ihrer Perspektive: »Meine Wut bildete einen kräftigroten Nebel, der wie ein Schutzschild gegen Darko wirkte …«

»Dann hast du ja heute echt was gelernt!«, sagte Angie bewundernd. »Emotions-Ninja – er kann dich nie mehr fertigmachen!«

»Dummerweise weiß er jetzt sicher auch, warum!«, gab Lina zu bedenken. »Ich bin möglicherweise als Nachkomme der Mahlers enttarnt worden.«

»Das muss nicht sein. Du heißt Bell, deine Tante heißt Morgan. Nur deine Oma könnte mit ihrem Nachnamen deine Herkunft verraten.« Angie lächelte ihr aufmunternd zu.

»Deinen Optimismus möchte ich haben!«

»Du warst einfach spitzenmäßig! Dieses Talent fördert eine neue Lina ans Tageslicht«, sagte Angie bewundernd.

Lina schüttelte den Kopf. »Quatsch mit Soße! Im Kampfsport hat mein Trainer immer gesagt, dass Frauen dann die brutalsten Kämpferinnen sind, sobald sie sich für andere einsetzen. Eine Mutter kann für ihr Kind Kräfte mobilisieren, die sie für sich selbst nie aufbringen würde.«

»Ich habe ganz schön Respekt vor dir bekommen«, gab Angie zu.

»Ich hatte Angst – aber vor mir selbst!«

»Danke, Linchen, dass du dich für Michael eingesetzt hast!« Angie nahm ihre Freundin in den Arm und drückte sie fest.

»Es war mir eine Freude«, erwiderte Lina trocken. Die Wut, die sie verspürt hatte, war zwar verebbt, ließ aber erstaunlich viel Selbstbewusstsein in ihrem Inneren zurück. Hatte ihre neu entdeckte Fähigkeit sie am Ende wirklich verändert?

Am nächsten Morgen hatte das Gerücht um die Auseinandersetzung natürlich längst die Runde gemacht – von der BWL bis in die Psychologie. Lina erntete zahlreiche verwunderte Blicke. Was Leo wohl zu ihrer Kampfeinlage sagen würde?

Ihre Kommilitonen waren größtenteils auf ihrer Seite. Darko war nicht beliebt, da er seine Fähigkeiten unterschwellig oft zum Einsatz brachte. Als empathisch normal begabte Menschen spürten sie genug, um sich eine Meinung zu bilden.

Leo blieb der ersten Vorlesung fern, aber er schickte Lina eine Nachricht: »Darko hat es mir erzählt. Habe mir Sorgen um dich gemacht. Geht es dir gut?«

Lina antwortete: »Alles in Ordnung. Er sollte außer einem blauen Fleck nichts abgekriegt haben.«

Eine Minute später vibrierte ihr Handy erneut. »Essen wir zusammen? In der Stadt? Ich hole dich nach der Vorlesung ab, wenn du magst.«

Lina sagte natürlich zu, hatte aber Angst vor dem Treffen.

Angie beruhigte sie. »Mach dir keine Sorgen, er kennt seinen Cousin und wird es verstehen. Und er liebt dich. Alles wird gut!« Angie sah die Angelegenheit mal wieder aus ihrer optimistischen Perspektive.

Lina hingegen fürchtete, Leo zu verlieren. Nicht zum ersten Mal wünschte sie sich, die Gabe nicht zu besitzen.

Zwanzig

Lina wartete an der Bushaltestelle auf ihren Freund und grübelte. Was Darko ihm wohl erzählt hatte? Ob er sie noch gern hatte? Als sein schwarzer BMW vor ihr anhielt, stieg sie mit einem nervösen Flattern in der Magengegend ein.

Leo prüfte im Rückspiegel den Verkehr. Als er sah, dass gerade kein Bus in Sichtweite war, zog er die Handbremse an, beugte sich zu Lina herüber und umarmte sie fest. »Ich habe mir solche Sorgen gemacht!«, flüsterte er und küsste sie innig.

Hinter ihnen hupte es – ein Bus. Rasch manövrierte Leo das Auto wieder auf die Straße. »Ich dachte, wir essen heute mal in der Trattoria Rossini? Die machen leckere Pasta.«

»Ich weiß«, murmelte Lina.

»Das klingt nicht sehr begeistert. Magst du das Restaurant nicht?«

»Doch, das Essen war super.«

»Und?«

Lina seufzte. »Ich war mal mit Nevio dort. Und als ich bemerkte, dass er … nun ja … Interesse an mir bekundete, bin ich geflüchtet.«

»Du bist vor Nevio davongelaufen?«, fragte Leo ungläubig. »Aber mir haust du heute nicht ab, oder?«

»Nein, das ist doch etwas ganz anderes.«

»Inwiefern?« Leo dachte nicht daran, das Thema zu wechseln.

»Nun … Nevio ließ mich indirekt wissen, dass er mich …

ich denke, er hatte sich in mich verknallt. Ist schon ein paar Wochen her … Und da ich seine Gefühle nicht erwiderte, habe ich lieber die Flucht ergriffen.«

»Ich hätte ihm mehr Feingefühl zugetraut«, sagte Leo und runzelte die Stirn.

»Daran lag es nicht. Nevio war sehr nett, aber ich wollte nicht, dass mehr draus wird.«

»Ach so. Dann bist du auch empathisch?«

»Er wollte meine Hand halten!« Lina schnaubte. Aber dann besann sie sich. »Naja, vielleicht habe ich sein Verhalten falsch interpretiert.«

»Das wiederum glaube ich nicht«, erwiderte Leo. »Er mochte dich sehr gern und war definitiv auf dem Weg, sich zu verlieben.«

»Wie wäre es mit Sushi in der Treviris-Passage?«, fragte sie, um das Thema zu wechseln und nicht zum Italiener zu müssen. Wer wusste schon, was das Personal des kleinen Restaurants von ihr denken würde!

»Gern.« Leo lenkte seinen Wagen in Richtung Nordallee.

Das Sushi-Restaurant war gut besucht, aber die beiden fanden noch zwei freie Plätze an der Theke. Sie bestellten grünen Tee und trafen dann ihre Auswahl unter den Tellern, die auf einem Fließband an ihnen vorbeifuhren.

»Willst du mir erzählen, was passiert ist? Nach dieser BWL-Veranstaltung?«, fragte Leo beim Essen.

Lina verschluckte sich beinahe an ihrem Sushi. »Äh, ja …«, sagte sie zwischen zwei Hustern. Um Zeit zu gewinnen, nippte sie an ihrem grünen Tee.

»Es muss ja schlimm gewesen sein, wenn du deshalb dein Essen in den falschen Hals bekommst«, sagte Leo trocken.

Sie räusperte sich und holte tief Luft. »Wir besuchten die Finance-Vorlesung, um Michael, der wegen der Anwesenheitspflicht unbedingt erscheinen wollte, vor Darkos Wutausbruch zu schützen.«

Leo entwich ein heiseres Lachen, das fast wie ein Bellen klang. »Ausgerechnet du, die Darko mehr fürchtet als der Teufel das Weihwasser? Und dann hast du ihn vors Schienbein getreten und ihn zu Boden gerissen? Er fühlte sich bis auf die Knochen blamiert und hat geschäumt vor Wut.«

»Ich habe drei Jahre lang WingTsun trainiert. Das war noch in Frankfurt … und ich war überzeugt, ihn ablenken zu müssen, damit er aufhört«, erklärte Lina kleinlaut.

»Das ist dir gelungen. Darko war definitiv beeindruckt, auch wenn er es anders ausgedrückt hat.«

»Was hat er gesagt?«

»Dass er dich vernichten will«, sagte Leo ruhig. »Aber keine Sorge, er kriegt sich schon wieder ein. Wer austeilt, muss auch einstecken, habe ich ihm gesagt.« Dann bedachte er Lina mit diesem intensiven Blick, der immer ihre Knie weich werden ließ. »Außerdem weiß er, dass ich das niemals zulassen würde.«

»Warum quält er seine Mitmenschen?«, fragte sie verzweifelt. »Die Gefühle, die er auslöst, das ist doch Folter!« Sie wurde vor Aufregung so laut, dass die Gäste, die auf der anderen Seite der Theke saßen, erstaunt aufblickten.

»Eine gute Frage. Mein Cousin liebt Macht. Sein Ausbilder sagt ihm ständig, dass er endlich lernen muss, seine Emotionen zu zügeln.«

»Und warum tut er es nicht?«, fragte Lina geradeheraus.

»Weil er aus dem Ausüben von Dominanz über sein Umfeld eine gewisse Befriedigung zieht. Er stellt seine persönlichen Bedürfnisse vor die der anderen.«

»Was für ein mieser Charakter!«

»Es gibt viele Menschen, die wie Darko denken. Die meisten üben ihre Ambitionen eher dezent aus. Nur wenige werden zum Mörder, und das meistens dann, wenn sie tief gekränkt wurden. Aber ich will dem Studium nicht vorgreifen.«

»Mit Verrückten und Psychopathen werden wir uns noch oft genug beschäftigen«, gab Lina seufzend zu.

»Gestern, vor dem Seminarraum … Du hast sonst nichts gemacht, außer Darko zu Boden zu bringen?«, fragte Leo, während er einen weiteren Sushi-Teller vom Band nahm. »Hier, probier mal die California Rolls, die sind lecker.«

»Ich war wütend«, antwortete Lina. »So wütend, dass ich sonst kein Gefühl mehr gespürt habe. Ich war die Wut, wenn du es so möchtest.«

»Das erklärt dein Verhalten, denn du hast sowohl Darko als auch sämtliche Zeugen des Vorfalls nachhaltig beeindruckt.«

»Das wollte ich nicht«, sagte sie betroffen.

»Ich weiß, du wolltest Michael helfen. Noch einen Algensalat?« Leo wechselte nahtlos das Thema und erzählte lustige Anekdoten aus seiner Münchner Jugendzeit.

Hatte er sie beeinflusst? Erstaunt bemerkte sie, dass sie über seine Geschichten herzlich lachen konnte. Die Angst hatte sich in Luft aufgelöst. Viel zu schnell war die Mittagspause vorbei.

Am Abend versuchte Lina herauszufinden, was genau passiert war, während sie Darko in die Schranken verwiesen hatte. In dem Buch ›Psychologie der Emotionen‹ fand sie einen Hinweis: Gefühle beinhalteten unterschiedlich viel Energie. Liebe war stärker als Freude und Wut war stärker als Angst.

Gegen zehn Uhr abends, als sie gerade die Bücher zugeklappt hatte und mit Angie einen Kakao trinken wollte, vibrierte ihr Handy.

Leo hatte ihr eine Nachricht geschickt: »Bin aus persönlichen Gründen für zwei Tage in München bei meiner Familie. Werde viel zu tun haben. Melde mich, sobald ich kann. Ich liebe dich!«

Lina wusste nicht, was sie mehr erstaunte: Die Liebeserklärung, die sie soeben per SMS erreicht hatte, oder die

Tatsache, dass Leo zuvor mit keinem Wort erwähnt hatte, nach München zu fahren. »Warum musste er nur weg?«, fragte sie Angie, die den Kakao in zwei Tassen goss.

»Vielleicht ist jemand krank geworden? Es kann alles Mögliche sein. In jedem Fall solltest du ihm antworten, dass du ihn auch liebst und dich auf seine Rückkehr freust.«

»Willst du diktieren?«, fragte Lina, musste aber dabei grinsen.

»Nein«, lachte Angie, »das überlasse ich der verliebten Studentin.«

Die folgenden beiden Tage erschienen Lina trostlos und leer. Wann immer sie etwas erlebte, und sei es nur eine witzige Szene im Seminar – Leo fehlte.

»Ich vermisse dich«, schrieb sie nach München.

»Ich bin bald wieder bei dir, Liebes«, war die Antwort, die etwa zehn Sekunden später eintraf.

Liebes … Er hatte sie Liebes genannt! Und welchen Kosenamen würde sie verwenden? Lina beschloss, diese Frage zu vertagen. Die Zeit ohne ihn wurde ihr lang und länger – Carolina Bell war verliebt und Angie wurde nicht müde, ihr das ständig aufs Brot zu schmieren.

Endlich kam die erlösende Nachricht: »Ich lande in zwei Stunden in Luxemburg und bin in drei Stunden in Trier – darf ich dich besuchen? Gruß und Kuss!«

»Super! Ich werde dann der Unibibliothek einen Besuch abstatten«, schlug Angie vor. »Und danach … Kino wäre super. Ich rufe Nevio an oder Margareta.«

»Was für ein Quatsch, es ist nicht notwendig, dass du die Wohnung verlässt. Wir werden nur reden.«

»Reden nennt man das?«, fragte Angie neckisch. »Trotzdem möchte ich dir eine sturmfreie Bude gönnen – betrachte es als Geschenk deiner besten Freundin.«

Und so empfing Lina ihren Freund drei Stunden später allein. Leo wirkte ernster als sonst, als er sie begrüßte.

»Wie war München?«, fragte sie. »Du wirkst beunruhigt.« Obwohl sie keine Aura sah, spürte sie unterschwellig eine Mischung aus Sorge und Aufregung.

»München war anstrengend. Es gab eine Familienkonferenz und ich musste bei den Vorbereitungen helfen.«

»Worum ging es, falls ich fragen darf?«

Leo umfasste Lina an der Taille und sah sie ernst an. »Um dich.«

»Wie, was? Wegen der Sache mit Darko?« Unvermittelt schoss Adrenalin durch ihre Adern.

»Mit einem Tritt vors Schienbein würde sich der Familienrat nicht beschäftigen. Aber Darko hat behauptet, dass du weitere Fähigkeiten gezeigt hättest. Und dem mussten wir nachgehen.«

»Willst du einen Tee?« Lina wand sich aus der Umarmung, ging in die Küche und setzte Wasser auf. Ihre Hände zitterten.

Leo stand im Türrahmen und sah ihr zu. »Willst du es mir nicht erzählen?«, fragte er sanft.

»Was erzählen?« Lina griff ins Teeregal und eine Dose fiel scheppernd zu Boden.

»Hast du gar kein Vertrauen zu mir?«

»Nicht zu deiner Familie«, antwortete sie mit trocken klingender Stimme und hob die Dose auf. Zum Glück war der Deckel zugeblieben.

»Aber mir … mir vertraust du doch?« Leo klang verzweifelt. »Ich habe dir erzählt, wer ich bin und was ich kann, ich vertraue dir auch!«

Lina öffnete den Schrank und griff nach den Teetassen, die sie vorsichtig auf die Anrichte stellte. Einen weiteren Unfall wollte sie unbedingt verhindern.

»Ich mache das.« Er schob sie sachte zur Seite und füllte die trockenen Teeblätter in das Sieb. Schweigend goss er den Tee auf.

Als sie gemeinsam am Küchentisch saßen, hatte Lina eine Entscheidung getroffen. »Komm mit!«, sagte sie, ging in ihr Zimmer und schloss den weißen Massivholzschrank auf. »Hier, das ist alles, was ich weiß. Ich habe die Bücher zusammen mit Angie vom Dachboden meiner Großmutter stibitzt, nachdem ich herausgefunden habe, dass Tante Mel offenbar auch Farben sehen konnte.«

Leo nahm sie in den Arm. »Danke«, sagte er schlicht.

»Es hat vor kurzem angefangen, genau genommen bei der Uni-Party … und dann sah ich immer häufiger Farben. Nevio hatte immer gelb und in der Trattoria wurde daraus plötzlich rosa.«

»Du bist eine Mahler, natürlich siehst du Auren! Genau das hatte Darko vermutet, deshalb hat er seinen Vater angerufen und der hat mit meinem Großvater diskutiert.«

»Das verstehe ich nicht.«

»Mein Großvater hat eine Familienkonferenz einberufen. Nachdem Darko ihm deinen vollen Namen genannt hat, wusste er sofort, dass du ein Nachfahre der Mahlers bist.«

»Wegen mir beruft ihr eine Konferenz ein?« Lina dachte an die Warnung im ersten Buch der Farben: Verberge deine Fähigkeiten insbesondere vor den Mitgliedern des Wagner-Clans!

»Die Mahlers waren in der Vergangenheit sehr mächtig, wobei mein Großvater uns im Unterricht immer nur erzählte, dass dieser Clan so gut wie ausgestorben ist. Die meisten Empathinnen haben sich mit der normalen Bevölkerung gemischt, statt untereinander zu heiraten. Die Legende, die ich dir neulich im Café erzählt hatte, handelte von einer Mahler.«

»Ihr heiratet untereinander?«, fragte Lina schockiert.

»Zwischen den Wagners gibt es einen starken Zusammenhalt, man kennt sich gut und daher kommt das recht häufig vor. Aber nicht jeder tut es«, ergänzte Leo, als er Linas Entsetzen bemerkte.

»Ah.«

Schweigen.

»Lina?«, fragte er unsicher.

»Ich fasse das alles nicht! Da sehe ich plötzlich bunte Nebel, dann erfahre ich, dass es Menschen gibt, die Emotionen manipulieren können und plötzlich befinde ich mich auf der Anklagebank deiner Familie wieder, weil ich eure Aufgabe übernommen habe: Darko daran zu hindern, dass er die Welt tyrannisiert.«

»Ich habe meinem Großvater die Situation genau geschildert, Darko wird seine gerechte Strafe erhalten. Aber warum hat niemand dir deine Familiengeschichte näher gebracht?« Leo sah sie fassungslos an.

»Keine Ahnung – sie wollten alle nur verhindern, dass ich in Trier studiere.«

Er warf einen Blick auf die Bücher, die sie ihm gezeigt hatte. »Geschichte, Lexikon der Farben und Formen, Übungsbuch, Familienkunde, Psychologie der Emotionen, Leitfaden für die Meisterin … ah, hier … das erste Buch der Farben, davon habe ich im Unterricht gehört.« Dann sah er Lina an. »Du hast nur das erste Buch? Das ist für Vierzehnjährige! An Schüler deines Alters verleiht man den dritten Band. Falls sie diese veralteten Unterrichtsmaterialien heute überhaupt noch verwenden, so genau weiß ich das nicht.«

»Verleihen? Ich habe es geklaut!«, schnaubte Lina frustriert.

»Das hier hast du wohl noch nicht gelesen? Solltest du tun.« Leo hielt das Buch mit dem Titel ›Familienkunde‹ in der Hand.

»Ich habe bisher hauptsächlich die Aurafarben studiert.« Lina hatte das Gefühl, sich rechtfertigen zu müssen.

»Dann wird es höchste Zeit, dass dir jemand deine Abstammung näher bringt, Carolina Bell.«

Lina seufzte. »Granny ist total verschlossen. Seit ich hartnäckig nach Tante Mel gefragt habe, mauert sie. Und meine Mutter käme nicht mal im Traum auf die Idee, mir irgendetwas zu erzählen.«

Leo ging zurück in die Küche und brachte den Tee in Linas Zimmer. »Komm, setz dich zu mir, ich werde dir die Geschichte der Mahlers erzählen und wie sie mit meiner Familienchronik zusammenhängt.«

Er nahm sie in den Arm und begann: »Schon immer gab es Menschen, die empathisch waren, einige mehr und andere weniger. Wer die Gefühle seiner Mitmenschen lesen kann, ist häufig im Vorteil. Es bildeten sich zwei genetische Anomalien heraus, die große Empathie mit sich brachten. Eine der Gaben zeigte sich vorwiegend bei den Männern, auf der anderen Linie lag das Talent bei den Frauen. Sicher weißt du, dass Frauen von Natur aus einfühlsamer sind. Deren Fähigkeiten übertreffen häufig die der Männer.«

Lina sah Leo erstaunt an. »Du meinst, dass ich stärker bin als Darko?«, fragte sie.

»Das ist anzunehmen, muss aber nicht zwingend der Fall sein. Wir achten nämlich sehr auf eine gute Ausbildung und trainieren viel.« Er lächelte. »Die männliche Linie, das ist mein Clan, die Wagners. Die Gabe ermöglicht es uns, Gefühle wahrzunehmen und zu beeinflussen. Du gehörst zur Familie der Mahlers. Deine Großmutter, Carolina Mahler, ist eine der Frauen, die die Fähigkeit zur Empathie nur in geringer Ausprägung zeigte … sie wurde verschont.«

»Verschont? Was willst du damit sagen?«

»Dieser Teil der Geschichte ist schmerzlich für mich. Meine Familie ist machthungrig, du kennst ja Darko. Es gefiel ihnen nicht, dass einige der Mahler'schen Frauen stärker waren, zumal sie die Pläne der Wagners häufig vereitelten. Die meisten Mahlers verfügen über einen hohen Grad der Selbstlosigkeit und können Ungerechtigkeiten nicht tatenlos mit ansehen. Also hat meine Familie über viele Jahrzehnte alles dafür getan, die talentierten Frauen unter den Mahlers zu vernichten.«

»Was?«, rief Lina. Sie hatte das Gefühl, einen elektrischen Schlag zu bekommen. »Tante Mel …«, flüsterte sie ergriffen.

Leo seufzte. »Melanie Morgan, Tochter von Carolina Mahler, wie ich am Wochenende erfahren habe. Im Gegensatz zu deiner Mutter Ilse, die so unempathisch wie ein Stock ist, war Melanie Morgan eines der größten Talente, das die Mahlers je hervorgebracht haben. Jetzt, nachdem ich es weiß, frage ich mich, warum ich nicht früher darauf gekommen bin; immerhin hätte ich deine Tante Mel, wie du sie immer genannt hast, an den Symptomen ihrer Erkrankung erkennen können.«

»Was habt ihr mit ihr gemacht?«, fragte Lina erschrocken.

»Zehn unserer stärksten Männer haben sie bezwungen. Sie haben in etwa das getan, was Darko mit Nevio gemacht hat. Früher sind die Mahlers, die man derart misshandelte, nach wenigen Wochen gestorben.«

»Kann man sie heilen? Wo du doch Nevio …«

»Das ist aussichtslos.«

»Und was bedeutet es für dich, dass ich mit ihr verwandt bin?«, fragte Lina entsetzt. »Bin ich die Nächste?«

»Liebes, auch wenn dieses Wochenende einige Überraschungen mit sich gebracht hat, so bedeuten weder dein Name noch dein Talent, dass ich dich einen Deut weniger liebe als vor drei Tagen! Deshalb war ich ja in München. Die Familie hat deinen Fall untersucht und ich wollte natürlich herausfinden, was sie vorhaben.«

»Was?« Lina sprang entsetzt auf. »Ich muss weg von hier … auswandern …«

»Meine Familie ist sehr einflussreich, sie würden dich finden. Außerdem ist das Quatsch.«

»Was seid ihr nur für Barbaren!« Lina schrie.

»Lina, ich liebe dich! Ich werde nicht zulassen, dass sie dir etwas tun. Und das wird auch nicht passieren, denn mein

Großvater hat Darko in die Schranken gewiesen. Er muss sich in Zukunft von dir fernhalten.« Leos Stimme klang verzweifelt.

»Und wie willst du das verhindern?«

»Ich bin beauftragt, deine Fähigkeiten zu beobachten. Ich werde ihnen Beweise liefern, dass du die Gabe der Mahlers nur in geringem Umfang besitzt, wie deine Großmutter auch. Dann kannst du ein normales Leben führen, ohne jemals wieder einen Wagner zu Gesicht zu bekommen.«

Bei aller Angst und Sorge fragte Lina sich, ob sie das wollte.

»Nein, ich werde dich nicht verlassen, Liebes.« Leo schien ihre Gedanken zu erraten. »Es sei denn, du würdest mich darum bitten.« Sein Ton war leiser geworden.

»Bleib bei mir!«, bat Lina. Sie drehte sich zu ihm und nahm ihn fest in den Arm.

»Ich lasse dich nicht im Stich«, flüsterte er in ihr Ohr. »Und ich werde dich unterrichten.«

»Ein Wagner kann einer Mahler das Sehen beibringen?«, fragte Lina zweifelnd.

»Wir müssen es versuchen, so verschieden sind wir nicht.«

»Okay«, antwortete sie. »Ich mache alles, was mir hilft, Darko unter Kontrolle zu halten.«

»Das wirst du in Zukunft unterlassen, um deiner Sicherheit willen. Darko darf nicht wissen, was du kannst.« Leo löste sich aus der Umarmung und blickte ihr direkt in die Augen – nicht so, dass die Schmetterlinge im Bauch zu tanzen begannen, sondern, wie ein Lehrer seine Schülerin ansah.

»Und wenn er weitere Menschen quält?«, erwiderte Lina besorgt.

»Dann musst du zusehen und es ertragen.« Seine Stimme war hart geworden.

»Das kann ich nicht!«

»Ich bringe dir bei, wie du die Opfer von ihrer Angst befreist, sobald Darko von ihnen abgelassen hat.«

»Das ist nicht dasselbe! Ich habe bei Nevio bemerkt, wie sehr die Erfahrung ihn verändert hat. Seine Aura hat sich immer noch nicht vollständig erholt.«

»Das ist aber das Beste, was ich dir bieten kann, Liebes. Wenn du im Wachkoma liegst, wirst du nie mehr irgendjemandem helfen.«

Lina seufzte. »Wäre ich doch nie nach Trier gekommen!«

»Ich bereue nicht, dass du hier bist, trotz der Umstände. Ich wäre um so vieles ärmer, wenn ich dich nicht kennengelernt hätte.« Leo zog sie wieder fest in seine Arme. »Morgen fangen wir mit deinem Training an. Ich komme eine Stunde vor Vorlesungsbeginn her und zeige dir, wie man richtig meditiert.«

Einundzwanzig

Am folgenden Tag begann Leo damit, ein Trainingsprogramm für Lina auszuarbeiten. »Wir fangen mit Meditation an«, sagte er. »Nach Weihnachten werde ich dir dann Übungen zur Steigerung der Konzentration beibringen.«

Jeden Morgen vor der Uni kam er vorbei, verschwand mit Lina in ihrem Zimmer und meditierte mit ihr – eine halbe Stunde lang!

In seiner Gegenwart wagte Lina es nicht, nervös mit den Zehen zu wackeln, obwohl die innere Unruhe nicht verschwunden war. Sie hasste es, still herumzusitzen, während sie lieber mit Leo Kaffee getrunken und geplaudert hätte – aber er war unerbittlich.

Am Sonntagmorgen musste sie eine geschlagene Stunde lang sitzen. Danach war sie den halben Tag lang nervös und ungeduldig.

Was machte sie nur falsch?

»Mit ausreichend Praxis wird es leichter«, pflegte Leo zu sagen.

»Seine Sturheit geht mir echt auf den Keks«, vertraute Lina ihrer Freundin an, nachdem er sich von ihr verabschiedet hatte.

»Das ist merkwürdig«, gab Angie zu. »Er hat deinen inneren Widerstand sicher bemerkt, trotzdem musste es gleich eine ganze Stunde sein. Warum? Zehn Minuten hätten doch am Anfang ausgereicht. Vielleicht zweimal am Tag.«

»Das finde ich auch.« Lina seufzte. »Vielleicht ist er dieser

Ganz-oder-gar-nicht-Typ? Jemand, der sich zu einhundert Prozent in etwas hineinstürzt oder es komplett sein lässt?«

»Könnte sein, immerhin ist er in der Uni auch sehr fleißig.«

»Je länger ich mit ihm zusammen bin, desto mehr wird mir klar, dass ich seinen Charakter noch überhaupt nicht kenne.« Lina gestikulierte wild mit den Armen. »Ich weiß genau, dass ich in ihn verliebt bin, aber ich weiß überhaupt nicht, weshalb!«

Angie lachte. »Ich denke, dass deine Gabe dir die Gründe unbewusst übermittelt. Du fühlst dich geborgen in der Nähe seiner Aura, weil sie so gut zu dir passt.«

»Außer beim Meditieren. Da würde ich am liebsten abhauen.«

»Vielleicht klappt es besser, wenn er nicht dabei ist?« Angie sah sie nachdenklich an. »Seine Anwesenheit stört deine Konzentration.«

»Ach was, vorher habe ich ebenfalls Probleme damit gehabt«, widersprach Lina. »Und ich weigere mich, auch nur eine zusätzliche Minute lang still zu sitzen, während er weg ist! Was zu viel ist, ist zu viel!«

Und so war Lina trotz aller Verliebtheit doch ein wenig dankbar, als Leo wenige Tage später nach München flog und sie zwischen Weihnachten und Neujahr eine kurze Verschnaufpause genießen konnte. Natürlich vermisste sie ihn, aber gegen ihre Sehnsucht konnte sie telefonieren oder ihm Nachrichten schreiben.

Das Weihnachtsfest verlief ruhig und schweigsam. Der Beginn des ersten Semesters hatte viele Eindrücke hinterlassen, die Lina erst mal verdauen musste. Sie las viel und schaute sich DVDs aus Angies Vorrat an. Während sie Granny besuchte, sprach sie nicht viel. Das Wissen um ihre neu entdeckten Fähigkeiten behielt sie für sich. Ilse Bell behandelte ihre Tochter höflich, aber distanziert, deshalb verbrachte Lina nicht mehr Zeit mit ihr als notwendig.

Im neuen Jahr arbeitete Lina so hart wie nie zuvor. Neben dem Studium führte sie gewissenhaft alle Übungen aus, die Leo ihr aufgab. Nur bei der Meditation schummelte sie ein wenig. Eine Viertelstunde musste am Morgen reichen, wie sie fand.

Zum Glück konzentrierte er sich jetzt darauf, ihr Neues beizubringen, sodass sie beim Stellen ihres Weckers von niemandem beobachtet wurde. Nur Angie zwinkerte ihr manchmal zu, wenn sie früher als erwartet zum gemeinsamen Kaffee erschien.

Lina lernte jetzt, sich mental in Objekte hineinzuversetzen, sei es eine brennende Kerze, ein Kaffeelöffel oder ein Auto. Und so saß sie neben Leo und stellte sich vor, wie es wäre, ein Kugelschreiber zu sein … Wie es sich anfühlte, lang und dünn zu werden und dabei zwischen anderen Stiften herumzustehen. Und was man wohl empfinden würde, wenn jemand einen zum Schreiben in die Hand nahm. Sie fand die Übung lächerlich, bemühte sich aber trotzdem. Alles war besser als Meditation.

»Später wirst du dasselbe mit Menschen machen«, erklärte Leo ihr. »Mit dieser Technik kann man die Auren der anderen Menschen leichter lesen. Und wenn du genau weißt, was sie fühlen, kannst du ihre Gefühle von deinen eigenen unterscheiden, was wichtig für deinen weiteren Fortschritt ist.«

»Ich kann nicht abschalten!«, schimpfte Lina, als ihre Konzentration sie mal wieder im Stich ließ. »Ich bin eben kein Stift, sondern ein Mensch!«

»Das kommt mit der Zeit. Ruhig bleiben und Gedanken ziehen lassen. Immer wieder sanft zurück zum Objekt lenken.« Leo war unerbittlich, wenn es um Linas Ausbildung ging. Aber dann grinste er sie an. »Ich gebe zu, dass ich diese Übung auch nie sonderlich mochte. Besonders dann nicht, wenn mein Vater mir aufgab, mich in die Puppe meiner Schwester hineinzuversetzen. Ich meine – geht's noch?« Trotz des nervtötenden Trainings schaffte er es immer wieder, Lina ein Lächeln zu entlocken.

Aber die vielen Übungen schwächten ihre Konzentration für das Studium. Es fühlte sich an, als besäße sie nur eine bestimmte Menge an Willenskraft, und wenn die aufgebraucht war, starrte Lina gedankenverloren den Bildschirm an, statt ihre Hausarbeit zu schreiben. Als Angie bemerkte, wie sehr Lina mit sich kämpfte, unterstützte sie ihre Freundin bei den Recherchen.

Nachdem Lina bald jeden Bleistift und jede Büroklammer auf ihrem Schreibtisch persönlich kannte, wurde das Training interessant: Leo brachte ihr bei, wie sie sich vor den Manipulationen durch andere schützen konnte.

Immer wieder beeinflusste er ihre Emotionen: Mal wurde Lina traurig, mal wütend, dann kicherte sie hysterisch. Es war beängstigend, zu erleben, wie leicht ein Mensch steuerbar war.

»Wie soll ich mich dagegen wehren?«, fragte sie frustriert, wenn er endlich von ihr abließ.

»Du musst die Stärke in deinem Inneren finden«, antwortete Leo. »Ich kann es dir nicht besser beschreiben, da ich keine Farben sehe.«

»Wie verteidigst du dich?«, fragte sie.

»Ich weiß, wo meine Gefühle enden und wo die Außenwelt beginnt. Und genau dort grenze ich mich ab. Eine zweite Möglichkeit ist ein Gegenangriff – das, was du bei Darko gemacht hast.«

»Aber bei Darko war ich wütend, auf dich kann ich nicht mal sauer sein!« Lina war verzweifelt.

Trotzdem nutzte sie jede freie Minute, um mit Leo zu trainieren. Sie wusste, dass sie diese Fähigkeit unbedingt meistern musste, komme, was wolle. Wann immer sie sich innerlich schwach fühlte, dachte sie an Darko und daran, wie sie sich in Zukunft mühelos gegen ihn verteidigen würde. Lina ließ diesen kleinen Film immer wieder vor ihrem inneren Auge ablaufen; das schenkte ihr die Kraft und Konzentration, um sich Leos Manipulation immer wieder zu stellen.

Leo scannte nach und nach die gesamte Schüler-Bibliothek der Wagner-WG für sie ein. Bald erhielt sie tiefe Einblicke in die Denk- und Trainingsweise des einflussreichen Clans. Die Einstellung zu Macht und Reichtum missfiel ihr zutiefst: Die Wagners waren bereit, für einen großen Einfluss vieles zu opfern, mit Ausnahme der eigenen Familie – und das auch nur, weil sie gemeinsam stärker waren als allein.

Während sie ein Buch nach dem anderen auf ihrem Laptop las, wurde ihre Liebe zu Leo auf eine harte Probe gestellt.

Noch immer hatte sie das Gefühl, nur einen Teil von ihm zu kennen. Wer konnte ihr garantieren, dass diese tief verwurzelten Ideale seines Clans nicht auch eines Tages aus ihm hervorbrachen?

»Du bist voller Zweifel und Sorgen«, sagte er eines Morgens nach dem Training.

Lina zuckte müde mit den Schultern. Was sollte sie auf das Offensichtliche antworten? Mittlerweile hatte sie ein gutes Gespür für seine Fähigkeiten bekommen und sie wusste, dass man nichts vor ihm verbergen konnte.

»Ich kann dich nur durch Taten überzeugen, nicht durch Worte«, flüsterte er traurig.

»Es tut mir leid«, erwiderte sie beschämt.

»Du kannst doch nichts dafür!« Er lächelte sie ermutigend an. »Du steckst in einer schwierigen Phase, das geht allen Empathen während der Ausbildung so. Warte nur ab, wenn du dich erst mal schützen kannst, wird alles leichter. Und bis dahin bleiben wir einfach dran.«

Lina wusste nicht, ob Leos große Hartnäckigkeit sie freuen oder frustrieren sollte. Ja, sie wollte lernen, das stand fest. Aber wenn er ihre inneren Widerstände unbeirrt ignorierte, dann konnte sie manchmal nur mit Mühe unterdrücken, ihn direkt in die Hölle zu verwünschen.

»Sag mal, wie bewältigst du das alles?«, fragte Angie ihn nach einem besonders langen Training. »Woher nimmst du die Zeit?«

Leo lächelte. »Es ist erstaunlich! Während ich Lina unterrichte, gewinne ich an Kontrolle und Stärke«, sagte er stolz. »Letzte Woche habe ich Darko quasi nur mit dem Einsatz meines kleinen Fingers daran gehindert, eine Verkäuferin, die ihn unfreundlich bedient hatte, zu schikanieren. Er war ganz schön überrascht! Und ich spare Zeit für die Uni, indem ich mein eigenes Training schwänze. Ein paar Monate lang kann man das machen, ohne dass es im Clan großartig auffällt.«

Lina seufzte. Sie hätte auch gerne monatelang pausiert. »Warum ist Darko so stark? Verfügt er über so viel Talent?«

Leo runzelte die Stirn. »Sein Vater, der ihn laut der Tradition eigentlich selbst ausbilden muss, schickt ihn gegen Geld und diverse Gefälligkeiten zu den besten Lehrern, die unser Clan zu bieten hat. Neben den Techniken, die alle erlernen, verfügt jede Familie auch über eigenes Wissen. Darkos Vater hat sich zum Ziel gesetzt, dass sein Sohn sich all diese Fähigkeiten aneignen soll. Und er selbst ist auch nicht gerade untalentiert.«

»Darko soll der mächtigste Wagner werden? Allein die Vorstellung ist schauderhaft!« Lina fröstelte es bei dem Gedanken, dass es in Zukunft niemanden geben sollte, der ihn kontrollieren konnte.

»Mein Cousin hat gute Voraussetzungen, aber seine Gier nach Macht steht ihm auch häufig im Weg. Ich verbessere mich, indem ich dir helfe. Die Vorteile der Selbstlosigkeit hat er nie kennengelernt.«

»Was ist die Spezialität deiner Familie?«, fragte Lina interessiert.

»Wenn du nachdenkst, wirst du selbst drauf kommen«, antwortete Leo und grinste.

Worum konnte es sich handeln? Lina grübelte.

Leo war freundlich und kooperativ. Er konnte sein Wissen gut vermitteln, das hatte sie in den letzten Wochen immer wieder festgestellt. Sein Vater war Theo Wagner. Der Trainer!

»Deine Familie kann gut unterrichten und motivieren«, begann sie.

»Was noch?«, bohrte er weiter.

Lina kniff die Augen zusammen. Theo Wagner … Auf Youtube kursierten massenhaft Videos von seinen Vorträgen zur Metamorphose-Therapie. Er war beliebt und hatte um seine Person fast so etwas wie eine Art öffentlichen Kult gebildet.

»Er kann Menschen beeinflussen … und Meinungen … viele Menschen, große Gruppen.«

»Stimmt genau! Deine Beobachtung schärft sich zunehmend.« Leos Freude war so stark, dass es in Linas Innerem ein wenig kitzelte. Sie konnte ein Grinsen nicht unterdrücken.

»Könntest du die Stimmung in einer Vorlesung verändern?«, fragte sie. »Bei allen Studenten?«

»Nein, das lerne ich später, hat mein Dad gesagt. Diese Fähigkeit kann leicht missbraucht werden, aber ich versuche, es mir von ihm abzugucken, wenn ich bei seinen Seminaren aushelfe.«

»Das würde ich zu gerne mal sehen.«

»Sollen wir über Ostern zusammen nach München fliegen?«, fragte er.

»In die Höhle des Löwen?« Lina war entsetzt. Sie hatte die Familienkonferenz nicht vergessen, die ihretwegen abgehalten worden war.

»Ich denke, du bist bereit, dich ihnen zu stellen. Wenn alles glatt läuft, kannst du sie davon überzeugen, dass du nur über ein geringes Talent verfügst.«

»Wie Granny …«

»Genau. Mein Vater leitet am Ostersonntag eine Veranstaltung mit mehreren hundert Zuhörern. Mich würde interessieren, wie seine Fähigkeit durch deine Augen aussieht … die Farben, die Nebel …«

»Ich …«, begann Lina, »du weißt, dass ich mir keinen Flug leisten kann.«

»Ich buche«, sagte Leo entschlossen. »An Geld mangelt es in meiner Familie nicht.«

»Können wir nicht mit dem Auto fahren? Das ist viel günstiger! Und wenn wir zu zweit sind, allemal.«

»Das sind über sechs Stunden, eventuell acht … Willst du so viel Zeit mit mir im Wagen verbringen?«

»Wir könnten unterwegs eine Pause machen, vielleicht in Karlsruhe oder in Stuttgart«, schlug sie vor. »Und wir wären in München mobil.«

»Wir können U-Bahn fahren, ein Taxi bestellen oder auch einen Mietwagen, wenn du möchtest.«

»Aber das ist doch nicht notwendig«, entgegnete sie vehement.

»Hast du etwa Flugangst?«, fragte Leo und grinste sie an. »Du bist nervös, seit ich das Wort ›fliegen‹ erwähnte.«

»Ich bin noch nie geflogen«, gab sie seufzend zu.

»Irgendwann ist es ohnehin das erste Mal, warum nicht mit mir nach München?«, fragte er.

»Es ist zu teuer.« Leo konnte hartnäckig sein, aber Lina ebenfalls. Und Geld war ein schwieriges Thema. Sie war dankbar für die Unterstützung durch ihre Familie, wollte aber nicht mehr Gefälligkeiten annehmen als notwendig.

»Okay, wir fahren mit dem Auto und machen zwischendurch Pause. Aber dafür darf ich dann die Hotels wählen, einverstanden?«

»Wir übernachten nicht bei deiner Familie?«

Leo sah sie nachdenklich an. »Es ist besser, wenn wir viel

Zeit für uns haben. Zu deiner Erholung. Wir haben oft Gäste im Haus. Und es kann sehr anstrengend sein, in der Nähe von Empathen zu wohnen.«

»Aber bitte buche keinen Sternepalast, mir wäre eine Jugendherberge bedeutend lieber!«

»Ich suche etwas Nettes aus«, beruhigte er sie rasch. »Keine vergoldeten Wasserhähne, versprochen.«

Nachdem er sich von ihr verabschiedet hatte, dachte Lina nach. Ihr war klar, dass die Hotelkosten das kleinste Problem waren. Vor ihr lag eine schwierige Mission, die möglicherweise über ihre Zukunft entscheiden konnte.

»Werdet ihr in einem Bett schlafen?«, war Angies erste Frage, als Lina ihr von dem geplanten Ausflug erzählte.

»Ich werde in die Höhle des Löwen gefahren und du denkst an Sex?«, fragte sie entrüstet.

»Werdet ihr?«

»Ich habe nicht die geringste Ahnung.« Für Lina hatte die Reise die Anmutung einer mehrtägigen Prüfung, daher hatte sie an die gemeinsamen Nächte noch keinen Gedanken verschwendet.

Angies Frage erübrigte sich, als Leo zwei Tage vor Abreise eine Nachricht schickte:

»Plan steht. Ist ein Doppelzimmer okay oder möchtest du lieber ein Einzelzimmer? In Liebe, Leo.«

Lina überlegte nicht lange. »Wo du bist, will auch ich sein«, schrieb sie zurück. Außer einem Herz schickte sie keine weitere Nachricht mit. Immerhin waren sie ein Paar! Warum sollten sie nicht in einem Bett schlafen?

Als Leo sie am Gründonnerstag abholte, schien die Sonne. Lina hatte ihre Tasche sorgfältig gepackt. Mehrmals.

»Du fährst nicht auf Staatsbesuch!«, hatte Angie geschimpft, als sie Lina inmitten des Kleiderchaos vorfand. Trotzdem lieh sie Lina ein enges schwarzes Kleid, das ihr besonders gut stand. »Damit bist du für jeden Anlass gerüstet«, meinte sie zufrieden.

Leo konnte ein Grinsen nicht unterdrücken, als er die riesige Tasche sah. »Jetzt weiß ich, warum du nicht fliegen wolltest«, sagte er grinsend. »Übergepäck!«

»Wie du siehst, hat das Auto viele Vorteile«, entgegnete sie ruhig. Kurz bevor er abfahren wollte, eilte sie ins Haus zurück und kam mit einem Korb voller Leckereien wieder.

»Es gibt ja auch keine Restaurants, Raststätten oder Supermärkte auf dem Weg von Trier nach München«, lachte Leo, »alles Wüste … geradezu eine Einöde!«

»Ich mag Picknicks«, verteidigte Lina ihren Korb. »Und ich habe Ostereier eingepackt.«

Es war angenehm, neben ihm zu sitzen, aus dem Fenster zu sehen und die Gedanken treiben zu lassen. Das malerische Saartal zwischen Saarburg und Mettlach gefiel Lina sehr. Sie war jedoch irritiert, als er in Saarbrücken nicht in Richtung Karlsruhe abbog, sondern nach Frankreich fuhr.

»La France? Bist du sicher, dass das der richtige Weg ist?«, fragte sie irritiert.

»Lass dich überraschen«, antwortete er, steuerte das Auto weg von der Autobahn und fuhr durch malerische französische Orte.

»Lass uns eine Pause machen«, schlug Lina vor, als sie Mulhouse passierten.

»Es ist nicht mehr weit, nur noch eine halbe Stunde.«

»Wir übernachten in Straßburg?«, fragte sie.

»Erraten! Ich habe ein gemütliches Hotel gebucht und morgen nach dem Frühstück fahren wir dann weiter nach München.«

Lina war glücklich. Bevor sie auf die furchteinflößenden Wagners traf, durfte sie ihren Freund noch einen ganzen Tag lang für sich allein haben.

Leo parkte den Wagen in der Nähe einer hübschen Grünanlage. Mit Schwung beförderte er den Picknickkorb aus dem Kofferraum und hakte Lina unter. »Lunch in Straßburg!«, verkündete er fröhlich.

Gemeinsam saßen sie auf einer Bank, genossen die Sonnenstrahlen und aßen die liebevoll vorbereiteten Salate, die Lina eingepackt hatte. Dazu gab es Ostereier.

»Darf ich?«, fragte er und pellte sich ein Ei. »Oder wolltest du die noch im Park verstecken?«

Lina lachte.

Nach dem Essen bummelten sie durch die romantische Altstadt und checkten dann in einem kleinen französischen Hotel ein.

»Du wolltest ja keinen Sternepalast«, sagte Leo, als sie das winzige, aber geschmackvoll eingerichtete Zimmer betraten.

»Es gefällt mir«, erwiderte sie.

»Nur ein Bett«, bemerkte er grinsend. »Aber ich hatte dich gefragt …«

»Und du hast eine Antwort bekommen.« Trotz ihrer Entschlossenheit spürte sie, dass die Verlegenheit sie erröten ließ.

Den Abend verbrachten die beiden in einem Restaurant mit typisch elsässischer Küche. Leo hatte eine Flasche französischen Rotwein bestellt und Lina fürchtete, bald betrunken zu sein, denn der Kellner schenkte immer wieder nach.

»Genug!«, bat sie. »Sonst habe ich morgen einen Kater.«

Schließlich war Schlafenszeit. Ihre Befangenheit legte sich schnell, denn Leo ging ins Bad, während sie ihren Pyjama anzog. Als sie gemeinsam im Bett lagen, kuschelte sie sich in seinen Arm und schlief bald ein.

Lina träumte. Sie stand in einem gelben Farbnebel und fühlte sich schwerelos und glücklich. Aber irgendetwas beunruhigte sie tief in ihrem Inneren. Wie ein winziger Splitter – unsichtbar und doch ständig präsent. »Nicht dran denken!«, sagte sie im Traum zu sich selbst.

Zu spät. Die fröhliche Farbe wurde immer dunkler, bis Lina in einem ekelerregenden Eitergelb herumirrte. Sie fühlte, dass jemand sie abgrundtief hasste. »Ich muss hier weg!«

Lina lief, aber es wurde immer dunkler um sie herum. Doch dann saugte irgendetwas die Farbe einfach weg. Ein gigantischer Gefühlsstaubsauger?

Sie schreckte auf und saß senkrecht im Bett.

»Ein Albtraum, Liebes?« Leos verschlafene Stimme.

»Hm …« Lina rieb ihre Augen und dachte nach. »Glaube schon … das war sehr merkwürdig.«

»Deine Gefühle wurden düster, da habe ich ein wenig nachgeholfen«, erklärte er gähnend. »Offenbar war ich nicht vorsichtig genug, denn du bist aufgewacht. Es tut mir leid.«

»Schon gut.« Lina lächelte ihn verschlafen an. »Weißt du, ich habe vor deiner Familie ziemlich viel Respekt, kein Wunder, dass mein Unterbewusstsein das verarbeitet.«

»Wir schaffen das schon.«

»Das klingt aber weniger überzeugend als gestern Nachmittag.« Sie blinzelte ihn zweifelnd an.

»Ich bin sicher, dass wir die Bedenken meines Clans zerstreuen können. Nur Darko heizt die Diskussion um dich immer wieder an. Vielleicht wäre es besser gewesen, wenn du ihn nicht vor seinen Kommilitonen gedemütigt hättest, denn jetzt spüre ich Rachegefühle bei ihm, wann immer dein Name erwähnt wird. Auch nachts empfindet er so.«

»Woher weißt du das?« Lina war jetzt hellwach und ihr Herz klopfte.

»Mein Zimmer liegt direkt über seinem und so spüre ich besonders intensive Emotionen auch im Schlaf.«

»Wie furchtbar!«

Er zuckte mit den Schultern. »Alles im Leben hat Vor- und Nachteile. Immerhin habe ich deshalb schnell gelernt, mich auch im Halbschlaf gegen die schlechten Gefühle der anderen abzugrenzen. Am Anfang lag ich stundenlang wach, wenn Darko unter mir gewütet hat.«

Eigentlich müsste Lina sich jetzt ängstlich fühlen, aber während Leo gesprochen hatte, wurde sie müde und entspannte sich. Er hatte sie manipuliert.

»Finger weg von meinen Emotionen!«, sagte sie gähnend.

»Süße Träume«, flüsterte er, ohne auf ihren Kommentar Rücksicht zu nehmen.

Da sie nicht motiviert war, sich gegen ihn zu wehren, schlief sie rasch wieder ein.

Am Morgen wurde sie sanft von ihm geweckt.

»Wie hast du geschlafen?«, fragte er beiläufig.

»Ich hatte einen fantastischen Traum … Ich glaube, ich war in der Südsee … Es war wunderbar warm, aber ich erinnere mich nicht mehr an die Details«, sagte sie nachdenklich.

»Ich habe noch ein- oder zweimal eingegriffen. Offenbar war ich dieses Mal geschickter.« Er grinste sie an und drückte ihr einen Kuss auf die Stirn.

Lina reckte sich und stand auf, um ins Bad zu gehen. Als sie in den Spiegel blickte, schüttelte sie den Kopf. Sogar im Schlaf konnte man sie manipulieren!

Es gab für sie noch verdammt viel zu lernen, das stand fest.

Zweiundzwanzig

»Leo, schön dich zu sehen! Und du bist Carolina?« Leos Mutter umarmte ihren Sohn und anschließend Lina gleich mit.

Annemarie Wagner war eine geborene Dammbacher, wie Leo auf der Fahrt erzählt hatte. Sie entstammte einer einflussreichen Münchner Kaufmannsfamilie, hatte aber keinerlei empathische Fähigkeiten, die über das normale Maß dessen, wozu eine Frau fähig war, hinausgingen.

Lina bewunderte sie sofort. Man sah ihr an, dass sie es gewohnt war, sich auf dem Parkett der besseren Gesellschaft zu bewegen. Selbst an diesem Karfreitag, während sie lediglich Vorbereitungen für das anstehende Osterfest traf, war sie stilvoll gekleidet und trug ein dezentes Make-up. Was Lina aber wirklich faszinierte, war die freundliche Herzlichkeit, die sie in ihrer Nähe empfand.

»Meine Liebe, du bist natürlich herzlich zu dem Galadinner eingeladen!«, sagte Annemarie und lächelte sie freundlich an.

»Danke, Frau Wagner.«

»Sag doch bitte ›du‹ und Annemarie zu mir, ja?«

Ein Galadinner! Lina war erleichtert, dass Angie sie genötigt hatte, neben dem schwarzen Kleid auch Make-up mitzunehmen.

»Es ist Ostern und du weißt nie, ob du es nicht brauchen wirst«, hatte ihre Freundin erklärt. »Und es nimmt so gut wie keinen Platz weg.« Sie hatte es sich auch nicht nehmen lassen, einige ihrer eigenen Tuben und Döschen in einen kleinen Kulturbeutel zu füllen.

»Ich führe Lina im Haus herum, okay?«, fragte Leo.

»Natürlich. Wir essen um halb sieben, bitte seid pünktlich.« Annemarie ließ die beiden allein und ging in die Küche, um mit dem Personal die Einkäufe für das anstehende Osterfest zu besprechen.

»Komm!«, bat Leo.

Gemeinsam stiegen sie die breite Marmortreppe hinauf. Das Haus, wie Leo es bezeichnet hatte, war eine Villa mit offener Architektur und weiten Räumen. An den Wänden hingen moderne Kunstwerke, deren Wert Lina nicht zu schätzen wagte.

Auf der oberen Etage befanden sich die Schlafzimmer der Familie sowie zwei geräumige Bäder.

»Hier ist mein Zimmer.« Leo öffnete eine Tür. Lina betrat einen großen Raum mit französischem Bett und Fenstern, die bis zum Boden reichten. Es gab sogar einen separaten Balkon! Eine Wand war bis zur Decke mit weißen Bücherregalen möbliert. Sie erkannte viele Klassiker, zahlreiche Nachschlagewerke der Psychologie und Unmengen von CDs und DVDs. In einem der Fächer standen Thriller, in einem anderen philosophische Werke.

»Man könnte vermuten, dass du schon ein Studium abgeschlossen hast«, sagte sie, während sie ihren Blick über die vielen Titel gleiten ließ.

»Ab dem zwölften Lebensjahr, wenn sich die Fähigkeit zum ersten Mal zeigt, werden wir umfassend ausgebildet«, erklärte er. »Meinem Vater war es wichtig, dass ich mich mit Philosophie auseinandersetze. Er findet, dass wir mit unserem Talent verantwortungsvoll umgehen sollten.«

»Muss man dicke Wälzer studieren, um Verantwortung zu lernen?«, fragte sie nachdenklich.

»Nicht unbedingt. Trotzdem ist es hilfreich. Häufig muss

ich unangenehme Entscheidungen treffen. Gegen Darko vorgehen, weil er die Regeln von Anstand und Ehre verletzt. Oder jemandem nicht zu helfen, obwohl ich dazu in der Lage wäre. Gute Kenntnisse der Philosophie stellen eine schwierige Wahl auf eine sinnvolle Basis.«

Lina seufzte innerlich. Die Uni war anstrengend, und die Vorstellung, bereits neben der Schule ein halbes Philosophiestudium zu absolvieren, empfand sie als unerfreulich.

»Komm, ich zeige dir den Rest des Hauses.«

Sie folgte Leo zurück ins Erdgeschoss. Dort befand sich ein großer Saal, in dem ein imposanter Esstisch mit zwölf Stühlen stand.

»Meine Mutter wünschte eine lange Tafel, damit sie jederzeit Gäste empfangen kann«, erklärte er lachend. »Wir haben oft Besucher hier.«

»Wie viele Geschwister hast du?«

»Eine Schwester, sie heißt Marie und büffelt gerade für ihr Abi in England.«

»Dabei wäre hier so viel Platz«, murmelte Lina, mehr zu sich selbst als zu Leo. »Wo ist die Küche?«

»Wir haben eine kleine Kaffeeküche, wenn man schnell eine Tasse Kaffee trinken möchte. Die Profiküche befindet sich im Nebentrakt, damit das Personal ungestört kochen kann. Meine Eltern arbeiten Tag und Nacht. Die Mitarbeiter nehmen ihnen den Haushaltskram ab, sodass sie noch mehr schuften können.« Er lachte, aber es klang verkrampft.

»Dann hatten sie nicht viel Zeit für dich?«, fragte sie.

»Das meine ich nicht! Mein Dad ist Psychologe und hat sich viel Mühe mit mir und meiner Schwester gegeben. Aber trotzdem denke ich, dass meine Eltern sich mehr Freizeit gönnen sollten.«

»Das verstehe ich.«

»Komm, ich zeige dir noch das Untergeschoss des Hauses, bevor wir essen.«

Gemeinsam gingen sie in den Keller. Hier befand sich ein kleines Schwimmbad mit bodentiefen Fenstern, sodass man beim Schwimmen ins Grüne sah. Neben einer Sauna und der großen Dusche gab es sogar ein kleines Kino!

»Wow, das ist ja echt der Hammer«, sagte sie beeindruckt. »Schaust du deine DVDs hier unten an?«

»Nur, wenn Freunde zu Besuch sind. Alleine in einem Kino zu sitzen macht keinen Spaß. Aber zu zweit …« Er zwinkerte ihr zu.

»Da könnten wir drüber nachdenken!«

Er zog sie zu sich heran und küsste sie innig.

Sofort kribbelte es in ihrem Bauch. Lina wünschte, es gäbe keinen Clan und keine bedrohlichen Familienmitglieder. Nur sie, Leo und diesen Raum – mehr brauchte sie nicht.

»Dolby Surround, hochauflösender Beamer … Zu Hause hast du bestimmt noch einen Röhrenfernseher.« Darko stand in der Tür des Kinos und blickte Lina verächtlich an.

»Hi.« In Leos Ton schwang eine deutliche Warnung mit, als er sich zu seinem Cousin umdrehte. »Was machst du hier?«

»Meine Familie besucht unseren Großvater über Ostern. Wir wurden von deinen Eltern zum Abendessen eingeladen und sind eben angekommen.« Er ging ein paar Schritte auf die Leinwand zu und strich mit der Hand über einen der gepolsterten Sessel. »Vielleicht lädst du mich ja nachher auch auf einen Kinofilm ein?«

Leos Blick flackerte kurz zu seiner Freundin.

»Wie wäre es mit einem Film über Kampfkunst?«, fragte Lina spöttisch. »Dabei könntest du noch etwas lernen.«

Leo quittierte ihre Bemerkung mit einem Knuff seines Ellbogens in ihren Oberarm. Es war nur zu klar, was er damit ausdrücken wollte: Darko im Umfeld seiner eigenen Familie zu provozieren, war keine gute Idee. Aber in Linas Innerem war ein Teil der Wut hochgekocht, die sie empfunden hatte, als sie Darko daran gehindert hatte, Michael weiter zu attackieren.

»Warum nicht?«, fragte Darko. »Vielleicht sollte ich den Film für dich noch etwas spannender machen.«

Lina war empört, dass er ihr so direkt drohte. »Du kannst mir Angst einjagen. Aber ich werde sie nutzen, um dir aufs Maul zu hauen«, gab sie beleidigt zurück.

Der Blick, mit dem Leo sie daraufhin bedachte, ließ sie innerlich um mindestens zehn Zentimeter schrumpfen. Verflixt, warum musste sie in eine so unschöne Gossensprache verfallen? Wut konnte einem ganz schön den Verstand vernebeln!

Und natürlich spielte Darko sofort den Ball zurück. »Da hast du dir aber eine niveauvolle Freundin ausgesucht«, sagte er zu Leo. »Ich wünsche viel Spaß.« Er lächelte kalt und verließ den Raum.

Leo blickte sie wütend an. »Verdammt, das war dumm von dir! Wenn das hier funktionieren soll, musst du dich beherrschen, auch wenn du provoziert wirst! Ich sage es nur ungern, aber dein Leben hängt davon ab!«

Lina schnappte entsetzt nach Luft. Sie hatte Leo noch nie fluchen gehört – aber er hatte recht. Sie musste sich zusammennehmen, koste es, was es wolle.

»Ich wusste nicht, dass Darko uns heute besucht«, sagte er in etwas versöhnlicherem Tonfall, »und das kann nur einen Grund haben: Sein Vater Julius will dich kennenlernen und er wird dich auf die Probe stellen. Wenn du nicht auffallen möchtest, musst du seine Manipulationen und Provokationen über dich ergehen lassen.« Jetzt hatte er Lina an den Schultern ergriffen und redete eindringlich auf sie ein.

Sie tat das einzig Richtige und versprach, sich zusammenzureißen. »Von jetzt an gebe ich mir Mühe!«

»Wenn du nicht mehr kannst, gib mir ein Signal, okay? Dann helfe ich dir.«

»Am besten vereinbaren wir ein Zeichen«, schlug sie vor.

»Gute Idee. Also wenn du dir mit der linken Hand zweimal durch die Haare fährst, dann schreite ich ein und sage Julius oder Darko, dass sie aufhören müssen. Aber es wäre besser, wenn es dazu nicht kommt.«

»Warum?«, fragte sie.

»Julius ist sehr begabt. Er könnte bemerken, dass ich mich dir sehr verbunden fühle – mehr, als bei einer Liebelei unter Studenten üblich ist. Deshalb wäre es hilfreich, wenn die Situation nicht eskaliert, damit ich meine Emotionen leichter vor ihm verbergen kann.«

Aus dieser Perspektive hatte Lina es noch nicht betrachtet: Für Leo war der heutige Abend ebenfalls eine Herausforderung! Auch er musste sich beherrschen, um sie zu schützen. Sie durfte ihn nicht stärker belasten als unbedingt notwendig. »Ich tue, was ich kann«, gab sie ihm ihr Wort.

»Gut«, antwortete er und schob sie zur Tür. »Bereit?«

Obwohl es im Grunde nur um ein gemeinsames Essen ging, fühlte sie sich wie eine Soldatin, die im Begriff war, in den Krieg zu ziehen. Wenn dieser Julius auch nur halb so kaltherzig war wie sein Sohn, stand ihr nichts Gutes bevor.

Sie versuchte, sich innerlich zu wappnen, bevor sie gemeinsam mit Leo den Saal betrat.

»Hallo, darf ich euch Carolina Bell vorstellen?«, fragte Leo in die Runde.

»Ich dachte, du heißt Mahler?« Darko hatte offenbar beschlossen, gleich mit der Tür ins Haus zu fallen.

»Das hast du falsch verstanden, Marius«, entgegnete Lina ruhig. Aber dann bemerkte sie, dass sie ihn schon wieder provoziert hatte.

Das passte doch gar nicht zu ihr! Sie atmete langsam ein und aus, während Darkos Blick auf ihr ruhte. Er giftete sie förmlich an. Offenbar hatte sie einen Nerv getroffen, indem sie ihn mit seinem Erstnamen ansprach.

»Carolina, ich freue mich, dich kennenzulernen.« Eine

elegant gekleidete Frau trat auf Lina zu. »Ich bin Diana, Darkos Mutter.«

Diana Wagner war eine attraktive Frau in den Vierzigern. Ihre Augen wirkten wesentlich freundlicher als die ihres Sohnes. Das Blau war weniger verwässert und ihre halblangen, sorgfältig frisierten Haare hatten ungefähr dieselbe Farbe wie die von Leo.

»Freut mich, Sie kennenzulernen. Ich bin Lina.«

»Eine schöne Abkürzung, das gefällt mir! Sag ruhig ›du‹ zu mir.«

»Carolina Bell …« Ein Mann betrat den Raum, der die gleichen, hellen Haare wie Darko trug, nur leicht ergraut. Es musste sich um Julius Wagner handeln, denn er hatte außerdem dieselben Augen wie sein Sohn. »Es freut mich, Sie kennenzulernen.« Er lächelte kalt und griff nach Linas Hand, um einen formvollendeten Handkuss abzuliefern. Sie hielt die Luft an, sagte jedoch nichts. Es wunderte sie auch nicht, dass er sie siezte. Als Julius' Blick sie ein zweites Mal streifte, wehte ein eiskalter Wind durch ihren Körper.

›Reiß dich zusammen, du schaffst das!‹, sprach sie sich innerlich Mut zu und ließ den Angriff über sich ergehen. Sie erlaubte der Angst, die er erzeugte, sich in ihr auszubreiten.

Die Aufmerksamkeit der Anwesenden richtete sich erneut zur Tür. Der Mann betrat den Raum, den Lina von unzähligen Youtube-Videos her kannte: Theo Wagner, Motivationspsychologe und Vater von Leo. Er lächelte Lina freundlich an und die Angst in ihrem Inneren löste sich sofort wieder in Luft auf.

Hatte er sie beeinflusst?

»Du musst Carolina sein, herzlich willkommen in meinem Haus! Ich bin Leonard.«

»Ich danke Ihnen für die Einladung«, sagte sie. »Aber ich dachte, Ihr Name sei Theo?«

»Zunächst darfst du mich duzen. Theodor ist mein

Zweitname, den ich quasi als Künstlernamen für meine Tätigkeit als Psychologe gebrauche. Mein erster Vorname ist Leonard, ich höre aber auch auf Theo.«

»Sogar ich rufe meinen Mann häufig Theo, gerade auch, wenn mein Sohn zu Hause ist. Weniger Verwechslungen!«, schaltete sich seine Frau Annemarie lachend ein.

»Viele in unserer Familie verwenden den Zweitnamen«, ergänzte Diana Wagner, »mein Mann heißt Julius Magnus Wagner. Er benutzt seinen Erstnamen, während mein Sohn Marius Darko sich für seinen zweiten Vornamen entschieden hat.«

Lina war glasklar, warum Marius Darko Wagner sich lieber Darko nannte: In ihren Augen war der Name vollkommen lächerlich, aber er klang auch dunkel und gefährlich. So konnte er den Menschen mehr Angst einflößen; vielleicht erhoffte er sich auch Respekt.

Leos Mutter bat ihre Gäste zu Tisch.

Julius bestand darauf, gegenüber von Lina zu sitzen. »Zu gerne möchte ich Leos Freundin näher kennenlernen«, sagte er mit einem glatten Lächeln.

Und Lina spürte, dass dies keine Lüge war.

Während man die Vorspeise aß, eine leichte Spargelcremesuppe, plauderte man über diverse Familienangelegenheiten, die Lina nicht einordnen konnte. Als Hauptgericht gab es Lachs und Zander mit verschiedenen Gemüsesorten.

»Wir sind streng katholisch«, sagte Annemarie, als der Gang serviert wurde. »Welche Religion ist die Deine?«

»Keine«, antwortete Lina und war über die Reaktion erstaunt. Alle Anwesenden schienen sie zu fixieren. »Meine Großeltern sind katholisch«, erklärte sie schnell, »aber meine Mutter ist aus der Kirche ausgetreten und wollte nicht, dass ich nach einem bestimmten Glauben aufwachse.«

»Ah.« Annemarie räusperte sich. »Nun gut, aber ich hoffe, du magst Fisch?«

»Ja, sogar sehr gerne«, antwortete sie. Ein unangenehmer Gedanke durchzuckte sie. Falls sie dieses Abenteuer überstand und die Wagners überzeugen konnte, vielleicht würde sie dann wegen fehlender Religionszugehörigkeit abgelehnt? Zuzutrauen war es ihnen allemal.

Während des Hauptgangs spürte Lina ein zunehmendes Frösteln. Lag es an der Raumtemperatur?

Sie blickte auf Darko, dessen hellgraue Aura keinerlei Indiz dafür zeigte, dass er sie angriff.

Während sie aß, schaute sie sich alle Auren genau an. Bei den anwesenden Frauen bemerkte sie hin und wieder eine zarte Farbe, aber Julius und Theo gaben ihre Gefühle nicht preis. Und auch vorhin hatte sie bei keinem der beiden Brüder auch nur eine winzige Schattierung erkennen können.

Weshalb war ihr das nicht schon früher aufgefallen?

Die Kälte intensivierte sich. Lina war davon überzeugt, dass Julius sie manipulierte, obwohl sie es nicht sehen konnte. Um Leo vorzuwarnen, strich sie einmal mit der linken Hand durch ihr Haar und räusperte sich.

Dann begann sie, vor Kälte innerlich zu zittern. Ihr Blick suchte zuerst den von Julius, dann den von Darko. Die Züge des Vaters wirkten entspannt und unbeteiligt, aber Darko zeigte den Ausdruck eines Menschen, der einen Auftrag vergeben hatte und sich genüsslich zurücklehnte, während ein anderer die Drecksarbeit erledigte.

Der Hauptgang war beendet, nur das Dessert stand noch aus – und Linas Oberschenkel schlotterten jetzt heftig. Je unangenehmer die Kälte wurde, desto stärker wuchs ihre Entschlossenheit. Sie würde den billigen Jahrmarkttricks dieser Familie nicht nachgeben!

Ihre Hoffnungen konzentrierte sie auf einen warmen Nachtisch, wurde aber enttäuscht. Leider gab es Eiscreme. Es erstaunte sie, dass das Eis in ihrem Mund überhaupt noch schmelzen konnte. Kaum war der letzte Löffel verzehrt, fuhr Lina dreimal durch ihre Haare – zweimal hätte nicht ausgereicht, um ihre Botschaft zu übermitteln.

Leo verstand. Er bedankte sich bei seinen Eltern, erhob sich und zog an Linas Stuhl. »Die Fahrt war anstrengend und ich bin müde«, sagte er leichthin. »Wir sehen uns morgen, okay?« Dann schob er Lina, die ihren Körper kaum noch spürte, aus dem Raum.

»Liebes, um Himmels willen, was ist los?«, fragte er leise, sobald sie außer Hörweite waren.

»Eine k-k-k … kriechende Kälte … mir ist so eis-k-kalt!«, stammelte sie.

Leo schloss seinen Wagen auf und öffnete ihr die Tür. Mit steifen Gliedern ließ sie sich auf den Sitz fallen. Bevor er losfuhr, ergriff er ihre Hände und sandte Wärme in ihren Körper. Sie entspannte sich daraufhin ein wenig, aber er hatte die Kälte nicht vollständig besiegt.

»Verdammt!«, rief er und startete den Wagen. Ohne auf die Geschwindigkeitsbegrenzungen in der Stadt zu achten, raste er zum Hotel.

Sobald sie in ihrem Zimmer angekommen waren, drehte Lina den Hahn der Badewanne auf. Dann entledigte sie sich schlotternd und ohne jegliches Schamgefühl ihrer Kleidung und setzte sich in das heiße Wasser.

»Wenn Julius die Kälte verursacht hat, wird ein Bad nicht helfen«, murmelte Leo, der die Szene nachdenklich beobachtete.

»Wärme, ich b-brauche Wärme«, stammelte Lina.

»So geht das nicht.« Leo griff nach seinem Handy und wählte eine Nummer »Dad? Ich habe ein Problem, Lina liegt in kochend heißem Badewasser und zittert. Ich denke, es war ein Kälteangriff, aber ich kann ihn nicht vollständig überwinden. Was soll ich tun? … Okay, mache ich.«

Dann trat er wieder zu ihr ins Bad.

»Mein Dad kommt vorbei und hilft. Er sagt, ich soll dich

aus der Wanne holen. Durch das heiße Wasser könntest du Fieber bekommen.«

»Ich will nicht raus«, jammerte Lina. »Bitte!«

»Ich weiß, Liebes. Tu es mir zuliebe.« Er griff ins Wasser und zog den Stöpsel. »Au!«, rief er und schüttelte seine Hand. Sofort lief sein Unterarm krebsrot an.

»Ich will nicht raus«, wiederholte sie.

»Willst du meinem Vater nackt begegnen?«, fragte Leo und schüttelte sanft den Kopf. Dann hielt er ihr ein großes Handtuch hin.

Lina wollte aufstehen, aber sie schaffte es nicht. Nachdem das Wasser abgelaufen war, legte Leo das Tuch über sie, hob sie aus der Wanne und legte sie vorsichtig aufs Bett. Dann brachte er weitere Handtücher und trocknete sie sorgfältig ab. Schließlich öffnete er ihren Koffer, entnahm einen Pyjama und streifte ihn ihr über.

»Unsere zweite gemeinsame Nacht hatte ich mir anders vorgestellt!«, sagte sie bibbernd.

»Ich mir auch, Liebes. Mein Vater ist gleich da, alles wird gut …«

Es klopfte.

»Endlich!«, sagte Leo erleichtert und öffnete die Tür.

Mit einem Blick erfasste Theo die Lage. »Ein Kälteangriff. Das haben wir gleich. Komm, ich zeige dir, wie du sie aufwärmen kannst.«

Leo ergriff Linas Hände, während sein Vater ihm Anweisungen ins Ohr flüsterte.

»Ich schaffe es nicht!«, fluchte er.

»Doch! Du bist auf dem richtigen Weg und musst dich nur noch etwas stärker konzentrieren.«

Plötzlich leuchtete Leos Aura orangefarben. Die Farbe wärmte Lina nachhaltiger, als das kochend heiße Wasser es vermocht hatte – das Zittern ließ augenblicklich nach. Wenige Minuten später fühlte sie sich locker und entspannt;

ungefähr so, wie wenn man nach einer schweren Grippe das erste Mal wieder das Haus verließ.

Mit geschlossenen Augen genoss sie das Gefühl, während Leo und sein Vater flüsternd diskutierten.

Vielleicht lag es an der Anstrengung, vielleicht daran, dass man sie manipulierte – Lina schlief ein, noch bevor Theo das Zimmer verlassen hatte.

Dreiundzwanzig

Lina spürte, wie die Sonne ihre Nase kitzelte. Wärme umhüllte sie und sie fühlte sich rundherum geborgen. »Mmh!«, murmelte sie vor sich hin.

»Hast du gut geschlafen, Liebes?«

Oh – Leo. Wo war sie? Dann fiel es ihr wieder ein: das Haus der Wagners, Darkos Vater Julius, die Eiseskälte, die Badewanne …

Oh weh! Leo hatte sie nackt aus dem Bad getragen!

Sie öffnete die Augen und sah sich um. Er saß in einem kleinen Sessel, der neben dem Fenster stand, und beobachtete sie.

»Alles klar?«, fragte er.

»Ja, ich denke schon«, antwortete sie nachdenklich. »Wobei ich nach wie vor hoffe, dass ich das von gestern Abend nur geträumt habe.«

»Leider nicht. Ich habe eben mit Dad telefoniert; er hat seinen Bruder zur Rede gestellt. Julius behauptet, er wollte dich testen und das sei ausschließlich zum Wohle der Familie gewesen. Dad hat ihm geantwortet, dass er und Darko dich jetzt in Ruhe lassen sollen.«

»Werden sie auf ihn hören?«, fragte Lina.

»Ich vermute, dass sie sich zumindest in nächster Zeit zurückhalten.«

»Wohl eher kürzer als länger«, seufzte sie frustriert. »Dass die mir mein Osterwochenende auch so verderben müssen!

Ich hatte mir das wirklich anders vorgestellt, also die Situation, in der ich mich zum ersten Mal vor dir ausziehe …«

Leo grinste. »Uns bleibt das restliche Wochenende. Und mein Vater sagt, der Kälteangriff habe keinen Schaden hinterlassen. Du solltest wieder okay sein.«

»Ich habe Hunger.« Lina reckte sich und stand auf.

»Das ist ein gutes Zeichen«, freute Leo sich. »Soll ich dir was bestellen oder möchtest du in einem Café frühstücken?«

»Lass uns an die frische Luft gehen«, bat sie. »Und heute Abend am besten früh ins Bett …«

»Da wäre noch das Galadinner«, erinnerte er sie sanft, »aber danach bist du meine Verwandten los.«

»Stimmt, das hätte ich fast vergessen.« Sie schlüpfte in ihre Hausschuhe und ging zu ihrem Koffer, um nach passender Kleidung zu suchen. Dann fiel ihr etwas ein. »Sag mal, wollten wir nicht morgen noch das Seminar deines Vaters besuchen?«, fragte sie.

»Wenn du möchtest, gern. Ich wollte dir nicht noch mehr Familie zumuten.«

»Also, wenn ich heute Darko ertragen soll, dann will ich anschließend etwas erleben, das mich wirklich interessiert!«

»Dann gerne.«

Es gefiel Lina, an seiner Aura zu erkennen, dass er sich ehrlich über ihr Interesse freute. Ihre Fähigkeiten schienen allmählich besser zu werden. Sie erkannte mehr Nuancen und auch ihr Bauchgefühl übermittelte ihr zunehmend präzise Informationen darüber, wie es Leo gerade ging.

Eine Stunde später frühstückten sie ausgiebig in einem Schwabinger Café. Am Nachmittag bummelten sie verliebt durch die Münchner Innenstadt, kauften an einem der zahlreichen Obststände eine Schale Erdbeeren und genossen die süßen Früchte in der Sonne.

»Um wie viel Uhr müssen wir zu diesem Galadinner?«,

fragte Lina und steckte sich eine Beere in den Mund. »Ich will mich ja noch zurechtmachen …«

»Hast du etwas Passendes eingepackt oder sollen wir einkaufen?«

»Ich habe ein kleines Schwarzes dabei«, antwortete sie und musste unwillkürlich grinsen. »Angie hat manchmal echt einen sechsten Sinn.«

»Wie viel Zeit benötigst du?«

»Zwei Stunden?«

»Was?«, fragte er lachend.

»Wenn es dir nichts ausmacht, Liebster …« Lina bedachte ihren Freund mit einem übermütigen Augenaufschlag.

Während sie später im Hotel badete, fuhr Leo nach Hause, um seinen Anzug zu holen.

Sie blieb nur kurze Zeit in der Wanne, da sie noch viel vorhatte: Zunächst föhnte sie ihr dunkles Haar und verbrachte eine halbe Stunde damit, es kunstvoll hochzustecken. An den Seiten fielen ein paar Strähnen scheinbar zufällig in ihr Gesicht.

Lina hatte beschlossen, es Darkos sadistischer Verwandtschaft zu zeigen und sich so richtig in Schale zu werfen. Bald ließ ein kräftiges Augen-Make-up ihre grünen Augen geheimnisvoll strahlen. Sie vervollständigte ihr Werk mit einem dunkelroten Lippenstift und ein wenig Rouge, das die Konturen ihres Gesichtes vorteilhaft unterstrich.

»Du siehst fantastisch aus!«, sagte Leo bewundernd, als er zurückkam.

Das schwarze Kleid war gerade so kurz, wie man es auf einem Gala-Event noch tragen konnte.

Während Lina passenden Nagellack auftrug, zog Leo sich um. Sein Anzug saß perfekt – Maßanfertigung.

Er verschwand kurz im Bad, um seine dunkelblonden Haare mit etwas Gel in Form zu bringen. »Bist du zufrieden mit mir?«, fragte er lächelnd, als er wiederkam.

»Du siehst klasse aus! Womit habe ich das verdient?«

»Und ich erst …« Leo griff in die Tasche, die er mitgebracht hatte, und zog ein Kästchen heraus. »Ich soll dir von meinen Eltern einen lieben Gruß schicken. Sie möchten dir das hier schenken.«

Zaghaft öffnete sie die kleine Schatulle und erschrak: Darin befanden sich ein silberfarbenes Collier und passende Ohrringe. Wobei das Metall eher nach Weißgold als nach Silber aussah. »Wow«, murmelte sie. »Der Schmuck ist wunderschön! Ich muss mich nachher bei ihnen bedanken.«

Während sie sich die Creolen ansteckte, legte Leo die Kette um ihren Hals.

»Du bist wunderschön«, flüsterte er.

»Wir müssen Angie unbedingt ein Foto senden!«, sagte sie grinsend.

»Ich erledige das für dich.« Leo griff in seine Hosentasche und zog sein Handy heraus. Dann schoss er ein Foto von Lina, die übermütig neben dem Sessel des kleinen Zimmers posierte.

»Die wird Augen machen«, sagte sie und kicherte.

»Du wirkst so locker und selbstbewusst!« Leo bedachte sie mit einem bewundernden Blick. »Nicht, dass es mir nicht gefallen würde, aber es erstaunt mich.«

Sie sah ihn nachdenklich an. »Vielleicht hat mir dein Vater gestern eine Extraportion davon verpasst? Ihr habt mich doch in den Schlaf geschaukelt, richtig?«

»Das schon«, gab Leo zu. »Aber an deinem Selbstbewusstsein hat er nichts verändert, ich habe ihn nämlich eben danach gefragt, weil ich neugierig war.«

»Hm … Manchmal schüttet der Körper starke Endorphine aus, wenn der Schmerz nachlässt. Vielleicht ist es ja bei mir ein ähnliches Phänomen?«, überlegte sie.

»Schon als du Darko zu Boden gebracht hattest, wirktest du danach souveräner. Je häufiger sie dich und deine Freunde angreifen, desto mehr Power scheinst du zu entwickeln«, sagte Leo nachdenklich.

»Stimmt. Aber darüber machen wir uns jetzt keine Gedanken. Heute Abend werde ich Darko mit meinen dunkelroten Lippen an die Wand lächeln!«

Lina sollte recht behalten: Als Darko sie erblickte, war er irritiert. Bestimmt hatte er erwartet, eine bleiche und gebrochen wirkende Kommilitonin anzutreffen.

Fehlanzeige! Heute hatte Lina sich in einen sexy Vamp verwandelt. Obwohl sie auf solche Dinge sonst kaum Wert legte, freute sie sich diebisch darüber. Sie bemerkte, dass seine anfängliche Verwirrung sich im Laufe des Abends in Frust verwandelte.

Zu gerne hätte Lina gewusst, wie Julius empfand, der sie auch heute wieder mit einem kalten Lächeln gemustert hatte – aber seine Aura blieb für sie unsichtbar.

»Du siehst einfach umwerfend aus«, flüsterte Leos Vater ihr leise zu, als er sie begrüßte. Auch Annemarie fand freundliche Worte und erkundigte sich, mit welcher Technik Lina ihr Haar hochgesteckt habe.

Alle wichtigen Persönlichkeiten Münchens waren bei dem Galadinner anwesend. Leo stellte ihr einige davon vor und erläuterte leise, wer in der Stadt das Sagen hatte.

Nach dem Essen wurde Tanzmusik gespielt.

»Darf ich bitten?« Theo war vor ihr aufgetaucht und reichte ihr seine Hand.

»Gern«, antwortete sie und begleitete ihn auf das Parkett. In ihrer Jugend hatte Lina zwei Tanzkurse besucht, zu denen Angie sie genötigt hatte. Jetzt war sie froh darum, denn sie konnte sich einigermaßen elegant in Theos Armen bewegen.

»Ich bemerke, dass mehrere Herren mich um meine Partnerin beneiden.« Der Psychologe war gut gelaunt und amüsierte sich prächtig.

»Ich wusste nicht, dass du so gut tanzen kannst«, sagte Leo bewundernd, als sein Vater sie an den Tisch zurückbrachte.

Lina grinste ihn an. »Das ist allein Angies Verdienst. Sie hat mich zu gegebener Zeit in gleich zwei Tanzkurse geschleppt.«

Nach einer kleinen Pause forderte auch Leo sie auf. Er tanzte besser als sein Vater und kitzelte Drehungen aus ihr heraus, die sie sich niemals zugetraut hätte. Glücklich schwebte Lina in seinen Armen über das Parkett.

Im Vorübergehen erhaschte sie einen Blick von Darko, der sie wütend musterte. Dabei bemerkte sie, dass sie seine schlechte Stimmung heute richtiggehend genoss. Sie kam nicht umhin, zu erkennen, dass dieser Teil ihrer Persönlichkeit nicht unbedingt bewundernswert war. Auf dem Weg zurück zum Hotel teilte sie ihre Gedanken mit Leo.

»Du kannst die Menschen nicht in Gut und Böse einteilen, wie im Film«, sagte er. »Auch du trägst die Persönlichkeitsanteile in dir, die Darko zu einem Kotzbrocken machen.« Als er Linas Blick auffing, ergänzte er: »Aber natürlich nicht in gleichem Ausmaß.«

»Vielen Dank.« Lina wusste nicht, was sie von dieser Erklärung halten sollte.

»Ernsthaft«, fuhr Leo fort. »Josef Wilfling, der ehemalige Chefermittler der Münchner Mordkommission, schreibt in seinen Büchern, dass jeder zum Mörder werden kann. Die sogenannten unbescholtenen Bürger bringen viel mehr Menschen um als Auftragskiller. Denk nur daran, wie aggressiv du dich für Michael eingesetzt hast. Stell dir vor, was du mit Darko gemacht hättest, wenn er dein eigenes Kind angegriffen hätte.«

»Dann wäre er jetzt Hackfleisch.«

»Genau das ist der Punkt«, sagte Leo. »Wir können unser Schicksal zwar selbst in die Hand nehmen, werden aber auch ständig von außen beeinflusst. Manche Menschen segeln auf dem Meer des Lebens und bilden sich ernsthaft ein, die Kraft des Windes von ihrem kleinen Boot aus beeinflussen zu können.«

»Trotzdem möchte ich nicht so wie Darko werden – kannst du das nicht verstehen?«

»Das wird nicht passieren, denn es gibt ja auch die anderen Anteile in deiner Psyche. Aber dein momentanes Selbstbewusstsein steht dir gut. Ich mag das.«

»Ich bin total gespannt auf das Seminar von deinem Dad«, sagte Lina. »Ob die Teilnehmer ihr Selbstbewusstsein dabei auch verbessern?«

»Das kannst du morgen selbst herausfinden«, sagte Leo.

Und so fuhren sie am Ostersonntag gemeinsam nach Penzberg, wo eines der Tagesseminare von Theo Wagner stattfand. Der Anblick der dreihundert Teilnehmer, die von einem professionellen Event-Team mit Seminarunterlagen versorgt wurden, machte Lina nervös. Niemals könnte sie vor so vielen Menschen einen Vortrag halten!

Theo stand bereits neben der großen Leinwand, unterhielt sich und schüttelte Hände. Leo schob Lina in Richtung der Menschentraube.

»Lass uns deinen Vater nicht stören!«, bat sie.

»Okay, dann unterhalten wir uns nachher mit ihm.«

Leo wollte sich in die erste Reihe setzen, aber Lina zupfte an seinem Ärmel und deutete nach hinten.

»Gut, wenn du es so möchtest?« Er zuckte mit den Schultern und ließ sich von ihr in die letzte Reihe führen. Dann verstand er: »Ach so! Du willst beobachten, wie sich die Stimmung im Raum verändert!«

»Kannst du rückwärts fühlen?«, fragte Lina neugierig.

»Ja, klar«, sagte er. Dann fuhr er leise fort: »Jetzt bemerke ich zum Beispiel eine traurige Person hinter mir, vielleicht fünf Schritte entfernt. Damals im Coyote Café saß ich doch auch mit dem Rücken zu euch.«

»Ich brauche meine Augen, sonst funktioniert es nicht«, murmelte Lina.

»Noch«, erklärte er lächelnd. »Nach allem, was ich über die Mahlers weiß, sind eure Fähigkeiten nicht auf das Sehen beschränkt. Es unterstützt euch nur.« Er strich über Linas Hand. »Ich gehe schnell zu meinem Dad, damit er weiß, dass wir da sind. Sonst macht er sich am Ende noch Gedanken.«

»Okay«, antwortete sie, als er sich erhob. Leo hatte erst die halbe Strecke zurückgelegt, da blickte Theo in seine Richtung und zwinkerte. Leo drehte sich um und kam zu Lina zurück.

»Seid ihr Telepathen?«, fragte sie erstaunt und runzelte ihre Stirn.

»Nein, das nicht. Aber auch über unsere Gefühle können wir einander unterschwellig Botschaften übermitteln.«

»Was hast du ihm gesagt?«

»Ungefähr so viel wie: Hier sind wir, alles ist gut. Etwas, das auch jeder normale Mensch mit Augen und Gesten signalisieren kann.«

»Das wird ja immer doller …« Lina schüttelte den Kopf.

»Mal sehen, ob ich dir auch etwas mitteilen kann«, überlegte er und blickte ihr so tief in die Augen, dass in ihrem Inneren die Schmetterlinge aufstoben. Seine Aura färbte sich kräftig himbeerrosa.

»Ich dich auch«, murmelte sie glücklich.

Leo lachte. »Siehst du?«, sagte er zufrieden.

Das Seminar begann. Theo war ein brillanter Redner, der seine Zuhörer sofort für sich einnahm. Dies konnte natürlich auch an dem hohen Preis liegen, den die Teilnehmer bezahlt hatten.

Der Tag entwickelte sich für Lina zu einem eindrücklichen Erlebnis. Gespannt analysierte sie den Aufbau des

Vortrages: Theo sprach zunächst über die Ängste aus der Kindheit, die man liebevoll loslassen müsse. Nach dem Mittagessen wurde die Großgruppe aufgeteilt und ein Trainerstab übernahm. Jetzt wurde viel geweint, denn man setzte sich mit den Schattenseiten der Jugend und des Erwachsenwerdens auseinander. Als Lina einen älteren Mann dabei beobachtete, wie er herzzerreißend schluchzte, wurde es ihr zu viel: Sie signalisierte Leo, dass sie den Raum verlassen wolle.

Nach einem Kaffee in dem großen Seminarhotel kehrten sie wieder zur Hauptveranstaltung zurück. Lina spürte, dass in allen Gruppen geweint worden war. Viele Auren waren graublau gefärbt. Sie selbst hatte die Botschaft des Seminars nicht an sich herangelassen, denn sie wollte nicht wegen ihrer hartherzigen Mutter in Tränen ausbrechen, sondern das Geschehen als angehende Psychologin beobachten.

Dann endlich geschah, worauf sie den ganzen Tag gewartet hatte: Theo forderte die Menschen zur Versöhnung mit dem Kindheitsschmerz auf. Der Psychologe strahlte mit der Sonne, die draußen schien, um die Wette. Von ihm ging ein glitzernder Nebel aus, der sich langsam über den gesamten Saal verteilte. Der zarte Schimmer tröstete die Teilnehmer, die eben noch geschluchzt hatten. In den vorderen Reihen erkannte Lina bereits die ersten lächelnden Gesichter. Redend und gestikulierend lief Theo an seinem Publikum vorbei und verstärkte seine Aura auch in den hinteren Reihen. Er verhielt sich, als wolle er ein geistiges Feuer entzünden, das den ganzen Raum entflammen sollte.

Nur wenige Minuten später badeten alle Anwesenden in einem wärmenden und glitzernden gelbweißen Licht. Eine Frau drehte sich zu Lina um und umarmte sie herzlich. »Ist das nicht fantastisch?«, murmelte sie beseelt. In der offenen Handtasche, die neben ihrem Stuhl stand, bemerkte Lina etliche zerknüllte Papiertaschentücher.

Sie war tief beeindruckt. Eine solche Fähigkeit … Man konnte Panik bei einer Massenveranstaltung kontrollieren, Menschen einen schönen Tag ermöglichen oder bei einer Verkaufsveranstaltung dafür sorgen, dass die Produkte einem aus den Händen gerissen wurden.

Obwohl Theo die vielen Artikel, die im Foyer verkauft wurden, kaum erwähnt hatte, bildeten sich nach dem Ende der Veranstaltung lange Schlangen vor den Tischen. Kaum ein Besucher verließ das Seminar ohne eine CD oder ein Buch. Die meisten erhielten eine Stofftasche mit dem Logo des Psychologen, da sie mehrere Artikel erwarben.

»Wenn sie zu Hause sind, ist der Glanz weg«, flüsterte Lina betroffen.

Leo widersprach. »Sie haben erlebt, dass sie über ihre unangenehmen Gefühle Herr werden können und dass sie nicht verloren sind, sobald die Emotionen in ihnen aufwallen. Diese Erfahrung wird sie in den kommenden Wochen stärken.«

»Immerhin«, murmelte Lina, was Leo aber nicht hörte, da er nach seinem Vater Ausschau hielt.

»Komm, lass uns zu ihm gehen«, sagte er und zog sie nach vorne.

Sie wechselten ein paar belanglose Worte mit Theo, der sichtlich erschöpft wirkte.

»Gleich muss ich noch ein Abschlussgespräch mit meinem Trainerteam moderieren«, sagte er, bevor er sich von ihnen verabschiedete und dann in einem Nebenraum verschwand.

Ohnehin wurde es Zeit aufzubrechen, denn Leo hatte für die letzte Nacht des Ausfluges ein Hotel in Nürnberg gebucht. Und so bummelten die beiden später glücklich durch die altehrwürdige Lebkuchenstadt und genossen die Erleichterung, Julius überzeugt zu haben, dass Lina lediglich das geringfügige Talent ihrer Großmutter geerbt hatte.

Vierundzwanzig

Endlich war das erste Semester unter Kontrolle, wie Angie es Lina gegenüber ausdrückte. Sie hatten alle Klausuren bestanden, was beide sehr erleichterte.

Nevio war in Statistik durchgefallen, musste daher eine Prüfung wiederholen und war entsprechend frustriert. Angie hatte versprochen, ihn beim Lernen zu unterstützen, was Lina nicht gerade glücklich stimmte: Nach wie vor hatte sie Angst davor, dass ihr Kommilitone sich wieder in sie verlieben könnte. Ihre Sorge war jedoch unbegründet, denn Angie fragte ihn so intensiv ab, dass er jedes Mal völlig erledigt war, wenn er die WG verließ.

Auf gewisse Weise teilte Lina Nevios Schicksal. Zwar hatte sie die Prüfungen bestanden, aber dafür verlangte Leo von ihr das Unmögliche: Lina sollte die Gefühle abwehren, die er in ihr auslöste. Allmählich gelang es ihr etwas besser als zu Beginn, allerdings war es verführerisch, sich in den positiven Stimmungen, die er sandte, auszuruhen. Es war, als würde er sie locken – und sie musste der Versuchung entspannter Freude, herrlicher Ausgelassenheit oder sanft durch sie hindurchkriechender Liebe entsagen.

Bei negativen Gefühlen verkrampfte sich ihr Inneres sofort. So schnell wie möglich wollte sie die ungewünschten Emotionen aus sich heraus sperren, aber je stärker sie es versuchte, desto schwieriger wurde es. Und wenn sie sich die Stirn rieb und sagte, dass sie eine Pause benötige, zuckte Leo nur scheinbar gleichgültig mit den Schultern.

»Du musst in deinem Leben immer einen Schmerz ertragen«, pflegte er zu dozieren, »entweder den Schmerz der Disziplin oder den Schmerz des Bedauerns.« Dann setzte er die Übung fort, die sie gerade durchführten.

»Woher weiß ich, wann ein Gefühl mir gehört?«, fragte sie immer wieder, wenn die Grenze zwischen Eigen- und Fremdgefühlen im Laufe der Trainingsstunde zu verschwimmen drohte.

Manchmal war der Unterricht so anstrengend, dass sie unsicher war, ob sie Leo wirklich liebte. Konnte man jemanden lieben, der einen solch unangenehmen Strapazen aussetzte? Und woher sollte sie wissen, dass sie ihn liebte, wenn er das Gefühl mit einer simplen Technik in jedem Menschen auslösen konnte?

Leo spürte ihre innere Zerrissenheit, aber trotzdem bestand er auf den regelmäßigen Übungsstunden. »Wenn du die Fähigkeit erst beherrschst, weißt du genau, welche Gefühle dir gehören und welche den anderen Menschen. Das ist sehr nützlich, denn auch normal begabte Leute übertragen ständig Emotionen. Denk nur an ein Fußballspiel oder ein Rockkonzert! Und Eltern geben ihre Gefühle an ihre Kinder weiter und die Kinder übertragen sie untereinander. Babys haben nur eine Aufgabe zu Beginn ihres Lebens: Dafür zu sorgen, dass die Eltern sich um sie kümmern. Ständig sind deine eigenen Emotionen von Fremdgefühlen überlagert, das ist keine Ausnahmesituation, sondern die Normalität.«

»Aber keines dieser Gefühle ist so stark wie das, was von dir kommt!«, widersprach Lina.

»Umso gefährlicher!«, sagte er mit Nachdruck. »Du erkennst mittlerweile genau, wenn ich eine intensive Stimmung in dir auslöse. Aber du hast keine Ahnung, wenn dich die schlechte Laune der Kassiererin im Supermarkt streift und du den Laden ein wenig deprimierter verlässt, als du ihn betreten hast.«

»Was folgt, wenn ich Manipulationen abblocken kann?«, fragte sie interessiert.

»Danach lernst du, deine eigenen Emotionen willentlich zu steuern«, antwortete Leo.

»Das geht?«

»Was glaubst du, wie ich Gefühle auf dich übertrage?«, fragte Leo mit spöttischem Unterton. »Ich kann nur weitergeben, was auch in mir vorhanden ist.«

Sie runzelte die Stirn und dachte nach. »Dann darf ich mich nie wieder von meinem Bauchgefühl leiten lassen?«

Leo schüttelte den Kopf. »Das ist nicht richtig, denn du kannst dein eigenes Erleben nur kurzfristig beeinflussen, indem du dich konzentrierst und dich in eine Situation versetzt, in der du dieses Gefühl hattest.«

»Das beruhigt mich ja irgendwie. Und was kommt danach?«

»Dann wirst du Gefühle auf andere übertragen, also zunächst einmal auf mich.«

»Und anschließend?«, hakte sie nach.

»Ich habe keine Ahnung!« Er zuckte mit den Schultern. »Ich befinde mich ja noch in der Ausbildung und mehr habe ich bisher nicht gelernt.«

»Wer unterrichtet dich eigentlich?«

»Von den Seminaren habe ich dir ja schon mal erzählt. Wenn ich in München bin, unterrichtet mich mein Dad. Und hier in der WG haben wir einige Lehrer, die von unseren Vätern bezahlt werden, damit sie uns ausbilden.«

»Oh, das wusste ich nicht. Wie bewältigst du das alles?«

»Ich brauche relativ wenig Schlaf und komme mit fünf bis sechs Stunden aus«, antwortete er. »Und ich habe gelernt, mich in den Vorlesungen gut zu konzentrieren, das spart ebenfalls Zeit.« Dann wandte er sich Lina zu, grinste hämisch und sandte so unvermittelt einen Schwall Wut und

Aggression, dass sie beinahe auf die Kissen ihres Bettes eingedroschen hätte. Rasch biss sie die Zähne zusammen, fing sich und blockierte das Gefühl. Ein Rest Wut blieb und sie blickte Leo zornig an.

»Gut gemacht«, sagte er leichthin.

Leo war gnadenlos, was das Training betraf.

»Ist das wirklich notwendig?«, fragte Angie ihn nach einem seiner Besuche. »Sie ist total dünnhäutig geworden! Und guck sie dir mal an – ihr Teint hat seine Frische verloren, sie wirkt beinahe grau im Gesicht.«

»Da mussten wir alle durch«, erwiderte er. »Es tut mir auch weh, sie leiden zu sehen, aber sie lernt es sonst nicht.«

»Das ist hart!« Angie seufzte.

»Hilf ihr bei der nächsten Seminararbeit, dann hat sie eine Sorge weniger«, schlug Leo vor.

»Besser als nichts«, gab Angie zu. »Aber es wäre trotzdem gut, wenn du einen Gang zurückschaltest, okay?«

Während die beiden sich unterhielten, saß Lina teilnahmslos auf ihrem Stuhl und hörte zu, ohne irgendetwas zu erwidern. Sie war müde und fühlte sich erschöpft.

Und es wurde noch schlimmer: Zu Beginn des zweiten Semesters lief sie mit starken Augenringen durch die Universität, die sich auch mit Make-up nur unvollständig abdecken ließen. Außerdem war sie viel zu faul, um an so etwas Unnötiges wie Concealer oder Lidschatten Zeit zu verschwenden. Sogar Dozenten sprachen sie auf ihr schlechtes Aussehen an. Andreas, dem sie zufällig auf dem Gelände begegnete, bestand auf einer Unterredung. Er wollte unbedingt wissen, was Lina fehlte.

»Es ist nichts«, wehrte sie ab, aber niemand glaubte ihr. Während ihre Kommilitonen den Sommeranfang genossen, wirkte Lina bleich und resigniert.

Angie hatte schon beinahe beschlossen, Leo das Besuchsrecht in ihrer gemeinsamen WG zu verweigern, als sich die

Situation endlich verbesserte: Lina konnte nicht erklären, wann oder warum es geschehen war, aber plötzlich unterschied sie zielsicher zwischen Eigen- und Fremdgefühlen. Sie spürte den winzigsten Anflug jeder Manipulation und schirmte sich erfolgreich ab.

»Du hast es geschafft!«, jubelte Leo glücklich, nachdem er den ganzen Nachmittag daran gescheitert war, ihre Gefühle zu verändern. »Zwar beherrschen erfahrene Wagners die Technik noch besser als ich, aber da du das Prinzip jetzt verstanden hast, lernst du den Rest, wenn es so weit ist.«

Eine rosige Frische kehrte in Linas Gesicht zurück. Leo versuchte weiterhin, in allen möglichen Situationen ihre Gefühle zu manipulieren, aber er drang nicht mehr durch, egal ob sie gerade meditierte oder eine Frage in der Vorlesung beantwortete.

Mit der wiedergewonnenen Kraft und der neu erlernten Fähigkeit wandelte sich Linas Resignation in Selbstbewusstsein. Darko musterte sie bei jeder sich bietenden Gelegenheit, aber sie ignorierte ihn entspannt. Bestimmt war ihm ihre Veränderung aufgefallen, aber er konnte ihr nichts mehr anhaben, und diese Sicherheit strahlte sie unbekümmert aus.

In der Vorlesung saß sie jetzt wieder gerne in der ersten Reihe. Längst machte es ihr nichts mehr aus, Darko in ihrem Rücken zu spüren. Häufig nahm Leo einige Reihen hinter ihr Platz und versuchte, in ihre Gefühle einzudringen. Aber Lina wehrte ihn so routiniert ab, wie man eine Mücke vom Arm wischte.

»Findest du nicht, dass wir genug geübt haben?«, fragte sie ihren Freund auf dem Weg in die Mensa, nachdem Leo wiedermal versucht hatte, Wut und Angst auf sie zu projizieren.

»Wir haben vorgestern zum letzten Mal trainiert«, antwortete er verwundert.

»Nein, ich meine die Angriffe von eben«, erklärte Lina. »Wut und Angst … Ich dachte schon, du wolltest Darko kopieren.«

Leo lachte. »Ich glaube, du fühlst weiße Mäuse! Heute kam ich eine Dreiviertelstunde zu spät in die Vorlesung. Und dann habe ich die Abschrift eines Mitstudenten kopiert und mich auf den Vorlesungsstoff konzentriert.«

»Du hast mich nicht angegriffen? Aber das bedeutet ja dann, dass …«

Leos Aura verdunkelte sich. »Darko! Nur er kann es gewesen sein.«

»Jetzt, wenn ich darüber nachdenke … es hat auch mitten in der Vorlesung aufgehört. Wahrscheinlich hat er mich nur so lange drangsaliert, bis du rein kamst.«

»Du kannst mich nicht von Darko unterscheiden?« In seiner Stimme schwang Entsetzen mit.

»Ich habe nicht großartig darauf geachtet, immerhin musste ich ja auch mitschreiben«, verteidigte sie sich.

»Gleich nach dem ersten Angriff hättest du den Raum verlassen müssen, um Darko zu überzeugen«, sagte Leo nachdenklich.

»Du meinst«, fragte sie, »dass er jetzt weiß, dass ich Gefühle abwehren kann? Aber das konnte ich doch bei Michael auch.«

»Damals hast du eine andere Technik angewendet, das ist nicht dasselbe.« Leo runzelte die Stirn. »Das könnte Ärger bedeuten! Wenn Darko seinen Vater informiert …«

»Daran habe ich gar nicht gedacht«, erwiderte sie betroffen.

»Verdammt, ich hätte auch nicht geglaubt, dass Darko es wagt, dich in der Vorlesung mit seiner Scheißwut anzugreifen! Wie kann dieser Mensch mein Cousin sein?«

»Wie kann meine Mutter meine Mutter sein?«, fragte sie zurück. »Es sind nicht nur die Gene, die uns ausmachen.«

»Du musst jetzt vorsichtig sein. Und wir müssen uns eine Strategie überlegen.«

Trotz der Sorge um Linas Sicherheit ging das Training weiter. Leo brachte ihr jetzt bei, wie sie ihre eigenen Emotionen verändern konnte. Zunächst musste sie sich für jedes Gefühl eine passende Situation aus der Vergangenheit ins Gedächtnis rufen, aber bald konnte sie sich von dieser Eselsbrücke lösen.

»Du bist talentiert«, sagte Leo nach der ersten Stunde. »Wenn das so weitergeht, können wir nächste Woche damit anfangen, Gefühle zu übertragen.«

An diesem Unterricht war Lina sehr interessiert. Sie stellte sich vor, wie sie Nevio davon abhalten würde, sich in sie zu verlieben. Oder … Nur wo war die Grenze? Wann schützte sie jemanden und wo begann die Manipulation? Je häufiger sie sich mit solchen Gedanken auseinandersetzte, desto besser verstand sie, warum Leo in seiner Jugend die großen Philosophen studiert hatte. Es war nicht einfach, Antworten auf die Fragen zu finden, die ihre Fähigkeiten mit sich brachten.

Aber in einem Punkt war sie sich sicher: Niemals würde sie in einem anderen Menschen Panik auslösen, um ihr Ziel zu erreichen.

»Du denkst nur daran, was du mit Angst alles bewegen kannst«, sagte Leo. »Bald wirst du verstehen, dass man die Menschen mit Hilfe von Liebe und Anerkennung – oder deren Entzug – viel genauer und zielgerichteter manipulieren kann. Jemand, der fest davon überzeugt ist, dich zu lieben, wird alles für dich tun. Er würde sich sogar für dich umbringen.«

Lina erschauderte. Die Vorstellung war gespenstisch. Aber dann kam ihr ein Gedanke: »Hattest du Angst, deine Liebe auf mich zu übertragen?«, fragte sie vorsichtig. »Du warst sehr zurückhaltend, als wir uns kennenlernten.«

»Erwischt!«, gab er zu. »Meine Gefühle für dich waren so stark, dass ich mir nicht sicher war, ob ich dich unbewusst manipulierte. Also ließ ich es langsam angehen.«

»Aber wirklich überzeugt bist du erst, seit ich deine

Emotionen abwehren kann, richtig?«, bohrte sie weiter.

»Bis dahin blieb immer eine kleine Restunsicherheit.« Verlegen strich Leo sich durch seine Haare. »Du siehst, die Gabe hat viele Nachteile.«

Lina war froh und dankbar, endlich eine Erklärung für seine anfängliche Zurückhaltung gefunden zu haben. Nur ungern erinnerte sie sich an das frustrierende Gefühl, das sie immer beschlichen hatte, wenn sie ungeküsst von einem Treffen nach Hause gekommen war.

Als sie am Abend ihre Erkenntnisse mit Angie teilte, schlug diese sich an die Stirn: »Na klar! Das passt zu ihm! Leo wollte keine Marionette zur Freundin, die an seinen Fäden tanzt.« Dann ergänzte sie: »Wirst du jetzt die Pille nehmen, nachdem das endlich geklärt ist?«

Lina, die gerade in der Küche stand und die Teekanne reinigte, warf ungerührt einen klatschnassen Schwamm nach ihrer Freundin.

»Hey! Lass das!«, kreischte Angie und ergriff die Flucht. »Nur weil ich die Wahrheit ausspreche«, maulte sie laut aus ihrem Zimmer in Richtung Küche.

Lina war so glücklich über die neu gewonnene Gewissheit, dass sie für Angies Pragmatismus keinerlei Verständnis hatte. In ihrem Leben gab es schließlich wesentlich wichtigere Themen!

Und eine Woche später war es endlich so weit: Lina übertrug erstmals eine Emotion auf Leo – starke Freude.

»Du hast es geschafft!«, jubelte Leo und umarmte sie fest. So enthusiastisch sah sie ihn sonst nie, was aber auch an ihrer Beeinflussung liegen konnte. »Ich bin so stolz auf dich!«

Jetzt, nachdem sie das Prinzip begriffen hatte, war es plötzlich einfach. Sie lernte schnell, beliebige Gefühle für kurze Zeit in sich zu aktivieren. Schon nach wenigen Übungsstunden konnte sie Leos Stimmung in jede gewünschte Richtung lenken. Zunächst wehrte er sich nicht dagegen, aber mit der Zeit erhöhte er den Schwierigkeitsgrad, indem er sich stärker abgrenzte.

Dieses Training faszinierte Lina sehr. Zum ersten Mal konnte sie nachfühlen, was Darko dazu bewegte, seine Mitmenschen zu manipulieren: Die Macht verlieh ihr ein Selbstvertrauen, das sie bis dahin nicht für möglich gehalten hatte. Allein die Vorstellung, dass sie jetzt mit einem Fingerstreich verhindern konnte, von ihrer Mutter schlecht behandelt zu werden, war schwindelerregend!

Aber dann wurde sie nachdenklich. Tante Mel hatte irgendwann in ihrer Jugend gelernt, wie man Gefühle beeinflusste. Hatte sie genau das getan, woran jetzt auch Lina dachte? Ihre Schwester Ilse manipuliert?

Nach einer Trainingsstunde teilte Lina ihre Gedanken mit Leo: »Stell dir mal vor, du bist das hässliche Entlein der Familie – die, die kein Talent hat. Und dann kommt der Tag, an dem deine Schwester sich erdreistet, deine Gefühle zu manipulieren … falls Mel das gemacht hat, ich weiß es ja nicht … aber wenn … dann verstehe ich, warum meine Mutter ihre Familie so früh verlassen hat. Und dann wäre es auch nachvollziehbar, warum sie unter allen Umständen verhindern wollte, dass ich ihr irgendwann dasselbe antue.«

»Deine These ist recht wahrscheinlich, denn gerade am Anfang ist es enorm verführerisch, jede Situation wie gewünscht zu beeinflussen. Man fühlt sich wie ein kleines Kind, das den Schlüssel zu einem Süßwarenladen erhalten hat, aber trotzdem keine Schokolade naschen soll. Niemand kann widerstehen.«

»Du auch nicht?«, fragte sie neugierig.

Leo grinste. »Ich war 14 Jahre alt, als ich die Fähigkeit erstmals halbwegs kontrolliert einsetzen konnte. Dann habe ich all meine Freunde eingeladen und unsere Köchin dazu gebracht, mir fünf riesige Pizzen zu backen – nach ihrer regulären Arbeitszeit. Bei der dritten Feier bemerkte mein

Vater den merkwürdigen Enthusiasmus seiner Angestellten und machte dem Spuk ein Ende. Er war außer sich, geradezu rasend vor Wut. Ich hatte ihn sehr enttäuscht.«

»Hat er es dir verboten?«, fragte Lina.

»Meine Strafe bestand darin, ein philosophisches Grundlagenwerk zu studieren. Einen Wälzer von über 400 Seiten! Er verlangte von jedem Kapitel eine handschriftliche Zusammenfassung.«

»Philosophie als Strafe?«

»Ja und nein. Natürlich habe ich Wochen gebraucht, bis ich das letzte Kapitel abgeben konnte, aber der Text hat mich für mein Tun sensibilisiert. Nach Beendigung der Aufgabe sah ich meinen Fehler ein – und dann schenkte Dad mir zur Belohnung ein teures Mountainbike, das ich mir schon lange gewünscht hatte.«

Es erstaunte Lina, dass Leo trotz des offensichtlichen Reichtums seiner Familie nicht jeden materiellen Wunsch sofort erfüllt bekommen hatte – auf der anderen Seite war es nachvollziehbar, dass ein Psychologe bei der Erziehung auf solche Dinge achtete.

Jetzt zielte Leos Unterricht darauf ab, Linas Fähigkeiten zu verfeinern. Sie übte nicht nur mit Leo, sondern auf deren ausdrücklichen Wunsch hin auch mit Angie, die verwundert erlebte, dass Menschen sich auch anders fühlen konnten als sie selbst – nämlich ängstlich, wütend, neidisch, depressiv oder traurig.

»Das hilft mir für meinen späteren Beruf«, versicherte sie Lina, als ihr nach einem einstündigen Training die Schweißperlen auf der Stirn standen. »Wie soll ich später meinen Patienten helfen, wenn ich keine Ahnung habe, was sie gerade durchmachen?«

Lina beobachtete ihre Freundin genau, denn sie wollte vermeiden, dass ihre Manipulationen bei Angie Spuren hinterließen. Außerdem achtete sie darauf, gegen Ende der

Übungsstunde nur noch positive Emotionen zu übertragen, damit Angie nicht traurig oder ängstlich zurückblieb.

Mit den neu erlernten Fähigkeiten eröffnete sich für Lina eine neue Welt, die aus zahlreichen Farben, Formen und Mustern bestand. Sie erkannte nicht nur das vorherrschende Gefühl einer Person, sondern konnte anhand feiner Schattierungen, Muster und winziger Vibrationen Rückschlüsse auf Charakter und Gewohnheiten ziehen.

Bei ihrer Arbeit auf der psychiatrischen Wohnstation beobachtete sie, dass sich die Emotionen der demenzkranken Patienten sehr unterschiedlich zeigten. Erna Bergs Aura hellte sich immer auf, sobald sie Lina erblickte. Lina konnte jetzt noch besser mit der alten Dame kommunizieren, da sie sofort erkannte, ob Frau Berg eine ihrer pflegerischen Tätigkeiten mochte oder nicht. Bald stellte sie fest, dass viele Patienten anhänglich wurden und ihr große Zuneigung entgegenbrachten.

»Du reagierst darauf, wie sie sich fühlen, kein Wunder, dass sie dich lieben«, sagte Leo. Seine Stimme klang nicht erfreut, sondern eher resigniert.

»Was ist daran falsch? Schwester Elke ist begeistert.«

»Was du da machst, das ist gefährlich! In unserer Familie erzählt man gern eine Legende, um dies zu verdeutlichen.« Er machte es sich auf Linas Bett gemütlich und bat sie, sich zu ihm zu setzen. Dann räusperte er sich und begann zu erzählen:

»Marco war ein genügsamer Schäfer, der jeden Sommer mit seinen Schafen durch das Konzer Tälchen zog. Obwohl er die Fähigkeit besaß, Gefühle zu beeinflussen, liebte er sein einfaches Leben. Leicht hätte er seinen sozialen Status verbessern können, aber Geld interessierte ihn nicht.

Der Schäfer genoss das Zusammensein mit den Tieren, deren Emotionen nur dumpf zu ihm durchdrangen. Er bezweifelte, dass Schafe viel fühlen konnten. Eines Tages führte ihn sein Weg an ein ungepflegtes Haus. Eine junge Frau lebte darin, deren Eltern gerade verstorben waren. Zwar besaß die Frau noch etwas Erspartes, musste also nicht Hunger leiden, aber der Kummer zerfraß ihre Seele. Heute würde man sagen, dass sie unter einer Depression litt. Marco tat die Frau unendlich leid – und so erleichterte er ihr mit Hilfe seines Talents die schwere Last der unangenehmen Gefühle. Die Frau bemerkte schnell, wie gut ihr die Anwesenheit des Schäfers tat, und suchte hartnäckig seine Nähe.

Doch Marco konnte ihr Leiden nicht auf Dauer lindern. Deshalb kam sie schon bald mit einem Fell zu ihm auf die Weide und bat darum, nachts neben ihm schlafen zu dürfen. Im Dorf wurde der Schäfer unbeliebt, denn man erzählte sich hinter vorgehaltener Hand, dass er die junge Frau verhext habe. Schnell wurde ihm klar, dass er weiterziehen musste. Die Frau flehte ihn an, zu bleiben, dann bat sie eindringlich darum, mitkommen zu dürfen.

Marco wollte und konnte nicht mit ihr leben. Eines Abends flößte er ihr einen Schlaftrunk ein und am frühen Morgen verließ er sie zusammen mit seinen Schafen. In den nächsten Wochen lebte er wieder sein einfaches und glückliches Schäferleben. Doch die Frau hatte ihn nicht vergessen. Ihre Liebe, die sie für ihn zu empfinden glaubte, hatte sich in Wut verwandelt. Außerdem hatte seine Flucht sie zutiefst gekränkt. Eines Tages, als der Schäfer gerade auf einer Wiese in der Sonne lag und döste, schlich sie sich an und schnitt ihm kaltblütig mit einem Messer die Kehle durch.«

»Warum hat sie ihn getötet?«, fragte Lina erstaunt.

»Nur in seiner Nähe fühlte sie sich gut, das interpretierte sie als Liebe. Als er ihr die Zuneigung entzog, wurde sie wieder depressiv und zusätzlich eifersüchtig. Marco hatte die Frau schwer gekränkt und sie sann nach Rache. Wenn sie den Schäfer nicht erobern konnte, sollte auch keine andere ihn bekommen.«

»Soweit habe ich nicht gedacht«, gab Lina zu. »Einige Patienten sind auf ähnliche Weise süchtig nach mir, obwohl ich ihre Gefühle nicht beeinflusst habe. Aber ich reagiere besser auf ihre Bedürfnisse als die Schwestern.«

»Die Patienten der Demenzstation können dir nicht mit einem Messer folgen«, sagte Leo, »trotzdem musst du dich in Zukunft vorsehen. Das Schlimmste, was du mit deinen Fähigkeiten anrichten kannst, ist, jemanden dazu zu bringen, sich in dich zu verlieben. Das hat fast immer verheerende Auswirkungen.«

»Was soll ich tun?«, fragte sie. »Die Wünsche der Bewohner ignorieren? Blind durch die Welt gehen? Das kann ich nicht!«

»Du musst dir auf jeden Fall eine partielle Blindheit angewöhnen. Wenn du deine Gabe ständig einsetzt, wirst du in Gefahr geraten. Davon abgesehen könnte dich jemand zufällig bei deinem Treiben beobachten.«

Bei ihrem Treiben … So, wie Leo sprach, handelte es sich um etwas Unehrenhaftes und Verwerfliches – dabei wollte sie den Menschen doch nur helfen!

Lina versprach, mit ihren Fähigkeiten nicht leichtfertig umzugehen. Trotzdem war sie sicher, dass sie Nevios Gefühle sofort manipulieren würde, falls er auf die Idee kam, sich erneut in sie zu verlieben. Aber diesen Gedanken behielt sie lieber für sich.

Fünfundzwanzig

Bei ihrem nächsten Dienst auf der psychiatrischen Wohnstation versuchte Lina, die Gefühle ihrer Tante zu erforschen, wurde aber enttäuscht: Selbst ein Stein besaß ein tieferes emotionales Empfinden als Tante Mel.

Trotzdem gab Lina nicht auf: Sie rief sich eine besonders wärmende und fröhliche Situation in Erinnerung und ließ eine orange-gelbe Aura um sich herum entstehen, die ihre Tante vollständig einhüllte. Angie war im Training vor Freude fast an die Decke gesprungen, aber Mel blieb teilnahmslos. Lina versuchte es noch mit zwei weiteren Emotionen und gab dann enttäuscht auf.

»Was ist los?«, fragte Schwester Elke, als sie die Unzufriedenheit ihrer studentischen Aushilfskraft bemerkte.

»Ich hatte gehofft, dass meine Tante sich entwickelt. Auch wenn es unwahrscheinlich war … trotzdem hatte ich Hoffnung. Aber es verändert sich nichts.« Hilflos zuckte Lina mit den Schultern.

»Ein wenig fühle ich mich schuldig«, gab Schwester Elke zu, »immerhin habe ich deine Erwartungen durch meine Bemerkungen erst geweckt. Wenn du möchtest, bitte ich unseren Stationsarzt, dir ihre Krankheit zu erklären. Das macht er bestimmt.«

»Das wäre wirklich sehr nett! Ich rätsele nämlich schon so lange, was genau sie eigentlich hat.«

Während des Dienstes achtete Lina jetzt darauf, eine

professionellere Einstellung an den Tag zu legen: Sie war freundlich, nutzte ihre Gabe aber nur noch im Notfall und sehr diskret. Seit Leo sie für das Thema sensibilisiert hatte, fiel ihr auf, dass er mit seiner Warnung recht gehabt hatte: Zwei der Aushilfspflegerinnen waren neidisch auf sie.

Lina juckte es in den Fingern und in einem schwachen Moment schoss sie ihre Vorsicht in den Wind und manipulierte im Vorbeigehen ein winziges bisschen Fröhlichkeit in jede der beiden Kolleginnen. In Zukunft würde sie darauf achten, keinen Grund mehr für Neid aufkommen zu lassen. Das fiel ihr schwer, denn die Anerkennung, die sie durch ihre Gabe immer erhalten hatte, fehlte ihr. Aber bei Schwester Elke hatte sie nach wie vor einen Stein im Brett. Ihre Chefin hatte tatsächlich den Stationsarzt gebeten, sich mit ihr zu unterhalten.

»Der Fall Ihrer Tante ist sehr merkwürdig, Frau Bell«, begann der Arzt. »Seit ich auf dieser Station arbeite, recherchiere ich regelmäßig zu diesem Thema. Dabei habe ich herausgefunden, dass es noch mehr solcher Fälle gibt. Erstaunlicherweise haben alle Patienten irgendetwas mit Trier zu tun. Und es sind ausnahmslos Frauen. Sie haben hier gelebt, studiert oder sind hier geboren. Zwei Fälle werden in Mainz behandelt. In München konnte ich drei Fälle identifizieren. Und Berlin – dort sind es sogar sieben Fälle.«

Lina hielt den Atem an. Berlin … das konnte nur das Werk von Julius Wagner und seinen Verbündeten gewesen sein.

»Haben Sie irgendwelche Hinweise, wie man den Patientinnen helfen könnte?«, fragte sie.

»Leider nein, und das, obwohl mir dank der Kollegen in der Charité umfangreiche Untersuchungsergebnisse vorliegen. Die Krankheit ist merkwürdig: Das Gehirn ist überall gut durchblutet, alle Reflexe funktionieren und es gibt keine organische Ursache. Meine Berliner Kollegen haben ihre sieben Patientinnen nach allen Regeln ihrer Kunst auf den Kopf gestellt. Das Einzige, was wir bei allen Erkrankten fanden, waren niedrige Hormonspiegel. Wir haben die fehlenden Substanzen verabreicht, aber das hat den Allgemeinzustand der Patienten nicht verbessert. Frau Morgan fing an zu zittern, zeigte aber sonst keine Reaktion. Daher haben wir die Behandlung wieder abgebrochen.«

»Wäre es eventuell möglich«, begann Lina vorsichtig, »dass ich Zugang zu den Patientendaten bekäme? Ich suche noch ein Thema für meine nächste Hausarbeit und würde gern meinem Dozenten vorschlagen, über diese Fälle zu schreiben.«

»Ich denke, das sollte kein Problem sein, Frau Bell. Wenn Sie eine Verschwiegenheitserklärung unterschreiben, in der Sie bestätigen, die Daten vertraulich zu behandeln, kann ich Ihnen meine Ergebnisse in anonymisierter Form überlassen. Ich kläre das bis nächste Woche.«

Lina dankte dem Arzt und machte sich nachdenklich auf den Heimweg. Bestimmt wusste Granny, wie und woran Tante Mel erkrankt war. Aber warum tat sie nichts für ihre Tochter? Es musste doch eine Möglichkeit geben, sie zu heilen! Vielleicht konnte man irgendwo einen mächtigen Wagner finden, der einen Funken Moral und Anstand besaß?

Zwei Tage später erhielt sie einen Anruf von der Station. Sie durfte die Daten des Stationsarztes abholen, wenn sie die Erklärung an Ort und Stelle unterzeichnete. Lina fuhr sofort nach den Vorlesungen in die Stadt und begann am selben Abend, die Unterlagen zu lesen.

»Ob diese Frauen alle mit mir verwandt sind?«, fragte sie, als Angie sich mit einer Tasse Tee zu ihr setzte.

»Du hast doch dieses Buch, das sich Familienkunde nennt. Vielleicht findet sich da ein Hinweis?«

In den folgenden Tagen fertigte Lina Steckbriefe an. Sie schrieb auf, in welcher Stadt die Patientinnen gewohnt hatten und zu welcher Zeit sie bewusstlos geworden waren. Dabei fiel ihr auf, dass zwei Berliner Frauen und eine Münchnerin etwa zur gleichen Zeit ins Koma gefallen waren wie Tante Mel. Ob es sich um eine Art Feldzug gehandelt hatte? Ein mentaler Krieg?

Sie fand heraus, dass vier der älteren Patientinnen in ihrem Familienkundebuch auftauchten, zumindest stimmten die Geburtsdaten exakt mit denen der anonymisierten Patientendaten überein.

Ein Gespräch mit Leo brachte keine Neuigkeiten – er hatte von Melanie Morgan erstmals auf der Familienkonferenz erfahren und kannte keinen der vier Namen aus der Mahler'schen Chronik.

»Dieser Teil meiner Familiengeschichte – der mich sehr schmerzt – wird in meiner Verwandtschaft nur hinter vorgehaltener Hand diskutiert, wenn überhaupt. Niemand, der an solch einem schrecklichen Verbrechen beteiligt war, würde damit hausieren gehen«, sagte er.

Nachdem Lina das Buch mit den Daten abgeglichen hatte, sperrte sie alle Unterlagen in ihren Schrank. Nur einige der älteren Wagners konnten genau wissen, was vorgefallen war – oder die Wachkomapatienten, wenn man sie irgendwie heilen konnte. Aber die Chancen für Tante Mel und die anderen Patienten standen denkbar schlecht.

Auch wenn es Lina schwerfiel: Sie musste dieses Kapitel wohl innerlich abschließen.

Sechsundzwanzig

Seit dem Vorfall vor dem BWL-Seminarraum war Darko nicht nur wütend auf Lina – nein, er hatte einen tiefgehenden Hass auf sie entwickelt.

Von Anfang an hatte er gewusst, dass mit der Studentin etwas nicht stimmte. Die hatte es faustdick hinter den Ohren, und die Show als scheues Reh, die sie immer abzog, nahm er ihr sowieso nicht ab.

Wegen ihr hatte es jetzt auch noch Streit innerhalb der Familie gegeben. Das musste man sich mal vorstellen! Sein Vater hatte Lina mit einem absolut gerechtfertigten Kälteangriff geprüft. Leider hatte sein Onkel Theo die Wirkung sofort wieder aufgehoben. Darko gönnte Lina das bisschen Frost und hoffte, dass sie sich bald von seiner Familie fernhalten würde.

Aber vorläufig waren ihm dummerweise die Hände gebunden. Die Regeln besagten, dass man zunächst versuchen musste, einen Konflikt innerhalb der eigenen Familie beizulegen, bevor man das Oberhaupt des Clans darum bitten durfte, den Fall zu entscheiden. Sein Vater und sein Onkel hatten sich einen Abend lang ausgesprochen und waren zu einer Einigung gelangt. Wie schade! Julius Wagner hatte erstklassige Kontakte zum Oberhaupt und der wäre sicher nicht so nachlässig mit Lina umgesprungen.

Aber so wie die Dinge jetzt lagen, hatte sein Vater ihm befohlen, Lina und Leo in Ruhe zu lassen – und er hatte ihm eine harte Strafe für den Fall angedroht, dass er sich nicht an die Vorgabe hielt.

»Ich muss mich auf dich verlassen können, wenn du weiterhin in Trier studieren möchtest«, hatte er ihm unmissverständlich klargemacht.

Zähneknirschend hatte Darko zugestimmt – gegen die Weisung der eigenen Eltern zu verstoßen, führte immer zu unangenehmen Konsequenzen. Und so sehr es ihn ärgerte, er war nach wie vor von ihnen abhängig, da er seine Fähigkeiten noch verbessern wollte und auch ihr Geld benötigte, bis er seinen Master in der Tasche hatte.

Theo wiederum hatte zugesichert, dass weder Leo noch Lina ihn in Zukunft provozieren würden. Leo war jedoch ohne Strafandrohung weggekommen, was Darko zusätzlich verbitterte.

Strafe hin oder her – Darko verfolgte weiterhin das Ziel, Lina als talentierte Erbin der Mahlers zu enttarnen. Er musste jetzt nur geschickter vorgehen und darauf achten, dass niemand ihn bei seinem Tun erwischte.

Aber nachdem in letzter Zeit einiges für ihn schief gelaufen war, hatte er endlich Glück. Er saß im Psychologieseminar und kein Empath war anwesend, der ihn verraten konnte. Da Leo jeden Moment erscheinen würde, wartete er nur wenige Minuten, bis er Lina angriff.

Vergeblich!

Zweimal prallte er von ihr ab.

Weshalb? Es gab nur zwei Optionen: Entweder war sie so heftig verliebt, dass ihre starken Gefühle ihm den Zugang verwehrten, oder sie hatte gelernt, sich zu schützen. Da Lina und Leo ständig wie die Kletten aneinanderhingen, ging er vorläufig davon aus, dass ihre Frühlingsgefühle ihn blockierten. Aber überzeugt war Darko noch lange nicht. Daher beobachtete er Lina und suchte weiter nach einer günstigen Gelegenheit, um ihr wahres Ich zu entlarven.

Darko war von Natur aus ungeduldig. Wann immer möglich, wählte er den schnellsten Weg, um sein Ziel zu erreichen. Aber nachdem sein Vater ihm gedroht hatte, dass er ihn nach dem Bachelor von der Uni nehmen würde, musste er vorsichtig vorgehen – auch wenn es ihm viel Geduld abverlangte.

»Du entkommst mir nicht!«, pflegte er zu denken, wenn er Lina von weitem beobachtete. Er merkte sich genau, mit wem sie sich traf und wen sie mochte. Hin und wieder notierte er sogar die Gefühle der Menschen in ihrer Nähe, um herauszufinden, ob sie ihr Umfeld in irgendeiner Weise manipulierte. Ihm fiel auf, dass Nevio ein gewisses Maß an Zuneigung für sie hegte, aber dies war nicht ungewöhnlich. Studenten verknallten sich andauernd ineinander.

Einmal hatte sich eine Kommilitonin trotz seines abweisenden Verhaltens in ihn verliebt – ihr hatte er den Spaß gründlich verdorben! Wann immer sie damals seine Nähe suchte, hatte er Ekel und Abscheu in ihr ausgelöst – und nach drei Tagen war er sein anhängliches Problem für immer los. Menschen vergaßen nie, wenn sie sich in Gegenwart eines anderen wiederholt elend fühlten. Auch Lina war nach wie vor misstrauisch, wann immer sie Darko erblickte. Aber ihr Empfinden hatte sich verändert: Sie verfiel nicht mehr in Panik, sondern schien ihn lediglich sorgfältig zu beobachten, wie er es auch bei ihr tat.

Es war nicht so, dass er kein Interesse an Frauen hegte, doch keine seiner Mitstudentinnen kam für ihn in Frage. Das Blut seiner Familie war durch den unbedachten Fehler eines Vorfahren leider leicht verunreinigt worden, wie sein Vater nicht müde wurde, immer wieder zu betonen. Er selbst würde daher auf jeden Fall eine Frau ehelichen, die aus einer sauberen Linie der Wagners stammte, damit seine Nachkommen noch mächtiger werden konnten, als er es war.

Darko war nicht in Eile, was das weibliche Geschlecht anging, seine Ausbildung hatte Vorrang. Außerdem gewann er durch seine Gabe einen viel größeren Genuss, als ihm Liebe und körperliche Nähe je bescheren konnten. Zu gegebener Zeit würde er sich in Berlin nach einer passenden Partnerin umsehen. Und zur Not konnte er ihrer Liebe ja ein wenig auf die Sprünge helfen.

Bei der morgendlichen Pflichtmeditation konzentrierte er sich zähneknirschend auf das Wort Geduld. Lina war eine harte Nuss und verlangte ihm große Beharrlichkeit ab.

So ging es nicht weiter! Er musste ihr eine Falle stellen, und zwar derart, dass er selbst dabei im Hintergrund agierte. Er benötigte Handlanger – hinreichend intelligent, um ein Opfer in Bedrängnis zu bringen und naiv genug, um sich subtil anleiten zu lassen.

Darko wählte seine Assistenten sorgfältig aus: Ben studierte wie er selbst im vierten Semester BWL, war aber noch sehr unerfahren, da sein Vater nur wenig Wert auf Zusatzunterricht legte. Zudem war er zurzeit sehr verletzlich, da seine Freundin ihn gerade verlassen hatte. Und Robert war von Natur aus faul – er tat nur das Allernötigste und drückte sich vor dem Training, wo er konnte. Lieber verbrachte er seine Zeit mit Anabelle, statt seinen Pflichten nachzukommen.

Darko ging besonnen vor und plante sorgfältig. Er besuchte mit Ben und Robert das Coyote Café und spendierte Drinks. Dann erinnerte er sie daran, wie arrogant Lina und Angela an besagtem Abend gewesen waren. Während er sprach, infiltrierte er sie vorsichtig mit den passenden Gefühlen. In den folgenden Tagen wiederholte er dies jedes Mal, sobald Linas Name fiel – außer, wenn Leo in der Nähe war.

Schon nach wenigen Wochen redeten Ben und Robert von sich aus abfällig über Lina und ihre Freundin. Darko warnte sie, kein Wort vor Leo zu verlieren, was ihm beide versprachen.

Der wichtigste Schritt war getan. Jetzt knüpfte Darko eine noch stärkere Bindung zu den beiden, indem er ihnen an der Uni mit kleinen Gefälligkeiten behilflich war. Sobald er sich der Loyalität seiner Handlanger sicher war, weihte er sie in seinen Plan ein. Bei einem weiteren Restaurantbesuch erzählte er ihnen, dass Lina höchstwahrscheinlich eine der letzten talentierten Abkömmlinge der verhassten Mahler-Frauen war. Ohne zu zögern, sicherten seine neuen Freunde ihm ihre Unterstützung zu.

Der Rest war ein Kinderspiel: Robert organisierte eine zwanglose Grillparty und Ben sorgte dafür, dass Lina auch erscheinen würde.

Dank wochenlanger Geduld und unterschwelliger Manipulation hatte sich Darko in die perfekte Position manövriert. Auf der Feier waren genügend begabte Wagners anwesend, die Linas Fähigkeiten vor dem Familienobersten bezeugen konnten, sobald sie in seine Falle tappte.

»In unserer WG steigt am Freitagabend eine Grillparty. Ben hat gefragt, ob wir auch kommen. Was meinst du?«, fragte Leo.

»In die Höhle des Löwen?« Lina runzelte die Stirn.

»Nicht alle meine Mitbewohner sind Raubtiere. Und Darko hat man vorläufig die Flügel gestutzt. Wenn er dich nicht in Ruhe lässt, riskiert er, dass mein Onkel ihn am Ende des Semesters von der Uni nimmt.«

»Er ist erwachsen und niemand kann ihm vorschreiben, wo er studiert«, entgegnete Lina. Immerhin hatte auch sie selbst sich ihre Wunsch-Uni nicht ausreden lassen.

Leo widersprach: »Geld hat einen entscheidenden Nachteil: Man gewöhnt sich daran. Er würde in diesem Fall selbst für seine Miete aufkommen und sich einen Job suchen müssen. Und das ohne Master-Abschluss? Das ist nicht nach Darkos Geschmack.«

»Ich frage Angie, ob sie mitkommt«, schlug Lina vor.

Natürlich war Angie an einer Party interessiert, insbesondere, weil sie Darkos saures Gesicht sehen wollte, der ein klares Veto von seiner Familie erhalten hatte. »Das wird bestimmt nett!«, sagte sie. »Ben ist doch ein süßer Typ und die anderen auch …«

»Du erwägst, dich mit einem Wagner einzulassen?«, fragte Lina erstaunt.

»Du ja auch!«, lachte Angie.

Bei dem Gedanken an die Feier war es Lina ein wenig mulmig zumute, auch wenn rational gesehen nichts dagegen sprach. Da sie ihre Freunde nicht enttäuschen wollte, sagte sie zu.

Leo hatte angeboten, die Freundinnen abzuholen, damit Angie, die sonst immer fuhr, etwas Alkoholisches trinken konnte.

In der großzügigen Gartenanlage des Hauses war ein offenes Zelt aufgestellt worden, das die Gäste vor dem frischen Wind schützte, der heute über den Petrisberg fegte.

Angie nutzte die Gelegenheit und stürzte sich direkt auf Ben, der hinter der improvisierten Bar stand.

Lina und Leo zogen sich in eine stille Ecke zurück und beobachteten, wie Angie an ihrem Cocktail schlürfte und sich mit ihm unterhielt.

»Irgendetwas gefällt mir nicht«, murmelte Leo.

»Was meinst du damit?«, fragte Lina, die neben ihm auf einer Bank saß und ihren Kopf an seine Schulter lehnte.

»Ich habe ein mieses Gefühl. Keine Ahnung, warum. Sei bitte vorsichtig!«

»Kein Problem!«, versicherte sie ihm rasch. »Du kennst mich ja – ich habe nichts dagegen, mich nach einer angemessenen Zeit zurückzuziehen.«

Die Feier begann harmonisch und friedlich, es wurde viel gelacht. Die meisten Studenten hatten ihre Freundinnen sowie einige Kommilitonen mitgebracht. Bald war der Garten gut gefüllt.

Ben und Angie unterhielten sich prächtig. In seiner Gegenwart schien ihre Aura noch heller als sonst. Glücklich beobachtete Lina ihre Freundin und genoss die Abendsonne, die den Garten in ein warmes Licht tauchte.

Dann erschien Darko. Seine Aura war heute von weitem kaum zu erkennen, was Lina erstaunte. Lediglich ein zarter Grauschimmer schwebte über ihm. Beim Essen war er freundlich und zuvorkommend. Er reichte das Grillfleisch herum und kümmerte sich um die Getränke, da das Hausmädchen frei hatte und der Bedienstete des Hauses Würstchen und Steaks brutzelte.

Kurz nach dem Essen entschuldigte er sich aufgrund von Verpflichtungen in der Fachschaft. »Sorry, wir müssen noch ein paar finanzielle Dinge wegen der nächsten Party regeln und haben keinen anderen Termin gefunden.«

»Zum Glück ist er weg.« Leo war froh, dass Darko die Feier verließ und an die Uni fuhr. Aber dann überfielen ihn Zweifel. »Verdammt, ich traue ihm nicht«, sagte er leise, sodass nur Lina ihn hören konnte. Seine vorübergehende Erleichterung war einer Anspannung gewichen. »Mein Bauchgefühl … Ich denke, er plant irgendetwas.«

»Angenommen, du hast recht: Was könnte er unternehmen, während wir hier sind?«, fragte sie.

»Das werde ich jetzt herausfinden.« Leo stand auf und beugte sich zu ihr herunter. »Ich fahre an die Uni und vorher noch an eurer Wohnung vorbei.«

»Ist das nicht ein bisschen übertrieben?«

Er seufzte. »Sonst kann ich mich den ganzen Abend lang nicht entspannen.« Leo reckte sich und ging einige Schritte auf seine Mitbewohner zu, die in einer kleinen Gruppe beieinander standen. »Ich bin in zwanzig Minuten zurück, Leute … Lina friert und ich hole schnell ihre Jacke.«

»Bis gleich, Kumpel!« Robert lächelte ihn freundlich an. »Ich sollte auch mal nachsehen, ob Anabelle kalt ist.«

Angie bekam von all dem nichts mit, denn ihre Aufmerksamkeit war vollständig auf Ben gerichtet. Lina bemerkte, dass ihre Aura zarte Rosatöne entwickelte.

So schnell verliebt? Und dann in einen Wagner?

Es mangelte Angie nie an Dates, aber sie war ziemlich wählerisch. Nun, heute offenbar nicht. Oder reagierte Lina nur eifersüchtig? Sie kannte Ben kaum und musste ihm eine Chance geben.

Der Rosaton verstärkte sich. Lina bemerkte, dass sie nicht die Einzige war, die das anbandelnde Paar beobachtete: Robert, der jetzt neben Anabelle stand, schien Angie mit seinen Blicken förmlich zu verschlingen.

»Soll ich dir meine Jacke bringen, bis Leo wiederkommt?« Simon, der im sechsten Semester Psychologie studierte, sprach Lina an.

»Danke, aber es geht schon. Leo ist bestimmt gleich zurück«, erwiderte sie.

»Sag Bescheid, okay? Ist überhaupt kein Problem.«

Sobald Simon an seinen Tisch zurückging, widmete Lina sich sofort wieder Angie und Ben. Es war einfach zu spannend, diese plötzliche Verliebtheit zu beobachten!

Aber was sie dann sah, passte so gar nicht zu ihrer Freundin: Diese war im Begriff, das Grundstück mit Ben zu verlassen. Der große Garten der Wagner-WG wurde durch einen hohen Zaun begrenzt und Ben öffnete gerade ein Tor, das in einen kleinen Wald führte.

Lina war verwirrt – würde Angie mit einem Mann im Gebüsch verschwinden? Ohne ihren Blick von den beiden zu wenden, schlenderte sie zum Grill, denn von dort aus hatte sie eine bessere Sicht auf das Geschehen.

Angies Aura leuchtete von weitem als rosa-gelber Punkt zwischen den Bäumen.

»Was darf ich Ihnen anbieten?«, fragte der Kellner freundlich.

»Kann ich ein Bratwürstchen im Brötchen bekommen?«, bat Lina abwesend, obwohl sie keinen Hunger verspürte.

»Natürlich, gern.« Der Kellner schnitt ein Stück Baguettebrot in zwei Hälften und klemmte eine Wurst dazwischen. Dann drapierte er das Ganze auf einem Teller und drückte einen Klecks Senf daneben.

»Vielen Dank«, sagte Lina. »Wohin führt dieses Tor?«, fragte sie den Mann.

»Es ist nur ein kurzer Pfad durch den Wald, der vor einem Kloster endet. Keine Sorge, man kann sich dort nicht verlaufen.«

Der rosa-gelbe Punkt war kleiner geworden, blieb aber trotzdem deutlich sichtbar, wenn Lina sich konzentrierte. Sie beobachtete, dass jetzt auch Robert in die Nähe des Tores schlenderte. Er blickte sich hektisch um, bevor er hindurchtrat und im Laufschritt verschwand.

Warum rannte er?

Noch während Lina nach einer Antwort auf ihre Frage suchte, verlosch plötzlich der Funke von Angies Aura, als hätte jemand ihr Licht ausgeknipst.

Siebenundzwanzig

Schnell rannte Lina ein paar Schritte auf das Gartentor zu, dann spürte sie es:

Angst! Angie hatte große Angst.

Vor Darko?

Vielleicht war er gar nicht an die Uni gefahren, sondern versteckte sich im Wald und quälte ihre Freundin?

Und Leo war nicht da!

Es stand außer Frage, dass sie etwas unternehmen musste – und zwar sofort! Achtlos stellte sie ihren Teller auf eine kleine Mauer und lief in Richtung der Stelle, wo sie Angies Aura zuletzt gesehen hatte. Schon nach etwa dreißig Metern fand sie ihre Freundin, die leise stöhnend auf dem Waldboden lag und sich krümmte.

»Wir brauchen einen Arzt!«, rief sie. Doch dann sah sie, dass Ben und Robert regungslos hinter einem Busch standen und Angie mit Blicken fixierten.

Leos Mitstudenten griffen ihre beste Freundin an!

Instinktiv ließ Lina eine rote Aura entstehen, die den Angriff der beiden Studenten sofort neutralisierte. Sie schnaubte wütend. Im Vergleich zu Leo verfügten die beiden nur über wenig Talent, soviel stand fest.

Robert sah sie mit großen Augen an und lief davon, aber Ben blieb noch einen Moment lang stehen und bedachte sie mit einem hämischen Grinsen.

»Was ist daran witzig?«, fragte sie wütend, stürzte auf ihn

zu und schlug ihm mit ihrer flachen Hand ins Gesicht, sodass es knallte.

Das hatte gut getan. Die Emotion, die sie in ihrem Inneren heraufbeschworen hatte, war so stark, dass sie sich einfach abreagieren musste.

Befriedigt blickte sie Ben hinterher, der jetzt ebenfalls das Weite suchte. Dann kniete sie sich neben ihre Freundin und ergriff ihre Hand. »Angie? Wach auf, mein Schatz!«

Angie atmete flach und hektisch. Sie sah völlig verweint aus.

Rasch schloss Lina ihre Augen und konzentrierte sich. Dann ließ sie eine gelbe Aura entstehen, die so stark war, dass sogar der schattige Wald sich erhellte. »Alles wird gut«, murmelte sie und blickte sich suchend nach Hilfe um. Hinter der Tür hatte sich eine Menschentraube gebildet.

Während sie Angie weiter mit der gelben Aura behandelte, sah sie, dass Leo auf sie zu eilte.

»Ben und Robert!«, rief sie ihm entgegen. »Sie sind weggelaufen!«

»Komm, wir bringen sie nach Hause«, sagte Leo und zerrte Angie, die abwesend in die Luft starrte, auf die Beine.

Gemeinsam führten sie Angie zum Tor. Leo war so wütend, dass der Wald jetzt in ein gespenstisches, dunkelrotes Licht getaucht wurde. Ängstlich stoben die Partygäste auseinander, als das ungewöhnliche Trio auf sie zu kam.

Ohne sich zu verabschieden, stiegen sie in den BMW. »Es tut mir so leid«, murmelte Angie unablässig, während Leo sie anschnallte.

»Wir lassen uns von diesem Pack nicht unterkriegen«, sagte Lina mit zusammengebissenen Zähnen.

Im Auto riss sie sich dann wieder zusammen und badete ihre zittrige Freundin in der gelb-orangen Aura.

»Danke, es geht wieder«, sagte Angie, als Leo ihr beim Aussteigen helfen wollte. Mit unsicheren Schritten ging sie nach oben und ließ sich sofort auf ihr Bett fallen.

Als Angie eingeschlafen war, saßen Leo und Lina gemeinsam vor ihr auf dem Teppich.

»Es war nicht zu übersehen. Jetzt wissen alle, was du kannst.« Leo wirkte resigniert.

»Ich hatte keine Wahl«, sagte sie leise.

»Du hast ein verdammt großes Talent, Liebes. Ich konnte deine Aura schon von weitem spüren und bin so schnell gekommen, wie ich konnte.«

»Wo warst du eigentlich?«

»Auf dem Rückweg. Darkos Wagen hielt an der Uni, er traf sich tatsächlich mit der BWL-Fachschaft.«

»Dann hast du mich über mehrere Kilometer Entfernung spüren können?«

»Nein, das kann niemand.« Leo lächelte. »Aber ich bemerkte deine Unruhe, als ich etwa einhundert Meter von euch entfernt war. Vielleicht deshalb, weil ich dich liebe oder weil sich deine Aura so stark ausgebreitet hatte. Es gibt keine Aufzeichnungen darüber, dass mentale Kräfte große Entfernungen überbrücken können.« Stolz lag in seinem Blick, als er sie ansah. »Eins steht fest: Du bist ein großes Ausnahmetalent.«

Lina erinnerte sich an eine Beobachtung, die sie in München gemacht hatte. »Es ist kein Talent, seine Gefühle in die Welt hinauszuposaunen. Julius verbirgt seine Aura sorgfältig.« Dann seufzte sie. »Was wird jetzt geschehen?«

»Darko wird den Familienrat informieren. Es gibt jede Menge Zeugen, die bestätigen können, dass du die Gabe der Mahlers geerbt hast. Und dass du ausgebildet wurdest.«

»Und dann?«, fragte sie weiter.

»Es gibt nicht mehr viele von euch. Die wenigen Mahlers, die möglicherweise noch existieren, halten sich bedeckt und führen ein unauffälliges Leben. Soweit ich weiß, existiert ihr Clan nicht mehr. Oder er hat nur noch wenige Mitglieder.«

»Und was machen wir jetzt?«

»Es gibt nur einen Weg: Gleich morgen fliegen wir nach München und reden mit meinem Großvater – das ist unser Familienoberhaupt.«

»Ich soll ihnen gegenübertreten? Der hat vielleicht meine Tante ins Koma versetzt!«

»Ich rufe Dad an«, sagte Leo entschlossen. »Dann sehen wir weiter.«

Während er in der Küche telefonierte, legte Lina sich zu Angie ins Bett und beobachtete die Aura ihrer Freundin, die wegen des Angriffs immer noch schnell in Angst umschlug. Trotz ihrer Sorgen nickte sie irgendwann ein.

Ein Handy klingelte.

»Ja?«, meldete sich eine männliche Stimme.

»Leo«, murmelte Lina im Halbschlaf.

»Hierher? In Ordnung. Okay, danke. Ciao!«

Lina blinzelte. Es war schon wieder hell geworden. Wie konnte sie die Nacht einfach so verschlafen haben?

Leo sah bleich und müde aus. »Der Familienrat kommt heute noch her. Sie möchten vor Ort klären, was gestern vorgefallen ist.«

»Was bedeutet das?«, fragte Lina und gähnte.

»Zunächst handelt es sich nur um den Rat unserer Familie und nicht um … naja, es gibt noch eine höhere Instanz, aber das spielt hoffentlich keine Rolle.« Man konnte Leo ansehen, wie unangenehm ihm die Situation war. Nervös ging er im Raum auf und ab und ließ sich schließlich auf Angies Sessel fallen.

»Einerseits ist die Familie besorgt, dass sich eine neue Mahler gefunden hat, die – und das hast du gestern klar gezeigt – über außergewöhnliches Talent verfügt. Aber Ben und Robert haben sämtliche Regeln gebrochen, als sie Angie in die Mangel nahmen. Und ich vermute, dass sie von Darko angestiftet wurden. Seine Abfahrt, dann der Angriff … Das klingt nach einer Strategie, die meinem intriganten Cousin in den Kram passen würde. Mein Großvater wird höchstpersönlich anreisen. Er will sich Klarheit verschaffen.«

»Und das bedeutet?«, hakte Lina nach.

Leo seufzte. »Ich habe keine Ahnung«, antwortete er schlicht. »Mein Dad rät uns, Ruhe zu bewahren und abzuwarten. Ich werde argumentieren, dass Darko maßgeblich dazu beigetragen hat, dass du dein Talent überhaupt entdeckt hast.«

»Also ich weiß nicht, wie es euch geht, aber ich habe Hunger«, sagte Angie, die das Gespräch mit geschlossenen Augen angehört hatte. »Wie wäre es mit einem Brunch in der Stadt?«

Leo und Lina warfen sich gegenseitig einen irritierten Blick zu.

»Was?«, fragte Angie. »Nach dem Schrecken lade ich euch selbstverständlich ein.«

»Warum nicht?« Leo nickte. »Wir können ohnehin nichts unternehmen, bis Ben und Robert befragt wurden.«

Lina empfand es als äußerst surreal, an diesem Sonntagmorgen in einem Café zu sitzen und entspannt zu frühstücken. Im Geiste bezog sie bereits ihr Zimmer neben Tante Mel. Aber was sollte sie tun? Die Wagners würden sie auch in einer anderen Stadt finden. Und unter gar keinen Umständen würde sie Leo verlassen!

Angie aß mit gutem Appetit.

»Sag mal«, fragte Lina neugierig, »Hattest du dich in Ben verknallt?«

»Irgendwie schon«, überlegte Angie zwischen zwei Bissen, »aber wahrscheinlich haben die Dreckskerle mich manipuliert, denn es kam so plötzlich … Ich mochte Ben, aber ich war nie verliebt. Naja, vielleicht ein klitzekleines bisschen.«

»Robert saß einige Meter hinter euch und hat dich nicht aus den Augen gelassen«, überlegte Lina.

»Dann war er es.« Leos Tonfall ließ keinen Zweifel zu. »Er ist nicht besonders talentiert, aber Verliebtsein kann er gut simulieren. Ich hatte schon mehrmals den Verdacht, dass er seine Freundinnen manipuliert. Sie trennen sich immer erst von ihm, wenn sie ein paar Tage lang unbeeinflusst nachdenken können. Und dann weigern sie sich, ihn ein weiteres Mal zu treffen. Eine hat sogar per SMS mit ihm Schluss gemacht – mehr Distanz geht ja kaum.«

»Wie hat Ben dich aus dem Garten gelockt?«, fragte Lina ihre Freundin, die unbekümmert speiste.

»Er sagte, dass er mir ein romantisches Plätzchen zeigen wolle. Als wir dann im Wald waren, änderte sich meine Stimmung. Aber …« Angie nahm einen großen Bissen, sodass sie kaum noch zu verstehen war. »Darüber will ich nicht mehr nachdenken.«

Nach dem Frühstück besprachen sie gemeinsam ihren Plan für den Tag. Leo würde in die Villa zurückkehren, dem Familienrat Rede und Antwort stehen und dann später vorbeikommen und berichten.

Zu Hause ließ Lina sich von Angie zum Lernen überreden. Sie gingen Fragen zu einem klausurrelevanten Thema durch.

»Ohne dich wäre ich heute den ganzen Tag wie ein Tiger im Käfig durch mein Zimmer gelaufen«, sagte Lina hinterher staunend.

»Deshalb musste ich auch intervenieren.« Angie war vielleicht das beste Beispiel dafür, dass man weder von den Wagners noch von den Mahlers abstammen musste, um über Talent im Umgang mit Menschen zu verfügen.

Endlich klingelte Linas Handy, das sie trotz des Lernstoffs keine Sekunde aus den Augen gelassen hatte. Es war Leo.

»Ja?«, meldete sie sich nervös.

»Es kommt wieder alles in Ordnung, du musst dir keine Sorgen mehr machen. Mein Großvater möchte uns zum

Abendessen einladen. Darf ich dich in einer halben Stunde abholen?«

»In Ordnung? Nein, oder? Und was ist mit Angie?«, fragte sie perplex.

»Die kann mitkommen – sie ist schließlich die Leidtragende des ganzen Schlamassels. Meine Familie will sich bei ihr entschuldigen.«

»Okay«, antwortete Lina und sah Angie mit großen Augen an. »Was war denn das?«, fragte sie verwundert, nachdem Leo aufgelegt hatte.

Während sie sich für das Treffen fertigmachten, tauschten sie ihre Mutmaßungen aus, drehten sich aber bei der Analyse der Situation ständig im Kreis.

»Es hilft alles nichts, wir müssen abwarten«, sagte Angie schließlich seufzend. »Gleich wissen wir mehr.«

Lina war sehr aufgeregt, als sie das Hotel betrat, in dem das Treffen stattfinden würde. Marius Leonard Wagner war ein 70-jähriger, gepflegt wirkender älterer Herr mit weißem Haar. Seine modische, schwarze Brille, die Jeans und das bordeauxrote Hemd, das er trug, ließen ihn deutlich jünger wirken. »Carolina Bell … Ich freue mich, dich kennenzulernen!«, begrüßte er Lina, als sie mit Leo und Angie den Tisch ansteuerte, an dem er saß.

»Guten Abend«, stammelte Lina und sah zu, wie das Familienoberhaupt seinen Enkel umarmte.

»Ich möchte mich im Namen meiner gesamten Familie für die Unannehmlichkeiten, die ihr gehabt habt, entschuldigen«, begann Marius das Gespräch. »Wir haben Darko, Ben, Robert sowie alle anwesenden Zeugen eingehend befragt und konnten den Hergang der Geschichte eindeutig rekonstruieren: Darko hatte Ben und Robert angestiftet. Ich habe meinem Enkel gesagt, dass er mich sehr enttäuscht hat. Sein Vater hat sich leidenschaftlich dafür eingesetzt, dass Darko den Bachelor in Trier abschließen darf, aber er wird die Universität für den Master wechseln.«

Lina und Angie starrten Marius mit offenen Mündern an.

»Ihr müsst ein schlechtes Bild von uns haben«, sagte er traurig. »Und das kann ich verstehen! Ich schulde euch ein paar Erklärungen. Aber zuvor bitte ich euch darum, diese Information mit niemandem zu teilen.«

Lina, Angie und Leo nickten gespannt.

Marius trank einen Schluck Wasser und begann: »Wo soll ich anfangen? Wie Leo weiß, besaß mein verstorbener Vater, Peter Wagner, großes Talent. Seine Frau Klara ebenfalls – sie war eine geborene Mahler.«

Leo nickte wissend, während Lina und Angie große Augen machten.

»Ja, unsere Familie enthält ein wenig Blut der Mahlers«, sagte Marius. »Einige der Wagners würden sagen, dass unsere Linie verunreinigt ist. Wir gehen mit unserem Stammbaum nicht hausieren, aus Sorge um die weiblichen Nachkommen unserer Familie.«

Lina fragte sich, wer aus Leos Verwandtschaft wohl betroffen sein könnte, aber Marius sprach bereits weiter.

»Was wir ebenfalls sorgfältig geheim halten, ist die Tatsache, dass eine meiner Schwestern einen Mann aus der Linie der Mahlers geheiratet hat. Sie war jung und verliebt … Um unser aller Sicherheit willen wurde sie aus der Familie ausgestoßen.« In Marius' Gesicht war ein schmerzhafter Zug getreten.

»Aber das weiß ich, Großvater«, wandte Leo ein. »Sie zog weit weg von München an einen abgelegenen Ort und führte dort mit ihrem Partner ein zurückgezogenes Leben.«

»Richtig. Seitdem konnte ich meine Schwester Carolina nur noch sehr selten besuchen.«

»Linas Granny?«, fragte Angie scharfsinnig dazwischen.

»Richtig. Meine Mutter war deine Urgroßmutter«, wandte Marius sich an Lina.

»Warum wusste ich davon nichts?«, fragte Leo betroffen.

»Carolina lebt in einem winzigen Eifeldorf mitten im Wald. Wer hätte vorhersehen können, dass ihre Enkelin ausgerechnet im selben Studiengang landet wie du – und dass du von den weit über 100 Frauen in deinem Jahrgang dich ausgerechnet in Lina verliebst?«

»Dann bin ich mit ihr verwandt?« Leo kratze sich nachdenklich am Kopf.

»Ihr blickt auf gemeinsame Vorfahren zurück«, korrigierte sein Großvater. »Unsere Familie ist gewissermaßen das schwarze Schaf des Clans. Einige halten unsere Linie für verunreinigt, andere fürchten uns. Sie spekulieren, dass die Mischung der beiden Clans Nachfahren mit noch größerer Macht hervorbringen könnte. Und damit ...«, sagte er und bedachte Lina mit einem bewundernden Blick, »scheinen sie richtig zu liegen, wenn ich höre, was Carolina ohne formalisierte Ausbildung alles bewerkstelligt hat.«

»Ich habe sie seit einigen Wochen unterrichtet«, bekannte Leo.

»Trotzdem ... Das ist außergewöhnlich«, bekräftigte Marius. »Was im Übrigen für dein Talent ebenfalls gilt, mein lieber Enkel.« Er trank noch einen Schluck Wasser und fuhr mit seiner Erklärung fort: »Unser Familienzweig steht unter einem gewissen Druck, seit mein Vater eine Mahler ehelichte. Und einige in unserer Familie wollen diesen Makel gerne ... nun, sie würden ihn am liebsten ungeschehen machen. Darko gehört leider dazu, genau wie sein Vater. Das Kind sollte meinen ehrenwerten Vornamen stolz als Erstnamen tragen, aber er zieht es vor, seinen barbarischen Zweitnamen zu benutzen.« Marius sah genervt zur Decke und seufzte. »Trotzdem sind die beiden gemäß der Tradition an meine Weisungen gebunden, solange ich lebe und klar bei Verstand bin. Und wie könnte ich die Enkelin meiner eigenen Schwester in Bedrängnis bringen?«

»Weiß Darko, dass meine Granny Ihre Schwester ist?«, fragte Lina.

»Nein, und das geht ihn auch nichts an. Für Darko bist du eine der wenigen Mahlers, die noch existieren – die meisten leben in alle Winde verstreut und führen ein unauffälliges Leben.«

»Das fasse ich nicht«, murmelte Leo und kratzte über seine Wange.

»Carolina wusste, dass sie ein großes Risiko eingeht, indem sie Robert Mahler ehelichte, daher musste sie München für immer verlassen und heimlich heiraten. Sie entschied sich für ein zurückgezogenes Leben gemeinsam mit ihrer großen Liebe. Der Plan wäre beinahe aufgegangen, aber ihre Tochter Melanie hielt sich leider nicht an die ihr auferlegten Einschränkungen. Ganz ähnlich wie du, Lina. Aber das ist eine andere Geschichte.«

Lina hätte gerne mehr über ihre Verwandten erfahren, aber leider ging Marius nicht darauf ein.

Er räusperte sich. »Wichtig ist, dass Darko von mir die strikte Auflage bekommen hat, euch in Ruhe zu lassen. Ich habe mit den Vätern von Ben und Robert telefoniert, die über das Verhalten ihrer Söhne entsetzt sind und ein ernstes Wort mit ihnen reden werden.«

»Das wundert mich!«, warf Leo ein.

Marius grinste. »Sie sind keine Freunde der Mahlers, das ist wahr – aber dass ihre Söhne sich als billige Handlanger manipulieren lassen, hat beide entsetzt. Sie werden die Ausbildung von Robert und Ben jetzt stärker überwachen. Euch wiederum möchte ich bitten, niemanden zu provozieren, damit wir eine weitere Eskalation vermeiden können. Es ist nicht gut, wenn wir die Aufmerksamkeit der – nennen wir sie mal reinblütigen – Wagners auf unsere Familie lenken. Kann ich mich auf euch verlassen?«

Natürlich sagten die Drei zu, sich an diese Regel zu halten.

Lina hatte noch viele Fragen, aber Leos Großvater war nicht bereit, die Diskussion fortzuführen. »Ein anderes Mal«, sagte er und lächelte sie entschuldigend an. Beim Abschied steckte er ihr eine Visitenkarte zu und flüsterte in ihr Ohr: »Ich habe dir die Adresse einer talentierten Mahler gegeben, die in Trier lebt. Sie wird deine Ausbildung überwachen. Morgen spreche ich mit meiner Schwester.« Dann zog er sich in sein Hotelzimmer zurück. »Bitte bestellt noch ein Dessert!«, forderte er sie auf. »Ich habe den Kellner gebeten, die Rechnung auf mein Zimmer zu buchen.« Er lächelte und verschwand.

»Ihr seid verwandt!«, sagte Angie verdutzt. »Dürft ihr überhaupt heiraten?«

»Angie!« Lina knuffte ihre Freundin mit dem Ellbogen in die Seite.

»Ich frag ja nur.«

»Wir haben gemeinsame Urgroßeltern, nicht dieselben Eltern«, bemerkte Leo so trocken, dass Lina laut lachen musste.

»Aber es ist schon merkwürdig«, erwiderte sie kichernd. »Da bekämpft mich Darko mit allen Mitteln und ist mit mir verwandt!«

Leo leerte sein Glas. »Ich sollte euch nach Hause fahren. Ich will in meiner WG die Stimmung checken, wenn ihr versteht, was ich meine …«

»Darko wird vor Wut kochen«, frohlockte Angie. »Verdient.«

»Wir gewinnen nichts, wenn er sauer ist«, erwiderte Leo.

»Was kann dein Cousin gegen die eigene Familie unternehmen?«, fragte Angie verwundert.

»Darko muss sich an die Vorgaben unseres Familienoberhauptes halten. Aber es gibt in unserem Clan einige, denen jede einzelne Mahler ein Dorn im Auge ist. Wenn er meinen Großvater hinterginge …« Leo trommelte mit den Fingern seiner rechten Hand auf dem Tisch. »Aber das würde er nicht wagen. Nicht wegen einer einzigen Mahler.«

In der Nacht grübelte Lina und versuchte, alles zu sortieren: Seit der Hochzeit von Leos Urgroßeltern war das Blut der Mahlers in seine Familie geflossen. Granny war die Tochter eines mächtigen Wagners und einer talentierten Mahler – und hatte wiederum einen Mahler geheiratet. Ohne dass sie viel von Genetik verstand, konnte sie sich durchaus vorstellen, dass die Kombination der Talente eine Frau hervorbringen konnte, die sehr mächtig war – Melanie Morgan. Offenbar erbte nicht jeder die Fähigkeiten, denn ihre Mutter Ilse war leer ausgegangen.

Schlaflos wälzte sie sich in ihrem Bett.

Leos Familie wusste jetzt, dass Lina vergleichbar begabt war wie ihre Tante. Da sie verwandt waren, würde Marius, der als Familienoberhaupt das Sagen hatte, sie schützen. Aber hatte er das nicht auch bei Melanie Morgan versucht? Sicher gab es eine ganze Menge Wagners außerhalb, die das anders sahen. Und Darko könnte auf die Idee kommen, die Regeln zu verletzen und bei diesen Wagners Unterstützung suchen.

Aber sie musste aufhören, den Teufel an die Wand zu malen und das Schlimmste zu befürchten.

Trotzdem empfand sie die Situation als fatal: Sie balancierte quasi auf einem Dachfirst und konnte jeden Moment herunterfallen.

Gab es überhaupt eine Zukunft für sie? Lina wusste es nicht.

Achtundzwanzig

Die Dozenten verlangten gegen Ende des zweiten Semesters viel von den Studenten. Draußen schien die Sonne, aber Lina musste sich mit Statistik beschäftigen, was ihr schon in der Schule schwergefallen war. »Ich habe nie behauptet, dass ich Mathematik studieren möchte«, seufzte sie frustriert, als sie sich mit Angie und Leo traf, um die Übungsaufgaben gemeinsam zu bearbeiten.

Nevio hatte bereits aufgegeben, er kopierte die Lösungen von seinen Freunden und gab sie ab, um wenigstens ein paar Pluspunkte vor der Prüfung zu ergattern.

»Bleib am Ball, sonst geht es dir wie Nevio!«, mahnte Angie. »Wenn in den nächsten drei Wochen kein Wunder geschieht, schafft er die Klausur nie.«

»Warum nicht?«, fragte Lina.

»Ich denke, ihm fehlt das Selbstvertrauen«, mutmaßte Angie. »Mathematik war sein schwächstes Fach in der Schule und er glaubt, dass er kein Talent dafür hat.«

»Hm.« Lina ertappte sich bei dem Gedanken, ob sie Nevio nicht ein wenig Optimismus einimpfen könnte.

»Wann willst du endlich die Nummer anrufen, die mein Großvater dir gegeben hat?«, unterbrach Leo die Diskussion. »Wegen des Trainings?«

Lina blickte genervt zur Decke. Noch eine Verpflichtung? Sie studierte, meditierte und übte regelmäßig. Obwohl die Meditation Stress reduzieren sollte, empfand sie dieses Training als kräftezehrend. Ihre Gedanken kamen dabei nie zur Ruhe.

Trotzdem bestand Leo darauf, dass Lina nach wie vor jeden Morgen eine halbe Stunde saß. Er hatte sich mit Angie verbündet, die dafür sorgte, dass sie rechtzeitig aufstand. Die beiden bildeten ein Team, welches das gemeinsame Ziel verfolgte, Linas Fähigkeiten zu verbessern.

Lina studierte nicht, sie wurde studiert – so kam es ihr jedenfalls vor. »Wann soll ich das denn noch machen?«, entgegnete sie. »Mein Hirn explodiert!«

»Dann musst du morgens länger meditieren«, entgegnete Leo ungerührt.

»Leute, ich kann nicht mehr! Es wird mir alles zu viel! Ich möchte nur noch schlafen und muss ständig so einen Mist pauken.« Lina schob ihr Arbeitsheft mit so viel Schwung von sich, dass es über den Tisch glitt und auf der anderen Seite zu Boden segelte. In ihren Augen schimmerten Tränen.

»Schluss für heute«, entschied Leo.

Angie nickte und packte schweigend ihre Notizen zusammen. Ganz gegen ihre sonstige Gewohnheit gab sie keinen lockeren oder aufbauenden Spruch von sich, sondern erlaubte es ihrer Stirn, sich in Sorgenfalten zu legen.

»Wohin fahren wir?«, fragte Lina, als sie zehn Minuten später in Leos Auto saß. Er hatte kurz telefoniert und sie dann überredet, einen kleinen Erholungsausflug zu machen.

»Zunächst hole ich zu Hause noch schnell etwas und dann düsen wir ab in die Natur.«

Sie seufzte. In letzter Zeit fühlte sie sich andauernd fremdbestimmt – ihre gesamte Freizeit wurde verplant. Sie wusste, dass ihre Freunde nur das Beste für sie wollten, aber sie spürte auch, dass sie kurz davor war, zu rebellieren. Reaktanz nannten Psychologen das Phänomen, wie sie in der Vorlesung gelernt hatte.

Wenige Minuten später kehrte ein gut gelaunter Leo zum Auto zurück. Er stellte einen Korb in seinen Kofferraum, dann ließ er den Motor seines BMWs übermütig aufheulen und fuhr los.

Lina hatte heute keinen bewundernden Blick für die schöne Aussicht auf die Stadt. Sobald sie die Augen schloss, sah sie Buchstaben, Zahlen und mathematische Formeln vor ihrem inneren Auge. Leo hatte immerhin ein Einsehen und vermied es heute, Lina mit Gefühlsmanipulationen zu traktieren. Sonst musste sie immer auf der Hut sein, da er sie nach wie vor in den unmöglichsten Situationen angriff, um ihre Reflexe zu schulen.

Der Wagen rollte über die Ostallee auf das Moselufer zu, wo Leo nach links abbog und flussaufwärts weiterfuhr.

»Wohin willst du?«, fragte Lina.

Leo lächelte nur und schwieg. Er überquerte eine Moselbrücke.

»Wo sind wir?«, fragte sie ein paar Minuten später.

»Zwischen Mosel und Saar.«

»Das weiß ich.«

»Es ist nicht mehr weit.«

Leo passierte mehrere Ortschaften und fuhr dann einen Berg hinauf. Die Straße wurde am Hang immer schmaler. Oben auf dem Plateau bog er rechts auf einen Feldweg ab.

»Oh, Wiesen und Äcker!«, bemerkte sie spöttisch. Ihre Stimme klang leise und resigniert.

Leo bedachte sie mit einem erstaunten Blick, sagte aber nichts. Schließlich hielt er seinen Wagen unter einem einsamen Baum an, von dem aus man kilometerweit in alle Richtungen blicken konnte.

»Aussteigen«, bat er.

»Wo sind die Kellner?« Linas Stimme klang patzig, wie sie selbst erschrocken feststellte.

»Reaktanz«, sagte er ruhig und nahm den Korb aus dem Kofferraum. »Deine Psyche reagiert auf die Anspannung der letzten Wochen.«

Lina ballte die Fäuste, sodass sich die Fingernägel in ihre Handinnenflächen drückten. Es hatte Nachteile, mit angehenden Psychologen befreundet zu sein. Die gegenseitige Analyse war offenbar eine unvermeidliche Nebenwirkung des Studiums.

Leo ignorierte ihre Emotionen höflich. Er zog eine Decke aus dem Auto und breitete sie im Schatten des Baumes aus.

Hier auf dem Plateau war die Luft frisch und klar. Eine leichte Brise bewegte das noch grüne Getreide sanft hin und her.

Der Korb enthielt alle Zutaten für ein gemütliches Beisammensein: Champagner, Gläser, Erdbeeren und liebevoll dekorierte Sandwiches.

»Setz dich. Du magst doch Picknick.« Leo ließ den Korken der Flasche in seiner Hand knallen.

Zögernd setzte Lina sich auf die Decke. Sie wusste, dass eine normale Reaktion wäre, sich über die Überraschung zu freuen, doch sie konnte ihre Resignation nicht abschütteln.

»Wenn nicht mal ein Spontanpicknick an meinem Lieblingsplatz dir ein Lächeln entlocken kann … Ich fürchte, wir haben dich wirklich überfordert!« Leo schenkte den Champagner ein.

»Ich schlafe nicht gut in den letzten Tagen«, sagte sie müde.

»Woran liegt's?«

»Ich weiß nicht. Aber wenn Angie mich morgens weckt, könnte ich ihr eine Pistole an den Kopf halten, wenn ich denn eine hätte. Meinen eigenen Wecker höre ich nicht mal mehr.«

»Puh.« Leo fuhr mit der Hand durch seine dunkelblonden Haare. »Das klingt nicht nach der Lina, die ich kenne.«

»Ich brauche Ferien … eine Pause! Schlaf, bis ich von allein aufwache! Freizeit! Zeit für mich!« Sie schrie fast vor Verzweiflung.

»Okay, okay! Wir machen zwei Wochen Pause. Keine Meditation, keine Übungen – und ich helfe dir stattdessen mit Statistik. Ist das ein Plan?«

Lina wickelte eine Haarsträhne um ihre Finger. »Ich … Ich will das nicht!«, platzte sie heraus. »Ich will allein entscheiden, wann und ob ich etwas lerne! Ich kann nicht mehr!«

»Was möchtest du jetzt?«, fragte Leo leise. »Jetzt, in diesem Moment? Was kann ich für dich tun?« Er klang verzweifelt.

Lina saß an einem der romantischsten Orte und fühlte sich, als würde sie gleich einen Prüfungsraum betreten. Schließlich traf sie eine Entscheidung und reichte Leo beide Hände: »Mach sie weg, die schlechte Stimmung, wenigstens für eine Stunde. Dann können wir die Natur zusammen genießen. Und danach möchte ich nach Hause und mich ins Bett legen.«

»Wie du willst, Liebes.« Leo schloss kurz die Augen, um sich zu sammeln. Dann sandte er einen Strom entspannter Energie, um Frust, Sorgen und Wut zu vertreiben.

Linas Atmung vertiefte sich. Sie lehnte ihren Kopf an seine Schulter und schaute in den Baum, dessen Blätter im Wind spielten. »Wenn man so wütend ist, wird man blind für die Schönheit.«

Leo drückte seine Freundin ein wenig fester. »Ich mache mir echt Sorgen«, sagte er.

In den nächsten Tagen schlief Lina morgens eine Stunde länger und arbeitete allein. Ihr Zustand besserte sich jedoch nicht: Häufig ließ sie vor Verzweiflung den Kopf auf ihre Bücher sinken. Sie hatte das Gefühl, nachts schlecht zu träumen, konnte sich jedoch nie erinnern.

Nach einer morgendlichen Vorlesung klopften ihre Schläfen unangenehm und sie machte einen Spaziergang über das Unigelände – allein. Leo und Angie, die sich mal wieder verbündet zu haben schienen, sagten nichts, sahen ihr aber besorgt hinterher.

Die Blicke schmerzten Lina mehr, als es eine direkte Bevormundung hätte tun können. Was war nur los? Sie betrat den kleinen Schreibwarenladen der Universität und streifte ziellos durch die Regale. In einer Ecke entdeckte sie Notiz- und Tagebücher. Abwesend ließ sie ihren Blick über die farbenfrohen Artikel gleiten. ›Traumtagebuch‹ stand auf einem der Hefte.

Würde das Aufschreiben ihrer Träume ihr weiterhelfen? Sie beschloss, das hübsche Buch zu kaufen und es neben ihr Bett zu legen. Vielleicht konnte sie im Halbschlaf eine Notiz darin machen.

Am Abend platzierte sie es so, dass sie es auch in der Nacht mit einem Griff erreichen konnte. Den Bleistift klemmte sie zwischen die Seiten. Mit dem Gefühl, wenigstens etwas zur Aufklärung ihrer schlechten Stimmung unternommen zu haben, schlief sie schneller ein als in den vergangenen Tagen.

Am nächsten Morgen wurde sie von Angie sanft geweckt.

»Lass mich, ich muss doch nicht meditieren«, murmelte sie. »Und ich will auch gar nicht.«

»Linchen, es ist acht Uhr, wir müssen um neun an der Uni sein.«

»So spät schon?« Lina gähnte und setzte sich auf. Sie fühlte sich, als sei es drei Uhr morgens.

»Hast du wieder schlecht geschlafen?«, sorgte sich Angie.

»Weiß nicht.« Müde wankte sie ins Bad, um sich die Zähne zu putzen. Nach einem kurzen Blick auf die Dusche beschloss sie, dass sie heute nicht bereit war, Kontakt zu Wasser aufzunehmen. Es würde auch so gehen. Während sie ihre Haare kämmte, fiel ihr das Tagebuch wieder ein.

Als sie ihre Jeans vom Boden ihres unaufgeräumten Zimmers aufhob, bemerkte sie, dass das Buch auf dem Teppich lag. Stöhnend bückte sie sich, um es aufzuheben. Schon wieder hatte sie Kopfschmerzen, wie so oft in letzter Zeit. Schließlich zog sie die Hose an, setzte sich auf die Bettkante und blätterte mit dem Daumen durch das Heft.

Da! Sie hatte tatsächlich etwas aufgeschrieben!

Eine Seite war mit wüsten Kritzeleien bedeckt.

›Das ist gar nicht meine Schrift!‹, dachte sie und bemühte sich, einzelne Worte zu entziffern. Schließlich lief ihr ein kalter Schauer den Rücken hinab, denn sie konnte die Worte ›Tod‹, ›Schuld‹, ›Angst‹, ›Erlösung‹ und ›dunkel‹ erkennen.

Dann stockte ihr der Atem: Die Worte ›Tod‹ und ›Erlösung‹ waren nicht getrennt voneinander notiert worden, sondern durch das kleine Wörtchen ›ist‹ verbunden.

»Tod ist Erlösung«, hatte Lina notiert.

Sie studierte das Gekritzel genauer. Ihre Vermutung, was die verbleibenden Schlangenlinien bedeuteten – von Worten konnte man kaum sprechen – trieb Adrenalin durch ihren Körper.

»Der Tod ist meine Erlösung.«

Kein Zweifel. Was auch immer in der Nacht passiert war, sie hatte sich gewünscht, zu sterben.

»Linchen? Bist du fertig?«, rief Angie durch den Flur.

»Ja ja«, antwortete sie schnell und schob das verräterische Buch unter ihr Kopfkissen. Sie würde sich später damit beschäftigen.

An den folgenden Abenden legte sie das Traumtagebuch wieder bereit. Die Eintragungen, die sie morgens darin vorfand, waren durchweg destruktiv und verheerend: In einer Nacht hatte sie geträumt, stundenlang durch eine Wüste zu laufen. Statt Wasser fand sie lediglich eine Dose Motoröl. Dieser Traum war klar einem James-Bond-Film entlehnt, den sie gemeinsam mit Leo und Angie angesehen hatte. In der nächsten Nacht stand sie vor einem Abgrund, der steil nach unten führte. Eine innere Stimme befahl ihr zu springen – und Lina sprang. Das Schlimmste daran war: Sie hatte sich unendlich erleichtert gefühlt, sobald sie im Traum den Schritt in das Nichts getan hatte.

Der Druck des Studiums lastete genau wie die schwüle Frühsommerhitze auf ihrer Seele – und die Zeit schritt unbarmherzig voran. Lina absolvierte ihre Prüfungen im Halbschlaf und schüttete literweise Kaffee in sich hinein, um sich halbwegs konzentrieren zu können. Als sie die letzte Klausur hinter sich hatte, brach sie weinend in ihrem Zimmer zusammen.

Angie rief Leo an. Der kam sofort und ergriff die Hände seiner Freundin, die tränenüberströmt auf ihrem Bett lag.

»Was spürst du?«, fragte Angie.

»Nichts Gutes … Verzweiflung, Angst, Hoffnungslosigkeit.« Leo zögerte, bevor er weiter sprach.

»Ja?«, fragte Angie.

»Und den klaren Wunsch, zu sterben«, flüsterte er erschüttert.

»Das kann nicht sein!«, rief Angie. »Lina? Gut, sie ist nicht immer eine Frohnatur, aber so habe ich sie noch nie erlebt.«

Lina lag teilnahmslos auf ihrem Bett und hörte nur mit halbem Ohr zu. Die Besorgnis ihrer Freunde drang nicht zu ihr durch.

»Was ist das?«, fragte Leo und nickte mit dem Kopf in Richtung Boden. Dort lag das Traumtagebuch inmitten des Chaos, das sich in den letzten Wochen in Linas Zimmer ausgebreitet hatte.

Angie hob es auf. »Ich weiß nicht«, murmelte sie und schlug es auf. Gemeinsam blätterten sie durch die Seiten. Lina hinderte sie nicht daran. Es war ihr egal.

»Ein Traumtagebuch … sieh mal!«, flüsterte Leo. »Sie träumt schon seit mehreren Wochen so schlecht.«

»Kann es mit Darko zu tun haben?«, fragte Angie.

»Nein, aus meiner Familie ist niemand dazu in der Lage, jemanden in den Freitod zu treiben, aber …«

»Aber?«, hakte Angie nach.

Lina, die immer noch regungslos im Bett lag und die beiden gewähren ließ, spitzte jetzt zum ersten Mal an diesem

Tag die Ohren. Was wollte Leo damit sagen?

»Es gibt im Wagner-Clan Empathen, die diese Fähigkeit besitzen. Es sind höchstens fünf Personen und sie sind alle eng mit unserem Oberhaupt verbunden.«

»Wie funktioniert das?«, fragte Angie.

»Ich weiß nur, dass man sich in Rufweite des Opfers befinden muss.«

»Was, wenn jede Nacht jemand vor dem Haus steht und es auslöst?«

»Das ist die einzige Möglichkeit.« Leo atmete laut ein und aus. »Angie, bitte pack ihr einen Koffer, ich bin in einer halben Stunde zurück und dann fahren wir weg.«

»Wohin?«

»Ich buche irgendein Hotel in der Nähe. Wenn es dort besser wird, dann wissen wir, dass es einer der Wagners war. Und wenn nicht, dann fahre ich sie sofort ins Krankenhaus.«

»Eine Psychose?«, fragte Angie.

Wochenlanger Schlafmangel konnte auf eine ernsthafte psychische Erkrankung hindeuten, wie Lina in der Biopsychologie gelernt hatte. Aber selbst die Aussicht auf einen Krankenhausaufenthalt war ihr gleichgültig.

Leo seufzte. »Ich denke nicht, aber die Alternative ist ebenfalls nicht gerade erfreulich. Wenn wir die obersten Mitglieder des Clans am Hals haben, das wäre ein Problem.«

Während Lina erschöpft an die Decke starrte, packte Angie in Windeseile die Tasche. Lina ließ sich widerstandslos nach unten führen und ins Auto setzen, machte aber keine Anstalten, den Sicherheitsgurt zu schließen. Mit besorgtem Blick erledigte Leo das für sie und fuhr dann los.

»Gib nicht auf«, sagte er leise zu ihr, »wir kriegen das wieder hin – irgendwie.«

Neunundzwanzig

Besorgt betrachtete Leo seine Freundin und seufzte. Lina nahm ihre Umwelt kaum noch wahr. Sie hatte auch nicht reagiert, als er an der Raststätte angehalten hatte und ihr sagte, dass er rasch tanken würde.

»Trink!«, forderte er sie jetzt auf und hielt ihr die Dose Cola hin, den er gekauft hatte. Nach längerem Zureden öffnete sie ihre Lippen, ließ ihn den Strohhalm in ihren Mund schieben und trank ein paar Schlucke. Dann verfiel sie sofort wieder in ihre eigenartige Starre.

Beim Einchecken erntete Leo betroffene Blicke der Hotelgäste, als er seine teilnahmslose Freundin ins Foyer schob.

»Sie hat Migräne«, erklärte er der Mitarbeiterin an der Rezeption.

»Wenn Sie einen Arzt benötigen, lassen Sie es mich bitte wissen«, sagte die Frau und sah Lina, die ihren Kopf auf der Theke abgelegt hatte, besorgt an. »Dr. Sanbach wohnt hier im Ort und macht auch Hausbesuche.«

»Ich danke Ihnen!« Leo lächelte die Frau an und nutzte seine Fähigkeiten, um ihre Besorgnis etwas abzumildern. »Wahrscheinlich muss sie einfach nur ausschlafen.«

Kurz darauf standen sie in der Suite, die er gebucht hatte. Lina schenkte dem Raum keinen Blick. Ohne ihre dünne Weste auszuziehen, legte sie sich aufs Bett und war nach wenigen Minuten eingenickt.

Da sie ruhig schlief, verließ er den Raum und fuhr zum

nächsten Supermarkt, wo er Mineralwasser, Cola, etwas Obst und ihre Lieblingsschokolade einkaufte. Zusätzlich wanderte eine psychologische Zeitschrift in seinen Einkaufskorb.

Im Hotelzimmer stellte er die Getränke gut sichtbar auf den Nachttisch. Dann sammelte er sich und versuchte zu erspüren, was in Lina vorging. Sie befand sich gerade in der Tiefschlafphase – er konnte keine Gefühle wahrnehmen.

Leise schlich er ins Bad und rief von dort aus Angie an.

»Wie geht es ihr?«

»Sie schläft tief und fest, das ist ein gutes Zeichen«, sagte er.

»Bitte schreib mir, sobald du etwas Neues weißt!«, bat Angie. »Sonst habe ich hier keine ruhige Minute.«

»Klar, mache ich«, versicherte er ihr und beendete das Gespräch.

Während er in der Zeitschrift blätterte und dann den Fernseher einschaltete, verschlief Lina den Nachmittag und auch den Abend. In ihren Traumphasen nahm er gemischte Gefühle bei ihr wahr. Dunkle Stimmungen wechselten sich mit optimistischeren Gefühlen ab. Da er sie in diesem Zustand nicht noch einmal alleine lassen wollte, bestellte Leo sein Abendessen aufs Zimmer. Für Lina orderte er eine kleine Wurst- und Käseplatte, falls sie aufwachen sollte.

Als er sich gegen elf Uhr hinlegte, schlief sie immer noch. Mit Erleichterung bemerkte er, dass Lina jetzt ganz normal träumte – etwas bizarr, aber ohne negative Emotionen. Beruhigt schloss er die Augen.

Plötzlich schreckte er hoch und tastete nach der Nachttischlampe.

»Oh! Ich wollte dich nicht wecken.« Lina saß im Dunkeln an dem kleinen Tisch des Zimmers und aß ein Käsebrot.

»Wie viel Uhr ist es?«, fragte er schlaftrunken.

»Sechs Uhr morgens. Danke, dass du mir Frühstück bestellt hast.« Sie kaute. »Ich habe vielleicht einen Hunger!«

Leo bemerkte schnell, dass es ihr besser ging – sehr gut sogar. »Du glaubst ja gar nicht, wie erleichtert ich bin!«

»Mmh, der Schinken ist auch lecker. Wo sind wir eigentlich?«

»In Bad Bertrich«, antwortete er.

»Und was machen wir hier?«, fragte sie erstaunt.

»Ich wollte doch schon länger mit dir in die Eifeltherme«, antwortete er und grinste sie an.

»Aber ich habe doch gar keine Badesachen!«

»Meine Güte, wenn du dich nicht mehr daran erinnerst, wie Angie deinen Koffer gepackt hat, dann ging es dir wirklich sehr schlecht.«

Lina hörte auf zu kauen und räusperte sich. »Sag mal … Was ist eigentlich passiert?«

»Du bist nach deiner letzten Prüfung zusammengebrochen. Und da Angie und ich vermutet haben, dass ein Wagner dir vielleicht in der Nacht aufgelauert haben könnte, bin ich mit dir hierher gefahren.«

Lina starrte ihn mit großen Augen an. »Ich erinnere mich gar nicht! Nur noch an die letzte Prüfung …« Sie runzelte die Stirn. »Verdammt, ich muss grauenvoll abgeschnitten haben. Wann können wir frühstücken? Ich habe noch Appetit auf etwas Süßes, und ein Kaffee wäre auch nicht schlecht.«

Leo war erleichtert. Momentan sah es ganz danach aus, dass Lina in wenigen Tagen wieder ganz die Alte sein würde. »Jetzt gleich, wenn du magst«, sagte er glücklich.

Er hatte drei Übernachtungen in Bad Bertrich gebucht und solange konnten sie es sich in der Eifel gutgehen lassen.

Nach dem Frühstück schwammen sie eine Runde in der glaubersalzhaltigen Therme, was Lina sofort wieder hungrig machte. »Wie geht es danach weiter? Nach Bad Bertrich?«, fragte sie beim Mittagessen. »Ich kann mich doch nicht ewig verstecken!«

»Ich habe meinem Dad geschrieben, er will sich darum kümmern. Sobald er Genaueres weiß, meldet er sich.«

»Und das bedeutet?«

»Ich weiß es nicht.« Leo zuckte mit den Schultern. »Wir müssen abwarten.«

Trotz der Gefahr, in der Lina nach wie vor schwebte, fühlte sie sich leicht und eigenartig entspannt. Sie spürte den Schub der Endorphine, die sich durch den ungestörten Nachtschlaf reflexartig in ihr freigesetzt hatten.

Am Nachmittag rief Leos Vater an.

»Bleibt ein paar Tage im Hotel«, bat er. »Wir werden ab nächster Woche eine Nachtwache organisieren, um die Person aufzuspüren, die für die Albträume verantwortlich ist.«

»Dann wird Julius vor meinem Zimmer lauern und mich beobachten?«, fragte Lina entsetzt, nachdem sie aufgelegt hatten.

»Nein.« Beruhigend legte Leo eine Hand auf ihren Arm. »Mein Dad hat talentierte und einflussreiche Freunde, denen er vertraut. Aber die müssen ihre Abwesenheit erst organisieren, deshalb sollen wir ein paar Tage abtauchen.«

Und sie tauchten ab – im wahrsten Sinne des Wortes. Gemeinsam schwammen sie jeden Vormittag in der Therme und spazierten nachmittags durch die Wälder der Eifel. Lina, die in den vergangenen Wochen außer Kaffee kaum noch etwas zu sich genommen hatte, aß mit gutem Appetit.

Nach drei Tagen war ihnen nach ein wenig Abwechslung und so packten sie ihre Koffer und fuhren nach Köln. Dort saßen sie in Cafés und liefen Hand in Hand am Rheinufer entlang.

»Ich habe heute so viel Eiscreme gegessen … Angie wird bestimmt neidisch sein!«, sagte Lina und hielt dabei ihren Bauch.

»Ich bin froh, dass du wieder Hunger hast. Wenn ich

daran zurückdenke, wie apathisch du noch vor ein paar Tagen gewesen bist …« Er seufzte.

Gemeinsam kauften sie ein Schloss, das sie an der Hohenzollernbrücke neben den vielen anderen Zeugnissen der Liebe befestigten. Den Schlüssel warfen sie in den Rhein.

Die Woche verging schnell – Theo hatte angerufen und ihnen gesagt, dass sie am morgigen Tag nach Hause kommen konnten. Heute wollten sie daher noch einmal durch die Stadt bummeln.

Leo bestand darauf, für Lina ein Abendkleid für den Semesterball zu kaufen, der in der Europahalle stattfinden würde.

»Da muss man nicht hin, auf diesen Ball, das machen nur wenige«, wehrte sie ab, als er ihr seinen Plan erklärte.

»Für mich und meine Mitbewohner ist diese Veranstaltung Ehrensache, und die anderen kommen alle mit ihren Freundinnen.«

Lina stöhnte. »Ich kann doch das schwarze Kleid anziehen, das steht mir gut.«

Er grinste und zwinkerte ihr zu. »Du hast doch nicht etwa Angst, zusammen mit mir einzukaufen?«

»Vor dir kann man auch gar nichts verbergen«, gab sie zu. »Also gut, wir kaufen die Ballrobe. Falls ich durch die Prüfungen gefallen bin, ist es ja quasi mein Abschlussball.«

»Woher kennst du dich so gut aus?«, fragte sie später misstrauisch, als Leo sie in eine Boutique mit wunderschönen Kleidern führte, die alle ein Vermögen kosteten.

»Ich habe gegoogelt«, erwiderte er grinsend.

»Ach so?«

»Nein, das war ein Scherz. Meine Mutter hat mir den Tipp gegeben. Sie kauft immer hier ein, wenn sie in Köln ist.«

Lina probierte sich durch zahlreiche Abendkleider, deren Preisschilder sie allesamt schwindelig machten. Die Verkäuferin brachte die verschiedensten Modelle, vom kleinen

Schwarzen bis zum bodenlangen Chiffonkleid war alles dabei.

Lina fühlte sich in der teuren Boutique nicht wohl, wollte das aber Leo nicht spüren lassen. Deshalb setzte sie sich in der Umkleidekabine auf einen Hocker, schloss die Augen und ließ in Gedanken die Sonne aufgehen. ›Das wird ausreichen, um den Einkauf zu überstehen!‹, dachte sie zufrieden.

Später musste sie allerdings feststellen, dass Eigenmanipulation durchaus Nachteile hatte: In der edlen Tüte, die Leo trug, befand sich ein bodenlanges, cremefarbenes Abendkleid, das ein Vermögen gekostet hatte. Die Korsage sowie die aus hauchzartem Material angefertigten Ärmel waren mit funkelnden Glitzersteinen bedeckt. Der vielschichtige und ausladende Rock gab Lina das Gefühl, eine Prinzessin aus 1001 Nacht zu sein.

»Das wäre erledigt«, murmelte sie leise. Sie wusste nicht, ob sie sich über das Traumkleid freuen oder darüber ärgern sollte, dass Leo so viel Geld für sie ausgegeben hatte.

»Fast«, sagte er lächelnd und schob sie in ein Schuhgeschäft, das sich in der Nähe des Hauptbahnhofs befand.

»Was?«, rief sie. »Ich habe jede Menge Schuhe!«

»Ich weiß«, sagte er lächelnd. »Trotzdem – dieses Kleid braucht passendes Schuhwerk.«

Lina seufzte. »Ich werde die Einzige sein, die auf diesem Ball so aufgebrezelt ist.«

»Da irrst du dich. Die Freundinnen meiner Mitbewohner kaufen jedes Jahr gemeinsam ein – meistens hier in Köln.«

Im Kopf überschlug Lina die Kosten. Für die Summe müsste sie viele Stunden arbeiten! Aber dann schob sie ihre Bedenken beiseite. Wenn es Leo so wichtig war, dann würde sie den Abend eben hinter sich bringen. Und sollte er auf die aberwitzige Idee kommen, ihre Garderobe auch zu anderen Anlässen erweitern zu wollen, würde sie mit ihm reden. Während sie abschätzte, wie oft man ein Ballkleid tragen konnte, unterhielt Leo sich mit der Schuhverkäuferin.

Die Frau taxierte Lina mit einem prüfenden Blick und wandte sich dann lieber an Leo, der die Tüte öffnete, um ihr die Farbe des Kleides zu zeigen. Ihre Aura zeigte einen schwachen eitergelben Schimmer – eindeutig Neid.

Als Linas Handy klingelte, war sie dankbar für die Ablenkung und zog ihr Telefon aus der Tasche.

Es war Angie.

Wie schade, dass sie nicht ungestört sprechen konnte! Zu gerne hätte sie ihrer Freundin von der unangenehmen Situation erzählt und ein wenig über die Angestellte gelästert, die gerade Leo ihr strahlendstes Lächeln schenkte. Angie würde es schaffen, die Situation von ihrer praktischen oder humorvollen Seite zu betrachten.

»Hi, ich bin gerade in einem sündhaft teuren Schuhgeschäft – kannst du mich retten?«, begrüßte Lina ihre Freundin verschwörerisch flüsternd.

»Hallo …« Angie klang verzweifelt. Dann schrie sie vor Schmerzen laut auf.

»Hey! Was ist?« Lina spürte, wie ihr Herz von innen gegen ihren Brustkorb hämmerte.

Irgendwas stimmte nicht!

Gerade ließ Leo sich von der Verkäuferin verschiedene Schuhmodelle zeigen. Seine Aura war freundlich-gelb, die der Verkäuferin zeigte winzige, pinkfarbene Blitze – wie Lina mittlerweile wusste, ein Zeichen von hemmungslosem Flirten.

Aber Angie war wichtiger als diese dumme Nuss. »Hast du dir wehgetan?« Lina hielt sich das linke Ohr zu und ging einige Schritte in Richtung Tür, um einen besseren Empfang zu haben.

»Hören Sie gut zu.« Eine kalte Stimme sprach jetzt am anderen Ende der Leitung. »Wir wissen, dass Sie in Köln sind. Ihre Freundin ist bei uns.« Erneut hörte Lina Angie panisch aufschreien – es klang fast wie ein flehentliches Kreischen.

»Was haben Sie mit ihr gemacht?«

»Es sollte Sie interessieren, was wir mit ihr machen werden, wenn Sie nicht augenblicklich das tun, was wir verlangen«, antwortete die Stimme.

»Wer sind Sie?«

»Das spielt keine Rolle. Wenn Sie wollen, dass Ihre Freundin überlebt, dann hören Sie jetzt genau zu: Sprechen Sie mit niemandem, gehen Sie zum Hauptbahnhof und steigen in den Intercity nach Trier, der in fünf Minuten auf Gleis sieben abfährt. Ein Onlineticket erhalten Sie per SMS.«

Es knackte und die Leitung war tot.

Lina überlegte nur kurz. Sie blickte zu Leo, der immer noch mit der glücklich strahlenden Verkäuferin diskutierte, schlüpfte aus dem Laden und rannte so schnell sie konnte zum Hauptbahnhof.

Dreißig

In der großen Bahnhofshalle blieb Lina einen Moment lang stehen und sah sich um. In zwei Minuten würde der Zug abfahren, wie die riesige Uhr unmissverständlich anzeigte.

Was hatte sie getan? Sollte sie zu Leo zurück?

Nein, das ging nicht! Jemand fügte ihrer besten und liebsten Freundin Schmerzen zu und würde … Aber daran wagte sie gar nicht zu denken.

Ihr Handy vibrierte – zwei SMS. Die Erste enthielt den Link zu ihrem Online-Ticket, die Zweite einen kurzen Text: »Wenn Sie irgendjemanden anrufen oder ein Telefonat annehmen, wird Angela Müller sofort sterben.«

Lina, die zunächst an ein Koma gedacht hatte, vielleicht an Folter, erkannte nun: Angie war wirklich in Lebensgefahr!

Aber wenn sie ihre Freundin rettete, würde sie womöglich selbst sterben.

›Sie oder ich!‹, dachte Lina erschrocken. Entweder – oder. Die Antwort war glasklar: Niemals würde sie Angie opfern, um ihr eigenes Leben zu retten.

Der Zug fuhr pünktlich ein.

Mit zittrigen Knien ging sie zu dem Sitzplatz in der ersten Klasse, der für sie reserviert worden war. Sie war davon überzeugt, dass ihr Feind sie bereits beobachtete. Angies Leben hing von ihrem Verhalten ab.

Der Zug fuhr von Köln über Koblenz nach Trier, ohne dass man umsteigen musste.

Ihr Handy klingelte. Der Ton schrillte in ihren Ohren – es war Leo. Obwohl ihr sofort Tränen in die Augen stiegen, biss sie die Zähne zusammen und nahm das Gespräch nicht an, sondern stellte das Telefon stumm. Offenbar hatte er auf die Mailbox gesprochen, was eine SMS wenige Sekunden später vibrierend anzeigte. Lina schaute nicht hin und setzte sich auf ihren Platz.

Plötzlich wusste sie, wie ein Mensch sich fühlte, der auf seinen eigenen Tod wartete. Es war eine seltsame Mischung aus Aufregung, Resignation und dem Gefühl, etwas Unwiederbringliches für immer zu verlieren. Aber vielleicht war das, was auf sie zukam, noch schlimmer als der Tod: Dann würde Lina ein Zimmer neben Tante Mel beziehen und sich von Schwester Elke füttern lassen müssen.

Mit unbewegtem Blick starrte sie aus dem Fenster. Dann erkannte sie die Reflexion ihres eigenen Gesichtes in der ungewaschenen Glasscheibe und zuckte zusammen. Diesen teilnahmslosen Anblick würde Leo sehen, wenn er sie im Pflegeheim besuchte!

Sie stellte sich vor, wie ihre Mutter in ihrem Krankenzimmer saß und ihr Vorwürfe machte, die nicht mehr zu ihr durchdringen würden – was auch sein Gutes hatte. Aber sie sah auch den bekümmerten Blick von Granny vor ihrem inneren Auge, die Verzweiflung in Leos Aura … All das würde sie nie wieder wahrnehmen können. Weder Schmerz noch Freude. Keine Liebe und keinen Hass.

Das Telefon vibrierte erneut. Eine SMS erschien auf dem Display.

»Steigen Sie in Wittlich aus und folgen Sie mir schweigend.«

Wittlich – wo genau war sie gerade? Und wem sollte sie folgen? Mit einem Ruck wurde Lina aus ihrer Lethargie herausgerissen und blickte sich hektisch um.

Sie wusste nicht mehr, mit welchen Gedanken sie die letzte Stunde verbracht hatte, denn sie fühlte sich seltsam betäubt. Unterbrochen worden war ihr sonderbarer Zustand lediglich von ihrem Handy, das wieder und wieder vibriert hatte – es war fast immer Leo gewesen.

Als der Zug wenige Minuten später in den Bahnhof einfuhr, war sie fast erleichtert – das nutzlose Warten hatte ein Ende. Sie hoffte, dass Angie bald freikommen würde und nicht mehr leiden musste.

Beim Aussteigen wurde Lina von einem schwarz gekleideten Mann erwartet. Weder seine Mimik noch seine Aura gab irgendeine Information preis; es musste sich also um ein Mitglied des Wagner-Clans handeln. Mit einem Kopfnicken bedeutete er ihr, ihm zu folgen. Sie wurde auf den Bahnhofsvorplatz geführt, wo eine schwarz glänzende, frisch polierte Limousine mit getönten Scheiben wartete. Niemand berührte sie oder zwang sie mit Gewalt, einzusteigen – aber die Sorge um ihre liebste Freundin machte Lina zu einem willigen Opfer.

Dann saß sie alleine auf der Rückbank. Der Mann, der sie abgeholt hatte, nahm auf dem Beifahrersitz Platz. Ihr fiel auf, dass es ihr nicht gelungen war, sich seine Gesichtszüge einzuprägen.

Der Wagen fuhr los.

»Legen Sie Ihr Handy auf die Mittelkonsole«, sagte er. Seine Stimme klang ebenfalls seltsam kalt und unpersönlich.

Ihr Handy vibrierte erneut. Leo, diesmal mit einer SMS.

Sie schaltete ihr Telefon aus und legte es auf die Konsole neben den Mann, der es sogleich in seiner Jackentasche verschwinden ließ.

Schnell blickte sie aus dem Fenster, um die Tränen, die wieder in ihre Augen gestiegen waren, weg zu blinzeln. Niemand sollte sie weinen sehen.

Sie fuhren in Richtung Trier. Warum hatte man sie dann nicht in Trier abgeholt?

Hatte sie die falsche Entscheidung getroffen, als sie den

Anweisungen aus Sorge um Angie blindlings folgte? Gab es irgendeine Alternative, die sie übersehen hatte?

Irgendwann bog der Wagen ab, überquerte eine Moselbrücke und hielt schließlich vor einer großen weißen Halle in einem Industriegebiet.

Ein weiterer Mann erwartete Lina. Auch er war merkwürdig gesichtslos. Durch einen Seiteneingang führte man sie in das Gebäude. In dem dunklen Gang konnte Lina zunächst kaum etwas erkennen, denn draußen hatte die Sonne geschienen und sie geblendet.

War sie in einer Fabrik? Oder in einem Lager? Alles wirkte seltsam leergeräumt, auch die weitläufige Halle, die sie jetzt durchschritt. Schließlich brachte man sie schweigend in einen fensterlosen Raum, fesselte sie an einen Stuhl, schaltete das Licht aus und schloss die Tür von außen ab.

Panik stieg in Lina auf. Die völlige Dunkelheit und unheimliche Stille verunsicherten sie zutiefst. Beim Hereinkommen hatte sie die dick gepolsterte Tür und die merkwürdigen Schaumstoffbespannungen an den Wänden bemerkt.

Es war nicht einfach nur dunkel hier: Anders als in einem Schlafzimmer, wo ein Spalt in dem Rollladen oder das LED-Licht eines Weckers etwas Resthelligkeit spendete, drang in diesen Raum kein Quäntchen Licht. Noch unheimlicher war die hundertprozentige Stille, die sie umgab: In einem normalen Raum hörte man immer irgendetwas, seien es die Nachbarn, das leise Gezwitscher der Vögel oder das sanfte Rauschen der Heizungsrohre.

Aber hier? Nichts!

Konnte es irgendwo auf der Welt überhaupt so still sein wie an diesem Ort?

Die vollkommene Lautlosigkeit gab Lina das Gefühl, in einem winzigen Kasten gefangen zu sein, obwohl sie genau wusste, dass dies nicht der Fall war. Normalerweise konnte man anhand des Echos der Geräusche auch mit geschlossenen Augen ungefähr abschätzen, ob man sich in einer großen Halle oder in einer winzigen Abstellkammer befand. Die Eigenschaften dieses Raumes vermittelten ihr den Eindruck, in einem Sarg eingeschlossen zu sein.

Ihre Kleidung raschelte bei jeder Bewegung. Nach einer Weile hörte sie nicht nur ihren eigenen Atem, sondern auch das aufgeregte Pochen ihres Herzens – und dann sogar, wie das Blut durch die Halsschlagader in ihren Kopf zischte. Ihre Verwunderung ließ sie die schwierige Lage, in der sie sich befand, einen Augenblick lang vergessen. Staunend lauschte sie ihren eigenen Körperflüssigkeiten. Dem Grummeln ihres Magens, dem Strömen der Atemluft und dem schmatzenden Geräusch, dass ihr Körper machte, sobald sie schluckte.

Sie erinnerte sich dunkel, einmal von einem solchen Raum gehört zu haben. War es in einem Youtube-Video gewesen? Oder in einem der vielen Facebook-Posts, die täglich über die Social-Media-Pinnwände rauschten? Angeblich würde man verrückt werden, wenn man längere Zeit in absoluter Dunkelheit und Stille verbrachte – eine spezielle Form der Folter.

Lina hatte Angst – aber nicht vor dem Raum, sondern um ihre liebste Freundin. Sie hoffte inständig, dass man Angie bereits freigelassen hatte.

Die Sekunden krochen dahin. Nach einer Weile verlor sie das Gefühl dafür, ob erst Minuten oder bereits Stunden vergangen waren. Allein die Tatsache, dass sie noch keinen Druck in ihrer Blase verspürte, legte nahe, dass noch nicht so viel Zeit verstrichen sein konnte.

Während sie ihren Körperflüssigkeiten lauschte, fiel ihr auf, dass sich ihre Sinne schärften. Bisher hatte Lina die Auren der Menschen meist nur sehen können. Nur in besonderen Augenblicken stellte sich zusätzlich ein mehr oder minder präzises Bauchgefühl ein. Aber jetzt machte sie eine faszinierende Beobachtung: Sobald sie sich vorstellte, durch

Wände blicken zu können, erkannte sie schemenhaft Auren im Raum nebenan.

Mittlerweile wusste Lina, dass jede Aura so einzigartig wie ein Fingerabdruck war. Wenn sie die Farbe der momentan vorherrschenden Emotion ausblendete, konnte sie einen Blick auf etwas sehr Intimes und Persönliches werfen. Neu war, dass sie eine Art Röntgenblick besaß, sobald sie sich konzentrierte. Eigentlich war es logisch – warum sollte eine Wand ein Gefühl aufhalten? Sogar Geräusche drangen durch Wände, wenn sie laut genug waren. Aber von den beiden Männern hatte sie eben nichts gespürt – bewirkte dieser Raum die Schärfung ihrer Sinne?

Die Wartezeit in ihrem stillen und dunklen Gefängnis verbrachte sie damit, sich sämtliche Auren in ihrer Umgebung genau einzuprägen. Warum versteckte hier niemand seine Aura, wie Julius es getan hatte?

Lina schöpfte etwas Hoffnung – sie würde sich ihre Entführer eben anhand ihres Charakters statt des Namens oder der Gesichtsform merken! Diese Information konnte nützlich werden, falls sie nicht nur überlebte, sondern darüber hinaus bei Verstand blieb.

Bald konnte sie fünf Personen voneinander unterscheiden, die in ihrer näheren Umgebung umherliefen. Nach den Charakteristika der Auren zu urteilen, musste es sich ausschließlich um Männer handeln. Sie wusste nicht genau, worin der Unterschied lag – aber genauso zielsicher, wie Menschen das Geschlecht anhand eines Portraits bestimmen konnten, so ordnete sie Auren zu.

Lina entwich ein kleines »Ha!«, als sie nach einer Weile die Aura von Julius Wagner unter den Männern entdeckte. Er war neu hinzugekommen, während ein anderer, möglicherweise nicht empathischer Mann die Halle offensichtlich verlassen hatte.

Sie hatte gewusst, dass er dahintersteckte!

Lina war so fasziniert von den geschärften Fähigkeiten, die sich ihr eröffneten, dass sie trotz ihrer großen Sorge um Angie in ihrem eigenartigen Gefängnis nicht verrückt wurde. Vielmehr war sie beeindruckt von der Präzision, mit der sie die Vielschichtigkeit der Auren jetzt wahrnahm. Neben einem transparenten und komplexen Farbenspiel erkannte sie Strukturen und Texturen. Sie erspürte gegenwärtige und vergangene Gefühle, genau wie man anhand der Falten, die sich in ein Gesicht eingruben, intuitiv erkannte, ob ein Mensch eher über ein fröhliches oder ein verbittertes Naturell verfügte.

Was Julius' Komplizen gemeinsam zu haben schienen, war eine tiefe Verachtung für die menschliche Natur im Allgemeinen. Sie empfanden sich als über den anderen stehend, als eine Art überlegene Rasse oder Gruppe.

Während sie die Auren weiter beobachtete, bemerkte sie, dass die Männer sich uneinig waren. Julius schien mit jemandem zu streiten. Sie spürte seine Ungeduld – ein Gefühl, das sie bei Darko schon häufig wahrgenommen hatte.

Schließlich bemerkte sie, dass einer der Männer, der Details seiner Aura geschickt verschleiert hatte, jetzt durch den Konflikt seine Vorsicht vergaß.

Dann spürte sie etwas Neues – man richtete die Aufmerksamkeit auf sie selbst!

Lina bemerkte, wie die Emotionen der Männer von der Wut über ihren Streit nahtlos in Verwunderung und Erstaunen übergingen. Kein Wunder, denn sie fühlte sich nach wie vor relativ gut, wenn man bedachte, in welcher Situation sie sich befand. Auf der anderen Seite des schalldichten Raumes hatte man das offenbar nicht erwartet.

Aber was würde passieren, falls man sie über Nacht gefesselt hier sitzen ließ? Die Frage erübrigte sich, denn jetzt konnte sie spüren, dass sich zwei ihrer Feinde langsam näherten – Julius war jedoch nicht dabei, er schien sich aus ihrem Radius zu entfernen.

»Wo ist Angie, verdammt?«, begrüßte sie die beiden Männer, die den Raum betraten. Sie gab sich Mühe, so ärgerlich wie möglich zu klingen.

Ihr entschlossener Tonfall verfehlte seine Wirkung nicht.

»Warum ist sie so fit?«, raunte einer der beiden, während er das Licht einschaltete. Er sprach sehr leise, aber Linas Ohren waren von der Stille dermaßen sensibilisiert, dass sie problemlos jedes Wort verstand.

»Ich bin ja keinen Marathon gelaufen«, entgegnete sie mit zusammengekniffenen Augen, da die kleine Glühbirne, die an der Decke hing, sie nach der völligen Dunkelheit stark blendete.

Provokation schien ihr in diesem Moment intuitiv richtig zu sein.

»Mich würde ja mal interessieren, warum Sie so bereitwillig die Handlanger von Julius Wagner spielen!«, setzte sie nach.

»Woher …«, begann einer der Männer, wurde aber von seinem Kollegen durch einen Stoß in die Rippen zum Schweigen gebracht.

»Wo ist Angie, ihr miesen Feiglinge?«, stichelte sie weiter, da sie die wachsende Unsicherheit ihrer Gegner bemerkte. Einem der Männer zitterten sogar die Hände, als man sie losband. Während sie aus dem Raum geschoben wurde, fragte sie sich erneut, woher sie den Mut und die Entschlossenheit nahm, ihre Gegner so von oben herab zu behandeln. Eine Kamikaze-Aktion?

»Ich weiß, dass du hier bist, Julius, Vater eines machtgierigen Sohnes!«, schrie sie so laut durch die große Halle, dass der Schall von den Wänden zurückprallte.

Einer der beiden Männer zuckte vor Schreck kurz zusammen.

Psychologisch gesehen hatte Lina die Oberhand! Jetzt fragte sie sich, ob sie das beherrschte, was Darkos Spezialität war – eine Panik in jemand anderem auszulösen.

Sollte sie auf diese Weise versuchen, sich zu befreien? Und würde sie Angie finden? Immerhin wusste sie jetzt mit Sicherheit, dass Julius dahintersteckte, das war ein wichtiger Anhaltspunkt. Und es konnte gut sein, dass man ihre Freundin bereits freigelassen hatte. Falls die Wagners wenigstens über so viel Anstand verfügten, sich an eine Abmachung zu halten. Angie war nur Mittel zum Zweck gewesen.

Lina konzentrierte sich und beschwor eine Panik herauf, indem sie an das schreckliche Erlebnis mit Darko im Coyote Café dachte. Sie bildete die Emotion so stark heraus, wie sie konnte, achtete aber gleichzeitig darauf, sich selbst zu schützen, wie Leo es ihr beigebracht hatte. Dann sandte sie das Gefühl einer messerscharfen Waffe gleich an ihre beiden Begleiter.

Die Wirkung trat augenblicklich ein: Sie schnappten entsetzt nach Luft, ließen ihre Gefangene los und hielten sich die Hände vor den Bauch, als hätte ihnen jemand einen Dolch hineingerammt.

Lina verschwendete keine Zeit und rannte durch die große Halle. Zum Glück hatte das Gebäude zahlreiche Ausgänge – vermutlich wegen der gesetzlichen Brandschutzbestimmungen. Die Betätigung des Griffes eines Notausganges löste einen gebäudeweiten Alarm aus – aber Lärm konnte nur hilfreich sein, fand Lina und stolperte ins Freie. Sie hörte hinter einer Häuserreihe zahlreiche Autos und lief los, um auf der belebten Straße jemanden anzuhalten.

Wild ruderte sie mit den Armen. Tatsächlich – der vierte Wagen hielt. Es war ein schwarzer BMW, ein ähnliches Modell, wie Leo es fuhr. Diese Tatsache hätte sie warnen müssen, aber im ersten Moment löste der Anblick von Leos Automarke Sicherheit in ihr aus, sodass sie einstieg.

»Bitte, ich wurde entführt, bringen Sie mich in die Stadt – oder zur Polizei – bloß weg von hier!«, schnaufte sie atemlos.

Kaum war der Wagen losgefahren, bemerkte sie, dass der

neben ihr sitzende Geschäftsmann in einen Nebel gehüllt war, der sein Gesicht vollständig vor ihr verbarg.

»Scheiße!«, fluchte sie laut und wollte wieder aussteigen, aber die Tür war bereits automatisch abgeriegelt worden. Auch das Fenster ließ sich nicht öffnen.

Dann geschah etwas, das Lina eigentlich nie mehr erleben wollte: Sie spürte eine Panik in sich aufsteigen, die sie trotz des monatelangen Trainings nicht abwehren konnte. Es fühlte sich an, als würden tausend spitze Nadeln ihren Schutzschild durchstechen, um ihre beißend giftige Fracht in ihrem Inneren abzuladen.

Sie registrierte, wie ihre Handflächen und schließlich ihr ganzer Körper schweißnass wurden – aber dann schwärzte sich alles und sie fiel tiefer und tiefer – hinab in bodenlose Dunkelheit.

Einunddreißig

»Lina?«, rief Leo in den großen Verkaufsraum, während er ein paar cremefarbene Satinschuhe hochhielt. »Wie gefallen dir die hier?«

Suchend ging er in den vorderen Teil des Raumes. »Hey, wo bist du? Lina!« Mit den High Heels in der Hand trat er vor das Geschäft und sah sich um.

Von seiner Freundin keine Spur. Er fasste sich nachdenklich an den Kopf, stellte dann die Schuhe zurück auf den Ladentisch, nickte der Verkäuferin kurz zu und verließ das Geschäft.

Was konnte geschehen sein?

»Das ist nicht witzig!«, rief er und lief ein paar Meter in Richtung Bahnhof. Er nahm sein Handy heraus und wählte ihre Nummer.

Sie nahm das Gespräch nicht an.

Er drehte um und eilte jetzt in die andere Richtung. Wieder versuchte er, sie anzurufen, wieder ging sie nicht ran.

Was war los? Er war davon überzeugt, dass Lina ihn nicht foppen würde; nicht nachdem man gerade versucht hatte, sie in den Selbstmord zu treiben.

Jetzt wählte er Angies Nummer. »Mach schon!«, fluchte er und lief unruhig hin und her. Aber nur der Anrufbeantworter sprang an.

Schließlich schrieb er Angie eine SMS: »Ruf mich bitte sofort zurück, wenn du die Nachricht liest.«

Irgendwie hoffte er, dass Lina sich einen schlechten Scherz erlaubt hatte, obwohl er dies für sehr unwahrscheinlich hielt.

Er überlegte einen Moment lang und wählte dann die nächste Nummer. Währenddessen ging er unruhig vor dem Schuhladen auf und ab und suchte nach Linas dunkler Haarmähne. »Dad? Ich bin in Köln, wir waren shoppen und ich kann Lina nicht mehr finden! Sie ist seit ein paar Minuten spurlos verschwunden.«

»Das ist kein Scherz?«, fragte sein Dad.

»Was?«

»Nein, natürlich nicht, entschuldige.« Theo räusperte sich. »Nicht, dass sie entführt wurde?«

»Das Letzte, das ich mitbekommen habe, ist, dass sie mit Angie telefoniert hat. Aber die geht nicht ran, ich erreiche sie nicht!« Leo stöhnte. »Warum habe ich sie nur aus den Augen gelassen? Ich suchte gerade Schuhe für ihr Abendkleid, es waren höchstens dreißig Sekunden!«

»Wo genau bist du?«

»In dem Schuhladen am Hauptbahnhof. Da, wo Mum auch oft einkauft.«

»Dann sitzt sie entweder in einem Zug oder sie ist in ein Auto eingestiegen.«

»Du meinst, sie könnte vielleicht am Bahnhof sein?«

»Ein Auto kannst du nicht mehr aufhalten, aber am Bahnhof hast du eine Chance!«

Leo ließ die Tasche mit dem teuren Kleid in dem Schuhladen stehen und spurtete zum Hauptbahnhof. Vor Anstrengung keuchend, blieb er vor den Gleisen stehen und sah sich um. Er schloss einen Moment lang die Augen und versuchte, seine Freundin in dem Wirrwarr menschlicher Emotionen zu finden. Normalerweise konnte er Linas Aura von der anderer Menschen unterscheiden, in diesem Gedränge war es jedoch schwierig.

Dann bemerkte er den Anflug einer vertrauten Person – sie war hier und befand sich irgendwo rechts von ihm!

Es kamen drei Züge in Frage, die abfahrbereit an den Bahnsteigen standen. Leo warf einen Blick auf die Infotafel und sah den Intercity, der von Gleis sieben aus nach Trier fuhr.

Dort musste sie sein!

Sofort stürzte er die Stufen hinunter zur Unterführung. Er spürte, dass er ihr ein wenig näher gekommen war, als er die Treppe hinauf eilte. Doch die Bahn, in der seine geliebte Freundin saß, schloss gerade die Türen, als er oben ankam.

Leo sprintete hinterher. Er hoffte, ihr wenigstens durch das Fenster noch eine Botschaft zurufen zu können.

»Lina!«, brüllte er aus Leibeskräften, doch sie bemerkte ihn nicht. Der Abstand zu ihr vergrößerte sich wieder, da der Zug beschleunigte.

Hilflos musste er mit ansehen, wie seine Freundin ihm davonfuhr. Nach Luft ringend stützte er seine Hände auf die Oberschenkel. Dann rief er seinen Vater an. »Dad! Sie sitzt im Intercity nach Trier, aber ich habe sie nicht mehr herausholen können! Was soll ich tun?« Leo war den Tränen nahe, aber er versuchte, sich zu beherrschen.

»Ich telefoniere sofort mit deinem Großvater. Wir kommen, um dich zu unterstützen. Fahr du jetzt in deine WG, wir sprechen uns unterwegs ab.«

»Danke Dad! Glaubst du, dass Julius …« Er vollendete den Satz nicht, da es ihm unangenehm war, den Bruder seines Vaters zu verdächtigen. Andererseits traute er seinem Onkel nicht über den Weg.

Theo seufzte am anderen Ende der Leitung. »So wie ich ihn kenne, hat er seine Helfer, die sich für ihn die Finger schmutzig machen. Fahr jetzt nach Hause. Wir bleiben in Kontakt.«

Leo lief zu dem Parkhaus, wo er seinen Wagen abgestellt hatte. Hektisch warf er das Kleingeld in den Parkautomaten, um sein Ticket zu bezahlen. Als er an der Schranke warten musste, lud er den Fahrplan von Linas Zug auf sein Handy herunter. Wenige Minuten später war er unterwegs.

Die folgenden zwei Stunden waren die schlimmsten seines Lebens. Während er über die Autobahn raste, hatte er viel Zeit, um nachzudenken.

Seine Freundin war entführt worden, daran bestand kein Zweifel. Aber warum hatte sie ihn nicht um Hilfe gebeten? Vertraute sie ihm nicht? Oder hatte man sie erpresst?

Sollte er versuchen, Lina am Trierer Bahnhof abzupassen?

Das Problem war, dass man sie höchstwahrscheinlich mit irgendetwas unter Druck setzte. Warum sollte sie sonst ohne irgendein Wort von ihm weglaufen? Da er Angie nicht erreichte, konnte auch sie von dieser Sache betroffen sein.

Auf der Fahrt telefonierte er mit seinem Vater. Dieser hatte seinen Porsche Cayenne aus der Garage geholt und brauste zusammen mit Marius in Richtung Trier. Je nach Verkehrslage würden sie sechs oder mehr Stunden benötigen, bis sie ihm endlich helfen konnten.

Leo hörte die Stimme seines Großvaters über die Freisprechanlage. »Es tut mir so leid! Ich habe Julius nicht erreichen können und musste auf die Mailbox sprechen. Ich habe von ihm verlangt, mich zurückzurufen. Sofort!«

»Falls er wirklich etwas damit zu tun hat, wird er sich nicht melden«, warf Leo ein.

»Julius muss sich meinen Anweisungen beugen, so sind die Regeln!«, rief Marius aufgeregt. »Und wenn er es nicht tut, dann werde ich ihn aufsuchen. Ich habe meine Methoden, um an Informationen zu gelangen … auch wenn ich mir geschworen hatte, nie wieder darauf zurückzugreifen, so werde ich mich von meinem Sohn nicht hintergehen lassen!«

Leo erschrak – sein Großvater war so wütend, dass er bereit war, das Äußerste in Betracht zu ziehen: Seinen eigenen Sohn mit Hilfe seiner Fähigkeiten so lange zu foltern, bis dieser Lina freigab.

Das Telefonat hinterließ ihn nachdenklich. So aggressive Worte hatte er in seiner Familie bisher noch nie gehört. Und dann dieser Hinweis auf frühere Zeiten … Offenbar war in der Vergangenheit noch mehr passiert, als man ihn gelehrt hatte!

Nach einer gefühlten Ewigkeit war Leo endlich zu Hause angekommen. Er hoffte dringend darauf, über Darkos Mitbewohner an Informationen zu gelangen. Je mehr er herausfand, desto schneller konnte er Lina finden!

Seinen Wagen parkte er an der Straße und betrat leise das Haus. Zunächst wollte er prüfen, in welchem emotionalen Zustand sich die Anwesenden befanden, denn davon erhoffte er sich zusätzliche Erkenntnisse. Also schlich er in sein Zimmer, setzte sich auf den Boden vor seinem Bett und schloss die Augen.

Als Erstes entdeckte er die Aura von Robert; er hatte Besuch von einer seiner Freundinnen. Angewidert wendete Leo seine Aufmerksamkeit ab. Ben schien im Wohnzimmer zu sitzen, er strahlte eine gewisse Unruhe aus, die Leo nicht näher charakterisieren konnte. Schließlich spürte er Darkos Präsenz, die sich langsam näherte. Betrat er soeben das Haus? Leo spürte eine Mischung aus Aufregung und tiefer, innerer Befriedigung. Er schickte seinem Vater eine SMS: »Darko ist involviert, bin mir sehr sicher, seine Gefühle verraten ihn. Weitere Infos folgen.«

Statt seines Vaters antwortete sein Großvater: »Geliebter Enkel, ich weiß, was Carolina Bell dir bedeutet. Trotzdem musst du gerade jetzt deine Gefühle kontrollieren. Zentriere dich, gib nichts preis und versuche, Informationen zu sammeln. Ich bin stolz auf dich und vertraue auf deine Fähigkeiten.«

Sein Opa hatte recht – er musste stark bleiben und recherchieren. Also betrat er die Küche der WG, um die anderen zu beobachten. Während er den Kühlschrank öffnete, um sich ein Käsebrötchen zu machen, achtete er darauf, die eigene Aura möglichst zu verbergen. Zwar hatte er gar keinen Appetit, aß aber trotzdem mechanisch. Wenn seine Hände etwas zu tun hatten, würde seine Unruhe weniger auffallen.

Er spürte, dass Darko nach wie vor im Wohnzimmer saß. Aber dann glaubte er, ihn im Bad zu orten.

Leo hörte auf zu kauen und konzentrierte sich. Wie konnte er sich gleichzeitig an zwei Orten aufhalten?

Plötzlich fiel es ihm wie Schuppen von den Augen: Julius, dessen Aura ähnliche Merkmale aufwies wie die seines Sohnes, war im Haus! Er schrieb eine weitere SMS an seinen Vater. »Julius ist hier.«

Die beiden machten keine Anstalten, ihre Befriedigung vor den Bewohnern der WG zu verbergen.

Julius wechselte den Standort. Leo griff nach seinem Brötchen und ging ins Wohnzimmer, wo er scheinbar gleichgültig ein Hallo in die Runde warf und sich auf die Couch vor den großen Fernseher fallen ließ, wo Markus gerade eine DVD anschaute.

Leo spürte, dass sein Onkel jetzt den Keller des Hauses betrat. Dann stieg er wieder nach oben.

»Darko, kommst du bitte?« Die Tür hatte sich geöffnet und Julius steckte den Kopf hinein.

Leo blickte ihn erstaunt an, denn sein Onkel hatte tatsächlich ein Veilchen! Sein linkes Auge war bläulich violett unterlaufen und etwas angeschwollen.

Als Julius seinen Neffen bemerkte, verbarg er sofort seine Aura.

Es kostete Leo unendlich viel Kraft, kauend auf der Couch sitzen zu bleiben, obwohl er Julius und Darko am liebsten auf der Stelle verprügelt hätte. Die beiden waren im Begriff, das Haus zu verlassen.

Leo musste eine Entscheidung treffen: Versuchte er, ihnen mit seinem Wagen zu folgen oder sollte er nachsehen, was Julius im Keller gemacht hatte?

Er dachte an den Rat seines Großvaters: Gerade weil er Lina über alles liebte, musste er überlegt handeln. Im Keller konnte er unbeobachtet nach Hinweisen suchen.

Aber wenn sie zu Lina fuhren? Konnte er zwei oder mehr Talenten seines Clans gegenübertreten?

Seine Entscheidung fiel, als er den Hauch einer menschlichen Präsenz direkt unter sich bemerkte. Der Keller … War da jemand? Wann konnte er nachsehen, wenn nicht jetzt?

Rasch änderte er seinen Plan und lief die Treppe hinunter.

Der Partyraum wirkte ohne Gäste kalt und ungemütlich. In der Ecke stand eine angetrunkene Flasche Mineralwasser.

Warum? Das Personal räumte immer gründlich auf.

Leo fühlte nichts … oder doch? Er sah unter alle Sitzbänke und Tische. Die Präsenz, die er eben noch zu spüren geglaubt hatte, war nicht mehr wahrnehmbar. Er weitete seine Sinne, bemerkte aber nur die Anwesenheit seiner Mitbewohner.

»Verdammt!«, fluchte er leise.

Trotzdem würde er nicht aufgeben. Leo sah sich sorgfältig um. Schließlich ging er zum Kühlraum, legte den Hebel um und öffnete die schwere Tür. Dann schaltete er das Licht an.

»Angie!«, rief er und beugte sich über Linas Freundin, die bewusstlos am Boden lag. Hastig ertastete er ihren Puls – ihr Herz schlug langsam, aber regelmäßig. Jetzt wusste er, warum er sie kaum gespürt hatte – dies war kein Koma mit Albtraum, von weitem sichtbar, sondern eine tiefe Bewusstlosigkeit, durch die man einen Menschen für seine Sinne so gut wie unsichtbar machen konnte.

Eilig hob er die ohnmächtige Angie hoch und trug sie aus dem Kühlraum. Da sie über keinerlei Körperspannung verfügte, wog sie in seinen Armen unendlich schwer.

Trotzdem legte er sie so vorsichtig wie möglich auf einem der langen Partytische ab und ergriff dann ihre Hand.

Es war ein Kälteangriff, den Julius offenbar so lange durchgeführt hatte, bis sie bewusstlos geworden war. Es verlangte Leo alles ab, sich zu konzentrieren, obwohl er vor Wut und Sorge fast verrückt wurde.

Er rief sich ins Gedächtnis, wie sein Vater ihn beim letzten Mal angeleitet hatte. Schließlich schloss er die Augen und sendete Wärme und Lebendigkeit in Angies Körper.

»Wo bin ich?« Zu seiner Erleichterung erlangte sie bereits nach wenigen Sekunden das Bewusstsein. »Leo? Wo sind Julius und Darko? Diese Schweine!« Sie versuchte, sich aufzusetzen.

»Langsam, gib deinem Kreislauf ein paar Minuten Zeit!«, bat er. »Du musst dich schonen. Kannst du mir erzählen, was passiert ist?«

Angie, die sich trotz seiner Warnung sofort aufgesetzt hatte, rieb ihre Augen.

»Darko und Julius haben mich abgepasst, als ich gestern Abend zum Einkaufen fuhr … Mir wurde irre kalt und ich musste daran denken, dass sie mit Lina auch so was Ähnliches gemacht hatten … Da bin ich auf Julius zu und habe ihm mit der Faust ins Gesicht geschlagen.«

»Du warst das?«, fragte er erstaunt. »Ich habe das Veilchen eben gesehen.«

Angie rieb sich stöhnend ihren Rücken. »Wut hilft gegen diese beschissene Technik, das hatte ich doch bei Lina gesehen! Aber ich wurde trotzdem bewusstlos.« Während sie sprach, begannen ihre Hände unkontrolliert zu zittern.

»Ruhig! Lass dir noch einen Moment Zeit …«

»Ich habe Durst!«, stöhnte sie. »Und Kopfschmerzen!«

Leo holte rasch eine Wasserflasche aus dem benachbarten Raum und reichte sie ihr. Trotzdem zitterte sie weiter, denn ihr Körper wehrte sich gegen die Kälte, indem er die

Muskulatur schlottern ließ.

»Das ist normal, dein Körper wärmt sich auf. Das vergeht wieder«, tröstete er sie.

»Wo ist Lina?«, fragte sie mit leise klappernden Zähnen.

»Ich weiß es nicht«, antwortete er zerknirscht. »Sie ist in Köln verschwunden, ich vermute, dass man sie erpresst hat …«

»Oh je … Jetzt erinnere ich mich … Ich war kurz wach … Man hat mich gezwungen, Lina anzurufen, und dann haben sie mir solche Schmerzen zugefügt, dass ich geschrien habe … Wegen mir ist sie jetzt in Gefahr!«

»Du hast getan, was du konntest!«, versicherte er ihr. »Wir müssen jetzt sehen, dass wir dich in Sicherheit bringen. Ich fahre dich nach Hause, dort packst du deine Tasche und dann buche ich dir ein Hotel. Das ist die beste Lösung.«

»Okay … aber dann suchst du sofort nach Lina, ja?« Angie rutschte an die Tischkante und versuchte, aufzustehen.

»Langsam«, bat er und hielt sie fest.

»Mir geht es wieder gut«, sagte sie bibbernd. »Los jetzt, du musst sie finden!«

Leo schrieb rasch eine Nachricht an seinen Vater: »Habe Angie gefunden und vom Kälteangriff befreit. Bringe sie jetzt in ein Hotel. Es waren Julius und Darko, sagt sie.«

Sie verließen die Villa durch den Lagerraum des Gärtners. Leo startete sein Auto und fuhr zu Angies Wohnung.

»Ich habe keinen Schlüssel mehr«, sagte Angie besorgt. »Die haben mir alles weggenommen!«

»Wir klingeln bei eurer Vermieterin und bitten sie, die Schlösser austauschen zu lassen«, schlug er vor.

Dorothee Paul war aufs Äußerste betroffen, als Leo ihr erzählte, wie ein Taschendieb Angie in der Stadt bestohlen hatte.

»Wird jemand bei mir einbrechen?«, fragte sie ängstlich. »Soll ich die Polizei rufen?«

»Nein, das ist nicht notwendig«, versicherte er. »Trotzdem möchten wir Sie bitten, gleich die Schlösser auszutauschen.«

Frau Paul begleitete Leo und Angie in die Wohnung. Man sah der alten Dame an, dass sie große Angst hatte.

Während Angie packte, rief Leo einen Schlüsseldienst an und überzeugte die Firma, sofort einen Mitarbeiter zu schicken. Er diktierte seine Kreditkartennummer und bat, die Rechnung an die Adresse seines Vaters zu senden.

»Sie kommen sofort, und bezahlt sind die neuen Schlösser ebenfalls«, berichtete Leo der sichtlich erleichterten Vermieterin.

»Wissen Sie, wenn meine Mieterinnen nicht hier sind, lebe ich allein in diesem Haus, natürlich ist man da besorgt!«, erklärte sie.

Leo hätte gern mit Hilfe seiner Fähigkeiten ein wenig Angst von Frau Paul genommen, aber er riss sich zusammen. Der Schlüsseldienst konnte das ebenso gut.

Eine SMS seines Großvaters erreichte ihn: »Bring Angela zum Park Plaza Trier, ich habe dort ein Zimmer für sie reserviert. Dann kann ich später prüfen, ob es ihr wirklich gut geht. Sag ihr, sie soll sich ihr Essen aufs Zimmer bestellen, ich begleiche die Rechnung. Viele Grüße, dein Großvater. PS: Gut gemacht, Leo! Wir sind stolz auf dich!«

»Dein Hotel ist schon reserviert«, flüsterte Leo, damit Frau Paul nichts hörte.

»So schnell?« Angie warf ihm einen erstaunten Blick zu.

Im selben Augenblick klingelte der Schlüsseldienst, daher konnten die beiden Angies und Linas neue Schlüssel sofort in Empfang nehmen.

Angie umarmte die Vermieterin: »Bitte entschuldigen Sie, Frau Paul, es tut mir so leid!«

»Kindchen, da können Sie doch nichts dafür!«

Leo bestand darauf, Angie bis ins Hotel zu begleiten.

»Unter einer Suite tut es deine Familie nicht?«, fragte sie erstaunt, als sie das geräumige Zimmer betraten.

»Ich denke, das ist das schlechte Gewissen. Wir schämen uns für Julius.«

Sie drehte sich entschlossen zu ihm um und schob ihn beinahe aus dem Raum. »Ich bin versorgt, alles in Ordnung. Geh jetzt und suche nach Lina!«

»Bitte sei vorsichtig«, warnte er sie, bevor er sich verabschiedete. »Mir wäre es am liebsten, wenn du dein Zimmer vorläufig nicht verlässt.«

»Das verspreche ich dir gern«, versicherte sie eilig. »Noch einmal will ich diese Schweinekälte nämlich nicht erleben.«

Zweiunddreißig

Während Leo das Hotel verließ, dachte er fieberhaft nach. Sein Vater würde frühestens in vier Stunden Trier erreichen.

Wo konnte er nach Lina suchen?

Melanie Morgan war damals von seinen Verwandten in den Kaiserthermen zurückgelassen worden, das war ein ehemaliges römisches Bad, wo es zahlreiche dunkle Gänge gab, von denen einige mit Eisengittern verriegelt waren.

Seine Familie war einflussreich und besaß zahlreiche Schlüssel der Stadt. Als Jugendlicher hatte er die vielen Sehenswürdigkeiten zusammen mit seinen Freunden bei Nacht erkundet und dabei auch verschlossene Gänge im Schein seiner Taschenlampe besichtigt.

Würden Julius und Darko womöglich auf dieselbe Idee kommen?

Leo fuhr zu den Kaiserthermen und kaufte sich eine Eintrittskarte. Zur Verwunderung der Touristen rannte er durch die Gänge, spähte durch Eisengitter und lief das Gelände dann oberirdisch ab, für den Fall, dass er auf diesem Weg etwas von Lina wahrnahm.

Enttäuscht verließ er die Sehenswürdigkeit eine Viertelstunde später.

Er überlegte weiter. Die Porta Nigra war ein viel besuchtes Stadttor, aber dort gab es keine abschließbaren Bereiche, in denen man einen bewusstlosen Menschen verbergen konnte. Im Amphitheater waren einige Räume verschlossen.

Dort bewahrten die Schauspieler, die die Touristen als Zenturien verkleidet durch die Arena führten, ihre Ausrüstung auf. Aber verstecken konnte man dort niemanden. Auch die unterirdische Hebebühne der Sehenswürdigkeit verfügte über keine abschließbaren oder versteckten Winkel. Alles war von Touristen einsehbar.

Leo erschauderte, als er daran dachte, dass jemand Lina unter der Arena liegen lassen könnte, denn dort sammelte sich Grundwasser und es war feucht und kalt.

Er versuchte, sich in Julius' Gedankenwelt hineinzuversetzen. Wie alle Wagners interessierte er sich für Traditionelles, aber er hatte auch einen starken Hang zu Technik und Innovation. Nur wie konnte man aus diesen spärlichen Informationen einen Ort ableiten, an dem man Lina suchen konnte? Wie sollte er eine einzige Person zwischen mehr als einhunderttausend Einwohnern finden?

Mangels weiterer Ideen besuchte Leo dann doch noch das Amphitheater. Dort durchstreifte er hektisch den unterirdischen Gang und lief anschließend die Steinkammern am Rande der Arena ab, wo man zur Römerzeit Mensch und Tier vor der Vorführung untergebracht hatte.

Von Lina keine Spur.

Enttäuscht fuhr er zurück in die WG. Er glaubte fest daran, dass Lina stark genug war, sich gegen Julius zu verteidigen, wusste aber trotzdem, dass es viele Empathen in seinem Clan gab, denen niemand etwas entgegenzusetzen hatte.

Darko und Julius würden bestimmt hierher zurückkommen, um nach Angie zu sehen – oder war ihnen das Überleben ihres Opfers gleichgültig?

Er ging in sein Zimmer und rief seinen Vater auf dem Handy an.

»Wo seid ihr?«, fragte er aufgeregt.

»Ludwigshafen«, antwortete Marius über die Freisprechanlage. »Dein Vater holt das Letzte aus dem Auto raus.«

»Fahrt trotzdem vorsichtig«, bat Leo.

»Keine Sorge, Theo ist hochkonzentriert. In spätestens zwei Stunden sind wir da.«

»Ich habe Lina in den Kaiserthermen gesucht und im Amphitheater. Vergeblich.«

»Sie könnten sie an vielen Orten gefangen halten, in jedem Hotelzimmer der Umgebung, in der Wohnung eines Komplizen … Aber die Idee war gut, wenn ich da an Melanie Morgan denke … Wir werden Julius und Darko befragen.«

»Ich mache mir große Sorgen«, flüsterte Leo.

»Du hast heute schon viel bewirkt! Einen professionellen Kälteangriff zu überwinden, das ist eine große Leistung. Setz dich zu deinen Kommilitonen, vielleicht kannst du von ihnen einen Hinweis bekommen. Und stell dich Julius auf gar keinen Fall allein, warte, bis wir da sind!«

»Okay«, versicherte Leo zähneknirschend. »Weiter gute Fahrt!« Er legte auf, schob das Handy in die Gesäßtasche seiner Jeans und ging ins Wohnzimmer der WG.

»Wo warst du eigentlich letzte Woche?«, fragte Markus, als Leo sich wieder zu ihm vor den Fernseher setzte.

»Spontanurlaub«, antwortete Leo abwesend. Er fragte sich, wie er das Warten aushalten sollte. Am liebsten wäre er aufgesprungen, aber er riss sich zusammen und lehnte sich – scheinbar entspannt – zurück.

»Ja ja, die Liebe«, kommentierte Markus mit einem süffisanten Unterton.

»Wo steckt eigentlich Darko?«, fragte Leo möglichst beiläufig.

»Sein Vater ist gestern angereist, ich denke, die beiden sind zusammen unterwegs.«

»Übernachtet mein Onkel in unserem Gästezimmer?«, fragte Leo weiter. »Ein Münchner Schulfreund besucht mich morgen, der würde sich über eine kostenlose Schlafgelegenheit freuen, deshalb frage ich.«

»Spontan?« Markus warf ihm einen erstaunten Blick zu.

»Liebeskummer«, log Leo.

»Okay, okay … Unter diesen Umständen wäre das natürlich praktisch.« Markus' Gesicht hatte sich aufgehellt, er grinste.

»Und?«, fragte Leo. »Sonst rufe ich meinen Onkel nachher an.«

»Brauchst du nicht, denn ich war dabei, als Darko ein Hotel für Julius gebucht hat.«

»Weißt du auch, wo er eingecheckt hat? Ich würde ihn gerne mal wiedersehen, an Ostern konnte ich gar nicht mit ihm quatschen.«

»Wieder Glück!«, verkündete Markus stolz. »Darko hat den Eurener Hof gebucht.«

»Warum nicht in der Innenstadt?«, fragte Leo irritiert.

»Ich hab mich auch gewundert«, erklärte Markus, »aber Darko meinte, sein Vater hätte geschäftlich im Industriegebiet zu tun.«

»Danke dir!« Leo klopfte Markus freundschaftlich auf die Schulter und verließ das Wohnzimmer. Er nahm zwei Stufen auf einmal die Treppe hinauf zu seinem Zimmer. Dort wählte er die Nummer seines Großvaters.

»Darko hat seinen Vater im Eurener Hof einquartiert!«, platzte er mit seiner Neuigkeit heraus.

»Woher weißt du das?«

»Markus war dabei, als er gebucht hat. Angeblich hat Julius im Industriegebiet in der Nähe zu tun …«

»Gut gemacht!«, rief Marius. Er klang erleichtert. »Wir brauchen noch eine Stunde bis zu dir. Julius ist an einer Firma beteiligt, die ihre Forschungslaboratorien im Zewener Industriegebiet angemietet hat. Das ist ganz in der Nähe des Eurener Hofs. Ich vermute, dass sie Lina dort gefangen halten.«

»Dann kann ich …«, begann Leo, wurde aber von seinem Großvater unterbrochen.

»Ja, ich weiß: Du willst sofort dort hin und deine Freundin

allein befreien. Aber sie würden dich aufhalten und Lina dann an einen anderen Ort bringen. Willst du das? Unsere einzige Chance vernichten?«

»Es fällt mir schwer«, flüsterte Leo, »zu warten, während sie leidet!«

»Ich weiß, was ich von dir verlange«, sagte Marius. »Um ihrer Sicherheit willen musst du stark bleiben, bis wir da sind! Versprich es mir!«

Schweren Herzens gab Leo sein Wort. Warten ... etwas Grausameres konnte man von ihm nicht verlangen. Lieber würde er sich allein seinen Feinden stellen und um seine Lina kämpfen. Lieber sterben, als zu wissen, dass sie litt, während er dümmlich in der WG herumsaß.

Wenigstens wollte er die Zeit nutzen. Also verließ er sein Zimmer und ging leise eine Etage nach unten. Er sah sich nur flüchtig um, bevor er Darkos Zimmer betrat und die Tür hinter sich schloss.

Der Raum war genauso geschnitten wie Leos Zimmer. Darko hatte sich für dunkle Möbel entschieden. An den Wänden hingen einige Schwarzweiß-Zeichnungen eines bekannten Berliner Künstlers. Vor seinem großen Schreibtisch stand ein imposanter Bürosessel aus Leder. Darko achtete auf peinliche Sauberkeit in seinem Zimmer – schon mehrmals hatte er die Reinigungskraft des Hauses zur Schnecke gemacht, wenn er eine Staubflocke bemerkte.

Heute sah man dem sonst so geordneten Schreibtisch an, dass er in Eile verlassen worden war. Leo fand einen Ausdruck der Buchungsbestätigung des Eurener Hofs – soweit keine Neuigkeiten. Zu gern hätte er sich in Darkos Laptop eingeloggt, der eingeschaltet auf dem Schreibtisch stand, aber er kannte das Passwort nicht und hatte auch keine Idee, was er probieren könnte. Ein Kassenzettel weckte sein Interesse – Darko machte seine Besorgungen nie selbst, sondern schickte die Angestellten des Hauses, die dann die Abrechnung mit seinem Vater machten. Es handelte sich jedoch um einen harmlosen Einkauf in einer Drogerie – Aftershave, Wattestäbchen und Duschgel.

Die große Schublade des Schreibtisches war abgeschlossen. Leo wusste, dass sein Cousin darin Persönliches sowie größere Mengen Bargeld aufbewahrte. In der folgenden halben Stunde durchsuchte er systematisch den Raum. Sämtliche Schubfächer wurden inspiziert, er warf sogar einen Blick unter die Matratze des mit dunkelbrauner Wäsche bezogenen Bettes und blätterte durch einige Bücher, in der Hoffnung, dazwischen einen Zettel mit privaten Notizen zu finden.

Als sein Handy klingelte, zuckte er nervös zusammen.

Es war sein Großvater. »In zwanzig Minuten sind wir in der Stadt – wir treffen uns auf dem Parkplatz des großen Supermarktes in Trier-West, dann fahren wir gemeinsam ins Industriegebiet.«

Leo empfand Erleichterung, als er endlich in seinem Wagen saß. Das Warten hatte ein Ende.

Kaum hatte er seinen BMW auf dem großen Parkplatz abgestellt, fuhr auch schon der Porsche seines Vaters vor. Etliche Köpfe, vornehmlich von Männern, starrten beeindruckt auf das wertvolle Auto.

Marius und Theo stiegen aus und umarmten Leo fest.

Sein Großvater impfte ihm etwas Gelassenheit ein. Leo wehrte sich nicht gegen die Manipulation. In diesem Punkt musste er auf Marius' langjährige Erfahrung vertrauen, immerhin hatte der in der Vergangenheit mehr als eine brenzlige Situation gemeistert, in der das Leben oder zumindest die Gesundheit eines Menschen auf dem Spiel gestanden hatte. Und er hatte Dinge mit angesehen, über die man heute – wenn überhaupt – nur noch hinter vorgehaltener Hand sprach.

»Fahren wir los«, sagte Marius. Zu dritt stiegen sie in Leos Wagen ein, da der Porsche schon jetzt zu viel Aufmerksamkeit auf sich lenkte.

Marius dirigierte seinen Enkel in das Industriegebiet, wo sie vor einer großen Halle parkten. Gemeinsam betraten sie das Gebäude durch den Lieferanteneingang. Leo wunderte sich, dass die Tür nicht abgeschlossen war. Aber die drei Männer fanden den Grund schnell heraus: Niemand war hier – auch Lina nicht.

Trotzdem entdeckten sie einige Hinweise: In einem schalltoten Raum, der offenbar zu Forschungszwecken verwendet wurde, stand ein Stuhl, an dem Fesseln befestigt worden waren. Im Kühlschrank der Büroküche fand Marius ein angebrochenes Glas Jif Peanut-Butter, was ihm ein wütendes Schnauben entlockte: Seit Julius ein Austauschjahr in Boston verbracht hatte, war dieser Brotaufstrich nicht mehr aus seinem Leben wegzudenken.

»Auch eine Entführung gelingt Julius nur mit Erdnussbutter!« Marius' Stimme triefte nur so vor Ironie, während er das Glas öffnete. »Es ist fast leer, also ist er schon mindestens seit drei oder vier Tagen regelmäßig hier.«

»Oder noch jemand hat davon gegessen«, warf Leo ein.

»Unwahrscheinlich«, widersprach Marius. »Dieser Tick ist das Markenzeichen meines verlorenen Sohnes.«

Es schmerzte Leo, dass sein Großvater einen seiner beiden Nachkommen als verloren betrachtete. Betrachten musste!

Theo betrat die Büroküche.

»Ich habe ein Handy gefunden!«, rief er.

»Das gehört Angie – kein Zweifel!« Leo erkannte das weiße Smartphone in der violetten Schutzhülle sofort.

»Dann nehmen wir es mit ins Hotel«, schlug Marius vor.

»Was ist mit Lina?«, fragte Leo besorgt.

»Wir fahren zum Eurener Hof und warten dort auf Julius«, erklärte Marius.

Warten? Schon wieder?

Leos Herz zog sich vor Sorge zusammen.

Dreiunddreißig

Lina fiel. Nicht durch eine klare, weite Dunkelheit, sondern mitten in eine dumpfe, stickige Enge. Sie war der kleine, gelbe Punkt im Gemälde ihrer Tante, der von schwarzem Nebel erdrückt wurde und deshalb stetig schrumpfte. Wie ein ätzendes Gift drang die Schwärze in ihr Inneres und Lina durchlebte die Panik eines Menschen, der um sein Leben kämpfen musste. Existenziell, bedrohlich und unausweichlich.

War das Erstickungsgefühl, das sie empfand, real oder nur ein Produkt ihrer Fantasie? Vielleicht hatte man sie bewusstlos in die Mosel geworfen? Und wie viel Zeit war vergangen? Lina wusste es nicht. Sie fühlte sich eingeengt und hatte trotzdem immer noch das Gefühl, in bodenlose Tiefen zu fallen. Weit weg von ihren Freunden und allen Menschen, die ihr etwas bedeuteten. Und besonders von Leo …

Tante Mels ausdrucksloses Gesicht tauchte in ihren Gedanken auf. Lina spürte erneut den Schmerz, den sie empfunden hatte, als sie ihre lebenslustige und fröhliche Tante das erste Mal nach ihrer Erkrankung besuchte.

Dann hörte sie die keifende Stimme ihrer Mutter durch die geschlossene Tür ihres Kinderzimmers. Ilse Bell schimpfte abfällig über ihre Tochter, die womöglich ein Haar im Bad verloren hatte oder etwas anderes getan hatte, das ihre Anwesenheit in der kleinen Frankfurter Wohnung dokumentierte.

Lina war nicht willkommen auf dieser Welt – sie war ein schwarzes Schaf.

Die Stimme ihrer Mutter schwoll an und füllte ihren Kopf vollständig aus. Diesmal ging es um die Kosten für den Führerschein.

»Spielt draußen, ihr beschmutzt die Wohnung!« Es hatte sie ruckartig noch weiter zurück in ihre Vergangenheit katapultiert. Ihre Freundin war zu Besuch und wurde von der Mutter unfreundlich empfangen. Erneut durchlebte sie eine Welle der Scham – sie selbst war bei anderen Familien immer höflich bewirtet worden.

Lina saß im Kino ihres Lebens und man spielte ein Drama.

Jetzt erlebte sie den Tod ihres Vaters ein zweites Mal, saß auf der Couch und hörte zu, wie fremde Menschen darüber sprachen, ob man sie zur Beerdigung mitnehmen solle. Sie hatte ihren Vater geliebt, denn er war die einzige Person, die dem jungen Mädchen das gab, was es so dringend zum Aufblühen benötigte: Liebe, Anerkennung und freundliche Aufmerksamkeit.

Wieder hörte sie ihre Mutter, diesmal beschwerte sie sich am Telefon über ihre Tochter. Als Lina älter wurde, hatte sie bei solchen Gelegenheiten den Stecker der Telefonanlage gezogen – nicht schön, aber besser, als gar nichts tun zu können!

Der Gedanke, sich durch das Beenden der Verbindung zu wehren, brachte ihr ein wenig Bewusstsein zurück. Ein winziger Funke Hoffnung …

Wenn sie nach ihren Gefühlen suchte, so fand sie große Angst und Unmengen von Adrenalin. Sie war sicher, dass ihr Herz mindestens mit 160 Schlägen in der Minute pochte.

Wut. Wehren! Wie? Denk nach!

Trotz der Albträume wusste Lina, dass es in ihrem jungen Leben nicht nur schlechte Erlebnisse gegeben hatte. Sie versuchte, sich an etwas Angenehmes zu erinnern, aber die positiven Gedanken glitten an ihr vorbei, als wolle sie einen zappelnden Fisch mit bloßen Händen fangen. Die dunklen Episoden hingegen waren zäh und klebrig.

Wieder fiel sie in ein bodenloses schwarzes Loch.

»DU BIST NICHT GUT GENUG!«, echoten zahlreiche Stimmen um sie herum. »DU BIST NICHTS WERT!«

»Das ist nicht wahr!«, schrie Lina aus Leibeskräften gegen den Stimmenchor an. Ein wenig Wut blieb – und die gab ihr Kraft.

Dann landete sie in einem klassischen Albtraum. Eine Gruppe von vier oder fünf Männern versuchte, sie mit Gewalt in einen schwarzen BMW zu drängen. Sie wehrte sich nach Leibeskräften und schlug um sich.

Etwas tun. Den Traum beeinflussen. Wut empfinden.

Lina versuchte, sich an die Techniken zu erinnern, die man ihr im WingTsun-Training beigebracht hatte. Mit aller Macht stieß sie einem Angreifer die Finger in die Augen. Als sich dessen Körper vor Schmerz nach hinten bog, setzte sie mit einem Kniestoß nach. Dann schleuderte sie ihren linken Ellbogen schräg nach oben in das Gesicht des Mannes, der neben ihr stand.

Der Albtraum wurde jetzt ekelhaft. Überall sah sie blutende Wunden, die sofort zu eitern begannen. Trotzdem gab Lina ihre Bemühungen nicht auf. Als alle Männer am Boden lagen, floh sie mit dem Auto.

»Ich bin stark!«, brüllte sie entschlossen, als sie davonbrauste. Aber wohin fuhr sie eigentlich?

Und schon rollte der nächste Traum wie eine riesige Welle über Lina. Sie stand auf rutschigen Skiern auf der Kuppe eines hohen Berges und hatte Angst – bestimmt würde sie sich gleich alle Knochen brechen! Nie hatte sie verstanden, wie andere Menschen sorglos und fröhlich über die Hänge glitten.

Ein eiskalter Wind fegte über die Bergkuppe und brachte die Haut in ihrem Gesicht zum Brennen. Der Schnee unter ihr verwandelte sich in Eis; gleich würde sie sich nicht mehr halten können und unkontrolliert den Berg hinunter stürzen.

Sie musste etwas tun, um dieser Situation zu entkommen!

Es war doch nur ein Traum … wieder ein kleiner Funke Bewusstheit.

Lina hatte eine Idee. Sie war eine gute Schwimmerin – also nahm sie all ihre Kraft zusammen und verstärkte die Energie der unbarmherzig blendenden Sonne. Das beinahe weiße Licht wurde etwas dunkler, zunächst orangefarben, dann rot wie Leos Wut – und das Eis um sie herum begann zu schmelzen.

Jetzt fluchte sie, denn der Schneematsch ließ sie mitsamt ihren Skiern einsinken. Wild ruderte sie mit ihren Stöcken und suchte in der nachgiebigen Masse nach Halt. Würde sie in einem eiskalten Schneesumpf begraben werden, wie einst Ötzi?

Es ist nur ein Traum. Lass es einfach schneller schmelzen.

Sie dachte an eine Palme, die sich im warmen Wind des Meeres bog. In Gedanken schüttete sie Salz in das schmelzende Eis, um es zu einem Meer werden zu lassen.

Das Bild wechselte und Lina schwamm tatsächlich im Wasser – schätzungsweise einen halben Kilometer vom warmen und sicheren Strand entfernt.

Die Wellen überwand sie mühelos, denn beim Schwimmen machte ihr niemand etwas vor. Auch von den Algen, die unter ihr wuchsen und förmlich nach ihrem Körper zu greifen schienen, ließ sie sich nicht vom Ziel abbringen.

Lina schwamm um ihr Leben. Zug um Zug, Zentimeter um Zentimeter kämpfte sie sich nach vorn. Als sie das Ufer erreichte, spürte sie den belebend heißen Sand zwischen ihren Zehen. Erleichtert atmete sie die herrlich weiche Luft ein und entspannte sich. Sie wusste nicht, ob ein weiterer Traum folgen würde – aber es schadete sicher nicht, die Situation zu genießen, solange sie andauerte.

Der Schauplatz wechselte erneut. Jetzt fror Lina wieder, denn sie lag auf einem harten Untergrund und spitze Steine drückten in ihren Rücken. Sie versuchte sich aufzurichten, aber ihre vor Kälte tauben Hände, die über ihrem Kopf lagen, waren fixiert. Handschellen klirrten – es klang, als ob ihre Fesseln an einem metallischen Gegenstand befestigt seien.

Sie versuchte, ihre verklebten Augen zu öffnen und die Dunkelheit zu durchdringen. Endlich öffneten sich ihre Augen einen Spalt breit. Lina blinzelte. Nur wenig Licht drang durch Ritzen über ihr und ihre Beine konnte sie kaum spüren, geschweige denn bewegen.

Während sie die entsetzliche Kälte fühlte, die durch ihren klammen und tauben Körper kroch, wurde ihr klar, dass sie es geschafft hatte – sie hatte ihr Bewusstsein wiedererlangt.

Nur sah die Realität leider alles andere als erfreulich aus. Sie lag auf der Erde in einer Art frisch errichteten Holzhütte. Rund um sie hatte jemand eine Mauer gebaut, die ziemlich alt und verwittert aussah.

Mühsam rollte sie ihren steifen Körper auf die Seite, sodass sie sich einigermaßen aufrecht hinsetzen konnte. Das war gar nicht so einfach, da beide Hände an ein rostiges Eisengeländer gefesselt waren. Sie beugte den Kopf über ihre fixierten Hände und wischte sich den Schlaf aus den verweinten Augen. Ihre Schläfen pochten.

Was war passiert?

Lina konnte sich an nichts erinnern. Dann glaubte sie, Stimmen zu hören.

War es doch eine Halluzination? Oder Realität?

»Hallo!«, rief Lina – vielmehr wollte sie rufen, aber es kam nur ein heiseres Krächzen aus ihrem Hals.

»HILFE!«, schrie Lina, diesmal etwas lauter. Sie klopfte mit den metallenen Handschellen an das Geländer. Das Geräusch war wesentlich lauter als ihre Stimme, also klopfte sie weiter.

»HILFE!«, schrie sie. Das Gemurmel kam näher.

»Isch da wer drinne?«, fragte eine männliche Stimme.

»Ja!«, brüllte Lina. Diesmal war ihr Kehlkopf schon belastbarer.

Jemand klopfte auf Holz. »Hallo?«

»Bitte holen Sie mich hier raus!«

Jetzt rüttelte es an der Tür. »Bleiben Sie ruhig, ich rufe die Polizei«, rief die Stimme. »Haben Sie mich verstanden?«

»Ja! Bringen Sie einen Bolzenschneider mit, ich bin gefesselt!«

»Gefesselt? Oh mein Gott … Ich dachte, es sei vielleicht ein Jungenstreich!«, rief jemand. Die Stimmen entfernten sich.

Lina war irritiert. Wie in aller Welt war sie an diesen Platz gelangt? Warum war sie gefesselt? Und das an einem belebten Ort? Es ergab alles keinen Sinn. Aber die Schmerzen, die sie hatte, die waren echt. Dies war definitiv kein Traum.

Ermattet lehnte sie sich zurück und versuchte, einen klaren Kopf zu bekommen.

Aus der Ferne erklang eine Sirene, die langsam anschwoll. Das Gemurmel um sie herum nahm zu.

»Polizei, treten Sie zurück!«, rief eine männliche Stimme.

»Hallo?« Jemand klopfte an die Holztür.

»HILFE!«, rief Lina, »Ich bin an ein Geländer gefesselt!«

»Bleiben Sie ruhig, unser Kollege wird das Schloss aufbrechen.«

Ein Werkzeug wurde angesetzt. Jemand fluchte, als der Mechanismus sich widersetzte. Schließlich erklang ein metallisches Knacken und die Tür öffnete sich.

Geblendet durch das helle Tageslicht konnte Lina nur eine Silhouette erkennen, die sich über sie beugte.

»Sind Sie verletzt?«

»Ich glaube nicht – aber mir ist kalt«, antwortete Lina. Ihre Stimme wackelte.

Ein uniformierter Polizist kletterte durch die Holztür und sprang einen Meter nach unten zu ihr auf den steinigen Erdboden. Ein zweiter Mann folgte. Nach seiner weißen Kleidung zu urteilen, handelte es sich um einen Sanitäter.

Ein Bolzenschneider wurde hereingereicht und der Polizist setzte das Gerät mit geübtem Griff an der Kette von Linas Handschellen an. Es knackte und ihre Hände waren frei. Der zweite Mann prüfte Linas Puls und maß anschließend ihre Körpertemperatur im Ohr.

»Sie ist unterkühlt und muss sofort ins Krankenhaus«, sagte er zum Polizisten. »Mit der Trage kommen wir hier nicht rein. Wir heben sie durch die Tür.«

Lina wollte protestieren, da sie sehr wohl ein paar Schritte gehen könne, merkte aber schnell, dass die eiskalten Beine ihr den Dienst versagten. Obwohl sie es versuchte, konnte sie sich kaum bewegen.

»Bitte strengen Sie sich nicht an«, mahnte der Sanitäter. »Sie sind unterkühlt, wir müssen Sie langsam aufwärmen.«

Die beiden Männer hoben Lina aus ihrem Gefängnis heraus. Sofort wurde sie von helfenden Händen auf eine Trage gelegt und in Decken eingewickelt. Beim Abtransport ging es steil bergab, sodass sie einen Blick auf eine weit unter ihr liegende Arena erhaschte.

Sie befand sich im Amphitheater!

Jetzt erinnerte sie sich daran, dass sie bei ihrem Besuch mit Leo die beiden merkwürdigen Holzhütten gesehen hatte, die aufgerichtet worden waren, um das antike Gemäuer darunter zu schützen. Zur Römerzeit konnte man von den Balkonen, die jetzt provisorisch überdacht worden waren, einen Blick auf die Stadt und auf die ankommenden Menschen werfen.

Allmählich wärmte ihr Inneres sich auf und wurde wieder lebendig, was Lina daran merkte, dass ihr ganzer Körper wie Espenlaub zitterte. Sie erschauderte, als sie sich vorstellte, was passiert wäre, wenn man sie mitten im Winter in dieser Hütte zurückgelassen hätte.

Überall standen Menschen, die ihr betroffene Blicke zuwarfen. Sie atmete auf, als die Sanitäter ihre Trage in den

Krankenwagen schoben und die Tür schlossen.

»Sachen gibt's!«, murmelte einer der Männer und schüttelte den Kopf.

Lina hörte, wie der Krankenwagen sich in Bewegung setzte. Sie fuhren ohne Sirene, was hoffentlich bedeutete, dass sie bald wieder in Ordnung sein würde.

»Mädchen, Mädchen …« Der Sanitäter drehte sich zu ihr und begann damit, mehrere Wärmflaschen unter ihre dünne Decke zu stopfen.

»Danke«, sagte sie schlotternd, »aber warum habe ich die nicht gleich bekommen?«

»Weil du das möglicherweise nicht überlebt hättest«, antwortete er trocken.

»Was?«, fragte sie entsetzt.

»Du warst stark unterkühlt. Wenn man einen Patienten in diesem Zustand sofort aufwärmt, schießt das kalte Blut aus Armen und Beinen in die Körpermitte und kann die lebenswichtigen Organe schädigen – ist nicht ungefährlich.« Als er ihren entsetzten Blick bemerkte, fügte er hinzu: »Keine Sorge, du bist über den Berg.«

Die Trage wurde ausgeladen und man rollte Lina in die Notaufnahme. Eine Schwester kam mit einem Notizblock und fragte sie aus: nach ihrem Namen, ihrem Beruf, ihrer Adresse und Personen, die benachrichtigt werden sollten. Sie leierte Telefonnummern herunter, soweit sie sich erinnerte. Die Schwester war zufrieden, denn sie lächelte, bevor sie den Raum verließ. »Wir werden Ihre Angehörigen kontaktieren.«

Endlich ließ das Zittern nach, und Lina wurde von einer wohligen Wärme umfangen. Sie wünschte, es würde ihr nie wieder in ihrem Leben kalt werden. Während die Bilder des Erlebten in ihrem Kopf aufstiegen und sofort wieder wie Seifenblasen zerplatzten, bemerkte sie nicht, dass sie eingeschlafen war.

Vierunddreißig

»Pst! Weck sie nicht auf!«

»Ich bin doch leise! Wie geht es ihr?«

»Gut, denke ich. Sie schläft.«

»Dann habt ihr sie wieder hingekriegt?«

»Sie hat es allein geschafft! Wobei ich keine Ahnung habe, wie sie das gemacht hat. Eigentlich war es unmöglich. Zumindest war mein Großvater davon überzeugt – aber sie hat uns das Gegenteil bewiesen.«

Lina wurde von eifrig flüsternden Stimmen geweckt.

»Was habe ich gemacht?«, fragte sie. Ihre Stimme klang rau und brüchig. Sie räusperte sich und blinzelte.

»Jetzt hast du sie geweckt!« Es war Leos Stimme.

Lina rieb über ihre verklebten Augen und bemerkte dabei, dass etwas an ihrem Handrücken befestigt war. Sie erkannte einen Infusionsschlauch. Dahinter stand Leo, der sich jetzt vorsichtig über sie beugte.

»Wie geht es dir, Liebes?«, fragte er und küsste sie sanft auf die Stirn.

»Was ist unmöglich?«

»Du darfst dich nicht anstrengen!« Angie stand mit einem bunten Blumenstrauß am Fußende des Krankenbettes und legte ihre Stirn in Falten.

»Seit wann hält euch irgendetwas davon ab, mir das Äußerste abzuverlangen?«, entgegnete sie frustriert.

»Schon wieder ganz die Alte«, lachte Angie und

grinste erleichtert.

»Ihr habt meine Frage nicht beantwortet.«

»Schön, Sie sind aufgewacht, Frau Bell.« Eine Krankenschwester hatte das Zimmer betreten. »Ich bringe gleich Ihr Abendessen.«

»Wie lange habe ich geschlafen?«, fragte Lina.

»Den ganzen Tag«, antwortete Leo. »Man hat dich heute Morgen in einer der beiden Holzhütten gefunden, die das Mauerwerk des Amphitheaters schützen.«

»Oh.« Erinnerungen stiegen in Lina auf. Die Albträume, die Kälte … und die Menschen, die Polizei und Krankenwagen herbeigerufen hatten. »Was ist passiert?«

»Du bist mir in Köln entwischt und hast dich direkt in die Hände von Julius und seinen Getreuen begeben.« Leos Mundwinkel zuckten, während er sprach.

»Angie!« Lina stützte sich auf die Ellbogen, um ihre Freundin besser betrachten zu können. »Geht es dir gut?«

»Ja. Alles in bester Ordnung.«

Lina beäugte ihre Freundin genau und spürte in sie hinein. »Du wirkst nicht so fröhlich wie sonst und du hast einen blauen Fleck am Arm. Deine Wange ist geschwollen!«

»Wie soll ich fröhlich sein, während du im Krankenhaus liegst?«, entrüstete Angie sich. »Und was die kleinen Blessuren angeht – da habe ich mich verteidigt.«

»Du solltest mal Julius' Gesicht sehen, Angie hat ihm einen ordentlichen Faustschlag verpasst, bevor er sie ins Koma gezwungen hat«, ergänzte Leo mit einem anerkennenden Blick.

»Wie konntest du dich ihm widersetzen?« Lina setzte sich auf und blickte ihrer Freundin forschend ins Gesicht.

»Du hattest mir den Trick verraten, wenn auch indirekt … Wut hat auch bei normalen Menschen eine gewisse Schutzfunktion, die immerhin ausgereicht hat, um Julius ordentlich eins überzubraten.«

»Angie hat mir damit geholfen, sie zu finden«, ergänzte Leo. »Julius' Blessuren sind mir sofort aufgefallen. Außerdem bemerkte ich, dass er im Keller unseres Hauses verschwunden war. Dort habe ich sie dann gefunden. Julius hat sie bewusstlos im Kühlraum liegen gelassen! Er war sich seiner Sache so sicher, dass er den Raum nicht mal abgeschlossen hat. Zum Glück konnte ich sie sofort aufwecken.«

Lina spürte Leos aufwallende Erregung, während er sich an die Ereignisse erinnerte. Erwartungsvoll blickte sie ihn an. »Und sonst?«

Er seufzte. »Ich wollte, ich hätte mehr für dich tun können ... Ich war sogar im Amphitheater, allerdings nur unten in der Arena.« Er schlug sich mit der flachen Hand an die Stirn. »Warum nur habe ich nicht bei diesen verflixten Holzhütten nachgesehen?«

»Es kann gut sein, dass sie Lina erst in der Nacht dorthin verschleppt haben«, warf Angie ein. »Und du hattest immerhin den richtigen Riecher!«

»Wie kannst du das positiv sehen?« Leo war verzweifelt und wütend, das sah Lina sofort. »Mein Fehler hätte sie um ein Haar das Leben gekostet!« Seine Miene verzog sich und zeigte jetzt offene Abscheu – gegen sich selbst. »Leonard Magnus Wagner rettete beinahe das Leben von ...«

»Stopp«, unterbrach Lina ihn. »Jeder von uns hat getan, was in diesem Augenblick richtig erschien.«

»Weglaufen, in deinem Fall«, ergänzte Angie, was ihr einen weiteren bösen Blick von Leo einbrachte. »Ich suche dann mal eine Vase«, antwortete sie kokett und verschwand mit ihren Blumen.

Leo seufzte erneut. »Ich ... dieses Warten zwischendurch, auf Informationen, auf Dad und Großvater ... Das war am schlimmsten!«

»Dein Vater ist hier?«, fragte Lina.

»Ja«, antwortete er und begann zu erzählen, was während

ihrer Abwesenheit alles vorgefallen war – unter Betonung sämtlicher Fehler, die er aus seiner Sicht begangen hatte: Er hatte zu spät erkannt, dass sie am Bahnhof sein könnte, er hatte sich entschieden, Angie im Keller zu suchen, aber damit auch das Risiko für Lina erhöht …

»Moment!«, unterbrach sie ihn rasch, »Es hätte genauso gut sein können, dass du mich dort aus dem Kühlraum gerettet hättest!«

»Warum habe ich dich im Amphitheater nicht gefunden?«, fragte er immer wieder und raufte sich die Haare.

Lina dachte nach. Allmählich kam die Erinnerung wieder. »Der Zug fuhr um die Mittagszeit«, überlegte sie, »ich kam irgendwann am Nachmittag in dem Industriegebiet an und sie haben mich in diesen stillen Raum gebracht … Wie lang ich da war, weiß ich nicht. Dann war ich bewusstlos, aber es kann gut sein, dass sie mich erst später ins Amphitheater gebracht haben, das ist sogar sehr wahrscheinlich!«

»Diesen merkwürdigen gepolsterten Raum haben wir gefunden, aber du warst nicht mehr da. Und ich hätte alle Orte, die ich besuchte, erneut durchforsten müssen, statt auf Julius zu warten.«

»Habt ihr ihn gefunden?«, fragte sie neugierig. »Was hat er gesagt?«

»Er kam mitten in der Nacht in seinem Hotel an und mein Großvater hat ihn sofort gemeinsam mit Theo zur Rede gestellt. Er hat sich natürlich herausgeredet. Julius ist stark, sie schafften es nicht sofort, seine Barriere zu durchdringen, um ihn zu …« Leo druckste herum.

»Um ihn zu … was?«

»Sie wollten ihn foltern, um deinen Aufenthaltsort zu erfahren.«

»Meine Güte!«, stöhnte Lina.

»Zunächst kamen sie nicht durch. Am frühen Morgen gab Julius endlich zu, dass er für den Angriff verantwortlich war, weigerte sich aber, uns zu sagen, wohin er dich verschleppt hatte. Mein Großvater war unglaublich wütend, so habe ich ihn noch nie erlebt … Aber dann kam der Anruf aus dem Krankenhaus und wir wussten, dass du in Sicherheit bist. Du kennst meine Handynummer auswendig?«

»Ja«, antwortete Lina und wurde rot. »Deine Karte … Ich habe sie häufig rausgenommen, um das Wappen zu studieren.«

»Ich war so erleichtert!«, sagte er und lächelte sie an.

»Was hat dein Großvater mit Julius gemacht?«, fragte sie. »Immerhin ist er sein Sohn … Wo ist er jetzt? Wird er mich noch einmal angreifen?«

»So viele Fragen … Julius hat eine der wichtigsten Regeln unseres Clans missachtet, da er sich den direkten Anweisungen seines Vaters widersetzte. Diese Regel wird in allen Familien des Clans respektiert. Er wurde aus dem Clan verbannt.«

»Was bedeutet das?«

»Zunächst wird er von der Erbfolge ausgeschlossen, was ihn wenig kümmern wird, da er selbst sehr vermögend ist. Aber es geht ein offizieller Brief an alle Familien unseres Clans. Sie dürfen ihn nicht mehr unterstützen, fördern oder unterrichten. Er darf Trier nicht mehr betreten, solange du hier studierst. Wenn er sich über eine dieser Regeln hinwegsetzt, muss er sterben.«

»Und warum sollte der Clan sich für mich einsetzen?«, fragte Lina. »Ich weiß doch, dass viele die Mahlers loswerden möchten … Sie haben Tante Mel … Es waren noch fünf oder sechs andere Personen beteiligt, ich habe ihre Auren durch die Wand studiert. Naja, fünf sind interessant, einer war vermutlich kein Empath.« Sie runzelte die Stirn. »Vielleicht war er nur der Chauffeur?«

»Du hast was?«

Lina erzählte, wie sich ihre Fähigkeiten in dem schalldichten Raum weiterentwickelt hatten.

Leo blickte seine Freundin bewundernd an. »Du lernst so unglaublich schnell! Meinst du, dass du die Männer identifizieren kannst?«

»Da bin ich mir sicher! Aber wer garantiert, dass sie mich nicht erneut angreifen?«

Leo setzte sich zu ihr auf die Bettkante und ergriff ihre Hand. »Auch ein … sagen wir mal, eher eigennütziger Clan hat Regeln, die zu seinem Schutz aufgestellt wurden und die kein Mitglied übertreten darf. Kein Sohn darf sich einer Anordnung des Vaters widersetzen, sofern es um die Ausübung unserer Kräfte geht. Diese Regel soll den Clan vor überstürzten Handlungen der Jugend bewahren. Alle Wagners müssen den Ausschluss von Julius respektieren, ausnahmslos.«

»Und was wird aus Darko?«, fragte sie weiter.

»Da sein Vater verstoßen wurde, untersteht er jetzt direkt unserem Großvater. Er muss sich an dessen Regeln halten. Natürlich darf er weiterhin seine Eltern sehen, aber Julius darf ihn nicht in Trier besuchen. Den Master wird Darko in München unter den Augen von Großvater absolvieren. Seine Ausbildung wird angepasst – er wird in Zukunft von anderen Lehrern unterrichtet, die ihm Anstand und Mitgefühl beibringen sollen.«

»Pah!« Lina konnte ein ungläubiges Schnauben nicht unterdrücken. »Über diese Brücke gehe ich nicht!« Sie wurde von der eintretenden Krankenschwester unterbrochen, die ein Tablett hereinbrachte. »Kann ich am Tisch essen?«, fragte sie. Es widerstrebte ihr, wie eine Kranke behandelt zu werden.

»Bitte bleiben Sie liegen, bis Ihr Kreislauf sich stabilisiert hat«, bat die Pflegekraft. »Wenn Sie sich in einer Stunde immer noch fit fühlen, helfe ich Ihnen auf.«

Es gab Nudeln mit einer undefinierbaren Sauce, aber Lina schaufelte das Essen trotzdem in sich hinein – der Anblick allein hatte ausgereicht, um sie hungrig zu machen.

Leo saß daneben und strahlte nur eines aus: Selbstvorwürfe.

»Hey!«, rief Lina zwischen zwei Bissen. »Der Sinn eines Krankenbesuches ist es, den Patienten aufzumuntern! Ich mache mir auch Vorwürfe, aber Angie hat recht: Wir haben es überstanden und ein wenig Optimismus ...« Sie unterbrach sich selbst, da ihre Freundin mit den Blumen zurückkam.

»Wenn man vom Teufel spricht«, bemühte Leo sich, zu scherzen. Es klang jedoch verkrampft.

»Wieso Teufel?«, fragte Angie mit gespielter Empörung.

»Weil du die Tür geöffnet hast, als ich gerade das Wort Optimismus benutzte«, erklärte Lina.

Angie lachte, aber Leo konnte nicht einstimmen. Man sah ihm an, wie sehr er litt.

Die Krankenschwester betrat erneut den Raum. »Ich muss Sie jetzt leider bitten zu gehen«, sagte sie. »Der diensthabende Arzt möchte die Patientin gleich untersuchen.«

Lina bedauerte dies nicht, denn es tat ihr weh, Leo so zerknirscht zu sehen. Sie hoffte, dass Angie ihn davon überzeugen konnte, dass er alles richtig gemacht hatte.

»Erstaunlich, wie schnell Sie sich erholt haben«, sagte der Stationsarzt, nachdem er Lina begrüßt hatte, »bei einer so starken Unterkühlung ist das ungewöhnlich.« Er zog einen Stuhl herbei und setzte sich an ihr Bett. »Wir haben Hochsommer, ein Anruf beim Wetteramt ergab, dass die Temperatur über Nacht nie unter 17 Grad gesunken ist. Die Hütte war trocken und windgeschützt. Sie hätten zwar etwas auskühlen können, aber nicht so stark.« Der Arzt blickte sie nachdenklich an. »Haben Sie dafür irgendeine Erklärung? Erinnern Sie sich an etwas, das passiert ist?«

Lina dachte nach. »Kühlen Menschen, die im Koma liegen, nicht schneller aus?«, fragte sie.

»Bisher ging ich davon aus, dass Sie lediglich für kurze Zeit bewusstlos waren. Ein tiefes Koma halte ich für extrem unwahrscheinlich.« Er kratzte sich nachdenklich am Kopf.

»Wir haben keinerlei Spuren von Alkohol oder Drogen gefunden, die ebenfalls eine starke Unterkühlung zumindest teilweise hätten erklären können.«

»Ich nehme doch keine Drogen!«, widersprach sie entrüstet.

»Jemand hätte Ihnen etwas ins Glas schütten können – diese Annahme war gar nicht so unwahrscheinlich. An einem Abend in der Diskothek ... Das kommt leider häufiger vor, als man meint.«

»Stimmt auch wieder«, gab sie zu.

»Erinnern Sie sich, wie Sie in diese missliche Lage geraten sind?«, fragte der Arzt, während er ihre Pupillenreflexe prüfte.

»Nein ...« Was sollte sie ihm sagen? Würde es irgendetwas bringen, Julius und Darko anzuzeigen? Sie konnte den beiden nichts nachweisen und gegen Empathie gab es im Gegensatz zu Drogen keinerlei Gesetze. »Wenn ich mich an etwas erinnere, sage ich Ihnen Bescheid.« Es war besser, zuerst in Ruhe nachzudenken und noch einmal mit Leo zu sprechen.

Nachdem der Arzt sich verabschiedet hatte, grübelte sie weiter. Was wäre mit ihr passiert, wenn sie sich nicht selbst aus der Bewusstlosigkeit befreit hätte? War Julius wirklich so brutal, dass er jemanden erfrieren oder verdursten ließ? Wenige Meter von Touristen entfernt? Und warum hatte er sie überhaupt an einem so belebten Ort gefesselt?

Sie zuckte zusammen, als es klingelte.

Leo hatte offenbar ihr Krankenhaustelefon aktivieren lassen.

»Ja?«, meldete sie sich leise.

»Wie geht es dir?« Es war Granny, deren Stimme große Sorge um ihre Enkelin ausdrückte.

»Gut! Alles in Ordnung«, beruhigte sie ihre Oma.

»Ich wollte sofort zu dir kommen, aber mein Arzt hat es mir verboten ... akute Arthritis ... Ich muss liegen, bis die Entzündung abgeklungen ist.« Dann brach ihre Stimme. »Ich ... ich kann es mir nicht verzeihen, dass ich dich nicht vor Studienbeginn eingeweiht habe«, flüsterte sie. »Deine Empathie … so intensiv, dass es mir jedes Mal weh tat, dich zu sehen …« Carolina Mahler, sonst immer eine starke Frau, klang resigniert und zutiefst verzweifelt.

»Du wusstest, dass ich das kann?«, fragte Lina entgeistert. »Warum?« Ihre Schläfen pochten, als sie versuchte, sich aufzurichten.

Granny schluchzte. »Wie sollte ich es übersehen? Du warst ein emotionales Chamäleon! Wer immer in deiner Nähe war, dessen Stimmung nahmst du an. Das kann nur, wer die Gefühle der anderen präzise wahrnimmt.«

»Warum …« Lina musste schlucken, um ihre Stimme kontrollieren zu können. »Warum hast du mir nicht beigebracht, wie ich mich dagegen schütze? Warum hast du zugelassen, dass meine Mutter mich gequält hat?« Tränen stiegen in ihre Augen. Wie konnte ihre geliebte Oma so kaltblütig sein, ihr Unglück jahrelang mit anzusehen, ohne ihr zu helfen?

»Ich werde es dir erklären«, flüsterte Granny. Ihre Stimme war ebenfalls kurz davor zu versagen. »Auch wenn du es nicht glaubst, es gab wichtige Gründe! Leo bringt dich zu mir, sobald du entlassen wirst, dann können wir reden.«

Lina bemühte sich, das Telefonat so schnell wie möglich zu beenden, denn sie war wütend und verzweifelt zugleich.

Sie musste hier raus! Probeweise stand sie auf und ging ein paar Schritte durchs Zimmer. Hätte sie nicht an dieser verflixten Infusion gehangen, wäre sie sofort in den nächsten Bus nach Hause gestiegen.

Der Arzt, den sie am nächsten Morgen eindringlich um Entlassung bat, bestand jedoch darauf, dass Lina noch einen weiteren Tag beobachtet werden müsse.

Zum Glück kam Angie vorbei und brachte ihren Laptop sowie einige Zeitschriften mit. Lina war ihr sehr dankbar, denn jede Ablenkung, die sie vom Grübeln abhielt, kam ihr gerade recht. Ohnehin harrte sie nur deshalb noch in ihrem Krankenbett aus, weil Angie sich mit einem Augenzwinkern geweigert hatte, ihr den neuen Wohnungsschlüssel auszuhändigen.

Deshalb blieb ihr nichts übrig, als gemeinsam mit ihren vielen Fragen noch eine weitere Nacht auf ihre Heimkehr zu warten. Aber die Zeit verging und Lina ließ sich gleich am nächsten Nachmittag von Leo zu ihrer Oma fahren, um endlich an die ersehnten Antworten zu gelangen.

Zur Begrüßung wurde sie von Granny fest umarmt, erwiderte die Geste jedoch nicht mit der gleichen Intensität wie sonst üblich. »Warum hast du mich im Stich gelassen?«, kam sie gleich zur Sache.

»Das ist eine lange Geschichte. Marius hat mir gestern heftige Vorwürfe gemacht, weil ich dich nicht ausbilden ließ … Aber wer konnte das ahnen, dass du dir von allen Städten des Landes ausgerechnet Trier aussuchen würdest?« Granny rang verzweifelt die Arme und bat ihre Gäste ins Haus.

Der Küchentisch war gedeckt und ein großer Käsekuchen lockte mit seinem cremig-zitronigen Duft.

»Vier Gedecke?«, fragte Lina und musterte die Teller skeptisch.

»Bill will nachher noch vorbei kommen«, erklärte Granny.

Lina empfand eine lockere Runde bei Kaffee und Kuchen als äußerst unpassend für das Gespräch. Demonstrativ stellte sie ihre Kaffeetasse auf den Teller und signalisierte, dass entspanntes Plaudern für sie überhaupt nicht in Frage kam.

»Nimm Platz, Leo.« Granny seufzte, schenkte den Kaffee ein und setzte sich dann auf den Platz gegenüber von Lina. Schließlich begann sie ihre Geschichte:

»Im Gegensatz zu meinem Bruder Marius war ich nur mäßig begabt. Ich kann Auren ansatzweise erkennen und mich leidlich schützen, war aber nie dazu in der Lage, die Gefühle der anderen zu manipulieren, obwohl meine Mutter sich alle Mühe gab, mich auszubilden. Dem Wagner-Clan ist unsere Familie ein Dorn im Auge, denn zum ersten Mal hatte es eine Verschmelzung der beiden Linien der Wagners und Mahlers gegeben. Aber Marius hat dir diesen Teil unserer Familiengeschichte ja schon erzählt.« Sie trank einen Schluck Kaffee. Lina saß regungslos vor ihrer Tasse und wartete.

»Meine Talentlosigkeit war mein Schutz«, fuhr Granny fort, »denn man betrachtete unsere Familie als unvollkommenen Ableger der Wagners, obwohl mein Bruder Marius seinen Cousins absolut ebenbürtig ist. Ich wurde geprüft und dann viele Jahre nicht weiter beachtet. Das änderte sich erst, als ich meinen zukünftigen Mann Robert kennenlernte. Dein Großvater mütterlicherseits stammte aus einer hochtalentierten Linie der Mahlers und das beunruhigte beide Clans. Man fragte sich, über welche Gaben unsere Nachkommen verfügen würden.

Deine Mutter Ilse wurde geboren und war vollkommen talentfrei. Sie hatte nicht mal meine rudimentären Fähigkeiten geerbt – nichts. Mein Mann war bedrückt, denn er und Ilse fanden nie einen richtigen Draht zueinander. Die Wagners hingegen waren erleichtert, aber Robert litt darunter, dass seine Tochter vollkommen unsensibel für die Bedürfnisse der anderen Menschen war. So verlor er das Interesse an ihr, was Ilse sehr weh tat. Sie war ein Kind und konnte nichts dafür, mit welchen Fähigkeiten sie geboren worden war.« Granny seufzte. »Drei Jahre später brachte ich Melanie zur Welt. Schon als Baby übernahm sie die Emotionen ihrer direkten Umgebung, was sehr ungewöhnlich war. Robert war glücklich und kümmerte sich liebevoll um seine talentierte Tochter. Ilse kochte vor Wut, da sie bemerkte, dass sie ihren Status in der Familie verloren hatte. Sie begann, ihre Schwester zu quälen, wann immer sich eine Gelegenheit dazu ergab. Wir mussten sie ständig beaufsichtigen und erlebten keine sorgenfreie Minute mehr.«

»Meine Mutter hat Tante Mel gequält?«, fragte Lina erstaunt. »Ich hatte eher vermutet, es sei umgekehrt gewesen; dass vielleicht Melanie meine Mutter mit ihren Fähigkeiten …«

»Du hast einen sechsten Sinn, mein Herz, wie so oft«, sagte Granny traurig. »Zunächst quälte Ilse ihre kleine Schwester. Doch Melanie trainierte hart unter der Anleitung von Roberts Mutter Anne und lernte schon mit zehn Jahren, Gefühle der anderen Menschen zu beeinflussen. Ilse merkte bald, dass sie in Melanies Gegenwart nicht mehr sie selbst war. Ich bat Mel, das zu unterlassen, aber sie weigerte sich und wies auf die Ohrfeigen hin, die sie als kleines Mädchen häufig hatte einstecken müssen. Auch Robert nahm sie in Schutz und ich konnte Melanies Talent nicht viel entgegensetzen.« Granny blinzelte heftig.

Lina verspürte das Bedürfnis, ihre Oma zu trösten, hielt sich aber zurück. Für sie war es enorm wichtig zu begreifen, was ihre Mutter zu dem Menschen gemacht hatte, der sie heute war.

»Mit 18 Jahren zog Ilse aus, um in Frankfurt eine Ausbildung zu beginnen«, fuhr Granny fort. »Obwohl ich heftige Schuldgefühle hatte, war ich sehr erleichtert, als sie das Haus verließ. Wir hörten nur wenig von ihr, dennoch unterstützten wir sie nach bestem Vermögen, damit sie in der teuren Stadt leben konnte. Wir haben nie verstanden, wie sie es schaffte, deinen Vater an sich zu binden: Christian Bell war selbstlos, hilfsbereit und liebevoll – er verfügte über eine starke, natürliche Empathie, obwohl er von keiner der etablierten Clan-Linien abstammte. Er kümmerte sich darum, dass Ilse den Kontakt zu uns nicht vollständig abbrach. Er war ein wunderbarer Mann! Seine Ausstrahlung war der deiner Freundin Angie sehr ähnlich.« Granny wurde von einem trockenen Hustenanfall geschüttelt.

Leo, der bisher wortlos am Tisch gesessen hatte, um das Gespräch nicht zu stören, stand auf und brachte ihr ein Glas Wasser.

»Danke, Leonard. Wenn ich dich anschaue, sehe ich meinen Bruder in seinen jungen Jahren vor mir.« Sie räusperte sich und trank einen Schluck. »Wo war ich stehen geblieben? Ach ja … Ilse … sie brachte deinen Bruder Markus zur Welt, der nur über geringes Talent verfügte, wie mein Bruder bald herausfand. Das war eine große Erleichterung für uns, denn es wurde immer schwieriger, Melanies Gabe vor den Wagners zu verbergen. Schon mit 15 Jahren konnte Anne Mahler ihr nichts mehr beibringen. Mel spürte jegliche Manipulation in ihrem Umfeld und setzte sie regelmäßig außer Kraft, sogar dann, wenn sie einen ihr völlig Unbekannten auf der Straße traf.

Es war nur eine Frage der Zeit, bis sie zum ersten Mal unangenehm auffallen würde. Zwei Jahre nach ihrer Hochzeit mit Bill machte sie den Fehler, sich in eine Angelegenheit des Wagner-Clans einzumischen, die uns im Grunde gar nichts anging. Aber Mel, sie wollte einfach nicht nachlassen, ihr Gerechtigkeitssinn trieb sie immer weiter in das Projekt hinein. Kurze Zeit später wurde sie unruhig, konnte nicht mehr richtig schlafen und klagte über Albträume. Eines Nachts verschwand sie – und Touristen fanden sie in einem unterirdischen Tunnel der Kaiserthermen. Wäre nicht ein neugieriges Kind über die Absperrung geklettert, wäre meine Tochter heute tot.«

Lina konnte die Parallelen nicht übersehen. Sie selbst hatte man im Amphitheater angekettet, ihre Tante war zwischen den Mauern der Kaiserthermen abgelegt worden. Offenbar hatten die Wagners eine Schwäche für historische römische Bauten. Aber warum agierten sie in der Öffentlichkeit, statt einen einsamen Ort für ihre Schandtaten zu wählen?

»Kaiserthermen, Amphitheater … Was soll das?«, fragte sie.

»Da musst du Marius fragen.« Granny zuckte mit den Schultern. »Er kennt seine Familie besser als ich.«

»Kann man nichts für Tante Mel tun?«, fragte Lina weiter. »Leo konnte Nevio und Angie doch auch aus dem Koma befreien!«

»Mein Bruder hat alles versucht – wirklich alles. Er hat begabte Freunde hinzugezogen, denen er vertraute und auch selbst daran gearbeitet, seine Fähigkeiten zu verbessern. Aber deine Tante lag so lange im Koma, dass sich ihre Psyche quasi nach innen zurückgezogen hat. Sie ist wie von ihren Gefühlen abgeschnitten. Darüber hinaus ist sie in den Kaiserthermen fast verdurstet, es kann also durchaus sein, dass ihr Hirn bleibende Schäden zurückbehalten hat, die ihre Genesung physisch verhindern.«

»Und warum hast du mir all die Jahre nicht geholfen? Mir nichts gesagt?«, fragte Lina.

»Zu deinem Schutz, mein Kind! Wir wollten jeden Anschein vermeiden, dass du über Talent verfügst.«

»Wäre doch eine gute Idee gewesen, mich vor Studienbeginn einzuweihen«, maulte Lina. »Habt ihr denn gar nicht nachgedacht?«

»Zunächst hofften wir, dass du auf uns hören würdest. Aber dieser Plan ist daran gescheitert, dass du nach all den Jahren kein Vertrauen mehr zu deiner Mutter hattest. Wir wussten, dass eine kleine Gruppe des Wagner-Clans in Trier studiert, aber bei weit über zehntausend Studenten standen die Chancen sehr gut, dass ihr einander nie bemerken würdet. Dein Talent lag brach und war nur zu erkennen, wenn man dich über längere Zeit intensiv beobachtete. Wir haben mit nur einer Sache nicht gerechnet …«

»Darko«, sagte Leo finster. »Er hat seine Macht in Linas Gegenwart angewendet und so ihre Fähigkeiten aktiviert.«

»Genau.« Granny nickte. »Hätte dein Cousin sich an die

Regeln meines Bruders gehalten, würde Lina nach wie vor sorglos studieren und nach dem Bachelor die Universität wechseln. Die Angelegenheit wäre ausgestanden gewesen.«

Lina war empört, dass man ihr die nützliche Gabe, die sie besaß, einfach vorenthalten hatte. Immerhin wollte sie Psychologin werden! Warum hatte man ihr nicht gestattet, selbst über ihr Schicksal zu bestimmen? Und war es wirklich allen egal gewesen, wie sehr sie unter ihrer Empathie gelitten hatte, bis sie sich endlich abgrenzen konnte?

Gerade wollte sie Luft holen, um ihrem Ärger den angemessenen Ausdruck zu verleihen, da betrat Bill die Küche.

»Ist noch was übrig?«, fragte er lächelnd. »Ich war so frei, meinen Schlüssel zu benutzen, da ich euch nicht unterbrechen wollte.« Dann fiel sein Blick auf den Kuchen, der unangetastet auf dem Tisch stand. »Ihr habt auf mich gewartet?«

»Ich habe in erster Linie auf Antworten gewartet«, sagte Lina traurig. Sie konnte die Entscheidungen, die ihre Verwandten hinter ihrem Rücken getroffen hatten, nicht nachvollziehen und war entsprechend gekränkt.

»Wir wissen jetzt, dass wir einen Fehler gemacht haben«, sagte Bill leise. »Es tut uns leid, was du durchmachen musstest.«

In der Küche breitete sich eine kollektive Betroffenheit aus.

In diesem Raum hatte jeder ein schlechtes Gewissen! Lina hatte plötzlich keine Lust mehr, sich noch eine Runde Selbstvorwürfe anzuhören. Sie griff zum Messer, schnitt den Kuchen an und verteilte ihn auf die Teller. Die Vergangenheit war vorbei und grübeln konnte sie zu Hause.

Mit ihrer Entscheidung, das Thema abzuhaken, verschwand auch ein Großteil der Wut, die sie jahrelang gegen ihre Mutter gehegt hatte. Ilse war in der Welt der Mahlers quasi ein Kind mit Behinderung gewesen. Kein Wunder, dass sie rebelliert hatte!

Es wäre eine Lüge gewesen zu behaupten, dass der Nachmittag besonders fröhlich und lustig wurde, denn die anderen warfen ihre Schuldgefühle nicht mal eben über Bord. Sogar der Käsekuchen wirkte zwischen den hellgrauen Auren unappetitlich fahl.

Lina nutzte ihre Gabe und schottete sich gegen ihr zerknirschtes Umfeld ab. Hinter ihrem Schutzwall genoss sie den Kuchen mit dem Wissen, zum ersten Mal in ihrem Leben nicht mehr von den Emotionen der anderen Menschen beeinträchtigt zu werden.

Es war ein mächtiges Gefühl, selbst über die eigene Stimmung entscheiden zu können. Lina war kein kleines Segelboot auf dem unendlichen Ozean der Emotionen. Sie fühlte sich wie ein mächtiger Dampfer, der den Motor anwarf und sich von Wind und Wetter nicht vom Kurs abbringen ließ.

Als es Zeit zum Aufbruch wurde, hielt Carolina Mahler ihre Enkelin zurück.

»Warte«, bat sie und humpelte nach oben. Lina konnte hören, wie ihre Oma den Dachboden betrat, und bekam ein schlechtes Gewissen. Zwei Minuten später kam Granny mit einem alten, dicken Buch zurück. Ihre Kleidung war kein bisschen staubig.

»Den ersten Band hast du ja schon«, sagte sie mit einem Augenzwinkern und überreichte Lina einen schweren Wälzer.

»Das zweite Buch der Farben«, las sie.

»Es wird dir beim Studium mit deiner Lehrerin helfen, denke ich«, erklärte Granny. »Den dritten Band erhältst du dann später.«

Das Buch war größer und deutlich dicker als der erste Band. Ein Blick ins Innere offenbarte, dass die Seiten mit einer kleinen Schrift bedruckt waren. Beinahe wirkte es wie eine Bibel. Lina wurde schlecht bei dem Gedanken, das alles lesen zu müssen – neben ihrem Studium.

»Ich wollte nie, dass du diese Anstrengung auf dich nehmen musst, mein Herz«, sagte Granny betroffen.

»Das weiß ich doch«, erwiderte sie.

»Versprich mir, dass du sofort zu mir kommst, bevor du in Schwierigkeiten gerätst!«

»Wenn man das im Vorhinein immer so genau wüsste!« Lina grinste.

»Versprich es mir einfach. Damit ich nachts besser schlafen kann.«

Als Leo den Motor seines Wagens startete, blickte Lina ihrer Oma hinterher. Die alte Frau wirkte müde, wie sie so neben Bill stand und dem Auto nachwinkte. Die Arthritis tat ein Übriges zu ihrer gegenwärtigen Schwäche.

Alle waren sie erschöpft. Aber Lina wusste, dass aus der momentanen Situation neue Stärke wachsen würde. Und so war das Leben nun einmal: Mal ging es aufwärts, mal abwärts. Sie war fest davon überzeugt, dass eine gute Zeit auf sie wartete.

Und sie freute sich darauf.

Fünfunddreißig

Für den nächsten Tag war ein Picknick geplant – diesmal nicht als Ablenkung vom Unistress, sondern aus purer Freude an der Natur.

»Es wird angenehm sein, der schwülen Hitze zu entkommen, die auf der Stadt lastet«, meinte Leo – und Lina war seiner Meinung. Sie freute sich darauf, den einsamen Baum zu besuchen und in seinem Schatten auszuruhen. Ihre Prüfungen hatte sie zum Glück alle bestanden, wenngleich ihre Noten höchstens durchschnittlich zu nennen waren. Um sich auf einen der wenigen Masterplätze zu bewerben, musste sie sich verbessern.

An ihrem Kleiderschrank hing das cremefarbene Abendkleid, das sie heute Abend zum Uniball tragen würde. In ihrem ersten Uni-Jahr hatte Lina viel Selbstbewusstsein gewonnen, trotzdem zog sie sich auf Partys und Feiern lieber zurück, statt im Mittelpunkt zu stehen.

Mit diesem Kleid würde das unmöglich sein. Es hatte so viele Rüschen, dass sie befürchtete, später keinen Platz zu finden, wo sie es aufbewahren konnte.

Sie hatte frisch geduscht und genoss es, noch eine halbe Stunde auf ihrem Bett zu chillen, während Angie das Bad belagerte. Nur noch ein letzter Abend zusammen mit ihren Freunden und Mitstudenten, dann würden alle in den Urlaub oder in die Heimat fahren, um für das dritte Semester Kraft zu tanken.

Lina hatte ein Wochenende in Frankfurt verbracht, das schmerzlich und gleichzeitig erhellend gewesen war: Zum ersten Mal hatte sie ihre Verwandten und ehemaligen Schulkameraden mit ihrem Röntgenblick betrachtet, wie Angie ihre Fähigkeit neuerdings bezeichnete.

Vor allem in ihrem Bekanntenkreis gab es einige Erkenntnisse, mit denen Lina nicht gerechnet hatte. Zweimal wollte sie beinahe flüchten, als sie erkannte, dass ehemalige Klassenkameraden, die Angie zu ihren Eltern eingeladen hatte, eindeutig Anzeichen dafür zeigten, heftig in Lina verliebt gewesen zu sein. Eine Bekannte aus dem WingTsun, die sie nie besonders gemocht hatte, hatte eine so schöne Aura, dass Lina am liebsten in ihre Handtasche gekrabbelt wäre, um mehr Zeit mit ihr zu verbringen. Eine andere gute Freundin aus Schulzeiten zeigte beim Anblick von Angie eitergelben Neid.

Zum Glück waren die extremen Erlebnisse eher die Ausnahme als die Regel, sonst hätte Lina an ihrer Empathiefähigkeit gezweifelt. Es erleichterte sie, dass sie bei den meisten Menschen ungefähr das vorfand, was sie auch erwartet hatte.

Die Begegnung mit ihrer Mutter erstaunte Lina: Hinter der Aggression von früher erkannte sie eine Mischung aus Neid, Angst und Frust. Sie konfrontierte ihre Mutter mit ihrem Wissen, dass Melanie ihre Kräfte gegen sie eingesetzt hatte – und brachte sie damit zum Weinen.

»Melanie kam vom Unterricht bei Oma Anne – die mich nie auch nur eines Blickes würdigte – zurück und strahlte. Sie habe etwas Neues gelernt, sagte sie. Und da spürte ich es schon … Sie brachte mich mit Hilfe ihrer Fähigkeiten zum Kichern, wie man ein kleines Kind kitzelte – aber ohne mich zu berühren! Wenn ich meine Mutter um Hilfe bat, stritt Melanie alles ab. Von da an verbrachte ich in ihrer Gegenwart keine ruhige Minute mehr, denn ich hatte immer Angst vor der nächsten Manipulation. Zuerst war ich nicht gut genug gewesen«, schluchzte sie, »und dann durfte ich nicht mehr ICH sein. Kurz nach meinem achtzehnten Geburtstag habe ich meine Koffer gepackt und meine Ausbildung in Frankfurt begonnen.«

Das erklärte einiges. Trotzdem verstand Lina nicht, warum eine Mutter ihr Kind nicht liebte, nur weil es anders war als sie selbst. Hatte sie Angst davor gehabt, dass ihre eigene Tochter sie manipulieren würde?

In ihren Semesterferien würde Lina nicht nach Frankfurt fahren. Obwohl sie sich mit ihrer Mutter ausgesprochen hatte, wollte sie nicht in ihrem alten Zimmer wohnen und auch nicht Angies Gastfreundschaft in Anspruch nehmen. Lieber nutzte sie die Zeit zum Entspannen und um ihre Haushaltskasse für das kommende Semester aufzubessern.

Obwohl sie eigentlich auf ihrem Bett lag, um vor dem Ball noch ein bisschen zu ruhen, kroch immer wieder ein hinterhältiger Gedanke durch Linas Kopf: Es beunruhigte sie zutiefst, dass ihre Tante als Jugendliche frappierende Ähnlichkeit mit Darko gehabt hatte. Melanie Morgan war doch immer ihr Vorbild gewesen – und jetzt?

»Einen Penny für deine Gedanken!« Angie steckte ihren frisch frisierten Kopf in Linas Zimmer.

»Du siehst klasse aus!« Lina erhob sich und betrachtete ihre Freundin eingehend.

»Jetzt bist du dran«, sagte Angie. »Heute stecke ich dir die Haare hoch.«

Das Badezimmer glich einem Schlachtfeld, auf dem sich tausende Haarnadeln, Make-up-Produkte und Pinsel tummelten.

»Worüber hast du nachgedacht?«, fragte Angie, während sie Linas Haar kämmte. »Wieder über das teure Kleid?«

»Nein, diesmal nicht.« Es war ihr schwergefallen, das wertvolle Geschenk zu akzeptieren. Außerdem hatte sie es in Köln zurückgelassen, als sie … Aber daran wollte sie jetzt nicht mehr denken.

»Du hast es ihm mit den Schuhen heimgezahlt«, sagte Angie und grinste.

Lina rang sich ein Lächeln ab. Da der Schuhkauf ausgefallen war, hatte sie bei einem Online-Händler ein günstiges Paar cremefarbene Schuhe bestellt und Leos Einladung zum Shoppen ausgeschlagen.

»Ich habe an Tante Mel gedacht ... mal wieder«, erklärte sie.

Angie nickte verständnisvoll und teilte das Haar in verschiedene Partien ab. »Ihre Krankheit ist wirklich furchtbar. Natürlich musst du das verarbeiten!«

»Nein, es ging mir diesmal nicht um das Wachkoma«, gab Lina zu, »sondern darum, wie sie meine Mutter gequält hat. Ich weiß von Granny, dass Mel zuvor häufig einstecken musste, aber trotzdem gefällt es mir nicht, wie sie ihre Fähigkeiten missbraucht hat. Beinahe hat sie sich wie ein weiblicher Darko verhalten!«

»Beuge mal den Kopf nach vorn«, bat Angie. Dann legte sie mit einem hochgebundenen Zopf die Basis für Linas Frisur. »Also lass mich mal zusammenfassen«, sagte sie. »Die Wagners sind böse und die Mahlers sind gut. Oh, halt! Leo ist ein Wagner und fällt damit aus dem Rahmen und Mel verhält sich böse, obwohl sie eine der Guten ist ...«

»Wir hätten Mathe studieren sollen«, fluchte Lina, die immer noch den Kopf zwischen den Knien hielt.

»Der Knoten sitzt«, sagte Angie. »Jetzt mal ernsthaft: Du kannst die Welt nicht in gut und böse einteilen, genau, wie du einzelne Menschen nicht abstempeln darfst. Und das ist allgemeine Küchenpsychologie, das würde ich dir auch erzählen, wenn wir angehende Mathematiker oder Juristen wären.«

Lina war frustriert. »Julius und seine Komplizen ...«, hob sie an.

»... sind böse?« Angie schüttelte den Kopf. »Julius kümmerte sich hingebungsvoll um seinen Sohn, auch wenn das Darko überhaupt nicht gut getan hat.«

»Können wir uns jetzt auf die Haare konzentrieren?«, fragte Lina. Das Gespräch nervte sie. »Eine der Haarnadeln pikst.«

Angie fokussierte sich wieder auf ihr eigentliches Ziel, nämlich aus Lina eine Ballkönigin zu zaubern. Das glitzernde Kleid mit den vielen Schichten hatte sie beinahe zum Weinen gebracht, so gut gefiel es ihr – und sie freute sich aufrichtig, wie hervorragend es ihrer Freundin stand. Sie selbst würde ein nachtblaues Chiffonkleid tragen, das sie zusammen mit ihrer Mutter und Lina in Frankfurt ausgesucht hatte.

»Fertig!«, rief Angie glücklich, nachdem sie gefühlte hundert Haarnadeln verbraucht und das kleine Badezimmer mit Unmengen an Haarspray eingenebelt hatte.

Lina hustete, riss das kleine Fenster auf und ergriff dann die Flucht.

»Hey, das Make-up!«, rief Angie ihr lachend hinterher. »Nicht, dass du ungeschminkt …«

Aber ihre Sorge war unbegründet, denn als Leo eine Stunde später zusammen mit Nevio erschien, um sie beide abzuholen, war ihr Styling perfekt.

Lina trug den Schmuck, den Leos Eltern ihr in München geschenkt hatten. Sie spürte sofort, dass die Gedanken der Menschen ihr zuflogen, als sie am Arm von Leo die Europahalle betrat. Die Männer hätten sie am liebsten gleich zum Tanz aufgefordert, die Frauen strahlten eine Mischung aus Bewunderung und Neid aus – je nach Naturell und Charakter.

Lina schottete ihre Gefühle nicht ab – sie wollte den Abend genau so wahrnehmen, wie sie ihn vor einem Jahr auch erlebt hätte. Ohne Manipulation, Schutzschild oder Abwehr. Zumindest hatte sie sich dies fest vorgenommen – bis sie plötzlich Andreas gegenüberstand und schlucken musste.

»Wow.« Er betrachtete sie eingehend, hob beide Hände und versuchte, mit Gesten auszudrücken, wofür ihm die Worte fehlten. »Du siehst umwerfend aus!«

»Guten Abend«, grüßte Leo den Finance-Dozenten, nickte ihm freundlich zu und ging mit Lina weiter. Sein Verhalten deutete klar auf Eifersucht hin, aber Leo verbarg seine Gefühle geschickt und zeigte eine gleichbleibend freundliche Aura, was Lina insgeheim bewunderte.

Die Mitglieder des Wagner-Clans, die in Trier studierten, luden traditionell ihre Eltern zum Sommerball der Universität ein. Annemarie und Theo waren angereist und strahlten beim Anblick ihres Sohnes und seiner Partnerin.

»Du siehst fantastisch aus!«, flüsterte Leos Mutter Lina zu.

Auch Theo begrüßte sie mit einem herzlichen Lächeln … das dann aber auf seinen Lippen festfror.

Darko war erschienen – allerdings nur in Begleitung seiner Mutter. Seine Aura war noch dunkler als sonst. Er war unglaublich wütend darauf, in Zukunft den Weisungen seines Großvaters folgen zu müssen, wie Lina von Leo erfahren hatte. Dessen erster Wunsch hatte darin bestanden, dass Darko in Zukunft seinen Erstnamen tragen würde: »Dieser ehrenwerte Name macht dir keine Schande, mein Enkel«, hatte Marius ihm gesagt. »Und wir wollen deine Läuterung mit einem sichtbaren Zeichen beginnen.«

Lina erkannte neben Darkos üblicher Aggressivität auch Verzweiflung und – erstmals, seit sie ihn kannte – Hilflosigkeit. In seinem bisherigen Leben war er noch nie einer Situation ausgesetzt gewesen, die er nicht in die gewünschte Richtung verändern konnte – sei es mit Hilfe seiner Fähigkeiten oder mit bösen Worten.

»Darf ich bitten?« Andreas stand plötzlich vor Lina und bat um einen Tanz.

»Ähm …« Suchend blickte sie sich nach Leo um, der gerade mit seinem Vater eine Unterhaltung führte.

»Ich bringe dich nach zwei Liedern zu ihm zurück, versprochen!« Andreas ergriff ihre Hand und zog sie auf die Fläche, wo bereits einige Paare versammelt waren. Er führte

Lina sicher über das Parkett und ließ sich von dem voluminösen Ballkleid nicht daran hindern, einige schwungvolle Drehungen zu wagen.

»Ich wusste nicht, dass …«, begann Lina.

»Tanzen ist Allgemeinbildung«, unterbrach er sie. »Wie sonst könnte man auf einer Feier eine schöne Frau für einige Minuten ganz für sich beschlagnahmen?« Er grinste.

Schöne Frau … Linas Gedanken flogen in die Vergangenheit zurück. Wenn sie jetzt in Andreas Aura hinein spürte, fand sie Bewunderung für ihre Person, Eloquenz, Selbstsicherheit und eine gewisse Reife vor. Sie fragte sich, was er damals wohl gedacht hatte – über sie.

»Warum …«, begann sie, wurde aber unterbrochen, da Andreas sie mehrmals im Kreis herumwirbelte.

»Wir sollten den Augenblick genießen«, schlug er vor. »Dein Freund guckt schon ganz eifersüchtig und wird mich gleich abklatschen.«

Lina warf einen Blick auf Leo, der ihr mit konzentriertem Blick folgte. »Dann habe ich nicht mehr viel Zeit, um eine Antwort auf meine Frage zu bekommen«, bemerkte sie leichthin.

»Okay.« Andreas führte Lina mit einigen Drehungen in das Zentrum der großen Tanzfläche. Von den anderen Paaren verdeckt, zogen sie jetzt in der Mitte kleine Kreise. »Aber du darfst mir nicht böse sein, versprochen?«

Linas Inneres zog sich für einen kurzen Moment schmerzvoll zusammen, doch sie nickte.

»Du bist eine wunderschöne, attraktive Frau und ich mochte dich sehr gern … Ich mag dich immer noch«, begann er. »Aber du warst noch so jung, keine 18 Jahre alt.«

»Ich hatte vier Monate später Geburtstag!«, erwiderte sie entrüstet.

»Das stimmt«, gab er zu. »Was ich meine ist vielmehr, du wirktest manchmal noch wie ein junges Mädchen, schüchtern und in gewisser Weise sehr bedürftig … Und ich war davon überzeugt, dass ich dir nicht geben konnte, was du brauchtest.«

Lina schluckte. Sie verstand genau, was er meinte. »Ich hatte dich kennengelernt und dachte, du bist es«, gestand sie zögernd.

»Und ich hatte das Gefühl, dass du dein Leben, dein Glück allein von mir abhängig machtest. Und dazu war ich nicht bereit«, sagte er und senkte seine Stimme. »Aber wenn ich auch nur im Entferntesten geahnt hätte, wie schnell du dich durch das Studium veränderst, dann …« Er lächelte sie bewundernd an. »Du bist erwachsen geworden.«

»Freunde?«, fragte sie.

»Sehr gern.« Andreas strahlte. »Und du bist in meinen Vorlesungen jederzeit herzlich willkommen, wenn du deine Kampfsportfähigkeiten zu Hause lässt. Mann! Wenn ich daran denke …«

»Lass uns das bitte vergessen«, bat sie. »Es war ein Notfall, sonst nichts.«

»Einverstanden.« Er grinste und führte sie in eine weitere schwungvolle Drehung. Als der Walzer endete, verbeugte er sich formvollendet und führte sie zu ihrem Freund zurück.

»Worüber habt ihr gesprochen?«, fragte Leo neugierig.

»Erzähle ich dir später, okay?« Lina ließ ihren Blick über die Tanzfläche gleiten, die sich zusehends füllte. Sie wollte das Gespräch mit Andreas in Ruhe verarbeiten.

Heute Abend zeigten alle Menschen fröhliche Farben. Fast. Denn obwohl er am gegenüberliegenden Ende des Saales stand, überschattete Darkos schwarze Wolke die gelben, rosafarbenen und strahlend-bunten Auren, die federleicht über den Tänzern schwebten. Würde er sich je ändern? Konnte er es überhaupt?

In diesem Moment verstand sie, warum Tante Mel so häufig zu ihren Fähigkeiten gegriffen hatte. Es juckte in ihren Fingern! Sie war bisher an keine Regeln ihres Clans gebunden, denn sie würde ihre Lehrerin erst nächste Woche aufsuchen. Und hatte sie nicht etwas bei Darko gut?

Ihr Entschluss war gefasst. Sie fixierte ihn mit ihrem Blick und griff spielerisch leicht nach ihren Fähigkeiten. Der Effekt war bemerkenswert: Darkos Aura veränderte sich augenblicklich von Schwarz in ein Zartgelb. Und zum ersten Mal zeigte sein Gesicht ein vorbehaltloses, freundliches Lächeln statt eines arroganten Grinsens.

Jetzt passte der Name Marius zu ihm, fand Lina.

»Unglaublich! Ich habe es noch nie geschafft, seine Schutzmechanismen zu umgehen, und dann auch noch aus so großer Entfernung!«, flüsterte Leo bewundernd in ihr Ohr, während Marius' Mutter, die den Umschwung ebenfalls registriert hatte, die Hand ihres Sohnes mit einem erleichterten Lächeln drückte.

»Ich fand, der Saal wirkte ein wenig zu dunkel«, sagte Lina achselzuckend, bevor sie sich ihren Freunden zuwendete, um den Abschluss des Studienjahres zu feiern.

Es wurde eine rauschende Ballnacht. Angie sorgte mit ihrem überschäumenden Naturell dafür, dass niemand sich langweilte. Spätestens als sie Professor Radelsberger kokett zum Tanz aufforderte, hatte sie sich die Aufmerksamkeit der meisten Gäste gesichert.

»Begleitest du mich nach draußen?«, fragte Leo, als Lina gerade ihre Freundin auf der Tanzfläche beobachtete. Galant hielt er ihr den Arm hin.

Die Kühle des Sommerabends war sehr erfrischend, wenn man zuvor in einer geschlossenen Halle getanzt hatte. Gemeinsam gingen sie ein kleines Stück, blieben dann stehen und sahen einander an.

»Der Mond«, flüsterte Lina und blickte nach oben. »Erinnerst du dich noch an unseren ersten Kuss? Auf der Bank?«

»Wie könnte ich den je vergessen?«, fragte er.

»Der Mond war wirklich rosa – zumindest für mich.«

»Stimmt!« Leo schlug sich andeutungsweise auf die Stirn

und lachte. »Und ich habe dir noch einen Vortrag über die Physik gehalten … Was musst du von mir gedacht haben!«

»Durch dich habe ich den schönsten Mond gesehen, den je ein Mensch beobachten konnte«, flüsterte sie. Ihre Augen leuchteten.

»Manchmal wünsche ich mir, ich könnte Gefühle auch so sehen wie du. Es muss faszinierend sein.«

»Bestimmt hat Tante Mel deshalb so viel gemalt. Sie wollte ihren Blick auf die Welt mit anderen Menschen teilen. Vielleicht mache ich das auch irgendwann.« Während sie sprach, wurde der Mond, dessen zartrosa Tönung in Leos Gegenwart immer vorhanden war, himbeerfarben. »Oh!«, rief sie leise. »Ich wollte, ich könnte diesen Anblick mit dir teilen!«

»Ich habe dich hinausgebeten, weil ich heute etwas mit dir teilen möchte.« Leo griff in die Tasche seines Sakkos und zog ein kleines, schwarzes Kästchen heraus.

»Was ist das?«, fragte Lina.

»Ich möchte auch symbolisch mit dir verbunden sein.« Als er die Schachtel öffnete, erkannte Lina zwei silberfarbene Ringe, einer davon war mit drei Steinen besetzt.

Wollte Leo sich mit ihr verloben?

»Sind das …?«

»Freundschaftsringe«, antwortete er lächelnd. Er entnahm den kleineren der beiden Ringe und steckte ihn an ihren Finger. »Wobei ich hoffe«, flüsterte er, »dass das Band, das uns verbindet, für immer bleibt.«

»Für immer«, hauchte Lina glücklich, während sie den zweiten Ring entnahm und ihn Leo ansteckte.

Danke!

Bei diesem Buch bin ich einen neuen Weg gegangen und habe Testleser gebeten, die Rohversion zu lesen. Deren Interesse hat mich überrascht: Zahlreiche Leser waren neugierig auf die Vorabversion.

Das Feedback hat mich rundherum überwältigt: Himbeermond kam durchweg sehr gut an, was mich sehr glücklich gemacht hat! Leser berichteten, dass sie auch nach dem Ende des Buches noch in Gedanken bei Lina und ihrem Schicksal waren. Aber es wurde nicht nur gelobt: Meine Vorableser waren kritisch und haben buchstäblich jeden Stein umgedreht und hinterfragt, sodass ich wertvolle Hinweise bekam, wo ich noch etwas verbessern konnte. (Einen Sonntagsbraten am Donnerstag zu servieren, ist beispielsweise keine gute Idee ...) Andere gaben mir Tipps zur Gestaltung von Cover oder Klappentext, haben Fehlerteufel ausgemerzt, mir Mut zugesprochen oder mich inspiriert.

Vielen herzlichen Dank!

Mein Dank geht (in alphabetischer Reihenfolge) an:

Anastasia Apostolidu, Andrea Hart, Anja Reifenstein, Bernadett Balsayné Barna, Carolin Rustemeier, Christine Kohlmann, Diana Hunger, Diana Salow, Ekaterina Kaib, Elisa Schmächtig, Florentine Renz, Gisela Jechle, Heike Görnt, Heike Oberlin, Horst H. Barsuhn, Ina Ziemann, Ivonne Münster, Jenny Wäldchen, Jessica Gehrein, Johannes

Zum Winkel, Julia Désirée Hillebrandt, Kathrin Zimmer, Katja Elias, Kerstin Patze, Lena Neschiteu, Lisamarie Müller, Martina Back, Melanie Ferger, Mirjam Kremers, Monja Freeman, Natascha Haubner, Natascha Mehmke, Nicole Pietsch, Rebecca Neuhoff, Sabrina Berndt, Sabrina Schultz, Sandra Soderer, Sharon Rau, Silvana Haagen, Songül Candiano, Stefanie Vonthien, Stephanie Kaschubat, Tanja Braun, Tanja Walter, Tina Augenstein und Vanessa Bosheck.

Meine unermüdlichen Testleser fand ich hauptsächlich in der Facebook-Gruppe ›Bücherwürmer‹. Schau mal rein!

Bei der zweiten Auflage haben mich unterstützt: Anja Pfau, Anna-Maria Baku Desu, Birgit Henkel, Christel Labitzke, Christina Maria van Drage, Claudia Sonnenberg, Consuela Popko, Dagmar Dongowski, Evelyn Schock, Evi Niermann, Gaby Eglseder, Heike Oberlin, Ina Schulze, Jana Holz, Jannica Tangermann, Jessica Winkler, Malin Trümper, Marie S. Laplace, Michaela Laser, Michaela Walkowiak, Michi Forauer, Ricarda Schulz, Sabine Janda, Sandra Moock, Stefanie Drießen und Susann Krier.

Wie geht es weiter?, haben viele Leser gefragt. Insbesondere das Schicksal von Melanie Morgan berührte viele von euch. Und Lina wird im dritten Semester, mit neuer Lehrerin und vielen Fähigkeiten, sicher den ein oder anderen Unsinn treiben. Was Leo wohl dazu sagt? Oder Angie – wird sie sich ihren Optimismus und ihre Fröhlichkeit bewahren? Und vielleicht findet sie ja auch einen Partner? Oder ihr möchtet mehr über die Familiengeschichte der Wagners und Mahlers erfahren?

Auf der ersten Seite habe ich meine bisher erschienenen Bücher alle aufgelistet. Lavendelmond setzt die Geschichte über Lina und Leo fort.

Wer nicht warten möchte, bis er zufällig über meine neuen Werke stolpert, der kann sich auf meiner Internetseite auf www.melladumont.de regelmäßig informieren. Gerne dürft ihr mich auch auf Facebook befreunden oder mir auf Twitter (@MellaDumont) folgen. Und wer mir schreiben möchte: Unter mella@melladumont.de bin ich für euch erreichbar.

Abonniert meinen Newsletter und ich informiere euch über Neuerscheinungen. Keine Sorge: Ich bin kein Freund von Spam und werde eure Mailbox höchsten ein- oder zweimal im Quartal befüllen.

Impressum

2. Auflage, Oktober 2016

© Coverfoto: Mella Dumont
Cover: Tienna sarl
Buchsatz und Erstellung des E-Books: Tienna sarl

Kontakt: mella@melladumont.de
Website: www.melladumont.de
Facebook: www.facebook.com/mella.dumont
Twitter: www.twitter.com/MellaDumont

Mella Dumont wird vertreten durch:
Tienna sarl
Esplanade 52
L-9227 Diekirch
Luxemburg

Pakete werden nicht angenommen. Bitte kontaktieren Sie die Autorin bevorzugt unter der oben angegebenen E-Mail-Adresse.

31357806R00208

Printed in Poland
by Amazon Fulfillment
Poland Sp. z o.o., Wrocław